ALEX LEWIS UND MARCUS LEWIS

Sag mir, wer ich bin

Über die Autoren:

Alex und Marcus Lewis (1964) verbrachten ihre Kindheit und Jugend in London and Sussex. Sie sind viel und weit gereist. Ihre ausgeprägte Lese-Rechtschreib-Schwäche zwang sie, beruflich ungewöhnliche und extravagante Ideen zu entwickeln. Ihren größten Erfolg stellt die Fundu Lagoon dar, ein in ganz Afrika berühmtes Boutique-Hotel. Außerdem führen sie ein florierendes Unternehmen. Beide sind verheiratet und haben Kinder. *Sag mir, wer ich bin* ist ihr erstes Buch.

Joanna Hodgkin studierte am Somerville College Geschichte. Unter dem Pseudonym Joanna Hines hat sie elf Bücher geschrieben, darunter psychologische Thriller und historische Romane, die bisher in mehr als acht Sprachen übersetzt wurden. Für die 2012 erschienenen Lebenserinnerungen ihrer Mutter, *Amateurs in Eden. The Story of a Bohemian Marriage*, erhielt sie viel Lob und Anerkennung. Sie lebt in London.

Alex Lewis und Marcus Lewis
mit Joanna Hodgkin

SAG MIR, WER ICH BIN

Manchmal ist es besser,
nicht die ganze Wahrheit
zu kennen

lübbe

Dieser Titel ist auch als E-Book erschienen

MIX
Papier aus verantwortungsvollen Quellen
FSC® C014496
FSC
www.fsc.org

Vollständige Taschenbuchausgabe

Deutsche Erstausgabe

Titel der Originalausgabe: »Tell Me Who I Am«
Originalverlag: Hodder & Stoughton, An Hachette UK company

Redaktion: Anne Fröhlich, Bremen
Umschlaggestaltung: Guter Punkt, München | www.guter-punkt.de
unter Verwendung von Motiven von © Getty Images: micheldenijs | villy_yovcheva
Satz: hanseatenSatz-bremen, Bremen
Gesetzt aus der Adobe Garamond Pro
Druck und Verarbeitung: GGP Media GmbH, Pößneck
Printed in Germany
ISBN 978-3-404-61722-7

2 4 5 3 1

Sie finden uns im Internet unter
luebbe-sachbuch.de
Bitte beachten Sie auch: lesejury.de

Wir möchten den außergewöhnlichen Menschen danken, die – beinahe wie Schutzengel – gerade in den Momenten in unser Leben getreten sind, wenn wir sie am nötigsten brauchten: den Hudsons, die Brockways, die Richardsons, die Taylors und die Handleys. Sie haben unsere Kindheit so viel besser gemacht. Danken möchten wir auch unseren geduldigen Geschäftspartnern und Freunden, James Burton und Ellis Flyte. Ohne eure Hilfe hätten wir es nicht geschafft. Euch sowie unseren Geschwistern Amanda und Oliver und unseren Frauen widmen wir dieses Buch in Dankbarkeit und Liebe.

»Ich bin nicht das, was mir passiert ist. Ich bin das, was ich entscheide zu werden.« C. G. Jung

Einleitung

Ich erkannte sie sofort. Zwei Männer mit denselben scharf geschnittenen, attraktiven Gesichtszügen. Beide trugen mit blauen Blümchen gemusterte Hemden. Nicht exakt identisch, aber ähnlich. (Hatten sie für diese Begegnung rein zufällig Hemden mit Blumenmuster ausgewählt, oder war es eine dieser immer wiederkehrenden Parallelitäten bei Zwillingen, bei denen es sich um mehr als bloßen Zufall handelt? Die Mysterien um eineiige Zwillinge sind für Außenstehende unendlich faszinierend.) Während der folgenden Stunde erhielt ich einen Eindruck von ihnen, der sich im Laufe der folgenden Monate immer mehr verdichtete und weiterentwickelte, sich aber zu keiner Zeit grundlegend änderte. Die beiden waren und sind zwei der faszinierendsten und liebenswürdigsten Menschen, die ich je kennengelernt habe: witzig, verletzlich, offen, unterhaltsam, selbstbezogen und zugleich auf seltsame Weise selbstlos. Und sie besitzen eine wirklich bewundernswerte Unschuld. Ich kannte ihre Geschichte in groben Zügen, deshalb war ich erstaunt, wie schnell sie bereit waren, mir ihre Geschichte anzuvertrauen. Mir, einer völlig Fremden. Genauso vertrauen die beiden ihre außergewöhnliche Geschichte nun Ihnen an, denjenigen, die dieses Buch lesen.

Am Ende dieses ersten unvergesslichen Nachmittags sagte Alex zu mir: »Ich möchte dieses Buch schreiben, weil ich wissen will, wer ich bin.«

Denn in diesem Stadium ging er davon aus, nur dreißig Prozent der Ereignisse zu kennen; der Rest war Verwirrung, eine

Kakophonie einander überlagernder Erzählungen, die sich manchmal widersprachen, zuweilen schwammig und manchmal auch ganz einfach falsch waren. *Dann mal los*, dachte ich. Die Geschichtenerzählerin in mir erkannte, dass es sich hier um ein größeres Unterfangen handelte, weit größer als die fiktionale Jagd auf einen Mörder oder die Suche nach wahrer Liebe und ewigem Glück. Die Herausforderung, seine verborgene Identität zu entdecken, war die stärkste Motivation, der ich je begegnet war. Und der Schreibprozess wurde in diesem Buch zum Schlüsselelement.

Dadurch ist aus diesem Text eine besondere Art der Erzählung geworden. Wenn Sie einen linearen Bericht erwarten, sollten Sie lieber aufhören zu lesen. Die Geschichte von Alex und Marcus ist unendlich komplexer und interessanter als das. Damit das Ganze sich klarer darstellt, haben wir eine Aufteilung in drei Episoden vorgenommen.

Der erste Teil präsentiert die häusliche Welt von Familie und Freunden, die Alex entdeckte, als er im Spätsommer 1982 aus seinem Koma erwachte und feststellen musste, dass all seine Erinnerungen ausgelöscht waren und nie mehr zurückkehren würden. Weil ihn sein eineiiger Zwillingsbruder Marcus dabei an der Hand nahm, war Alex in der Lage, seine persönliche Geschichte zu entwerfen und ein Selbstgefühl zu entwickeln, das ihn durch mehr als ein Jahrzehnt trug.

Dann, im Alter von zweiunddreißig Jahren, fand er heraus, dass bei dem Bild, bei dessen Zusammensetzung ihm Marcus geholfen hatte, ein großer Teil fehlte. Obwohl das schmerzte, begann er den Prozess mit unnachgiebiger Beharrlichkeit von vorn; langsam und allmählich setzte er eine neue Version seiner Geschichte zusammen. Dieser Prozess wird im zweiten Teil dieses Buches beschrieben.

Im dritten Teil werden die Entwicklungen dargestellt, die

sich ergaben, während wir zusammen an diesem Buch arbeiteten, manchmal mit schockierender Plötzlichkeit. Bei langen Arbeitstreffen in meinem Apartment, im Laufe von Mahlzeiten oder bei unzähligen Tassen Tee schufen wir eine neue Erzählung. Wir wurden dabei von Telefonanrufen und Besuchen unterbrochen, Alltagskleinigkeiten kamen dazwischen. Wir lachten viel und erlebten bei dem Versuch, eine Form der Wahrheit festzuhalten, nicht nur einen ständigen Kampf, sondern auch starke Emotionen. Für alle Beteiligten war es eine erstaunliche Reise.

Während dieser Reise gab es für uns alle viel zu entdecken. Obwohl ich schon vorher für Menschen mit problematischer Vergangenheit gearbeitet habe, bin ich alles andere als eine Expertin. An der Geschichte der Zwillinge traf mich wohl am stärksten, dass ein Kind nach einem massiven Trauma in Herz und Geist unterschiedliche und scheinbar widersprüchliche Realitäten zugleich erlebt. Marcus' Geschichte hat uns gezeigt: Er wusste, was in der gemeinsamen Vergangenheit der Zwillinge begraben lag, und zugleich wusste er es nicht. Auf einer bestimmten Ebene erinnerte er sich täglich daran; auf einer anderen war es ihm gelungen, das Ganze völlig zu vergessen. Daher rührten seine scheinbar widersprüchlichen Aussagen: »Das ist nie passiert.« »Darüber habe ich nie nachgedacht.« »Ich wusste immer, ich würde es ihm sagen müssen.« »Es ist immer da gewesen.«

Alles entspricht der Wahrheit.

Das liegt daran, dass manche Kinder nur von einem Tag zum anderen überleben können, indem sie keine Vergangenheit haben. Das Gestern gleicht einem leeren Blatt, und das Heute lässt sich auslöschen, wenn es zu unerträglich wird. Tritt ein solcher Zustand ein, werden normale Definitionen von Wahrheit und Lüge irrelevant. Dieses Phänomen ist unglaublich faszinierend, stellt jedoch auch eine Herausforderung dar. Jemand aus dem engsten Freundeskreis der beiden sagte zu mir: »Ich habe mich gefragt, wie man wohl jemals ihre Geschichte niederschreiben sollte: Der eine Zwilling kann sich an nichts erinnern, und der andere sagt nie die Wahrheit!«

Gleichzeitig ist Marcus jedes Mal, wenn er zu einem wahren Kern vordringt, auf mutige Weise einer der ehrlichsten Menschen, die ich kenne.

Für Menschen, die in einer weitgehend glücklichen Familie aufgewachsen sind, kann es dennoch schwierig sein, das Ganze zu entwirren. Aber bleiben Sie dran. Durch Alex und Marcus und ihre außergewöhnliche Herausforderung gibt es in dieser Geschichte vieles, was das Leben aller Menschen berührt.

Außerdem habe ich gelernt, wie komplex die Bande von Familie, Liebe und Verrat sein kann. Ziemlich früh während unserer Diskussionen erwähnte Marcus, ihn habe ein Interview im Radio aufgewühlt. Eine junge Frau, die von ihrem Vater über Jahre geschlagen worden war, hatte die Frage beantwortet, was sie nun, nach seinem Tod, für ihn empfinde. Sie sagte einfach: »Ich vermisse ihn.« Nicht die Schläge natürlich, aber sie bedauerte, dass sie jetzt keine Chance mehr auf einen guten Vater hatte. Der Journalist konnte es kaum fassen, doch Marcus begriff sehr genau, was sie meinte.

In diesem Buch kommen Menschen vor, die denjenigen böse und grausame Dinge angetan haben, die sie hätten beschützen sollen. Aber sie sind keine Monster. Vielleicht wäre es einfacher, wenn wir in dieser Geschichte die Schurken verurteilen könnten, doch dann würde uns das Wesentliche völlig entgehen.

Diese Geschichte ist alles andere als zu Ende, und sie ist noch lange nicht vollständig. Es ist allgemein bekannt, dass selbst in unkomplizierten Familien verschiedene Perspektiven und einander widersprechende Erinnerungen existieren, Versionen über Persönlichkeiten und Ereignisse, die sich nicht miteinander vereinbaren lassen. In einer Familie wie der von Alex und

Marcus wäre eine einzige, definitive Wahrheit eine Schimäre, für immer außer Reichweite. Das hier ist ihre Realität, und sie wird immer eine fließende, bewegliche bleiben.

Für mich war das außergewöhnlichste Geschenk bei der Arbeit mit den beiden wohl die Erkenntnis, dass der menschliche Geist über unerschöpfliche Kraftquellen verfügt. Trotz allem, was die Zwillinge als Kinder durchgemacht haben, haben sie so viel erreicht. Sie sind erfolgreiche Unternehmer, werden überall auf der Welt respektiert für das Hotel, das sie auf einer zauberhaft schönen Insel errichtet haben. Sie haben einen riesigen und treuen Freundeskreis; einige kennen die beiden seit dreißig Jahren. Sie wuchsen mit Geheimnissen und Lügen auf und sind trotzdem offen und in einer ganz grundlegenden Weise ehrlich. Sie sind liebevolle Ehemänner und Väter, die die Ketten von Geheimnissen und der Selbstbezogenheit gesprengt haben.

Durch ihre Geschichte ergeben sich endlose Fragen: Was sind die Faktoren, die eine Person zu einer Entscheidung bringen, die das Leben nahestehender Menschen zerstört, während andere sich darum bemühen, etwas Inspirierendes zu schaffen? Woraus bestehen die Kräfte, die uns tatsächlich formen?

Die Geschichte jedes einzelnen Menschen ist einzigartig, aber man kann sich kaum eine Biografie mit so vielen ungewöhnlichen Elementen vorstellen wie bei diesen beiden Menschen: Erinnerung und Identität, Zwillingsbruderschaft und Loyalitätskonflikt, Wahrheit und Fiktion, niedriges soziales Milieu und High Society.

Das ist ihre Welt. Ich fühle mich privilegiert, weil ich eine Weile an dieser Welt teilhaben durfte.

Lesen Sie weiter. Sie werden erstaunt sein.

Joanna Hodgkin
London
März 2013

Prolog

Als mein Leben zum ersten Mal seine Richtung änderte, war ich drei Wochen alt. Mein Vater und ich erlitten einen Verkehrsunfall: Einige Tage hingen wir beide an lebenserhaltenden Apparaten. Beim zweiten Mal war ich achtzehn, und ein weiterer Unfall änderte mein Leben radikal; noch heute begleiten mich die Nachwirkungen. Ich verlor meine ersten achtzehn Jahre, und sie sind bis heute nicht zurückgekehrt. Beim dritten Mal war es am dramatischsten, obwohl es diesmal nicht um einen Unfall ging. Mit zweiunddreißig entdeckte ich eine unglaubliche Intrige in meiner Familie. Ich musste neu anfangen. Diesmal war klar, dass der Genesungsprozess nicht geradlinig verlaufen würde.

Diese Geschichte hätte eine finstere werden können. Doch mein Zwillingsbruder Marcus hat dafür gesorgt, dass es nicht so kam. Als Babys waren wir kaum jemals voneinander getrennt, und als Kinder immer zusammen. Als Erwachsene arbeiteten wir gemeinsam und sind manchmal getrennte Wege gegangen, doch das Band zwischen uns hielt immer. Mit Marcus' Hilfe und durch meine Frau Camilla, die mir während der ganzen Zeit ein Fels in der Brandung gewesen ist, habe ich die Schwierigkeiten überwunden.

Erst nach einem Interview über einen kleinen Teil meines Lebens bei Radio 4 wurde mir klar, warum ich diese Geschichte erzählen musste. Die Reaktionen auf dieses kurze Gespräch ließen mich begreifen, dass meine Geschichte das Leben sehr vieler Menschen ändern könnte, die zu lange geschwiegen haben.

Dieses Buch ist ganz besonders denjenigen gewidmet, die darin eigene Erfahrungen wiedererkennen.

Alex Lewis

Teil 1

Die erste Geschichte

1.
»Oh schöne neue Welt«

Guildford Hospital, August 1982

Marcus Lewis saß neben dem Metallbett in einer Ecke der Krankenhausstation. Vornübergebeugt lauerte er auf die winzigsten Anzeichen.

Sein Bruder lag jetzt seit über einer Woche so da. Ganz still, unerreichbar, mit geschlossenen Augen und flacher Atmung – seit der letzten Julinacht, als er als Beifahrer von einem Motorrad gefallen, auf dem Asphalt aufgeschlagen war und sich dabei den Schädel gebrochen hatte. In den frühen Morgenstunden des ersten August war er in die Bewusstlosigkeit abgeglitten. Das Gesicht, in das Marcus nun blickte, war sein eigenes. Es spiegelte ihm die eigenen Gesichtszüge wider: attraktiv, mit dunklem Haar und Augen, die früher oft fröhlich geblickt hatten, nun aber geschlossen waren. Abgehärmt und bleich lag er da. Er und Alex waren eineiige Zwillinge, immer zusammen, Spiegel der Gesten des jeweils anderen, seines Lachens und seiner Stimme. Selbst ihren engen Freunden fiel es schwer, sie auseinanderzuhalten. Marcus sprach mit Alex, wie er es die ganze Woche über getan hatte. Über ihr Zuhause, ihre Freunde und darüber, was er erlebt hatte, was die Leute sagten. Nichts wirklich Wichtiges. Es ging nur darum, die Kommunikationswege offenzuhalten.

Auf der Station war das Pflegepersonal mit der Alltagsroutine beschäftigt: Blutdruckmessung, Essensausgabe, Visite und

Besuchszeiten. Quietschende Wagen und Trennwände, Fußtritte auf dem Linoleum, Geschirrklappern, Gemurmel. Seit dem Unfall war Marcus' Leben auf die winzige Welt dieser Station reduziert, auf diesen Stuhl, diesen kleinen Teil des Fußbodens und den Platz am Bett seines Bruders.

Die Ärzte hatten ihr Bestes getan, um ihn und seine Mutter Jill auf das Schlimmste vorzubereiten. Sie hatten beiden versichert, Alex werde irgendwann zu sich kommen – doch was für ein Mensch würde er dann sein? War er dann immer noch Alex? Die Kopfverletzungen waren schlimm, und als Komplikation kam hinzu, dass er sich schon als Baby einmal den Schädel gebrochen hatte. Die Gefahr einer dauerhaften Hirnschädigung bestand; vielleicht würde Alex nur noch dahinvegetieren. Ihre Mutter verzweifelte immer mehr. Marcus hingegen verspürte eine Sicherheit, dass Alex hinter dieser Maske der Bewusstlosigkeit mehr oder weniger derselbe blieb. Das wusste er, weil die wortlose Kommunikation, die zwischen ihnen beiden als Zwillingen ablief, nie unterbrochen worden war. Er wusste es genauso, wie er am Morgen des ersten August beim Aufwachen gewusst hatte, dass Alex etwas Entsetzliches zugestoßen war.

Zwischen den beiden, die innerhalb von fünf Minuten nacheinander das Licht der Welt erblickt hatten und unzertrennlich waren, bestand eine Verbindung, die über Sprache hinausging.

Jeden Tag hatte Marcus lange am Bett seines Bruders gesessen. Endlose Stunden des Wartens und der Sorge waren vergangen. Und dann öffnete Alex die Augen, nach mehreren Tagen und ohne jede Vorwarnung. Er schaute seinem Zwillingsbruder direkt ins Gesicht. Und er sprach. Seine Stimme war schwach und heiser, weil er sie so lange nicht benutzt hatte. Die Worte jedoch waren klar und deutlich.

»Hallo Marcus«, sagte er.

Das hatte einen elektrisierenden Effekt auf seine Umgebung. Um ihn herum brach Tumult aus. Pflegekräfte und Ärzte hielten in ihrem Tun inne und versammelten sich um sein Bett. Die Mutter eilte aus dem Schwesternzimmer herbei, außer sich vor Freude. Alex war aus seinem Koma erwacht! Er konnte sprechen! Er erkannte Marcus, und er würde es schaffen!

Alex schaute seinem Bruder in die Augen und ließ seinen Blick nicht los. Er runzelte die Stirn. Der Lärm störte ihn.

Jill, die Mutter der Zwillinge, war alles andere als eine ruhige Frau, selbst unter normalen Umständen. Nun schallten ihre Freudenrufe darüber, dass ihr Sohn zu sich gekommen war, über die ganze Station. Doch ihre Freude verwandelte sich schon bald in große Sorge. Hier stimmte doch etwas nicht! Was ging da vor sich? Warum freute er sich denn nicht, sie zu sehen? Sie begriff gar nichts mehr. Ihr geliebter Sohn hatte seinen Zwillingsbruder sofort erkannt. Doch wer sie war, schien er nicht zu wissen.

Alle versammelten sich um das Bett. Alex wandte sich wieder an Marcus, aber in seiner Stimme schwang jetzt Angst mit: »Wer ist diese Frau?«

»Das ist unsere Mutter«, erwiderte Marcus.

Diese Information schien überhaupt keinen Sinn zu ergeben. Was Alex betraf, handelte es sich bei der Frau mittleren Alters, die hier einen derartigen Lärm verursachte, um eine völlig Fremde. Er hatte sie noch nie zuvor gesehen.

Er konnte sich an nichts erinnern.

Noch heute, dreißig Jahre später, stellt dieser Moment des Erwachens aus dem Koma für Alex den Beginn seines bewussten Lebens dar. »Ich werde es nie vergessen. Meine früheste Erinnerung besteht aus dem Augenblick, als ich Marcus vor mir sah. Und dann war da diese Frau an meinem Bett. Eine sehr hochgewachsene, laute, ziemlich kräftige Frau mit dunklen Haaren, und sie rannte hysterisch im Zimmer herum.«

Jill wollte einfach nicht wahrhaben, dass ihr Sohn nicht wusste, wer sie war. Sie schrie ihn an: »Hallo, Liebling! Hallo, hallo, HALLO!« Als dem medizinischen Personal bewusst wurde, wie sehr das den Patienten verunsicherte, bat man Jill, einen Moment den Raum zu verlassen. Sie weigerte sich und rief nur noch lauter. Sie hatte eine melodische Stimme, sprach mit dem Akzent der Upperclass; mit einer Stimme, die es gewohnt war, gehört zu werden. Und die sofortigen Gehorsam verlangte.

»*Natürlich* weiß er, wer ich bin! Er ist schließlich mein Sohn! Hallo, Liebling. *Hallo!*«

Schließlich gelang es den anderen, sie zu überzeugen, den Raum zu verlassen, und Alex glitt zurück in die Bewusstlosigkeit.

Das Muster hatte sich bereits manifestiert. Alex sollte sich nie wieder an seine Mutter erinnern, und sie würde niemals akzeptieren, dass er seinen Zwillingsbruder erkannte, sie selbst jedoch nicht.

Doch genau so war es. Damals im Krankenhaus hatte Alex die Augen geöffnet und war in eine Welt eingetreten, in der ihm alles und jeder – von Marcus abgesehen – fremd war. Nicht einmal seinen eigenen Namen kannte er. Die Verwirrung überflutete ihn geradezu, und Marcus war seine einzige Chance, wenn er nicht untergehen wollte. In allem war Alex von seinem Zwillingsbruder abhängig.

In diesem August 1982, als sie beide achtzehn Jahre alt waren, wurde Marcus zu Alex' Gedächtnis. Alex formuliert es inzwischen folgendermaßen: »Ich habe mein Leben durch Marcus gelebt.« Und zwar von dem Augenblick an, in dem er das Bewusstsein wiedererlangte.

Marcus musste ihm alles erklären. Über sein Zuhause, seine Freunde, seine Angehörigen. Sein Leben. Seine Identität.

Nun, fast alles.

Es hat nie einen Moment gegeben, in dem Marcus bewusst entschied, wesentliche Details über ihre frühe Kindheit unerwähnt zu lassen. Er war zu sehr mit praktischen Dingen beschäftigt. Aber während er seinen Bruder durch die Tage führte, gab es Erinnerungen, die er niemals teilte. Unangenehme Wahrheiten, die er überging, Lücken, bei denen er zuließ, dass Alex sie mit »gewöhnlichen« Familiendetails füllte. Alex ahnte nie, dass ihre Familie alles andere als normal war.

Marcus handelte aus Liebe. Außerdem handelte er so, um sich selbst zu schützen. Damit tat er Alex ja womöglich einen Gefallen.

Alex machte seinem Zwillingsbruder durch seinen Gedächtnisverlust ein unerwartetes Geschenk. Er ermöglichte Marcus zwar nicht, sein eigenes Gedächtnis zu verlieren – dieser Luxus war ihm, Alex, vorbehalten. Doch Marcus konnte die Erinnerung begraben. Und das für Jahre.

Länger als ein Jahrzehnt sollte Alex seine Geschichte neu zusammensetzen. Dabei hätte er nie vermutet, dass es sich bei dem Bild, das dabei entstand, nur um die Hälfte der Wahrheit handelte. Die gute Hälfte.

Der Rest blieb dort, wo er nach Marcus' Überzeugung am besten aufgehoben war. Im Verborgenen.

2.

Gelöschter Speicher

Man versucht es sich vorzustellen, doch es ist beinahe unmöglich. Wie wäre es, wenn man an die ersten achtzehn Jahre seines Lebens überhaupt keine Erinnerungen mehr hätte?

Stellen Sie sich nur einmal vor, Sie hätten keine Erinnerung an das Haus oder die Wohnung, wo Sie aufgewachsen sind. Keine Erinnerung an das Spielen im Park oder im Garten. Keine Erinnerung an Ihr erstes Dreirad, an den Sturz vom Fahrrad, an Abendessen vor dem Fernseher oder am Tisch mit der Familie.

Keine Erinnerung an die Schule, an Freunde oder Lehrer, Lieblingsfächer, Mahlzeiten in der Kantine oder an den Wechsel der Jahreszeiten. An den Geruch in den Umkleidekabinen und an Sport an kalten Nachmittagen. An Spielplätze und Korridore, Langeweile und hin und wieder aufregende Ereignisse. An den ersten Ferientag.

Keine Erinnerung an besondere Vergnügen oder Reisen, an Zoobesuche oder an die Minuten ganz kurz vor der Bescherung an Weihnachten. Keine Erinnerung an Lieblingsspielzeuge oder Comichefte. Keine Erinnerung an die Fernsehserien, die sich alle in Ihrem Alter angesehen haben, an die Gags, die auch nach Jahren immer wieder zitiert werden. Die Popsongs, mit denen Ihre Generation aufwuchs, die Filme, die Sie alle prägten.

Keine Erinnerung an die Geburt Ihrer Geschwister, an die Freunde, die zu Ihnen nach Hause kamen, Ihre Paten, die Haustiere der Familie, an Nachbarn und verschrobene Dorfbewohner.

Keine Erinnerung an die erste Verliebtheit oder das erste Date.

Keine Erinnerung an Geburtstage.

Keine Erinnerung an Spiele oder Witze.

Keine Erinnerung an Fahrstunden.

Keine Erinnerung.

Stellen Sie sich das nur einmal vor. Es war nicht nur Alex' Gedächtnis, das durch die Kopfverletzung ausgelöscht worden war – es war sein ganzer Wissensschatz über die eigene Identität. Tausend kleine Farbtupfer tragen zu dem Selbstporträt bei, das wir alle während unseres gesamten Lebens mit uns tragen, zu einem Selbstporträt, das sich mit jedem Erfolg oder Misserfolg, jeder neuen Freundschaft oder Entwicklung, mit jedem Verlust verändert. Oder einfach nur dadurch, dass die Zeit vergeht. Vielleicht ist es nicht präzise – *ganz* präzise ist es nie –, aber ihm kommt eine wesentliche Bedeutung zu. Es vermittelt uns, wer wir sind.

Teilweise geht es darum, wie wir uns selbst in den Ansichten anderer gespiegelt sehen: »Ich habe dich vermisst.« »Das ist mal wieder typisch für dich …« »Du willst immer alles bestimmen!« »Ich mag dich, weil …« Teilweise geht es auch darum, wie wir uns selbst anderen gegenüber darstellen: »Ich bin immer so ungeschickt!« »War ja klar, dass man mich wieder übergeht.« »Die Leute denken, ich bin hart im Nehmen, aber ich bin empfindlicher, als alle glauben.« Am wichtigsten sind vielleicht all die Geheimnisse, die wir niemandem anvertrauen, nicht einmal unseren engsten Freunden. Diese verborgenen Gedanken, die Erinnerungen, die uns mit Scham erfüllen, die Tagträume ohne jede Grundlage, die wir häufig nicht einmal uns selbst eingestehen können.

All diese Orientierungspunkte, all die beschreibenden Stimmen, waren verschwunden. Im Alter von achtzehn Jahren wurde

Alex in eine stumme und leere innere Welt hineingeboren, eine Landschaft ohne Markierungspunkte, und er musste ganz von vorn anfangen. Welche Charaktereigenschaften hatte er? War er genau wie sein Zwillingsbruder Marcus, oder gab es Unterschiede zwischen ihnen, und wenn ja, welche?

In den nun folgenden Wochen, Monaten und Jahren musste Alex nicht nur die Erzählung seines Lebens aus einzelnen Teilen zusammensetzen. Er musste die Bedeutung seiner selbst erfassen, ein Porträt erschaffen, das einfing, was es hieß, Alex Lewis zu sein.

Vor Alex' soeben neu geöffneten Augen entfaltete sich ein unendlich verwirrendes Szenario. Monatelang lebte er in einer Art Gedankennebel. Nichts von dem, was er sah oder berührte, war ihm vertraut. Es war wie bei einem Kleinkind. Das Pflegepersonal musste ihm das Laufen wieder beibringen. Das Treppensteigen, das Anziehen und wie man die Toilette benutzt. Am Anfang war sogar seine Sprache eingeschränkt. Ihm standen nur die Wörter zur Verfügung, die ein Kind kennt.

Die Krankenstation war seine Welt. Nach und nach kannte er alle Ärzte und Pflegekräfte. Doch nur zu bald entschied das medizinische Team, er sei bereit für die Entlassung. Man ging davon aus, er werde sich darüber freuen – schließlich wollte doch jeder zurück zu seinen Angehörigen. Für Alex war dies allerdings eine besorgniserregende Aussicht. Nach Hause? Er hatte keine Ahnung, wovon sie überhaupt sprachen.

Die Dame, vor der er solche Angst hatte und die immer wieder darauf bestand, sie wäre »Mummy«, kam und holte ihn im Auto ab. Er machte sich auf dem Beifahrersitz ganz klein und fragte sich, wohin es wohl ging. Sein Arm war immer noch im Gips, und im Kopf hatte er ein komisches Gefühl. Bald ließen sie die Stadt hinter sich und fuhren über spätsommerliche

Landstraßen zu einem malerischen Dorf in Sussex. Der Wagen hielt vor einem langen, niedrigen, alt wirkenden Haus, umgeben von einem großen Garten.

»Da sind wir, zu Hause!«, rief die Dame.

Duke's Cottage.

Zu Hause?

Unter Schmerzen stieg Alex aus dem Auto, trippelte unsicher über den Kies und bewegte sich auf die Haustür zu. Er fand sich in einem großen Flur mit einem langen Tisch auf einer Seite wieder. Das Haus war dunkel, hatte niedrige Decken und sehr viele Zimmer mit finsteren Ecken. Überall stand oder lag etwas herum. Wohin man auch schaute, waren antike Möbelstücke und jede Menge Kram. Man sagte Alex, das liege daran, dass Jill mit Antiquitäten handelte und jeden Samstag einen Stand auf dem Portobello Market betreute. All diese Begriffe sagten Alex gar nichts, obwohl er Jill angeblich viele Male als Helfer begleitet hatte.

Ein hochgewachsener älterer Mann kam aus einem der Räume und begrüßte ihn mit förmlichen Worten. Alex erfuhr, dass es sich bei diesem ehrfurchtgebietenden Gentleman um seinen »Daddy« handelte. Sein Vater schüttelte Alex die Hand und zog sich dann in seinen düsteren, holzgetäfelten Raum zurück. Er wirkte distanziert und ein wenig furchteinflößend, doch Alex wusste es nicht besser und ging davon aus, alle Väter wären so.

Zu den Kindern ließ sich leichter eine Verbindung herstellen: zu seiner Schwester Amanda, acht Jahre alt, hochgewachsen und blond, und zu dem kleinen Oliver, dem erst sechsjährigen Nesthäkchen der Familie. Mit der Anpassungsfähigkeit aller Kinder akzeptierten sie, dass sich ihr großer Bruder verändert hatte, und sie wirkten weniger bedrohlich auf ihn.

Alle hier erkannten Alex wieder, doch für ihn waren sie alle

Fremde. Außer Marcus. Die Leute gingen davon aus, er werde sein Gedächtnis allmählich zurückerlangen, doch das geschah nie. Nicht einmal annähernd.

Es ist schwer vorstellbar, dass Alex es ohne Marcus geschafft hätte. Lange Zeit drehte sich sein gesamtes Leben um das Überleben. Darum, irgendwie durch den Tag zu kommen. Mit einfachen Aufgaben fertigzuwerden. Bis heute sind seine Erinnerungen an diese ersten Monate nach dem Unfall undeutlich. Alles war verschwommen, und Marcus stellte den einzigen festen Punkt im Chaos dar.

3.

»MarcusundAli«

»Ich habe ihm alles erzählt, was er wissen musste«, sagt Marcus. »Über seine Freundinnen, wo er gearbeitet hat, wer unsere Freunde waren, wo wir wohnten, wo unser Schlafzimmer war. Alles. Das ist das Haus. Das ist die Küche. Das ist das Badezimmer. Das ist Oliver. Das ist Amanda. Alles, von dem Tag seiner Entlassung an. Und ich musste es ständig wiederholen.«

Die Zwillinge hatten immer alles zusammen gemacht. Nachbarn erinnern sich daran, dass man sie als Kinder nie einzeln sah; immer war der andere in der Nähe. Das ging so weit, dass ihre Namen zu einem einzigen Wort verschmolzen: AliunMarky, MarcusundAli. Sie waren immer ein Team gewesen, deswegen fiel zunächst gar nicht so sehr auf, dass Alex nun völlig von seinem Zwillingsbruder abhängig war. Nur er selbst hatte sich verändert.

Er war viel dünner und wirkte zerbrechlicher. Bei dem Sturz vom Motorrad hatte er sich mehrfach das Handgelenk gebrochen, und er musste über Monate einen Gips tragen. Die ganze Zeit war er verwirrt und erregt, und mit mehr als einer oder zwei Personen gleichzeitig konnte er nicht umgehen. Fragen wühlten ihn auf, und jede Form des Herumalberns, jede laute Stimme erlebte er als riesige Belastung. Er weinte häufig, bei geringen Anlässen und ganz spontan, wie ein kleines Kind, und die Tränen, die ihn zuerst völlig überwältigten, versiegten dann so rasch, wie sie gekommen waren. Manchmal schien er überhaupt nicht zu wissen, was um ihn herum vor sich ging, und gab unartikulierte Laute des Unwohlseins von sich. Wenn die Anspannung zu groß wurde, verlor er einfach das Bewusstsein und klappte zusammen.

Im Duke's Cottage fühlte er sich oft ängstlich. Zum einen sagte seine Mutter immer wieder, natürlich wisse er, wer sie sei. Jill war eine extravertierte Frau, die wallende Röcke und auffällige Kleidungsstücke aus Secondhandläden trug. Sie hatte eine ganz eigene, laute Art, jede Situation zu beherrschen und Widerstand einfach nicht gelten zu lassen. Im Augenblick war Alex' sogenannte Amnesie das Thema, das Jill am meisten beschäftigte, und sie weigerte sich, es ruhen zu lassen. »Gut«, sagte sie immer wieder. »Du hast also alles vergessen. Aber an Marcus erinnerst du dich. Und an *mich!*« Hartnäckig versuchte sie, ihm das einzureden. Sie war seine Mutter. Also musste er sie kennen. Er tat einfach nur so, als wäre das nicht der Fall. Damit musste er aufhören und zugeben, dass er sie erkannte.

Aber Alex konnte sich nicht an sie erinnern und war auch nicht in der Lage, es vorzutäuschen. Jill jedoch gab nicht auf; sie war davon überzeugt, wenn sie nur genug auf ihn einredete, würde er ihr irgendwann zustimmen.

Und etwas anderes war noch schlimmer: Jill spielte herunter, wie ernst seine Verletzungen waren. Sie stellte es so dar, als hätte er sich einfach ordentlich den Kopf gestoßen und wäre deswegen ein bisschen verwirrt. »Ach, Alex ist bloß ein bisschen still zurzeit«, sagte sie zu Freunden, wenn diese meinten, ihr Sohn sehe aber schlecht aus. »Es geht ihm aber eigentlich gut.«

Alex ging es alles andere als »eigentlich gut«. Der Gedächtnisverlust war schlimm genug, und dazu kam noch, dass Alex – ohne es zu wissen – versuchte, seine Geschichte in einer Umgebung zu rekonstruieren, in der sich Tatsachen und Erfundenes nicht voneinander unterscheiden ließen. Die Realität bestand aus dem, was Jill zur Realität erklärte – Tatsachen waren in diesem Zusammenhang völlig unerheblich. Später sollte sein jüngerer Bruder Oliver diese Schwierigkeit kommentieren, indem er sagte: »Wir sind in einem Haus der Unwahrheiten aufgewachsen.«

Alex kämpfte mit dem Versuch, das Tatsachengeflecht zu entwirren, doch im Duke's Cottage war das eine gefährliche Angelegenheit. Natürlich beharrte Jill darauf, ihre Kinder seien glücklich und mit Alex sei alles in Ordnung. Dass sich das Gegenteil nur zu deutlich zeigte, ignorierte sie einfach.

Außer dieser Haltung kannte Marcus nichts anderes, und er war noch nicht an den Punkt gekommen, sie zu hinterfragen. Er wusste ganz genau, dass es sich bei Alex' Gedächtnisverlust um eine Realität handelte, schließlich verbrachte er viel Zeit damit, die Lücken für seinen Zwillingsbruder zu füllen, und das jahrelang. Doch er fügte sich rasch der offiziellen Version der Ereignisse, orientierte sich an Jill und erwähnte bald weder den Unfall noch die Tatsache, dass Alex sein Gedächtnis verloren hatte. Heute sagt Marcus: »Als das erste Trauma vorüber war, haben wir mehr oder weniger unser altes Leben wieder aufgenommen und aus dem Ganzen nicht so ein Drama gemacht. Wir haben sofort bestimmte Mechanismen eingesetzt, um mit der Situation umzugehen. Einfach weitermachen, Freunde treffen, ausgehen ...« So war es immer gewesen. In ihrer Familie musste man lügen können, um zu überleben.

Und weil Alex laut der offiziellen Version sein Gedächtnis niemals verloren hatte, gab es auch keine weitere Behandlung. Soweit sich die beiden erinnern, wurde Alex nie von neurologischen Spezialisten untersucht, und er hat auch nie irgendeine Form von professioneller Hilfe erhalten. Er musste einfach mit der Situation zurechtkommen, so gut es eben ging. Inzwischen haben Alex und Marcus selbst Kinder und sind fassungslos, wenn sie sich vor Augen führen, dass man sich damals überhaupt nicht um die Bedürfnisse des Kranken gekümmert hat. Warum in aller Welt setzte ihre Mutter nicht Himmel und Hölle in Bewegung, um Alex die professionelle Hilfe zu besorgen, die er so dringend brauchte? Das hätte jeder normale Elternteil getan.

Doch damals akzeptierten sie es einfach, wie so vieles in ihrem Leben. Weil es keine Möglichkeit für sie gab, irgendwelche Vergleiche zu ziehen, nahmen sie an, jede andere Familie wäre auch auf diese Weise mit der Krise umgegangen.

4.

Das Bramley Grange Hotel

Kurz nach Alex' Entlassung aus dem Krankenhaus tauchte eine Frau namens Pam Taylor im Duke's Cottage auf. Alex hatte natürlich keine Ahnung, wer sie war, doch sie wirkte kompetent und freundlich. Sie teilte ihm mit, er habe vor dem Unfall in ihrem Hotel gearbeitet. Rasch erfasste sie die Situation und kündigte an, sie werde Alex mit in ihr Hotel nehmen, wo man sich anständig um ihn würde kümmern können. Später fand Alex heraus, dass Pam noch nie eine besonders hohe Meinung von Jills mütterlichen Qualitäten gehabt hatte. Pam erkannte sofort, dass Alex zu Hause nicht die benötigte Hilfe erhalten würde. Hilfe, von der sie wusste, sie würde sie ihm geben können.

Jill leistete keinen Widerstand, also lud Pam den völlig verblüfften jungen Mann ins Auto und nahm ihn mit ins Bramley Grange Hotel. Das war verwirrend und beängstigend für Alex, aber schließlich traf das in dieser Zeit auf alles zu, und wie gewöhnlich tat er einfach, was man ihm sagte. Marcus hatte ihn ermutigt, mit Pam zu fahren, weil er wusste, dass die Taylors vertrauenswürdige, aufmerksame Menschen waren. Vielleicht gab es auch tief in Alex' Innerem eine Stimme, die ihm sagte, er könne den Taylors vertrauen.

Wie sich herausstellen sollte, war das eine gute Entscheidung. Das Bramley Grange Hotel war ein großer, weitläufiger Komplex südlich von Guildford. Als der Unfall passierte, hatte Alex etwa ein halbes Jahr dort gearbeitet. Zuerst in der Küche, doch als Pam und ihr Mann Ken herausfanden, dass er gut mit Menschen umgehen konnte, hatten sie ihn stattdessen an der Rezeption und im Restaurant eingesetzt.

Dass Pam und Ken Taylor glaubten, Alex einen sicheren Hafen bieten zu können, hatte einen guten Grund: Sie waren ins Hotelgewerbe eingestiegen, um eine sichere Umgebung für ihre Tochter zu schaffen. Gail war drei Monate zu früh zur Welt gekommen, mit einem Geburtsgewicht von unter einem Kilo. In ihrem Geburtsjahr, 1951, rechnete man in solchen Fällen nicht mit einem Überleben. Doch sie überlebte. Die Ärzte erklärten, sie habe einen Hirnschaden und ihre Eltern sollten sie abschreiben. Dazu waren sie aber nicht bereit. Als Gail ein Jahr alt war, stellte sich heraus, dass die großen Mengen Sauerstoff, die sie im Brutkasten bekommen hatte, ihr Augenlicht zerstört hatten. Die Spezialisten waren sich einig: Gail sei »zu nichts zu gebrauchen – blind, Epileptikerin, Spastikerin und eine Idiotin«. Ihre Eltern jedoch weigerten sich, Gail aufzugeben.

Mit neun Jahren konnte das Mädchen noch immer nicht sprechen und begann bei der kleinsten Aufregung, laut zu schreien. Aber Pam wusste, dass ihre Tochter verstand, was man zu ihr sagte, und irgendwann trieb sie einen Logopäden auf, der bereit war, ihre Tochter zu behandeln. Gail lernte sprechen, und von diesem Augenblick an machte sie ganz außerordentliche Fortschritte. Wie sich herausstellte, war »die Idiotin« mit einem ausgezeichneten Gedächtnis und außergewöhnlicher Musikalität gesegnet. Sie lernte Fremdsprachen, fand als Amateurfunkerin Freunde in aller Welt und beeindruckte jeden, der ihr begegnete. Gleichzeitig war deutlich, dass sie für den Rest ihres Lebens bei bestimmten Dingen Unterstützung brauchen würde.

Die Taylors waren ins Hotelbusiness eingestiegen, um immer in einer Umgebung zu leben und zu arbeiten, in der sie ihre Tochter bei sich haben und versorgen konnten.[1]

Alex und Gail waren schon vor dem Unfall gut miteinander ausgekommen. Jetzt, da sie beide so sehr von anderen abhängig waren, wenn auch auf ganz verschiedene Weise, vertiefte sich ihre Freundschaft. Obwohl sich Alex weder an Gail noch an das Hotel erinnern konnte, fühlte er sich dort viel sicherer als im Duke's Cottage. Im Hotel herrschte eine sichere, heitere Atmosphäre, die es »zu Hause« nie gegeben hatte. Alex verbrachte die meiste Zeit mit Gail. Alle Angehörigen des Personals schienen ihn zu kennen; sie akzeptierten seine Behinderung und begegneten ihm freundlich.

Gail und ihre Eltern würden sein ganzes Leben lang Freunde für Alex bleiben. In der Zeit, die gerade beschrieben wird, akzeptierte er einfach alles als Teil des Chaos, das er durchlebte. Doch die außergewöhnliche Großzügigkeit der Familie Taylor war Teil eines Musters, das existierte, seit die Zwillinge klein waren. Niemand begriff jemals ganz, in welch ungesunder Familienumgebung sie lebten. Gleichzeitig merkten viele Menschen, dass die Bedürfnisse der beiden Jungen zu Hause nicht erfüllt wurden. Lange Zeit hatten Freunde Aufgaben übernommen, um bestimmte Lücken zu füllen, genau wie Pamela und Ken Taylor das nun taten.

Das lag nicht nur daran, dass die Zwillinge Hilfe brauchten. Als Kinder hatten Alex und Marcus einen ganz besonderen Charme besessen, manche Erwachsenen sprachen sogar von Charisma. Natürlich ist ein eineiiges Zwillingspaar immer etwas ganz Besonderes, doch da gab es noch mehr. Die Jungen waren witzig und zeigten den Menschen ihre Zuneigung; es

---

[1] Gail hat ihre lebensbejahende Geschichte in dem außergewöhnlichen Buch *My World* erzählt, das im Jahr 1997 mit einem Vorwort von Sir Harry Secombe erschien.

machte Spaß, Zeit mit ihnen zu verbringen. Beide verfügten über eine ansprechende Art der Unschuld, eine ganz außergewöhnliche Fähigkeit zum Vertrauen in andere. Man konnte sie einfach nicht ignorieren. Sie waren auf verrückte Weise witzig und unterhaltsam und wussten, wie man einen Weg in die Herzen anderer fand. Die Leute liebten sie einfach.

Und das entschied alles.

5.

Leute wie wir

Für Alex war die Zeit gewissermaßen elastisch. Einige Wochen später – oder waren es Monate? – kehrte er ins Duke's Cottage zurück. Jetzt konnte er besser auf sich selbst aufpassen und begann, seine Welt zu erfassen. »Mummy« befand sich im Zentrum dieser Welt. Die fünfzigjährige Jill war eine auffällige Frau, einen Meter achtzig groß und mit langem dunklen Haar, das langsam ergraute. Sie gab sich dramatisch, stand immer im Mittelpunkt der Aufmerksamkeit, hatte einen großen Freundeskreis und die Gabe, jede Zusammenkunft in eine spontane Party zu verwandeln. Wenn Leute sich an sie erinnern, fällt immer wieder der Begriff »unterhaltsam«. Jill Dudley *war* unterhaltsam. Laut und überbordend und einfach unmöglich.

Sie schien überhaupt keine Hemmungen zu haben und sprach häufig und laut über ihr Lieblingsthema: Sex. Ganz selbstverständlich ging sie davon aus, dass alle anderen ihre Besessenheit teilten. Die Freunde ihrer Kinder, besonders die jungen Männer, fanden das ganz großartig. So einfach und unkompliziert und unbürgerlich. Manchmal war den Zwillingen das peinlich, vor allem, wenn ihre Mutter zu viel getrunken hatte und anfing, von ihren »kleinen Pimmeln« zu reden. Doch Jill konnte nichts aufhalten. Es war am einfachsten, man lachte mit.

Außerdem kannte Jill sich mit dem Leben in der High Society aus. Sie war im Jahr 1949 in diese eingeführt worden und unglaublich stolz darauf, mit Clement Attlee verwandt zu sein, dem britischen Premierminister direkt nach dem Krieg. Sie sei seine Nichte, erzählte sie den Leuten immer gern. In Wirklichkeit war sie nur eine entfernte Cousine. Als überzeugte Konservative blendete sie die unangenehme Wahrheit aus, dass Attlee sein ganzes Leben lang Sozialist und eine Ikone der Labour Party gewesen war. Seine wesentliche Beteiligung am Entstehen des englischen Sozialstaates stellte ein unbequemes Detail dar, das sie nur zu gern überging. Ein berühmter Verwandter war trotzdem nützlich, und Jill hatte sich noch nie von langweiligen Tatsachen davon abhalten lassen, eine gute Geschichte zu erzählen.

Ihre engste Freundin war inzwischen eine Komtess. Cynthia, die in der Regenbogenpresse zuweilen als »Big Cyn« bezeichnet wurde, hatte einige Vernunftehen hinter sich, bevor sie ihren derzeitigen Ehemann fand. Nach dem Tod seines Vaters sollten sie Graf und Gräfin werden. Jill und Cynthia organisierten zusammen Partys in Cynthias Londoner Apartment, wo Alex und Marcus schon als kleine Jungen Drinks und Kanapees hatten servieren müssen. In gewisser Hinsicht ein nützliches Training: Beide fanden sich in fast jeder gesellschaftlichen Situation gut zurecht, auch wenn Alex nach seinem Unfall eine ganze Weile brauchte, um in diese Sicherheit zurückzufinden.

Ihre Mutter gab sich gern vornehm, und sie lebten in einem riesigen elisabethanischen Haus mit einem ebenso riesigen Garten. Gleichzeitig schien immer Geldmangel zu herrschen. Jill kaufte ihre sämtlichen Kleidungsstücke sowie die ihrer Kinder in Secondhandläden. Weil sie mit ihrer Schuhgröße von über vierundvierzig nie passende Schuhe für sich finden konnte, trug sie bei jedem Wetter Sandalen, aus denen Zehen und Fersen hervorragten. In ihrer Handtasche trug sie immer Bargeld mit sich herum, das sie brauchte, um Antiquitäten zu erwerben. Die Zwillinge erhielten nie auch nur ein Taschengeld, und das trotz der vielen Aufgaben, die sie im Haus erledigten. Jill war nicht die Sorte Mutter, die man jemals um etwas gebeten hätte.

»Daddy« war eine nicht weniger dominante Persönlichkeit. Bei Alex' Unfall war Jack Dudley Mitte siebzig. Direkt nach Alex' Entlassung wirkte er distanziert. Er hatte als selbstständiger Buchhalter gearbeitet, und obwohl er sich offiziell im Ruhestand befand, betreute er noch immer zwei oder drei Klienten, in den meisten Fällen Verwandte. Er hatte im Erdgeschoss sein eigenes Arbeitszimmer, und daneben befand sich das Wohnzimmer, in dem Kinder nicht geduldet wurden. Ein separates Treppenhaus führte zu seinem Schlafzimmer, das über ein gemeinsames Bad mit dem seiner Frau verbunden war. Ihre Mahlzeiten nahmen die Eltern getrennt von den Kindern ein. Aus diesem Grund begegnete Alex seinem Vater in der ersten Zeit nicht oft.

Als Kinder teilten sich die Zwillinge ein kleines Schlafzimmer im Erdgeschoss hinter der Küche, in dem es immer kalt war. Für die meiste Zeit ihres Teenageralters mussten sie in einen Schuppen umziehen, ihre Mutter nannte ihn hartnäckig »Anbau«, aber er hatte dünne Wände und war nicht heizbar, und es gab weder Strom noch fließend Wasser. Der Begriff »spartanisch« beschreibt das Ganze am besten.

Was die Vornehmheit betrifft, stand Jack seiner Frau in nichts nach. Das ging sogar so weit, dass ihn seine engsten Freunde »Lord Dudley« nannten. Ganz offensichtlich genoss Jack das. Im Laufe der Wochen, als das Leben im Duke's Cottage in seine gewohnten Bahnen zurückkehrte, entdeckte Alex eine weitere Facette der Persönlichkeit seines Vaters: Er war ein Tyrann. Als Alex aus dem Krankenhaus kam, hatte man Jack angewiesen, ihn nicht anzuschreien, weil es ihn so sehr verstörte, wenn jemand seine Stimme erhob. Doch Jack verfiel bald wieder in seine alten Gewohnheiten. All seine Kinder fürchteten seine Wutausbrüche, auch wenn er nie körperlich gewalttätig wurde. Das brauchte er gar nicht. Die Wut des Jack Dudley war auch so beängstigend genug.

Und nicht nur seine Familie fürchtete ihn. Sogar seine Freunde wussten, dass er böse Scherze auf Kosten anderer machen konnte. Jill inszenierte die Angst vor ihrem Ehemann und schob ihm auf diese Weise die Verantwortung für alles Negative zu: So war es Jacks Schuld, dass die Zwillingsbrüder nie eigene Hausschlüssel besaßen. Ständig hieß es: »Mach bloß Daddy nicht wütend!«

Irgendwann entdeckte Alex einen weiteren Aspekt seiner Familiengeschichte: Jack Dudley, den er und Marcus immer »Daddy« genannt hatten, war in Wirklichkeit überhaupt nicht ihr Vater, sondern ihr Stiefvater, und ihre Mutter seine vierte Ehefrau. Der leibliche Vater der Zwillingsbrüder, ein Mann namens John Lewis, war bei einem Autounfall ums Leben gekommen, als die Zwillinge drei Wochen alt gewesen waren. Es hieß, der tödliche Unfall habe sich ereignet, als John Alex aus dem Krankenhaus abholen wollte. Marcus, der damals unter irgendeiner Infektion litt, war nicht gesund genug für eine Entlassung gewesen und deshalb im sicheren Krankenhaus geblieben. Alex jedoch war aus dem Auto geschleudert worden. Über ihren leiblichen Vater, der eine Woche nach dem Unfall im Krankenhaus verstorben war, wussten die beiden Jungen fast nichts. Es gab nur ein einziges Foto, das einen freundlichen, sanftmütig wirkenden Mann zeigte, ganz anders als der aggressive Jack. Jill sprach nie über ihren leiblichen Vater. Und sie fragten auch nie nach ihm.

Allmählich fand Alex heraus, dass es in seiner Familie genauso viele dunkle Winkel gab wie in dem weitläufigen alten Haus, in dem er aufgewachsen war. Es gab eine Großmutter, Jills Mutter, die in einem riesigen Haus am Rande von Newbury wohnte. Rosalind und Jill hatten ein sehr enges Verhältnis, obwohl die alte Dame eine kühle, exzentrische Frau war, die außer ihren Hunden keine wirkliche Leidenschaft im Leben hatte. Sie züchtete Chihuahuas, und ihr Haus war voll von kleinen, überspannten und lauten Hunden – manchmal waren es bis zu sechzig Tiere. Die zeigte sie auf Ausstellungen und betreute sie mit absoluter Hingabe, kleidete sie an wie Puppen und überschüttete sie mit Zuneigung. Während die meisten Hunde in einem bestimmten Teil des Hauses bleiben sollten, hatte sie immer ein paar besondere Lieblinge, die überallhin durften, sodass sich Chaos und Gestank im ganzen Haus verbreiteten.

Der Onkel der Zwillinge stellte ein noch größeres Mysterium dar. William war drei Jahre älter als Jill, doch ein bitteres Zerwürfnis trennte die beiden. Jill und ihre Mutter hatten ihn vor Jahren aus der Familie verstoßen. Williams alljährlicher Versuch, an Jills Geburtstag mit seiner Schwester Kontakt aufzunehmen, überschattete diesen Tag. Manchmal erschien er im Duke's Cottage, durfte das Haus jedoch nie betreten. Auch seine fünf Söhne hatte man verstoßen, und Marcus und Alex war der Kontakt zu ihnen untersagt.

Einmal, als die Zwillinge Anfang zwanzig waren und zufällig gerade das Wochenende zu Hause verbrachten, erwähnte Jill ganz nebenbei, einer ihrer Cousins sei gerade an einem Hirntumor verstorben.

»Was ist denn passiert? Wann ist die Beerdigung?«

Jill weigerte sich, ihnen zu antworten. Die Anteilnahme der beiden erfüllte sie zuerst mit Überraschung, dann mit Wut. Und weil die Brüder keine Möglichkeit hatten, ihren Onkel oder die anderen Cousins zu kontaktieren, gab es nichts, was sie hätten tun können. Für diesen Hass wurde nie ein Grund genannt, auch wenn das Gerücht ging, William trage in irgendeiner Form die Verantwortung für den Tod ihres leiblichen Vaters.

Aber wie konnte das sein? John Lewis war doch bei einem Autounfall ums Leben gekommen! William hatte sich nicht einmal in der Nähe aufgehalten. Wie konnte er also die Schuld tragen?

Fragt einfach nicht danach.

Marcus und Alex begriffen instinktiv, dass man keine Fragen stellen durfte. Und Marcus besaß ein Talent dafür, die Familiengeschichten amüsant wiederzugeben. Zum Beispiel erzählte er Alex von einem ganz bestimmten Tag, als sie etwa dreizehn Jahre alt gewesen waren. Es hatte an der Tür geklingelt, und er war hingegangen. Draußen stand eine junge Frau mit einem Mischlingskind im Arm und stellte sich mit den Worten »Hallo. Ich bin eure Schwester« vor.

Der verblüffte Marcus hatte geglaubt, es wäre ein Scherz. Er ging ins Haus und sagte zu seinen Eltern: »Da draußen steht eine Frau, die behauptet, sie wäre meine Schwester.«

»Ach ja«, erwiderte Jack seelenruhig. »Das ist dann wohl Molly.«

Wie sich herausstellte, war Molly die Tochter einer Frau, in die Jack sich direkt nach dem Krieg verliebt hatte. Ihre Mutter war verstorben, als Molly klein war, und danach hatte sich ihre Großmutter mütterlicherseits um sie gekümmert. Molly war in einem Kloster aufgewachsen, schließlich selbst Nonne geworden und hatte in einer Mission in Afrika gearbeitet. Nach einigen Jahren hatte sie sich dort in einen Mann verliebt. Ihr kleiner Sohn war das Ergebnis dieser Beziehung.

Jack war so altmodisch, dass er einen nicht weißen Enkelsohn als Makel empfand, schob seine Empörung aber auf die Tatsache, dass sein Enkel – wie auch seine Tochter – unehelich geboren war. Darum sah man Molly nicht oft. Bevor sie wieder verschwand, vertraute sie Alex und Marcus an, dass ihr Vater sie nur zweimal im Jahr besucht hatte, als sie als Kind im Kloster lebte. Dann nahm er sie immer mit zum Tee ins Savoy. Sie meinte, an diesen Nachmittagen habe er mehr für sie ausgegeben als während des gesamten restlichen Jahres.

Molly verschwand also wieder, und jahrelang hörten sie nichts mehr von ihr.

Leute kamen und gingen völlig willkürlich. Alex hatte Schwierigkeiten, das Ganze zu einem Bild zusammenzufügen.

6.
Freunde

Am Weihnachtstag des Jahres 1982, fünf Monate nach dem Unfall, warf sich Alex in Abendgarderobe samt schwarzem Schlips. Die ganze Familie versammelte sich festlich gekleidet im Vorraum ihres Hauses. Im Auto legten sie die kurze Strecke zu einem schönen alten Haus zurück, das engen Freunden gehörte. Ian und Laura Hudson begrüßten Alex herzlich, und Marcus schien sich bei ihnen ganz zu Hause zu fühlen.

Das Essen war eine förmliche Angelegenheit mit etwa zwanzig Personen. Alle Männer und Jungen trugen schwarze Krawatten, die Damen Samt und Seide. Der Alkohol floss in Strömen. Nach dem Lunch wurde traditionsgemäß ein Pantomime-Spiel gemacht, und alle hatten großen Spaß. Die Besucher aus dem Duke's Cottage blieben dabei Zuschauer; sie lachten zwar schallend über die Versuche der anderen, Wörter mit Händen und Füßen darzustellen, beteiligten sich jedoch nie. Keiner von ihnen hatte Spaß am Theaterspielen. Wie viele Menschen, die in einer Familie aufwachsen, in der Täuschungen zum täglichen Überlebensmodus gehören, erschien ihnen die Schauspielerei zur reinen Unterhaltung als Ding der Unmöglichkeit.

Am Abend kehrte man ins Duke's Cottage zurück. Übermäßiger Alkoholgenuss hatte die Dudleys noch nie davon abgehalten, sich ans Steuer zu setzen, auch wenn Jack vor einiger Zeit wegen Trunkenheit am Steuer verurteilt worden war und man ihm für ein Jahr den Führerschein entzogen hatte. Alex und Marcus blieben noch und spielten mit den Kindern von

Ian und Laura Billard, schließlich übernachteten sie bei den Freunden. Das war seit Jahren eine Familientradition.

Marcus erklärte Alex, dass Ian und Laura eine besondere Rolle in ihrem Leben spielten, seit sie nach Jills zweiter Heirat nach Sussex gezogen waren. Die Zwillinge hatten beinahe jedes Wochenende bei den Hudsons verbracht und bei ihnen ein sicheres zweites Zuhause gefunden. Alex entdeckte bald, dass er sich statt an seine Eltern besser an Ian und Laura wandte, wenn er einen Rat oder gar konkrete Hilfe benötigte.

Und da gab es nicht nur die Familie Hudson. Einer von Jacks ältesten Freunden, Jack Brockway, und seine zweite Frau Deirdre boten den beiden Jungen ebenfalls Zuflucht. Deirdre war eine großzügige und pragmatische Australierin; selbst hatte sie keine Kinder, bereitete jedoch Alex und Marcus nur zu gern angenehme Überraschungen. Früher war sie oft mit den beiden zur Juni-Militärparade gefahren und an ihren Geburtstagen in eine große Londoner Spielzeughandlung.

Nach und nach lernte Alex alle wichtigen Personen ihrer Welt kennen, doch dieser Prozess sollte Jahre in Anspruch nehmen. Nicht die kleinste Erinnerung aus seinen ersten achtzehn Lebensjahren kehrte zurück, und Marcus musste diese Lücken ständig füllen. Schon unzählige Male hatten sie sich in einem Hauseingang kurz verständigt, bevor sie auf die Klingel drückten.

»Wen besuchen wir jetzt noch mal?«, fragte Alex dann, und Marcus lieferte ihm schnell eine kurze Zusammenfassung: Name der Person, Alter, woher man sich kannte. Wenn sich die Tür öffnete, war Alex dann in der Lage, die Gastgeber wie alte Freunde zu begrüßen. (Und das waren sie natürlich auch.)

Mit der Zeit lernte er, seinen Gedächtnisverlust zu verbergen. »Ach ja, jetzt erinnere ich mich!«, sagte er, auch wenn er sich in Wirklichkeit nur an Marcus' Zusammenfassung erinnerte. Aber das war leichter, als immer wieder seine Einschränkung erklären zu müssen.

Alex fand heraus, dass es außerhalb seines Familienkreises echte Zuneigung und echtes Glück gab. In den Jahren vor dem Unfall hatten er und Marcus ganz naturgemäß allmählich ihre Flügel ausgebreitet und sich von den Menschen entfernt, die sie nun als ihre »Adoptiveltern« bezeichneten, die Hudsons und die Brockways. Sie hatten sich einen eigenen Freundeskreis geschaffen. Während ihrer Kindertage hatten sie einander meistens gegenseitig genügt – AliunMarky, MarcusundAli –, aber am Neujahrsabend des Jahres 1980, als sie beide sechzehn Jahre alt waren, hatte sie ein Nachbarsjunge eingeladen, mit ihm zusammen eine große Party in einigen Meilen Entfernung zu besuchen. Dort sollte sich Entscheidendes ereignen.

Über Gelegenheitsarbeiten im Dorf hatten sie sich Geld für Mopeds zusammengespart. Sie fuhren im Dunkeln los und erreichten ein imposantes Haus mit dem Namen Long Copse, das sich am Rand einer Felswand befand. Man hatte eine fantastische Aussicht und konnte sogar die Hügel der South Downs erkennen. Und noch besser gefiel Marcus und Alex, dass die Teenager der Familie – Sam und Ellen Handley – frei über ein Cottage hinter dem Haus verfügen konnten. Außerdem gab es eine riesige Scheune, und dort fand die Party statt.

Sie erregten von Anfang an Aufsehen: eineiige Zwillingsbrüder, attraktiv und schon allein dadurch interessant, weil sie als Erste unter den Teenagern eigene Fahrzeuge besaßen. Alle fanden ihr Selbstbewusstsein und ihre Fähigkeit, ganz ungezwungen mit Erwachsenen und Altersgenossen umzugehen, unglaublich beeindruckend. Die beiden ließen sich nur auseinanderhalten, weil sie unterschiedliche Krawatten trugen, doch die tauschten sie im Laufe des Abends. Oder vielleicht auch nicht? Das konnte niemand mit Sicherheit sagen.

Die privilegierten Jugendlichen auf der Party nahmen die Zwillinge in ihren Freundeskreis auf, und damit begann eine neue Phase in Alex' und Marcus' Leben, in deren Mittelpunkt Ric, Caz und Jo sowie Sam und Ellen standen. Das Haus der Familie Handley wurde zu einer Art Zufluchtsort: Sue Handley bewirtete beim Abendessen gern zwei Personen mehr, und dazu kam es immer öfter.

Natürlich machten sich all ihre Freunde nach Alex' Unfall große Sorgen. Er war mit Caz zusammen gewesen. Die war jedoch nach dem Tod ihrer Mutter vor ein paar Monaten mit ihrem Vater weggezogen, sodass ihre Beziehung geendet hatte, auch wenn sie Freunde blieben. Sobald Alex wieder auf den Beinen war, machten seine Freunde mehr oder weniger weiter wie bisher. Die Bemühungen der Zwillinge, Alex' Gedächtnisverlust zu verbergen, halfen dabei. Wenn sie sich im Pub trafen, sorgte Marcus dafür, dass nicht alle gleichzeitig redeten, weil er wusste, dass sein Bruder das nur schwer ertrug. Wenn für Alex eine Situation zu anstrengend wurde, verließ er immer den Raum. Einige seiner Freunde sorgten sich, weil er so dünn war und manchmal völlig den Faden verlor und keine Ahnung hatte, was vor sich ging. Doch unter welchen Behinderungen er tatsächlich litt, begriffen sie nie ganz.

Im Gegenteil: Bald erkannten sie, dass der neue, veränderte Alex auch Vorzüge hatte. Er trank nicht mehr viel, und das machte ihn zum idealen Fahrer, wenn sie zusammen ausgingen. Die Tatsache, dass er immer noch manchmal Ohnmachtsanfälle hatte und nicht Auto fahren sollte, ignorierten sie nur allzu gern. Oft überredeten sie Alex, viel länger auf einer Party zu bleiben, als er eigentlich vorgehabt hatte, weil sie von ihm nach Hause gefahren werden wollten.

Inzwischen sind seine Freunde entsetzt darüber, wie sehr sie seine Situation damals ausnutzten. Zum Teil steht dahinter einfach die Gedankenlosigkeit von Teenagern, die alles nicht so ernst nehmen. Teilweise imitierten sie aber auch unbewusst das Verhalten von Marcus und seiner Familie. Wenn seine eigene Mutter die Ansicht vertrat, es gehe Alex gut, durfte man ja wohl davon ausgehen, dass das auch stimmte? Alex wiederum verließ sich auf seine Freunde. Auch wenn sie manchmal gedankenlos waren, schenkten sie ihm doch die Liebe und Bestätigung, von der es zu Hause so seltsam wenig gab.

Für viele seiner neuen Freunde war dieser Sommer des Jahres 1982, als Alex seinen Unfall hatte, der letzte Sommer zu Hause. Im Herbst würden sie an die Universität gehen und sich dann ihren beruflichen Karrieren zuwenden, Ärzte oder Anwältinnen werden, nach London ziehen oder den Lehrerberuf ergreifen.

Für die Zwillinge gab es keine dieser Optionen.

7.

Eine verschwendete Schulbildung

Einer der schwierigen Aspekte ihrer Kindheit, den Marcus nicht verbergen konnte, bestand darin, dass sie keine ordentliche Schulbildung erhalten hatten. Für kurze Zeit hatten sie eine sehr leistungsorientierte Privatschule im Dorf besucht, waren dort jedoch nicht gut zurechtgekommen und schließlich als Legastheniker diagnostiziert worden.

Zu dieser Zeit ging es den Dudleys finanziell schlecht, was Jack die perfekte Ausrede dafür lieferte, die Zwillinge von der Privatschule zu nehmen und mit elf Jahren auf die örtliche Gesamtschule zu schicken. Sie fanden sich unter den schlechtesten Schülern der Klasse wieder, wurden entsprechend wenig gefördert und lernten gar nichts. Als sie mit sechzehn die Schule verließen, konnten sie kaum lesen und schreiben. Marcus, dem die Schule am schwersten gefallen war, hatte herausgefunden, dass er nur etwas leisten konnte, wenn Holzarbeiten auf dem Stundenplan stand. Also besuchte er das Godalming College, ließ sich dort zum Schreiner ausbilden und erwarb einen Abschluss mit dem Schwerpunkt Holzarbeiten.

Das mag damals nach wenig ausgesehen haben, besonders im Vergleich zu ihren Freunden, die Privatschulen besucht hatten und Abschlüsse mit beeindruckend guten Noten vorweisen konnten, aber Marcus hatte jetzt etwas entdeckt, in dem er glänzen konnte. Bis dahin hatte ihn jede Unterrichtssituation nur darin bestärkt, dass er einfach nichts konnte, zumal ihn sein Vater zu Hause ständig erniedrigte. Jetzt hatte er endlich die Möglichkeit, irgendwo durch gute Leistungen aufzufallen.

Alex war noch nicht bereit, die Schule ganz aufzugeben. In den Jahren vor dem Unfall hatte er auf der weiterführenden Schule hart gearbeitet, jedoch ohne viel zu erreichen. Marcus beschreibt dies folgendermaßen: »Er hat geschuftet wie ein Verrückter, weil er wissen wollte, ob er irgendeine Prüfung hinkriegen konnte – trotzdem hat er keinen einzigen Abschluss geschafft.« Alex begann, im Catering zu arbeiten. Durch einen Wochenendjob in einer nahegelegenen Kneipe hatte er schon Erfahrung gesammelt. Dann wurde er am Bramley Grange Hotel angestellt. Nach seinem Unfall sah es zunächst so aus, als ob er mehr als eine Position als Kellner nicht erwarten durfte.

Die Dyslexie der Zwillinge hatte immer starken Einfluss auf ihr Leben. Ihre Beziehung zu Jack wurde dadurch noch schwieriger, denn für ihn war »Legastheniker« ein Synonym für »Dummkopf«, und während ihrer ganzen Schulzeit unterhöhlte die Diagnose ihr Selbstbewusstsein. Paradoxerweise war die Dyslexie einer der Gründe, warum die Zwillinge so selbstsicher auftraten, als sie auf der Neujahrsparty der Handleys erschienen. Marcus sagt ganz deutlich, dass sie durch die Dyslexie gelernt hätten, ihre Schwierigkeiten zu verbergen, sei es in der Schule oder außerhalb. Es gab nur zwei Möglichkeiten: sich eine überzeugende Fassade errichten oder in der Bedeutungslosigkeit verschwinden. Und Letzteres kam für sie einfach nicht infrage.

Weil sie beide so mit dem Lesen und Schreiben kämpften, wurden selbst einfache Tätigkeiten unmöglich, und noch heute bricht Marcus manchmal in Tränen aus, wenn er ein Formular ausfüllen soll oder eine Bedienungsanleitung lesen muss. Bis heute sagt er, die Legasthenie habe sein Leben am entscheidendsten beeinflusst und sei viel schlimmer gewesen als alles, was er ansonsten durchmachen musste. Gleichzeitig gibt er ohne Umschweife zu, dass es auch unerwartete Vorteile gab: Da den Brüdern die üblichen Karrieremöglichkeiten verschlossen blieben, waren sie gezwungen, sich mehr anzustrengen, Risiken in Kauf zu nehmen und unerwartete Gelegenheiten zu ergreifen. Das hatte häufig tiefgreifende Folgen.

Doch während sich Alex nach seinem Unfall langsam wieder im Leben zurechtfand, sah die Zukunft nicht besonders rosig aus. Er wohnte immer noch zu Hause, während all seine Freunde an die Universität gingen. Er hatte eine Lese-Rechtschreib-Schwäche und eigentlich keine Fertigkeiten, die er für eine Karriere hätte nutzen können.

Wie sollte er jemals finanziell unabhängig werden?

8.

Das Geschenk Zukunft

Fairerweise muss man sagen, dass sich Jill einmal um Hilfe für Alex bemüht hatte. Was sie tat, sollte weitreichende Konsequenzen haben.

»Auf geht's, Liebling«, verkündete sie eines Morgens. »Wir fahren jetzt zu meiner Freundin Vivien. Vielleicht kann sie dir mit deinem Gedächtnis helfen.«

Alex hatte keine Ahnung, was ihm bevorstand, begleitete seine Mutter aber widerspruchslos.

Vivien Kay und Jill hatten über Jahre sporadisch Kontakt gehabt. Als sie sich kennenlernten, hatte Vivien mit Pferden gearbeitet, doch inzwischen war sie Heilerin. Ihre Bewunderer schrieben ihr alle möglichen Kräfte zu, und Jill hatte sich überlegt, Vivien könnte Alex vielleicht so hypnotisieren, dass er sich danach wenigstens an seine eigene Mutter erinnerte. Was seinen Gedächtnisverlust ansonsten betraf, kümmerte er sie wenig.

Also fuhren sie nach Dorking, wo Vivien lebte. Alex fand alles verwirrend. Sein Unfall war erst wenige Monate her, und sein ganzes Leben war immer noch ein hoffnungsloses Chaos. Sie beide, er und Vivien, erinnern sich bis in die Einzelheiten an diese erste Begegnung.

»Er war völlig außer Kontrolle«, beschreibt Vivien heute den traumatisierten Achtzehnjährigen, den man in ihr Behandlungszimmer führte. »Er schlich geradezu durch den Flur, voller Angst, etwas falsch zu machen, jederzeit bereit, die Flucht zu ergreifen. Da fehlte einfach ein Teil von ihm.«

Vivien ist eine massige Frau mit ergrauendem Haar, temperamentvoll und direkt. Nicht unumstritten und ohne jedes Interesse an konventionellen Therapiemethoden, sollte sie in der Familiengeschichte eine wesentliche Rolle spielen. Bei dieser ersten Begegnung stellte sie fest, dass sich Alex' Gesicht durch häufige unkontrollierbare Zuckungen verzerrte, und führte eine rasche Erstbeurteilung durch. Einen Hypnoseversuch unternahm sie nicht, und seinen Gedächtnisverlust nahm sie auch nicht in Angriff. Stattdessen tat Vivien etwas vielleicht noch Wichtigeres: Sie schenkte ihm Hoffnung. Sie machte ihm deutlich, dass es für ihn eine Zukunft gab, dass sein Leben besser werden würde, dass er etwas erreichen und selbst eine Familie würde gründen können. In dieser dunklen Zeit war Viviens Vertrauen in ihn für Alex ganz entscheidend.

Sie saß eine Weile mit ihm zusammen, während in ihrem Inneren mentale Bilder entstanden, und dann sagte sie ihm die Zukunft voraus, wobei sie auf verschiedene Ereignisse Bezug nahm. »Du wirst auf See arbeiten«, teilte sie ihm mit. »Du und Marcus, ihr werdet ein eigenes Unternehmen haben, bevor ihr dreißig Jahre alt seid, und du wirst heiraten und zwei Kinder haben.« Aus der aktuellen Situation heraus erschien ihm das alles unmöglich, dennoch schrieb er alles sorgfältig auf ein Stück Papier.

Auf der Rückfahrt nach Rudgwick sprachen Alex und seine Mutter nur wenig. Vielleicht war Jill enttäuscht, weil er sich noch immer an nichts erinnerte. »Das wird schon wieder, Mum«, sagte er, und sein neuer Optimismus schien sie aufzuheitern.

Heute erzählt er: »Ich klammerte mich an meinen Zettel und habe ihn mein ganzes Leben lang aufbewahrt.« Dieses Stück Papier bedeutete ihm alles, denn, so erklärt er: »In diesem geistigen Zustand hat man Angst, dass es wieder passiert: dass man hinfällt und sich am Kopf verletzt.«

Die vertraute Vergangenheit, die für uns alle selbstverständlich ist, stellte für Alex einen Luxus dar, den er nicht besaß. Immer quälte ihn die Angst, erneut sein Gedächtnis zu verlieren, deshalb machte er bei allen wichtigen Ereignissen Fotos. Die klebte er in Alben, eine Seite für jeden Monat, ein Album für jedes Jahr. Aus seiner Kindheit gab es kaum Bilder, die ihm beim Füllen der Lücken hätten helfen können. Er besaß nur ein einziges Foto von seinem Vater, und fast gar keine aus der Zeit vor ihrem Umzug nach Rudgwick. Für Alex bedeuteten das Fotografieren und das Aufbewahren der Aufnahmen eine Art Absicherung. Allmählich erstreckten sich die dicken Alben über das ganze Regal. Sie verliehen ihm ein Gefühl der Sicherheit. Bei ihrem Anblick wusste er: Wenn er jemals wieder sein Gedächtnis verlieren würde, könnte er sich auf visuelle Erinnerungen beziehen.

Beim Betrachten dieser Alben fällt auf, wie sehr Alex' Leben von Lachen und Spaß erfüllt zu sein scheint. Jeder Schnappschuss zeigt ihn und seine Freunde, wie sie sich köstlich amüsieren. Sie wirken wie junge Leute, bei denen alles gut läuft und die wissen, wie man Spaß hat. Ein glücklicher Freundeskreis.

Wer sich diese fotografischen Tagebücher anschaut, könnte meinen, Alex und Marcus seien ein privilegiertes junges Zwillingspaar ohne jede Sorge. Es gibt keinen einzigen Hinweis auf das leere Blatt, das Alex' innere Welt darstellte, oder auf den dichten Nebel in seinem Kopf, der sich niemals lichtete. Und nichts deutet auf die Geheimnisse hin, die Marcus in die hintersten Winkel seines Gedächtnisses verbannt hatte.

Auf den Fotos sehen sie aus, als liege ihnen die Welt zu Füßen. Und bald fühlten sie sich auch so: Sie waren drauf und dran, ihre Flügel auszubreiten und die Welt zu erkunden. Es war an der Zeit, sich von ihrem Zuhause zu lösen und unabhängig zu werden.

Doch für Marcus und Alex als eineiige Zwillinge war dieser Prozess von vornherein schwierig: Wie trennt man sich von jemandem, der in so vieler Hinsicht das eigene Spiegelbild darstellt? Durch den Unfall war alles noch komplizierter geworden: Alex war weiterhin von Marcus abhängig, und Marcus' Prozess der Selbstentdeckung war von Ereignissen bestimmt, an die Alex sich nicht erinnern konnte.

9.
Gordon

An einem Frühlingsmorgen hielten Marcus und seine Mutter vor einem ganz gewöhnlichen Industriebetrieb außerhalb von Haslemere. Der achtzehnjährige Marcus war nervös. Er trug seinen guten Anzug und einen Schlips. Gordon Richardson, ein Kunsttischler, suchte einen Lehrling; wenn Marcus die Stelle bekam, hätte er seinen ersten richtigen Job.

Die Tür öffnete sich, und ein etwa sechzigjähriger Mann mit ergrauendem Haar schaute heraus. Marcus mochte ihn auf Anhieb.

»Marcus Lewis?«, fragte er. »Bitte kommen Sie rein.«

Gordon war etwas irritiert, als Jill hinter ihrem Sohn ins Büro stolzierte und sich neben ihm niederließ. Noch überraschter war er, als das Gespräch begann. Als Erstes wollte er von Marcus mehr über dessen Interesse an Holzarbeiten wissen.

»Ach, Holz liebt er einfach!«, verkündete Jill triumphierend, bevor Marcus auch nur den Mund öffnen konnte.

»Ah ja. Gut. Was haben Sie denn schon gemacht?« Wieder wandte sich Gordon mit seiner Frage an Marcus.

»Ganz viel hat er schon gemacht«, antwortete Jill. »Er ist einfach unglaublich talentiert. Er ist …«

»Mrs Lewis, wäre es vielleicht in Ordnung, wenn ich mit Ihrem Sohn allein rede? Könnten Sie bitte eine Weile draußen warten …«

Widerwillig ließ sich Jill dazu überreden, sich ins Auto zu setzen. Als sie nun allein waren, stellten Marcus und Gordon fest, dass sie sich sehr gut verstanden. Marcus zeigte Gordon einige der Stücke, die er am College gemacht hatte, und als er sich wenig später erhob, wusste er, dass er die Stelle bekommen würde.

Marcus hatte Glück. Heute formuliert er es mit ganz einfachen Worten: »Gordon hat mein Leben verändert.«

Sein neuer Arbeitgeber war ein ungewöhnlicher Mann, der jahrelang in gehobener Position bei einer großen internationalen Firma gearbeitet und sich dann für eine ganz andere Karriere entschieden hatte. Inzwischen widmete er sich seiner eigentlichen Leidenschaft, der Herstellung von feinen Möbelstücken. In den kommenden Jahren sollte er sein Wissen und die Liebe zur Kunsttischlerei mit seinem jungen Lehrling teilen.

Doch das war noch nicht alles. Gordon erkannte mit Entsetzen, wie wenig Allgemeinwissen Marcus hatte – ganz abgesehen von seinen Schwierigkeiten beim Lesen und Schreiben. »Du weißt ja wirklich gar nichts, wie kann das nur sein?«, fragte er.

In der Werkstatt lief die ganze Zeit Radio 4, und das war eine richtiggehende Offenbarung für Marcus. Politik, Geographie, Literatur, Soziologie, Geschichte und Philosophie – alles erreichte ihn über den Äther, und er sog es geradezu in sich auf. »Radio 4 stellte für mich einen entscheidenden Wendepunkt dar«, sagt er. Dieser sei der wahre Beginn seiner Bildung gewesen. Er entdeckte, dass Gordon, ebenso wie er selbst, ein Skeptiker war, und der Rationalismus, den sie teilten, stärkte das Band zwischen ihnen.

Es kam noch besser. Als Marcus beinahe zwei Jahre für Gordon gearbeitet hatte, verliebte sich dieser in eine Frau, die zufälligerweise eine begabte Lehrerin war. Gill kümmerte sich um vietnamesische Flüchtlinge, brachte ihnen das Lesen und Schreiben auf Englisch bei. Bald wurde jedoch deutlich, dass Gordons junger Lehrling ihre Hilfe genauso sehr brauchte wie die Flüchtlinge, deswegen setzte sie sich mit ihm hin und brachte ihm die Grundlagen bei. »Wir haben ganz von vorn angefangen«, erzählt Marcus. »Wirklich mit ganz simplen Sätzen.«

Und dann, gerade als Marcus langsam gewisse Fertigkeiten und ein echtes Selbstbewusstsein gewann, nahm Gordon ihn eines Tages beiseite.

»Gill und ich werden heiraten«, teilte er ihm mit. »Wir ziehen nach Schottland. Ich habe eine alte Farm gefunden, die ich renovieren kann. Mit Werkstatt und Garten. Wir gehen fort aus Haslemere.«

Das gefiel Marcus überhaupt nicht. Er liebte seine Arbeit, er liebte Gordon und alles, was ihm das Zusammensein mit ihm und Gill brachte, was es ihn lernen ließ. Und jetzt sollte ihm all das ganz plötzlich genommen werden!

Gordon zeigte ihm ein Foto von ein paar heruntergekommenen Farmgebäuden, doch Marcus konnte es immer noch nicht wirklich fassen.

Gordon sagte ruhig: »Dort gibt es sehr viel Arbeit. Alles ist völlig heruntergekommen. Marcus, Gill und ich würden uns sehr freuen, wenn du mit uns kommst. Es ist ziemlich weit weg, aber du kannst bei uns wohnen und uns dabei helfen, die Farm zu renovieren. Nur wenn du willst, natürlich.«

Das war ein außergewöhnlich großzügiges Angebot von einem Paar im fortgeschrittenen Alter, das sich immer noch in der Kennenlernphase befand. Zum Teil darf man das nicht nur der Herzlichkeit dieser beiden Menschen zuschreiben, sondern auch Marcus selbst, der in der Lage war, sich in eine Familie einzufügen, die sich sehr von seiner eigenen unterschied. Im Rückblick vermutet Marcus, dass Gordon von den Problemen bei ihm zu Hause wusste und ihn dem negativen Einfluss seiner Familie entziehen wollte.

Völlig aufgewühlt kehrte Marcus ins Duke's Cottage zurück.

»Mum, Gordon und Gill ziehen nach Schottland und haben mich gefragt, ob ich mitkomme.«

Jills Reaktion war unmissverständlich. »Absolut lächerlich! Das kommt überhaupt nicht infrage. Du bleibst hier.«

»Aber was soll ich denn hier?«

»Du wirst im Dorf schon Arbeit finden. Vielleicht braucht einer der Farmer ja deine Hilfe.«

Auf einer Farm arbeiten? Darüber brauchte Marcus gar nicht erst nachzudenken. *Scheiß drauf*, dachte er. *Nichts wie weg hier.*

Jill war außer sich vor Wut, aber Marcus ließ sich nicht von seinem Vorhaben abbringen. Dass er Alex zurücklassen würde, stellte kein Problem dar. Seit dem Unfall waren fast zwei Jahre vergangen, und inzwischen kam Alex im Alltag viel besser zurecht. Ihre Vertrautheit war ein Kontinuum, das Marcus und Alex immer als selbstverständlich angesehen hatten, auch wenn ihnen klar war, dass Skeptiker es nur schwer akzeptierten; es hing in keiner Weise davon ab, ob die beiden einander sahen oder nicht, nicht einmal davon, ob sie miteinander sprachen. Es war – und ist es immer noch – einfach ein ständiges Bewusstsein der Verbundenheit.

Dass er Oliver und Amanda zurücklassen würde, bedeutete eine größere Schwierigkeit. Im Gegensatz zu Alex wusste Marcus, dass ihr Elternhaus keine gesunde Umgebung für Kinder war, und er kämpfte gegen Schuldgefühle, seine jüngeren Geschwister zu verlassen. Aber weggehen musste er.

Marcus packte seinen Mini voll, verabschiedete sich und fuhr los. Die Reise nach Kirkcudbrightshire dauerte den ganzen Tag, und Marcus hat sie als eine der furchteinflößendsten Erfahrungen seiner frühen Jahre in Erinnerung.

Das Problem war seine Legasthenie. Die lange Fahrt von Sussex bis nach Schottland ist für jeden anstrengend, für Marcus aber wurde sie zum Albtraum. Was er mit Gill erreicht hatte, konnte er nicht abrufen, wenn er sich in einer Stresssituation befand, und die Hinweisschilder an der Straße wurden zu bedeutungslosen Kritzeleien aus Linien und Kreisen. Einer seiner Freunde hatte ihm ein paar Karteikarten zusammengestellt, auf denen in deutlich lesbaren Buchstaben die Namen der Orte standen, die er passieren musste. Marcus weiß noch, dass er auf der Autobahn auf dem Standstreifen halten musste, um die Karteikarten durchzusehen. »Ich habe versucht, die Schnörkel auf den Karten mit den Schnörkeln auf den Hinweisschildern in Einklang zu bringen.« Manchmal passte da gar nichts zusammen, und dann musste er auf gut Glück weiterfahren, bis er irgendetwas Wiedererkennbares entdeckte.

Selbst als er das richtige Dorf erreichte, waren seine Schwierigkeiten noch nicht vorbei. Er entdeckte einen älteren Mann in abgetragener Kleidung und hielt neben ihm.

»Entschuldigung, ich suche eine kleine Farm namens Barlochan. Wissen Sie vielleicht, wo ich die finde?«, erkundigte er sich höflich.

Mit einem Nicken erwiderte der Mann: »Caniiahsiiahochahuuchahhahnuu!« Marcus schaute ihn verwirrt an und fuhr weiter. Dasselbe passierte ihm, als er die nächste Person fragte. »Ich dachte mir, wo zum Teufel bin ich denn hier gelandet? Die Leute sprechen ja nicht mal Englisch!« Irgendwann fand er Gordons Farm. Bis er den Akzent der Leute verstehen konnte, verging jedoch noch einige Zeit.

In gewisser Hinsicht war das Leben mit Gordon und Gill in Palnackie wie das Leben in einem abgelegenen Kloster. Das Mädchen, mit dem er in Sussex zusammen gewesen war, besuchte ihn ein paarmal, aber die Entfernung war so groß, dass die Beziehung bald im Sande verlief. Die meiste Zeit verbrachten Marcus und die Richardsons allein, und er fand das ganz wunderbar. Zum ersten Mal im Leben hatte er ein richtiges Zuhause, mit Menschen, die ihn zugleich wie einen Adoptivsohn und wie einen Erwachsenen behandelten.

Während der ersten vier Monate arbeiteten er und die Richardsons im Garten; sie entfernten tonnenweise Abfall, legten einen Steingarten an, pflanzten Dutzende von Bäumen und errichteten Mauern. Dann kamen die Gebäude dran. Marcus arbeitete an Gordons Seite, genau wie bei der Kunsttischlerei, in der er inzwischen viel Erfahrung gesammelt hatte. Dabei erlernte er alle Fertigkeiten, die ihm in der Zukunft so viel nutzen sollten: Rohre und Fliesen verlegen, Dach decken, verputzen, tapezieren und anstreichen. An den Abenden lasen und diskutierten sie. Bei seiner Adoptivfamilie fühlte sich Marcus zwei Jahre lang sicher und blühte richtiggehend auf.

Und dann war es ganz plötzlich vorbei. Eines Abends nach der Arbeit setzte sich Gordon zu ihm. »Du musst dich weiterentwickeln, Marcus«, erklärte er dem jungen Mann. »Du kannst nicht für immer bei uns bleiben. Das ist nicht richtig. Es wird Zeit, dass du etwas Neues ausprobierst.«

Marcus war verzweifelt. »Was habe ich denn falsch gemacht?«, fragte er. »Warum wollt ihr mich loswerden?«

Gordon und Gill erklärten ihm immer wieder, dass sie ihn gar nicht loswerden wollten, sondern erkannt hatten, dass er zu seinem eigenen Besten eine neue Herausforderung brauchte. Das konnte Marcus nicht akzeptieren. Es dauerte Jahre, bis er begriff, dass die beiden die Wahrheit gesagt hatten: Sie zwangen ihn um seinetwillen, in die Welt hinauszugehen, nicht aus eigenem Interesse.

Wieder lud er seine Besitztümer in seinen Mini und fuhr Richtung Süden. Todunglücklich überlegte er hin und her, womit er wohl ihre Ablehnung hervorgerufen hatte.

Doch auch über die Jahre blieb das Band mit Gordon und Gill erhalten. Sie waren weiterhin die liebevollen Eltern, nach denen sich Marcus immer gesehnt hatte, und heute nennen seine Kinder die beiden alten Leute in Kirkcudbrightshire »Grandpa und Granny«. Regelmäßig besuchen sie das Haus und den Garten, bei deren Entstehung Marcus so entscheidend mitgeholfen hat, und schauen sich die hohen Bäume an, die aus den Hunderten Setzlingen gewachsen sind, die er einst gepflanzt hat. Alle freuen sich jedes Mal darauf.

10.
Das Restaurant Morels

Ein anderes Mal war es Alex, der in Anzug und Krawatte mit seiner Mutter durch die Landschaft von Sussex fuhr. Seit seinem Unfall war erst ein Jahr vergangen, und er fühlte sich weiterhin verwirrt, tat immer noch mehr oder weniger das, was von ihm erwartet wurde, und verfügte nicht über die Kraft, irgendwelche echten Entscheidungen für sich selbst zu treffen. »Ich habe dir ein Vorstellungsgespräch besorgt«, hatte Jill an diesem Morgen verkündet. »Besser, du ziehst dir was Ordentliches an.«

Sie hielten vor einem Restaurant namens »Morels« in Haslemere. Jill beförderte Alex nach drinnen und begrüßte die Besitzer, ein französisches Paar namens Jean-Yves und Mary-Anne.

»Das ist mein Sohn Alex«, erklärte sie ihnen nonchalant. »Ich möchte, dass Sie ihn einstellen.«

Und das taten sie auch. Inzwischen glaubt Alex, es habe daran gelegen, dass sie ihn für einen Aristokraten hielten. Das Morels gehörte zu den führenden Restaurants in Surrey. Jill und ihre Freunde aßen oft dort, und die Reservierung erfolgte immer auf den Namen »Lord Dudley«. Sie hielten das für einen guten Witz, nur war man im Morels nicht eingeweiht.

»Sie dachten, ich wäre irgendein Hochwohlgeborener«, erklärt Alex. Er mochte die Morels auf den ersten Blick, und als ihm klar wurde, dass zu der Stelle auch die Unterbringung gehörte, erschien ihm das Angebot umso attraktiver. Jetzt wäre er in der Lage, sein Zuhause zu verlassen. Das war seiner Mutter nicht klar gewesen, als sie ihn zu dem Vorstellungsgespräch gefahren hatte, und sie war nicht gerade begeistert davon, dass er jetzt zum zweiten Mal sein Nest verlassen würde. Aber jetzt konnte sie nicht mehr zurück. Marcus arbeitete zu dieser Zeit noch bei Gordon.

Alex trat seine neue Stelle sofort an. Natürlich hatte Jill weder seine Legasthenie noch seinen Gedächtnisverlust erwähnt, und er hatte es auch nicht getan. Aber das bedeutete, dass er doppelt so hart arbeiten musste wie jeder andere, wenn er seine zweifache Einschränkung verbergen wollte. Stärker setzten ihm allerdings einige seltsame Empfindungen zu: Manchmal hatte er das Gefühl, als würde er fallen, als ob sich alles drehte, als ob er die Kontrolle verlor. Aber darüber sprach er mit niemandem. Einmal hatte er es mit Marcus versucht, doch sein Zwillingsbruder hatte peinlich berührt reagiert und ihn behandelt wie jemanden, der ein wenig seltsam war, deswegen hatte Alex nicht wieder davon gesprochen. Manchmal fürchtete er, den Verstand zu verlieren.

Das Geheimhalten der Legasthenie war schwierig genug. Schon die Lektüre der Speisekarte stellte eine Herausforderung für Alex dar, und die Etiketten auf den Weinflaschen konnte er oft überhaupt nicht entziffern. Er musste Strategien finden, um das zu überspielen. Wenn er bei den Gästen war, kritzelte er ihre Bestellungen auf einen Notizblock, und wenn er dann erst einmal die sichere Küche erreicht hatte, zog er sich in eine Ecke zurück und schrieb die Bestellung auf ein neues Stück Papier. Er warf die Rohfassung in den Mülleimer und reichte dem Koch die korrekte. Das kostete Zeit, aber als Legastheniker war man es gewohnt, für dieselben Ergebnisse mehr Einsatz bringen zu müssen als andere.

Den Gedächtnisverlust musste er ebenfalls verbergen. Die Morels hatten ihn unter anderem wegen der sozialen Kontakte eingestellt, die die Dudleys in der Gegend hatten. Weil Alex viele der Gäste kannte.

Oder besser gesagt: Sie kannten ihn.

Alex seinerseits erkannte natürlich niemanden, aber er lernte bald, wie sich das Gegenteil vortäuschen ließ. So konnte zum Beispiel ein Paar den Raum betreten und ausrufen: »Alex, wie schön! Erst letzte Woche haben wir deine Eltern getroffen!«

Und Alex, der nicht die leiseste Ahnung hatte, um wen es sich da handelte, begrüßte sie wie alte Freunde, um danach rasch die Namen auf der Liste der Reservierungen nachzusehen. Auf diese Weise konnte er das Schauspiel fortsetzen. Das erschöpfte ihn, aber es funktionierte.

Er und Marcus hatten das schon immer so gemacht. Alle eineiigen Zwillinge kennen diese Situation: Ein völlig Fremder kommt auf der Straße auf einen zu und umarmt einen wie einen alten Freund. Wenn man ihm dann erklärt, dass er den falschen Zwilling erwischt hat, kostet das Zeit, und es ist dem Gegenüber oft peinlich. Deswegen ist es oft leichter, einfach »Ach, hallo! Wie geht es dir denn? Ja, alles klar! Bis bald mal« zu sagen. Dann kann man einfach weitergehen.

Etwa ein halbes Jahr, nachdem er seine Stelle im Restaurant angetreten hatte, stieß Alex auf einem Zebrastreifen im wahrsten Sinne des Wortes mit einem rothaarigen Mädchen zusammen. Er entschuldigte sich und wollte gerade weitergehen, als sie ausrief: »Du bist doch Alex! Wir waren zusammen auf dem College.«

»Ach ja, jetzt erkenne ich dich auch«, erwiderte Alex und täuschte Wiedersehensfreude vor, obwohl sie natürlich für ihn eine völlig Fremde war.

Die beiden unterhielten sich eine Weile und verabredeten sich dann für den folgenden Tag. Die junge Frau hieß Katrina, und sie arbeitete in einem Blumenladen in der Nähe. Nach einer Weile konnte Alex die Täuschung nicht mehr aufrechterhalten: Er gestand ihr in einem vertraulichen Gespräch, dass er sein Gedächtnis ganz und gar verloren hatte. Außerdem erklärte er ihr, wie schwierig das sein Leben machte. Sie akzeptierte es einfach, und das bedeutete ihm sehr viel. Die beiden begannen eine Beziehung und waren einige Jahre ein Paar. Schließlich zogen sie auch zusammen. »Katrina war wichtig in meinem Leben«, meint Alex heute. »Die erste richtige Freundin, der erste Mensch, mit dem ich zusammengelebt habe. Mit ihr habe ich viele erste Male erlebt.« Als Jahre nach ihrer Trennung Katrinas erster Sohn zur Welt kam, bat sie Alex, die Patenschaft für den kleinen Jungen zu übernehmen.

In vielerlei Hinsicht war seine Zeit im Restaurant Morels eine positive und schöne. Zum ersten Mal, seit er sich erinnern konnte, wohnte er nicht im Duke's Cottage. Er lernte, draußen in der Welt auf eigenen Beinen zu stehen, und war mit Menschen zusammen, mit denen er sich gut verstand. Jeden Abend aß das Personal gemeinsam, bevor die ersten Gäste eintrafen. Das war eine entspannte und gesellige Einstimmung auf die Arbeit des Abends. Alex verdiente sein eigenes Geld und spürte zum ersten Mal, wie es war, in Freiheit zu leben.

Doch unter der Oberfläche lebte er in einer Art Niemandsland, das er niemandem hätte erklären können, nicht einmal sich selbst. Er fühlte sich seltsam, anders als »normale Menschen« es seiner Ansicht nach tun müssten. Irgendetwas hielt ihn zurück und hinderte ihn daran, den Dingen einfach ihren Lauf zu lassen und das Leben so zu genießen, wie andere Menschen es zu tun schienen. Doch er hatte keine Möglichkeit, zu erfassen, woher diese störenden Empfindungen kamen oder was sie bedeuteten. Das Gelächter und die aufgesetzte Fröhlichkeit waren mit etwas Düsterem durchsetzt. »Ich habe einfach nur existiert. Es war eine Art Schwebezustand. Ich bin zur Arbeit gegangen, auf Partys, habe Leute getroffen. Aber nichts war wirklich von Bedeutung.«

Er wusste das gut zu verbergen, doch was Gefühle anging, waren diese Jahre mehr oder weniger tote Jahre.

Bei der Arbeit wusste niemand, womit er zu kämpfen hatte. Er wurde zum »Maître de Cuisine« befördert und hatte nun die Gäste zu begrüßen und dafür zu sorgen, dass sie sich im Restaurant willkommen fühlten. Jetzt half ihm, dass er mit der Sorte von Menschen umgehen konnte, die die Klientel des Restaurants bildeten und – nach seinen Worten – »ihren eigenen Wert kannten«, selbst wenn ihre Namen und Gesichter ihm nichts sagten.

Weniger von Nutzen war die Tatsache, dass Jill das Morels immer wieder mit Jack und den gemeinsamen Freunden besuchte. Nach einigen Drinks konnte man ihre charakteristische laute Stimme im ganzen Restaurant hören. »Das da ist mein Sohn!«, rief sie so laut, dass jeder es mitbekam. »Ist er nicht wundervoll? Schaut doch, wie gut er sich anstellt! Alex, Liebling, du bist ganz großartig!« Sie machte einen Riesenwirbel um ihn, und es ist nicht überraschend, dass er diese Aufmerksamkeit überaus peinlich fand. Gleichzeitig wusste er, dass man sie nicht stoppen konnte – wenn es um Jill ging, musste man einfach mitlachen und so tun, als halte man das Ganze für witzig.

Als viel angenehmerer Gast erwies sich Lawrence Portet, der Kapitän des Luxusschiffs *Queen Elizabeth II*. Er und seine Frau besuchten das Restaurant mehrfach, Alex lernte die beiden besser kennen, und irgendwann erwähnte er einmal, dass er gern auf dem Schiff arbeiten würde. Damals sagte Captain Portet nichts dazu, doch als er einen Monat später wieder zum Essen ins Restaurant kam, wollte er von Alex wissen, ob es ihm mit seinem Wunsch ernst gewesen sei.

»Mit welchem Wunsch?«, fragte Alex zurück, der ihr voriges Gespräch vergessen hatte.

»Dass Sie gern auf meinem Schiff arbeiten würden.«

»Ja, das würde ich gern.«

Captain Portet zog eine Visitenkarte hervor, kritzelte einen Namen auf die Rückseite und sagte zu Alex, er solle dieser Person schreiben und sich dabei auf ihn beziehen.

Eine Weile rang Alex mit sich: Er war glücklich im Restaurant, aber die *Queen Elizabeth II* würde ihm ein ganz neues Abenteuer bieten. Er rief Marcus in Schottland an, und sein Zwillingsbruder ermutigte ihn, die Chance zu ergreifen. Wie so oft wandte er sich an Laura Hudson, die Freundin der Familie. Sie half ihm dabei, einen Lebenslauf samt Motivationsschreiben zu verfassen. Alex absolvierte ein Vorstellungsgespräch und erfuhr am Tag danach, dass er eine Anstellung bekommen hatte.

Eine von Viviens Vorhersagen sollte also Wirklichkeit werden.[2] Und die Arbeit auf dem Meer würde Alex einen ersten Vorgeschmack auf die Freiheit vermitteln.

---

[2] Ihre Vorhersagen sind bisher zur Hälfte eingetreten. Die anderen stimmen entweder nicht oder haben sich noch nicht erfüllt.

11.

Die Queen Elizabeth II

Als Alex an Bord der *Queen Elizabeth II* ging, betrat er eine seltsame, exotische Welt. Der Luxusliner war eine Viertelmeile lang und trug 2.000 Passagiere über das Meer, um die sich ebenso viele Angehörige des Personals kümmerten. Es gab vier Restaurants an Bord, und Alex teilte man zur Arbeit im zweiten ein, das den Namen *Tables of the World* trug. Die Kellner bedienten paarweise, und jedes Paar war für acht Tische zuständig. Am Anfang fand Alex das wirklich schwierig. Wenn er unter Druck stand, versagte sein Gedächtnis häufig, und wenn er erst einmal verwirrt war, lachten ihn einige der anderen Mitarbeiter aus, was er hasste. Aber er war fest entschlossen, durchzuhalten, und als er erst einmal mit Frank zusammengespannt wurde, lief es besser. Frank hatte sehr viel Erfahrung und arbeitete seit vielen Jahren auf Luxusschiffen.

Frank nahm Alex unter seine Fittiche und zeigte ihm, wie alles funktionierte. Weil Frank es sich gern einfach machte, lief Alex immer zwischen Gastraum und Küche hin und her, während sich sein Partner vor allem um die Gäste bemühte.

Im Gegensatz zu drei Vierteln des restlichen Personals an Bord war Frank heterosexuell. Jill hatte Alex gewarnt, weil sie glaubte, dass Homosexualität ein Problem für ihn darstellen könnte. Alex war zum ersten Mal mit einer homosexuellen Gemeinschaft konfrontiert und wusste anfangs nicht, wie er mit den vielen Flirtversuchen umgehen sollte. Er konnte sich nicht daran erinnern, jemals diese Art von unerwünschter Aufmerksamkeit abgewehrt zu haben, lernte aber rasch, wie man das machte. Nach kurzer Zeit fand er eine Gruppe von Gleichgesinnten, mit denen er seine Freizeit verbringen konnte, und die Situation besserte sich.

Im fensterlosen Schiffsbauch unter der Wasseroberfläche hatte das Personal seine eigene Welt: Kinos, Kneipen, Fitnessstudios, Kantinen, sogar einen Leichenraum und ein winziges Gefängnis. Oft gab es riesige Partys, und man schmiss sich dafür ordentlich in Schale. Außerdem wurde viel getrunken, aber damit musste Alex wegen seiner Kopfverletzung – die er natürlich nie erwähnte – vorsichtig sein.

Der Arbeitsplan sah vor, dass man acht Wochen an Bord verbrachte und dann vier Wochen frei hatte. Das Unternehmen bezahlte dann die Heimreise und den Flug von dem Hafen aus, in dem man gerade lag. Nach seinem ersten Einsatz begriff Alex, dass der eigentliche Profit in den Trinkgeldern steckte. Um die zu bekommen, brauche man einen schwulen Partner bei der Arbeit mit den Gästen, erklärte ihm Frank. Als Kellner auf einem Luxusliner wie diesem zu arbeiten war etwas ganz anderes als das, was man aus den Restaurants an Land kannte. Weil sich jedes Paar dreimal täglich um dieselbe Gruppe von Gästen kümmerte, und das fünf oder zehn Tage lang, war eine gute Show genauso wichtig wie das Servieren. Und was das betraf, hatten es die Schwulen einfach drauf. Alex tat sich mit einem Kellner namens Ginella (der in Wirklichkeit David hieß) zusammen, und während Alex zwischen den Tischen und der Küche hin und her hastete, sorgte Ginella für eine extravagante Show zur Unterhaltung der Gäste. Die Trinkgelder flossen reichlich.

Während der achtwöchigen Arbeitsphase zogen sich die Stunden, doch Alex war harte Arbeit gewohnt, und es gefiel ihm, so weit weg von zu Hause zu sein. Noch wichtiger: Diesen Job hatte er sich selbst organisiert. Er sagt: »Zum ersten Mal unterstand ich nicht meinen Eltern. Sie konnten mich nicht erreichen.« Auf dem Schiff konnten sie nicht plötzlich auftauchen und vor anderen Leuten für peinliche Szenen sorgen.

Durch das Trinkgeld, das bar ausgezahlt wurde, konnten sich Alex und seine Freunde gut amüsieren, wann immer man anlegte und das Personal für einige Zeit an Land durfte. Sie hatten genug Geld, um zu tun, wozu sie Lust hatten: Sie mieteten sich Luxusautos und Boote, und einmal organisierten sie sogar einen Hubschrauber. Sie probierten Jetskis und Speedboats aus und brausten durch die weit angelegten Häfen.

Dass Alex jetzt immer so lange unterwegs war, bedeutete für die Beziehung zu Katrina eine zu große Belastung, und sie ging bald zu Ende, auch wenn die beiden Freunde blieben. Dennoch hatte er in den vier Wochen an Land viel Spaß. Sobald Alex nach zwei Monaten an Bord nach England zurückkehrte, lud er seine Sachen im Duke's Cottage ab und machte sich auf den Weg nach London, um dort mit seinen Freunden abzuhängen. Die meisten aus der Long-Copse-Gruppe studierten inzwischen dort, und es gab immer ein freies Bett oder ein freies Stück Fußboden zum Übernachten für ihn. Alle freuten sich jedes Mal, ihn zu sehen. Und wenn Marcus auch gerade da war, war das umso besser.

Zu Alex' lebhaftesten Erinnerungen aus der Zeit auf dem Schiff gehören die Passagiere, denen das Personal den Spitznamen »Springer« gegeben hatte. Anscheinend sind Luxusliner beliebt bei Selbstmordkandidaten, besonders wenn die Reise durch die warmen Gewässer der Karibik gehen soll. Alle vom Personal wussten, was es bedeutete, wenn das Schiff abrupt nach rechts drehte – und eine ganze Weile weiterfuhr, bevor es schließlich wendete und zurückfuhr.

Als das zum ersten Mal geschah, war Alex entsetzt. Er rannte zur Reling und schaute hinunter, um zu sehen, ob er die arme

Frau dort in der Dunkelheit in dem bewegten Wasser würde entdecken können. Der Captain war gesetzlich dazu verpflichtet, das Schiff zu wenden und den Menschen zu suchen, der gesprungen war, aber das bedeutete immer ein hoffnungsloses Unterfangen. Alex erklärt, dass jemand, der vom Deck aus ins Wasser springt, und zwar aus vierzehn Stockwerken Höhe, beim Auftreffen auf der Wasseroberfläche sofort unter das Schiff gesogen wird. Außerdem ist die *Queen Elizabeth II* so riesig, dass eine 180-Grad-Wendung zwölf Meilen in Anspruch nimmt. Mit der Zeit änderte sich Alex' Einstellung, aber er betrachtete das Ganze nie so abgeklärt wie die Alteingesessenen an Bord.

Einmal, so erinnert sich Alex amüsiert, bediente Frank gerade einen Tisch mit Gästen aus New York, als das Schiff plötzlich scharf rechts hielt. Eine der Damen erkundigte sich: »Frank, was ist denn los?«

Mit professioneller Nonchalance antwortete Frank: »Es wird sich wohl um einen Springer handeln, Madam«, um dann einfach fortzufahren: »Wünschen Sie noch Erbsen?«

Heute muss Alex lachen, wenn er sich an diesen Dialog erinnert. Aber während dieser scheinbar zufriedenen und arbeitsreichen Jahre gab es Zeiten, in denen er hin und wieder einen beinahe übermächtigen Drang verspürte, es den Springern gleichzutun und sich ins Vergessen zu stürzen, ohne dass er seine Todessehnsucht hätte erklären können.

12.
Reisen bildet

Marcus redete nicht lange darum herum. »Komm du auch hierher«, sagte er. »Ich bin in Australien. Es wird dir hier super gefallen.«

Marcus war ein Jahr auf Reisen gewesen, als er seinen Zwillingsbruder kontaktierte. Aufgebrochen war er zusammen mit Julia, der Tochter der Hudsons, die fast wie eine Schwester für ihn war, und sie hatten einige Monate in einem Kibbuz verbracht. Anschließend waren sie mit dem *Lonely Planet*-Reiseführer durch Indien, Thailand und Indonesien gereist und hatten auf dem Weg fantastische Abenteuer erlebt, und irgendwann hatten sie sich in Sydney niedergelassen. Julia hatte vor, über die Vereinigten Staaten ins Vereinigte Königreich zurückzukehren, um wieder bei ihrem Freund zu sein, doch Marcus verspürte immer noch heftiges Reisefieber und hatte überhaupt nicht vor, schon wieder nach Hause zu reisen. Er fand immer einen Weg, sich finanziell über Wasser zu halten, und mit jedem Tag wuchsen seine Erfahrung und sein Selbstbewusstsein.

Außerdem gab es zu Hause nichts, was ihn anzog. Die meisten Leute empfinden die Vorstellung, die Sicherheit ihrer Familie zu verlassen und in der Welt herumzureisen, als furchteinflößend und aufregend. Für Marcus war es dagegen immer sein Zuhause gewesen, das er als verstörend empfunden hatte. Manche seiner Abenteuer auf der Reise waren lebensbedrohlich gewesen, zum Beispiel, als ein Busfahrer auf einer gefährlichen Bergstraße in China die Kontrolle über sein Fahrzeug verloren und einen Felsen gerammt hatte. Doch Marcus genoss sein Leben, und besonders gut gefiel ihm, das Leben von Menschen kennenzulernen, die so anders waren als alle, die er von zu Hause kannte. Das betraf sowohl die Einheimischen als auch die jungen Leute aus dem Westen, die er unterwegs traf.

Alex verließ das Schiff im Herbst 1986. Man schickte damals das gesamte Personal nach Hause, weil der Luxusliner von Dampf auf Diesel umgerüstet werden musste. Marcus wollte nicht, dass Alex wieder in die Welt des Duke's Cottage hineingesogen wurde. Sein Zwillingsbruder sollte auch die aufregenden Herausforderungen des Reisens für sich entdecken. Und obwohl er seit seinem Unfall weniger abenteuerlustig war als Marcus, erklärte sich Alex bereit, zu seinem Bruder nach Sydney zu fliegen.

Nun befanden sie sich so weit vom Duke's Cottage entfernt, wie es auf diesem Planeten nur möglich war, und sie durften ihre Lust am Amüsement ungehemmt ausleben. Beide trugen Geheimnisse mit sich, die sie mit niemandem teilen konnten, nicht einmal miteinander. Doch das hielt sie nicht davon ab, sich zu amüsieren, wann immer es ging. Das Leben war da, um gelebt zu werden, und sie hatten vor, sich nichts davon entgehen zu lassen.

Es gab so viel zu entdecken. Heute sagt Alex: »Die Leute fragen einen immer, ob man zur Uni gegangen ist. Und dann sage ich, nein, wir sind stattdessen gereist. Man kann das sehen, wie man will, aber das Reisen war für uns wie die Uni. Reisen bildet. Auf diese Weise haben wir unsere Grenzen und unsere Möglichkeiten entdeckt.«

Ihre Eltern unterstützten sie zu keiner Zeit finanziell, deswegen mussten sie einen Weg finden, um selbst ihren Lebensunterhalt zu verdienen, als ihr Erspartes sich dem Ende zuneigte. In diesem Zusammenhang stellte ihre Dyslexie sowohl ein

Hindernis als auch einen Ansporn dar. Anders als ihre Freunde konnten sie keine Bürojobs annehmen, deswegen arbeiteten sie zuerst in Fabriken, auf dem Bau oder in Restaurants. Beide Zwillinge ließen sich von langen Schichten nicht abschrecken. Häufig hatten sie auch zwei Jobs gleichzeitig, einen tagsüber und einen abends.

Aber als Marcus nach Neuseeland reiste, weil er einen Job in Auckland suchte, hatte er einen Geistesblitz, der zum ersten ihrer unternehmerischen Versuche führen sollte.

Seine schwedische Freundin Sophie und ihre Freundinnen trugen ihr blondes Haar alle lang, konnten jedoch in Neuseeland die mit Stoff bezogenen Haargummis nicht auftreiben, mit denen sie sich normalerweise das Haar aus dem Gesicht hielten. Als Marcus das nächste Mal in Australien war, fand er eine Frau, die diese Gummis herstellte, und kaufte ihr den gesamten Bestand ab. Er füllte seinen Rucksack mit Haargummis und legte ein paar T-Shirts darauf, falls sich der Zoll für sein Gepäck interessierte, und dann ging er nach Neuseeland zurück, wo er seine Ware auf einem bunten Sarong auf dem Bürgersteig ausbreitete. Er machte ein sehr gutes Geschäft. Er hatte einen Dollar pro Haargummi bezahlt und verkaufte nun jeden für das Doppelte.

Marcus rief Alex in Australien an. »Besorg dir so viel Bargeld wie möglich. Dann besuchst du die Frau mit den Haargummis und kaufst ihr so viele von den Dingern ab, wie du kannst. Mach einfach deinen Rucksack voll mit Haargummis, und komm her.«

Alex tat es, und die Haargummizwillinge, wie man sie nannte, wurden schon bald zu einem vertrauten Anblick an dieser Straßenecke in Auckland. Ihre Mutter war eine brillante Verkäuferin gewesen, und Marcus erinnerte sich noch daran, wie er sie samstags an ihrem Stand in der Portobello Road immer beobachtet hatte. Er hatte ihren Verhandlungen zugehört und sich Jills Technik angeeignet, und das nutzte ihm jetzt sehr. Die beiden verkauften Tausende von Haargummis, und mit dem auf diese Weise verdienten Geld konnten sie ihre Reisen über ein Jahr lang finanzieren.

Doch da gab es noch einen anderen Punkt auf ihrer Liste: Sie mussten unbedingt Wildwasser-Rafting auf dem berühmten Shotover River ausprobieren. Mit dem besten Anbieter war das sehr teuer, und sie wollten nur ungern ihr ganzes schwer verdientes Geld auf einer einzigen Reise ausgeben. Deswegen wandten sie sich mit einem Vorschlag an den Veranstalter: Würde er sie umsonst mitnehmen, wenn sie ihm genug Interessierte für eine Tour besorgten? »Für drei Touren«, lautete die Antwort des Managers. Also gut. Sie zogen los, machten ein paar Tage Werbung und sicherten sich so ihre beiden freien Plätze.

Die Reise begann mit einem atemberaubenden Flug über die bewaldeten Steilhänge in einem winzigen Hubschrauber. Dann setzten sich alle Helme auf und zogen Schwimmwesten an, ließen sich alles erklären und stiegen in zwei Kanus mit je acht Plätzen. Die Erfahrung war unglaublich aufregend, spannend und absolut erschöpfend – also alles, was sich die Zwillinge erhofft hatten.

Erst zum Schluss kam es zur Katastrophe.

Im ruhigen Wasser am Ende der Strecke nahmen Alex und einige andere ihre Helme ab, sprangen in den Fluss und schwammen in der Nähe des Kanus herum. Alex ließ sich ein bisschen weiter treiben als die anderen, und plötzlich geriet er in einen verborgenen Strudel, der ihn nach unten zog. Er stieß mit dem Kopf an einen Felsen und verlor das Bewusstsein.

Die Strömung trug ihn etwa hundert Meter mit sich, bevor ihn jemand erreichen konnte. Als man Alex aus dem Wasser zog, war er ohnmächtig und sein Herzschlag kaum noch spürbar. Der Veranstalter geriet in Panik und wollte den Rettungsdienst rufen.

»Nein!«, schrie Marcus. »Das ist nicht nötig. Der wird schon wieder. Vertrauen Sie mir.« Er setzte sich rittlings auf Alex' Bauch und drückte, so fest er konnte. »Komm zurück, Ali!«

Alex röchelte, spuckte Flusswasser aus und öffnete die Augen.

»Na also«, meinte Marcus. »Ich habe doch gesagt, er wird schon wieder.«

Alex gab immer noch Flusswasser von sich und zitterte am ganzen Körper.

»Bist du sicher?«, fragten alle. »Meinst du nicht, wir sollten einen Arzt rufen, damit er durchgecheckt wird?«

Aber was Marcus betraf, war das Drama gelaufen und schon nicht mehr von Interesse. Und sobald Alex es mühsam auf die Füße geschafft hatte, stimmte er seinem Bruder zu. Die ständige Vertrautheit zwischen den Zwillingen schien jeden Ausdruck von besonderer Fürsorge überflüssig zu machen. Nichts von dem üblichen »Geht's dir gut?« oder »Brauchst du Hilfe?«, und manchmal wirkte das auf Außenstehende so, als wären die beiden fast rücksichtslos im Umgang miteinander.

Alex hat sich den Kopf angeschlagen und ist fast ertrunken? Was soll's, jetzt ist er ja wieder fit. Lass uns was trinken gehen.

Marcus hat sich an einer Scherbe die Hand aufgerissen? Hier ist ein Stück Stoff, wickle es dir um, und hilf mir jetzt, wir müssen Holz tragen.

Die beiden sind hart zu sich selbst und auch zueinander. Für sie gibt es da keinen Unterschied.

Nach dem Rafting-Abenteuer trennten sich ihre Wege für eine Weile. Für beide, besonders aber für Marcus, war es sehr wichtig, dass sie auch eigene Dinge unternahmen.

Eines Tages, nachdem sie getrennt und in unterschiedlichen

Richtungen Neuseeland bereist und über einige Wochen keinen Kontakt gehabt hatten, fuhr Marcus per Anhalter in eine kleine Stadt auf der Nordinsel namens Rotorua. Er war noch nie dort gewesen, doch sofort nach seiner Ankunft ging er zu Fuß zur Bushaltestelle und setzte sich dort hin. Denn, so sagt er: »Ich wusste, dass Alex aus dem nächsten Bus steigen würde.«

Und richtig, eine halbe Stunde später kam der Bus aus der Gegenrichtung, die Tür öffnete sich, und Alex stieg aus. Marcus begrüßte ihn kurz, und die beiden machten sich auf den Weg in den nächsten Pub. Keiner von ihnen war damals auch nur ansatzweise überrascht. Jahre später erinnerte sich Marcus an diesen Tag und fragte sich: »Wie bin ich darauf gekommen, dass er in diesem Bus saß?« Damals hatte er jedoch nicht bewusst darüber nachgedacht. Es passierte einfach.

Wenig später verließen sie Neuseeland und trennten sich erneut. Marcus war mutiger, fest entschlossen, die ausgetretenen Pfade zu verlassen. Er reiste lange durch China und entdeckte, dass seine Dyslexie dort kein Problem für ihn darstellte. Tatsächlich erschienen ihm die chinesischen Schriftzeichen sogar verständlicher als seinen Freunden, die die Uni besuchten. Das war eine fantastische Entdeckung, und sie tat seinem Selbstbewusstsein sehr gut. »Wenn man unter Dyslexie leidet, ist man immer einen Schritt hinter allen anderen. In China war ich den anderen einen Schritt voraus.«[3] In China und Tibet erlebte Marcus ganz außergewöhnliche Abenteuer, und immer wieder vergaß er für längere Zeit das Duke's Cottage, seine Familie und die Geheimnisse, die er in sich verschlossen hatte. Durch das Reisen entwickelte er ein Verständnis für andere Lebensstile. Ei-

[3] Obwohl man auch in China Fälle von Dyslexie kennt, treten sie dort viel seltener auf. Und Betroffene, die Chinesisch als Fremdsprache lernen, erleben ihre Dyslexie nur selten als Einschränkung.

nige Wochen lebte er einfach bei einer Familie in einem entfernten Teil Nepals. In Tibet reiste er zusammen mit einer Gruppe buddhistischer Mönche und führte ein genauso beschwerliches Leben wie sie. All diese Erfahrungen sollten ihm viel nutzen, als er zehn Jahre später auf einem anderen Kontinent das außergewöhnliche Projekt in Angriff nahm, das zum größten bisherigen Erfolg der Zwillinge werden sollte.

Es überrascht nicht, dass das Reisen für Alex eine größere Herausforderung darstellte. Bei ihm erforderte es sehr viel mehr Mut: Durch seinen Gedächtnisverlust und die Lese-Rechtschreib-Schwäche war er doppelt eingeschränkt, außerdem wusste er, dass er in den ungeeignetsten Momenten in Ohnmacht fallen konnte. So musste er so viel Mut aufbringen, wie es für viele von uns nie im Leben nötig ist. Und in gewisser Hinsicht lebte er auch eine Lüge. Die junge Frau, mit der er in dieser Zeit eine Beziehung führte, wusste nichts von dem Unfall oder den Konsequenzen. Wenn ihn, was selten vorkam, jemand nach seiner Kindheit fragte, präsentierte er die Erinnerungen von Marcus, als wären es seine eigenen.

Meistens reiste er allein. Seit dem Unfall erfüllte ihn das Zusammensein mit Fremden mit Unsicherheit. Nun musste er lernen, mehr aus sich herauszugehen. Er beschreibt das folgendermaßen: »Man ist zum Beispiel allein und kommt in einem Hotel in Delhi an, und da sind überall Backpacker im selben Alter.« Das schüchterte ihn ziemlich ein. Er orientierte sich, suchte sich eine Bar. »Ich holte tief Luft, ging hinein und redete mit irgendjemandem. Wenn man das nicht tat, blieb man die ganze Zeit allein.« Wie viele Zwillinge fanden er und Marcus Einsamkeit entsetzlich. »Man kann nicht allein sein«, erklärt er. »Das kommt einfach nicht infrage.«

Durch die Freundschaften, die man unterwegs schloss, ergaben sich ungeahnte Möglichkeiten. In einem heruntergekommenen Hotel in Hongkong traf Marcus zufällig einen Freund wieder, den er in Tibet kennengelernt hatte. Dieser Freund, Migo, schlug ihm vor, eine Weile beim Film zu arbeiten. Warum nicht?

Ihr erster Film sollte in Vietnam spielen, und Marcus und seine Freunde David Clark und Robert Nias bekamen Rollen als ein Soldatentrio auf Patrouille. Wenn sie erschossen wurden, so lautete die Anweisung, sollten sie die Kapsel mit Schweineblut an ihrer Brust platzen lassen und tot umfallen. Aber sie wollten ausprobieren, wie sich eine Sterbeszene ausführlich zelebrieren ließ. Die Schüsse erklangen, das Schweineblut strömte, und die drei taumelten im Kreis. Sie sanken in die Knie, standen wieder auf und drehten langsam ihre Pirouetten, bis der wütende Regisseur brüllte: »Cut! Sterbt gefälligst schneller!« Bebend vor Lachen standen die drei auf, und der Take musste wiederholt werden. Sie hatten aber herausgefunden, dass sie nach einer bestimmten Zeit beim Film nicht gefeuert werden konnten, ohne dass das hohe Kosten bedeutet hätte. Deswegen bauten sie ihre Todesszene vergnügt weiter aus und nannten ihren armen Regisseur spöttisch »Mr Sterbt-gefälligst-schneller«.

Als Nächstes stand ein Ninja-Film auf dem Programm. Für die Flugszenen schnallte man Marcus in ein Geschirr an einem Seil, das über einen Ast geworfen wurde. Als er an der Reihe war, zog ein Dutzend starker Männer am Seil, sodass Marcus in den Baum hinaufschoss. Man hatte eine Matratze an den Stamm gebunden, um den Aufprall abzufedern, aber manchmal befand sich diese Matratze an der falschen Stelle, und dann: »Zack! Schon knallte man gegen den Baum.«

Dramatisches Sterben und Ninja-Flüge: Marcus war für jedes Abenteuer zu haben.

13.
Ausbrechen

Von zu Hause auszubrechen, indem man eine Weltreise unternimmt, ist eine Sache. Aber auszubrechen, indem man aufhört, sich einzufügen und Konflikte zu vermeiden, und indem man seinen Eltern den Gehorsam verweigert und auf ihre Anerkennung verzichtet, ist etwas ganz anderes.

Es dämmerte, als Marcus und Alex zum Kinderspielplatz in der Nähe ihrer Wohnung in Sydney gingen. Alex wollte nicht, fügte sich aber. Niemand war zu sehen, verlassen lag der Spielplatz vor ihnen, deswegen setzten sie sich auf zwei Schaukeln. Ihre Zeit des Reisens, so schien es, neigte sich dem Ende zu.

»Wir müssen nach Hause«, sagte Alex. »Sie sind beide krank, und wir können sie nicht einfach ihrem Schicksal überlassen. Wir haben keine Wahl.«

»Warum denn nicht?«

»Weil sie uns brauchen.«

»Nein. Sie brauchen Pflegepersonal, nicht uns.«

Jill hatte sich an diesem Morgen bei ihnen gemeldet. Jack war gerade aus dem Krankenhaus entlassen worden. Sie selbst hatte Hüftprobleme und konnte ihn nicht pflegen. Sie teilte ihren beiden Söhnen mit, mit ihren Abenteuern sei es vorbei, sie würden im Duke's Cottage gebraucht. »Kommt sofort nach Hause«, hatte sie befohlen.

»Warum?«, fragte Marcus noch einmal. »Sie würden das auch nicht für uns tun. Das weißt du. Und sie haben uns nicht einmal angeboten, für die Flüge aufzukommen!«

»Das können sie sich wahrscheinlich nicht leisten«, gab Alex zurück. »Du weißt doch, wie es zu Hause immer aussieht mit dem Geld.«

»Das ist doch Blödsinn«, meinte Marcus. »Sie leben in einem verdammt großen Haus. Amanda und Oliver gehen auf Privatschulen. Daddy kauft einen teuren Wein nach dem anderen, wenn es ihm passt. Wenn sie wollen, ist Geld zum Ausgeben da. Wenn sie eine Pflegekraft brauchen, müssen sie sich jemanden suchen, der den Job professionell macht.«

»Wir können aber nicht einfach Nein sagen.«

»Wir müssen, Ali. Wir sind glücklich hier. Wir haben Jobs, wir haben Freundinnen. Das hier ist unser Leben. Unsere einzige Chance. Wenn wir zurückgehen, ist die Sache gelaufen. Eine Rückfahrkarte wird es dann nicht geben. Im Duke's Cottage werden sie uns komplett einspannen, und mit dem Reisen ist es vorbei.«

»Es geht um unsere Eltern«, sagte Alex. Aber er sagte es ohne Überzeugung. Während ihrer Reisen hatten sie erlebt, wie es in anderen Familien zuging. Am Anfang ihres Aufenthalts in Australien waren die Hudsons gekommen, um sie und ihre Tochter Julia zu besuchen. Dass auch Jill oder Jack sie besuchen könnten, war so unvorstellbar für die Zwillinge, dass sie mit großem Erstaunen reagiert hatten. Langsam erkannten sie, dass ihre Eltern die Dinge anders handhabten als die meisten anderen.

Die Brüder diskutierten hin und her. Alex wurde von Schuldgefühlen gequält. Die Vorstellung, seine Eltern litten unter Schmerzen und kämen allein nicht zurecht, weckte in ihm das Bedürfnis, alles in Australien aufzugeben und einen Flug nach England zu buchen. Gleichzeitig spürte er tief in seinem Inneren, dass Marcus mit seinen Einwänden nicht unrecht hatte.

»Wenn wir jetzt zurückgehen«, erklärte Marcus, »sitzen wir

Gott weiß wie lange im Duke's Cottage fest und arbeiten als unbezahlte Dienstboten. Wir müssen einfach Nein sagen.«

»Bist du sicher, Marky?«

»Absolut sicher.«

»Also gut.«

Sie ließen sich von den Schaukeln gleiten, gingen zur nächsten Telefonzelle und wählten die Nummer. Sie hörten, wie das Telefon im Duke's Cottage klingelte, und dann meldete sich Jills vertraute Stimme.

»Mum? Hier ist Marcus. Ali und ich haben das Ganze besprochen. Wir kommen nicht zurück. Noch nicht jedenfalls.«

»Was? Ich höre wohl nicht richtig! Ihr *müsst* einfach zurückkommen. Wir brauchen euch hier!«

»Nein. Ihr könnt jemanden einstellen. Wenn Daddy richtige Pflege braucht, kennt sich eine professionelle Kraft damit besser aus als wir.«

»Das ist einfach unglaublich! Ihr kommt sofort nach Hause!«

»Sorry, Mum. Wir bleiben hier.«

»Das kommt überhaupt nicht infrage. Ihr tut jetzt, was man euch sagt!«

Marcus legte auf.

Alex hatte tagelang heftige Gewissensbisse, doch gleichzeitig war dieser erste Akt der Rebellion ein Aha-Erlebnis. Für Marcus stellten Schuldgefühle kein Problem dar. Sein Leben fing gerade erst an. Er breitete seine Flügel aus und wurde mit jedem Tag selbstbewusster. Außerdem fiel ihm die Entscheidung leichter, weil er über Informationen verfügte, die sein Zwilling nicht hatte.

Allerdings ahnte keiner der beiden, welche Auswirkungen diese Entscheidung auf ihre Schwester Amanda haben sollte. Sie war damals dreizehn. Oliver besuchte ein Internat, deswegen war Amanda die meiste Zeit allein mit ihren Eltern. Sie fühlte sich todunglücklich. Die Hoffnung, ihre Brüder würden bald zurückkehren, hatte sie aufrechtgehalten. Als die beiden ihr in einem Brief mitteilten, dass sie Jills Wunsch nicht Folge leisten würden, sondern in Australien blieben, war sie so enttäuscht und verzweifelt, dass sie ernsthaft in Erwägung zog, ihrem Leben ein Ende zu setzen.

Für ihre Freiheit mussten die Zwillinge noch einen anderen Preis zahlen, den sie deutlicher zu spüren bekamen. Einige Monate später war Alex allein in Kuala Lumpur, als er durch eine Verzögerung bei der Bank ohne Geld dasaß. Sein Portmonee war leer, er hatte überhaupt kein Bargeld. Das sollte zur schlimmsten Erfahrung während all der Jahre des Reisens werden. Er war ganz allein und mittellos in einer fremden Stadt, besaß nicht einmal genug Geld für einen Telefonanruf. Verzweifelt ging er zu einer Telefonzelle und bat die Vermittlung, ihn durch ein R-Gespräch mit dem Duke's Cottage zu verbinden. Er hörte, wie Jack den Hörer abnahm.

»Hallo, hier ist Kuala Lumpur für Sie. Nehmen Sie den Anruf an? Ihr Sohn sagt, er hat kein Geld und muss auf der Straße schlafen.«

Jack zögerte keinen Augenblick. Er fragte noch nicht einmal Jill um Rat. Er sagte nur: »Nein, kein Interesse. Ich nehme den Anruf nicht an.«

Dann war die Verbindung unterbrochen.

Alex war gezwungen, mehrere Nächte mit den Bettlern auf den Straßen von Kuala Lumpur zu verbringen. Von Schlafen konnte dabei allerdings keine Rede sein, weil ihn eine entsetzliche Angst quälte, jemand würde ihm den Rucksack stehlen. Irgendwann traf er einige Touristen, denen er leidtat und die ihm zu essen gaben. Die ganze Zeit erfüllte es ihn mit Unglauben, Schmerz und Wut, wenn er daran dachte, dass seine Eltern so kaltherzig waren, dass sie ihn allein, hungrig und schutzlos auf der Straße ließen.

Schließlich löste er das Problem, indem er die Hudsons kontaktierte. Ian nahm den Anruf sofort an und erklärte: »Ja, natürlich, ich kümmere mich gleich darum. Bist du sicher, dass es dir gut geht?« Er schickte ihm sofort Geld.

Der Kontrast zur Reaktion seiner eigenen Eltern hätte nicht deutlicher sein können. Normale Eltern. Normales Verhalten. Warum waren Jill und Jack nicht so?

14.
Twin Decs

Ende 1987 waren beide bereit zu einer Rückkehr nach England, doch sie erschienen dort nicht mit leeren Händen. Marcus reiste auf einem »Luxusliner« – überall abblätternde Farbe und marode Wandvertäfelung – nach China, zusammen mit seinen Freunden Dave und Jo. Dort kaufte er so viele Steppjacken wie nur möglich und fuhr dann mit der Transsibirischen Eisenbahn weiter. Gerade rechtzeitig zu Weihnachten kam er bei seinen Freunden in London an. Alex hatte inzwischen einen Laden in Jakarta gefunden, in dem es wunderschöne Batikkleidung gab; er überzeugte den Besitzer, das Geschlossen-Schild aufzuhängen, kaufte den gesamten Bestand auf und schickte ihn per Schiff nach Hause. Als er dann in England angekommen war, verkauften die Brüder die Batikkleidung und die Ware aus China auf dem Markt in Camden Town und machten dabei einen guten Profit. Dann suchten sie nach einer anderen Möglichkeit zum Geldverdienen.

Sie fuhren zum Duke's Cottage und besuchten ihre Familie. Oliver und Amanda waren überglücklich, die beiden zu sehen. Wie üblich überging man einfach alles, was auch nur im Entferntesten unangenehm gewesen wäre. Niemand erwähnte die Entscheidung der beiden, nicht nach Hause zu kommen, oder die Tatsache, dass über Monate keine Kommunikation stattgefunden oder dass Jack Alex' Anruf verweigert hatte. Weitermachen, Schwamm drüber. Kein Wort davon. Trinkt was und amüsiert euch.

Und Jill nutzte ihre Kontakte. Einer ihrer alten Verehrer bot den Zwillingen sein Apartment in Chelsea zu einer lächerlich niedrigen Miete an. Allerdings erwartete er im Gegenzug, dass die beiden die Wohnung renovierten. Er war immer nett zu ihnen, und sie wohnten in dem Apartment, bis er starb. Es wurde zu einer der vielen Party-Locations, die sie und ihre Freunde in London hatten. Die Zwillinge wussten, wie man hart arbeitete, und genauso gut konnten sie feiern.

Ihre Freunde, die Brockways, die sich in ihrer Kindheit so sehr um die Zwillinge gekümmert hatten, baten sie, auch ihr Haus zu renovieren. Als Marcus und Alex damit fertig waren, merkten sie, dass ihnen diese Arbeit lag. Außerdem erzählt Marcus, dass die Leute sie gern um sich hatten, »weil wir vornehm waren«. Man könnte also sagen: fleißig, zuverlässig und unterhaltsam. All das gereichte ihnen zum Vorteil. Doch bei ihrem nächsten Auftrag kam es zur Katastrophe.

John Scot war auch ein Freund ihrer Mutter; er besaß einige Immobilien in Notting Hill Gate, die er in den fünfziger Jahren zu sehr niedrigen Preisen erworben hatte. Eines seiner Häuser musste renoviert werden, was Alex und Marcus übernahmen. John bestand auf einem richtigen Kostenvoranschlag, bevor er ihnen den Auftrag offiziell erteilte. Ein Freund half ihnen beim Verfassen des Dokuments, und weil die beiden den Job unbedingt haben wollten, erstellten sie eine eher niedrige Kalkulation. Als sie mit dem Renovieren fertig waren, schickten sie John die Rechnung dafür, und dann eine weitere, in der sie die Kosten für Farbe, Tapeten und Werkzeug abrechneten.

Damit zeigte sich John Scot nicht einverstanden. »Nein, Jungs«, erklärte er. »Das alles war schon Teil eures Kostenvoranschlags. Diese Lektion müsst ihr lernen. Ich bezahle nur das, was ihr in eurem Angebot kalkuliert habt, mehr nicht.«

Alex berichtet: »Wir waren völlig niedergeschlagen.« Sie hatten Geld verloren und begriffen, dass sie professioneller werden mussten. Tatsächlich waren sie John für die Lektion dankbar. »Mit harter Hand erzogen«, meint Marcus dazu. Außerdem sagt er: »Ein Fehler bei einem Kostenvoranschlag ist uns nie wieder passiert.« In den folgenden Jahren arbeiteten sie weiter für John, wenn es sich ergab.

Sie nannten ihre Firma »Twin Decs«, die Zwillings-Renovierer. Sie arbeiteten hart, und Twin Decs erwarb sich einen guten Ruf. Sogar ihr Vater war von ihrer Leistung beeindruckt. Als sie ihm eines Morgens zufällig im Flur begegneten, meinte er: »Ihr macht das gut, Jungs. Ich bin stolz auf euch.«

Das war beiläufig dahingesagt, doch Alex und Marcus hielten sich von nun an daran fest. Sie hatten auf ein Lob von ihm gewartet, seit er ihr Daddy wurde, als sie kaum acht Jahre alt gewesen waren, und diese wenigen Worte bedeuteten beiden sehr viel. Vor allem jetzt, da sich abzeichnete, dass er bald sterben würde.

Jack litt an Prostatakrebs. Da er Ärzte und Krankenhäuser verachtete, hatte er lange alles stillschweigend ertragen; als der Krebs dann endlich diagnostiziert wurde, war er quasi nicht mehr zu behandeln. Jacks Finger und Zehen schwollen so an, dass er Hilfe beim An- und Ausziehen benötigte. Das übernahmen Alex und Marcus immer, wenn sie im Duke's Cottage waren. Ansonsten blieb es Jill überlassen. Trotz all ihrer Streitigkeiten verband die beiden eine Zuneigung, und sie pflegte ihren Mann voller Hingabe. Zumindest sah es so aus. Marcus erklärt, dass man bei Jill unmöglich wissen konnte, was Show war und was aus ehrlichen Gefühlen heraus geschah. Sie war eine unendlich komplexe Persönlichkeit.

Für Jack galt dasselbe. In seinen letzten Lebenswochen schaffte er die Treppe nicht mehr und schlief in dem Bett in seinem Arbeitszimmer. Erstmals sprach er Jill gegenüber sein Bedauern darüber aus, immer so hart zu ihr gewesen zu sein. Kurz vor seiner Überweisung ins Hospiz erlebten Alex und Marcus bei einem Besuch mit, wie Jack zum allgemeinen Erstaunen um den Besuch des ansässigen Vikars bat. Von Hochzeiten und Beerdigungen abgesehen hatte er nie eine Kirche betreten, doch nun wollte er sein Gewissen erleichtern.

Der Geistliche erschien. »Ich bin ein schlechter Mensch gewesen«, erklärte ihm Jack ohne Umschweife. »Ich will meine Sünden bekennen, bevor ich sterbe. Ich will nicht in der Hölle enden.«

Die Tür des Arbeitszimmers schloss sich hinter den beiden Männern, und niemand hörte ein Wort von dem, was zwischen ihnen ausgetauscht wurde. Alex und Marcus sprachen darüber, dass Jacks Angst vor der Hölle vielleicht gar nicht so untypisch für ihn war. Trotz seiner akademischen Leistungen und seines scharfen Intellekts hatte er auch immer einen Hang zum Aberglauben besessen. Marcus erzählte seinem Bruder, wie sich Jack vor dem Kauf von Duke's Cottage einmal geweigert hatte, zur Besichtigung eines Hauses aus dem Auto zu steigen. »Ich gehe da nicht rein«, hatte er verkündet. »Da ist etwas Böses. Ich weiß einfach, dass es in diesem Haus spukt.«

Was waren die Untaten, die so schwer auf Jacks Gewissen lasteten, als er sich auf sein Ende vorbereitete? Bereute er, wie schlecht er Jills Zwillingssöhne behandelt hatte? Oder plagte ihn der Gedanke daran, wie sehr er seine mutterlose Tochter vernachlässigt hatte, die bei den Nonnen leben musste?

Er starb in einem Hospiz. Als man ihn aufgebahrt hatte, bot man der Familie an, Abschied zu nehmen. Alex empfand tiefe Rührung und setzte sich eine Weile neben den Leichnam. Bevor er den Raum verließ, küsste er das kalte Gesicht des alten Mannes, der zu Lebzeiten so viele Menschen gequält hatte.

Marcus weigerte sich, das Zimmer zu betreten. Vielleicht hatte er um seiner Mutter willen Kummer vorgetäuscht, doch in Wirklichkeit empfand er bei Jacks Tod nichts als eine tiefe Erleichterung.

15.

Die Bestattung eines Freimaurers

Jacks Tod war in vielerlei Hinsicht eine Offenbarung. Sie hatten immer gewusst, dass er den Freimaurern angehörte. Regelmäßig besuchte er seine Loge. Doch ihnen war nie klar gewesen, welch wichtige Rolle er in dieser Welt gespielt hatte. Die Freimaurer übernahmen die Organisation seiner Beerdigung, obwohl Jack eigentlich schon selbst alles bis ins kleinste Detail geplant hatte. Als der Tag gekommen war, brachte man Familie und Angehörige, auch Jill und ihre Kinder, bei der Trauerfeier in einem Seitengang der Kirche unter, sodass der Hauptteil den Freimaurern vorbehalten blieb.

Ian Hudson, einer von Jacks engsten Freunden, erinnert sich: »Ich kam mir fast fehl am Platz vor! Achtzig Prozent der Anwesenden waren Freimaurer.«

So viele kamen, dass sich das ganze Hauptschiff der Kirche füllte, und die Menschen saßen ihrer Hierarchie entsprechend in den Bänken.

Alex und Marcus beobachteten fasziniert, wie führende Repräsentanten des öffentlichen Lebens, Männer, die sie in den Fernsehnachrichten gesehen hatten, feierlich die Kirche betraten und sich auf den ihnen zugewiesenen Plätzen niederließen.

Die Ansprache, die Jack anscheinend selbst verfasst hatte, wurde von Tommy Johnson gehalten, einem Weinhändler und Freund, der hin und wieder mit Jack auf den europäischen Kontinent gereist war, um dort Kochurlaube zu verbringen. Er stellte nachdrücklich dar, welch zentrale Bedeutung das Freimaurertum in Jacks Leben gehabt hatte. »Abgesehen von seiner Familie«, so teilte er der Gemeinde mit, »war sein Freimaurertum für ihn das Wichtigste im Leben. Er gehörte vielen Logen und auch anderen Freimaurerorganisationen an, und wenn ich hier besonders die Imperial Mark Lodge erwähne (deren Sekretär er über zwanzig Jahre lang war), liegt das daran, dass diese Loge vielleicht am ehesten seinem Temperament entsprach.« Der Vortragende erklärte auch, dass Jack zwar von seinen Freunden sehr geschätzt worden war, jedoch »hin und wieder auch ein wenig schwierig sein konnte, sogar sehr schwierig. Es schien fast so, als würde er die ihm eigene Unfreundlichkeit genießen.«

Eine seltsame Formulierung für eine Traueransprache.

Am Ende der Zusammenkunft übernahmen die Freimaurer den Sarg, und die Familie kehrte ins Duke's Cottage zurück, um des Toten zu gedenken. Alex formuliert das folgendermaßen: »Daddy ging in die eine Richtung und wir in die andere.«

Die zweite Offenbarung bestand darin, dass im Duke's Cottage das Leben mehr oder weniger weiterging wie bisher. Seit sie sich erinnern konnten – für Alex natürlich erst ab dem Alter von achtzehn Jahren –, hatte Jill ihren Gatten als Bösewicht dargestellt, der für all die Regeln und Verbote verantwortlich war, die ihr Leben bestimmten.

Doch auch nach Jacks Tod bekamen die Zwillinge keinen Hausschlüssel und durften nicht unangekündigt zu Besuch kommen. Das war zur eisernen Regel geworden. Alex erinnert sich an einen früheren Tag, an dem er aus London kam und etwa um 23 Uhr Duke's Cottage erreichte. Es brannte noch Licht, als er an die Tür klopfte, doch seine Eltern weigerten sich, ihm zu öffnen, weil er sich nicht vorher angemeldet hatte. Er musste im Auto schlafen und durfte das Haus erst am nächsten Morgen betreten.

Immer hatten sie automatisch Jack die Schuld für diese Regeln gegeben, doch nach seinem Tod änderte sich nichts, allenfalls Jills Benehmen, das sogar noch exzentrischer wurde. Organisatorische Aufgaben waren ihr ein Graus, deshalb brachte sie Nachbarn und Freunde irgendwie dazu, sie ihr abzunehmen. Sogar zum Öffnen der Post schien sie die Unterstützung einer älteren Nachbarin zu brauchen, und diese besuchte das Haus bald täglich.

Als Alex 1993 einmal ein Wochenende im Duke's Cottage verbrachte, schlug seine Frustration in Wut um, und nach seiner Rückkehr nach London setzte er sich hin und schrieb seiner Mutter einen ebenso seltenen wie aussagekräftigen Brief. Zuerst entschuldigte er sich für sein Benehmen: »Genau genommen schreibe ich, weil ich dir sagen möchte, dass es mir leidtut, dich angeschrien zu haben. Ich kann mich nicht erinnern, das jemals getan zu haben, und ich werde versuchen, es nie wieder zu tun. Weißt du, ich habe viel um die Ohren, und ich bin schon eine ganze Weile nicht mehr ich selbst, aber davon bekommt ihr alle nichts mit, weil ich es mir nicht anmerken lasse.«

Er listete einige der Dinge auf, die ihm zugesetzt hatten, und fuhr dann fort: »Vielleicht bin ich am Samstag auch so wütend geworden, weil ich finde, ich sollte in unserem Haus dieselben Freiheiten haben wie Amanda und Oliver. Ich weiß nicht, warum, aber ich habe das Gefühl, du fühlst dich unwohl, wenn wir unangekündigt zu Besuch kommen oder einen Freund mitbringen, oder wenn wir ohne dich im Haus sind oder längere Zeit ohne dich dort verbringen.«

Zum Schluss schrieb Alex Folgendes: »Es ist, als gäbe es im Haus Dinge, von denen du nicht willst, dass wir sie sehen.«

Das war eine Bemerkung, die niemand anderes als Alex hätte machen können. Der Gedächtnisverlust hatte ihm eine besondere Art der Unschuld verliehen, und er fing an, die Fragen zu stellen, die seinen Geschwistern nie möglich gewesen wären.

Er verlangte einen Schlüssel, nicht nur einen Hausschlüssel, sondern auch den zur Familiengeschichte. Jills Weigerung, den Zwillingen Einlass in ihr eigenes Zuhause zu gewähren, besaß Symbolkraft; sie passte zu ihrer Geheimnistuerei und ihrem Schweigen.

Doch jetzt hatte Alex angefangen, unbequeme Fragen zu stellen. Die Tatsache, dass sich nach Jacks Tod nichts geändert hatte, ließ in ihm Zweifel und Unbehagen entstehen.

Diese Zweifel und das Unbehagen würden nie wieder ganz vergehen.

16.
Sorgen am Geburtstag

Während ihre Mutter die eigene Privatsphäre immer verteidigte, respektierte sie die der Zwillinge in keiner Weise.

Nach Jacks Tod arbeiteten Alex und Marcus hart für ihre Firma Twin Decs und machten das Ganze zu einem Erfolg. Sie hatten einen großen Freundeskreis, mit dem sie sich abends gern entspannten. Viele dieser Leute kannten sie bereits seit den Zeiten von Long Copse. Unzählige Male klingelte es spätabends an der Tür, und wenn sie nach unten gingen, um einen Freund hereinzulassen, stand ihre Mutter dort. Mit wilden Haaren und der riesigen Brille auf der Nasenspitze, die Füße in winzigen Sandalen, schwebte sie an ihnen vorbei und rief fröhlich: »Hallooo, ich bin's! Ach, ihr feiert eine Party? Großartig!«

Dann stolperte sie die Treppen hoch, so schnell ihre Hüftschmerzen es zuließen, und warf sich mit einem lauten »Los geht's!« mitten in die Runde. Nichts konnte sie aufhalten. Sie war bereits betrunken, wenn sie ankam, und bediente sich hemmungslos an allem verfügbaren Alkohol. Alex und Marcus war das unendlich peinlich, doch immer taten sie so, als fänden sie das Ganze lustig.

»Als Paar passt ihr wirklich wunderbar zusammen«, rief Jill dann irgendwelchen arglosen Gästen zu. »Aber der da drüben würde noch viel besser zu dir passen! Ich finde, ihr solltet einfach tauschen.«

Groß und kräftig, wie sie war, schnappte sie sich dann einfach eine junge Frau, trug sie quer durch den Raum und ließ sie vor demjenigen zu Boden, den sie zu ihrem Traumprinzen erklärt hatte. Das war völlig überzogen, aber Jill konnte sich das erlauben, eben weil sie so extrem und niemand je zuvor jemandem wie ihr begegnet war. Außerdem war sie witzig und ihr Verhalten völlig unvorhersehbar. Ihrem verrückten Sog konnte man sich einfach nicht entziehen.

Aber irgendwann hielten Alex und Marcus es nicht mehr aus. Sie nahmen ihren ganzen Mut zusammen und konfrontierten Jill mit ihrem Missfallen.

»Mum, es geht einfach nicht, dass du immer uneingeladen bei uns auftauchst. Wir brauchen unser eigenes Leben. Es ist einfach nicht fair.«

Jill reagierte mit Unglauben, dann mit Verärgerung und schließlich tief gekränkt. Doch einmal im Leben gaben die Zwillinge nicht nach.

Jills Freunde entfernten sich langsam von ihr. Ohne Jack war sie einsam, und sie forderte immer mehr von den Leuten, als die ihr geben konnten. Zu den Menschen, denen sie zu dieser Zeit besonders viel abverlangte, gehörte Vivien Kay, die Heilerin, die Alex in dem Jahr nach seinem Unfall Hoffnung hatte schenken können.

Vivien lebte nicht weit von Rudgwick entfernt. Ihr Haus stand Gästen immer offen, doch selbst sie konnte Jills Angewohnheit, einfach so aufzutauchen und eine Gratissitzung zu verlangen, nicht mehr hinnehmen und bat sie um einen Anruf im Vorfeld. Jill wollte umsonst behandelt werden, und außerdem verlangte sie eine Gratismahlzeit, weil es zu Hause niemanden mehr gab, der für sie hätte kochen können. Vivien empfand Mitleid für Jill. Ihr wurde bewusst, dass Jill Angst vor der Zukunft hatte, und ihr war auch klar, dass sie alles andere als mit sich im Reinen war.

Als die Zwillinge Ende Januar 1994 dreißig wurden, ereignete sich etwas Seltsames. Der Abend gehört zu den Ereignissen, die Marcus verwirren, weil sich das Vorgefallene nicht mit seiner rationalistischen Weltanschauung in Einklang bringen lässt.

Laut Vereinbarung sollte Jill nach London kommen und die beiden zum Geburtstag ins River Café ausführen. Es bereitete Alex und Marcus großes Vergnügen, sich für diese jährlichen Feiern die teuersten Restaurants auszusuchen, weil der Geiz ihrer Mutter inzwischen legendär war.

»Wir wussten, dass ihr das wehtat«, berichtet Marcus genüsslich. Denn Jill schrak richtiggehend zusammen, wenn sie ein solches Restaurant betrat. Während sie die Atmosphäre auf sich wirken ließ, wurde ihr klar, wie teuer sie der Abend zu stehen kommen würde. »Es hat uns einen Riesenspaß gemacht, ihr die Rechnung zu präsentieren.« Er und Alex müssen bei der Erinnerung laut lachen. »Sie hat sich die Finger angeleckt und sorgfältig die Fünfzig-Pfund-Scheine abgezählt.«

An dem bewussten Abend verspätete sich Jill. Das war nicht ungewöhnlich, deswegen fingen die Zwillinge erst nach einer halben Stunde an, sich Sorgen zu machen. »Jetzt ist sie aber ein bisschen spät dran«, meinte Alex, der inzwischen wirklich verstimmt war. »Wir verlieren die Tischreservierung, wenn sie nicht bald hier auftaucht.«

»Nein«, gab Marcus zurück. »Da ist was Schlimmes passiert. Sie hatte einen Unfall.«

»Was meinst du damit?«

»Erklären kann ich es nicht. Aber ich sehe sie vor mir. Sie ist im Duke's Cottage die Treppe runtergefallen.«

Alex starrte ihn an. »Bist du dir sicher?«

»Ich weiß es nicht. Aber wir müssen etwas unternehmen.«

Sie riefen mehrmals im Cottage an, aber niemand ging ans Telefon.

»Wir müssen jemanden hinschicken«, sagte Marcus. »Da ist ganz eindeutig etwas passiert.«

»Aber die Leute halten uns doch für verrückt!«, protestierte Alex.

Marcus bestand darauf. Sie mussten einen Arzt in der Nähe anrufen und ihn bitten, zum Haus zu fahren. Alex fand das übertrieben, aber schließlich taten sie es, und sie erreichten die Ehefrau des Arztes, Mrs Grant.

Die erklärte, ihr Mann sei unterwegs, sie selbst werde aber vorbeischauen.

Sobald sie die Einfahrt des Hauses erreichte, merkte Mrs Grant, dass hier etwas nicht in Ordnung war. Die Türen von Jills Wagen standen offen, und die Haustür war ebenfalls geöffnet. Mrs Grant ging ins Haus und fand Jill ohnmächtig am Fuß der Treppe, genau wie Marcus es vorhergesagt hatte.[4]

Er meint jedoch, er habe sich geirrt. »Ich hatte gedacht, sie wäre die Treppe runtergefallen, aber das stimmte nicht. Sie hatte eine Art Anfall, als sie den Anrufbeantworter einstellte, und war am Fuß der Treppe zusammengebrochen.« Mrs Grant rief einen Rettungswagen, der Jill ins Krankenhaus brachte.

Dass die Zwillinge so schnell gehandelt hatten, rettete Jill wahrscheinlich das Leben. Nach einer Reihe von Tests fanden die Ärzte die Ursache für ihre Ohnmacht: einen Hirntumor. Im Frühling desselben Jahres operierte man Jill, um den Tumor zu entfernen. Danach begleiteten Alex und Marcus sie zu dem Chirurgen, um die Diagnose zu erfahren.

Es handelte sich um einen Arzt in einer Privatklinik. Wie

---

[4] Nach Ansicht der Arztgattin gab es an der ganzen Angelegenheit nichts Seltsames: Jill hatte sich verspätet, also machte sich Marcus Sorgen, und sie selbst hatte sich bereit erklärt, zum Haus zu fahren. Weitere Erklärungen braucht man also nicht. Marcus kommentiert dies folgendermaßen: »Mrs Grant fuhr aus einem Grund, aber es war nicht der Grund, aus dem ich sie gebeten hatte.«

sich bald herausstellte, hatte er nicht die besten Umgangsformen, was Patienten betraf.

»Die Operation ist überaus erfolgreich verlaufen«, teilte er den dreien mit. »Dank meiner Fähigkeiten konnte der Tumor zu etwa 95 Prozent entfernt werden. Ihre Mutter hat wirklich großes Glück gehabt.«

»Okay«, gab Marcus zurück. Weil er bemerkte, dass Jill zwar zuhörte, jedoch nicht besonders viel zum Gespräch beitrug, erkundigte er sich vorsichtig: »Glauben Sie, dass sich das in irgendeiner Form auf ihre Lebenserwartung auswirken wird?«

»Aber selbstverständlich«, antwortete der Chirurg geradeheraus und ohne Umschweife. »Ihr bleiben wohl etwa zwölf Monate.«

So erfuhr Jill, von der Operation noch geschwächt, dass ihre Krankheit einen tödlichen Verlauf nehmen würde. Damals war sie dreiundsechzig Jahre alt. Über mehrere Monate weigerte sie sich, diese Prognose zu akzeptieren.

Während der Chemotherapie verlor Jill ihr Haar. Die inzwischen zwanzigjährige Amanda war direkt nach ihrem Schulabschluss ins Ausland gegangen und hatte einige Jahre in Indien gelebt, doch jetzt kehrte sie sofort ins Duke's Cottage zurück, um Oliver bei der Pflege ihrer Mutter zu unterstützen. Jill hatte herausgefunden, dass Cannabis ihre Symptome linderte, und sie und Amanda zogen zusammen los, um es zu besorgen. Einigermaßen amüsiert stellten die vier jungen Leute fest, dass Jill offensichtlich nicht zum ersten Mal Drogen konsumierte. Ihren Kindern gegenüber hatte sie allerdings bisher so getan, als lehne sie diese Substanzen grundsätzlich ab. Außerdem begriff Jill nie, dass man Drogen üblicherweise teilte. Sobald man ihr einen Joint reichte, ließ sie ihn nicht mehr los und rauchte vergnügt vor sich hin, bis der Nächste in der Runde darauf bestand, dass sie den Joint weitergab.

Fast bis zu ihrem Lebensende baute Jill jeden Samstag ihren Stand auf dem Portobello Market auf. Noch immer forderte sie absoluten Gehorsam von den Zwillingsbrüdern und bekam dabei auch fast immer ihren Willen. Sie zitierte Alex und Marcus herbei, wann immer sie ihre Hilfe brauchte, um den Stand auf- oder wieder abzubauen, und jedes Mal ließen sie alles stehen und liegen und kamen. Nachdem sie über so viele Jahre konditioniert worden waren, konnten sie diese alten Gewohnheiten nur schwer hinter sich lassen.

Jills Zustand verschlechterte sich, und bald brauchte sie mehr Pflege, als Amanda und Oliver leisten konnten. Natürlich war sie »zu arm«, um sich eine Pflegerin im Haus leisten zu können. Während ihrer letzten Lebensmonate waren es Alex und Marcus, die die Pflegekraft bezahlten.

Alex begriff, dass das Ende bald kommen würde. Als er Jill eines Nachmittags vom Krankenhaus nach Hause fuhr, fragte er: »Und William? Du warst fast dein ganzes Leben lang mit ihm zerstritten. Jetzt wird es Zeit für eine Versöhnung. Lass uns zu ihm fahren, dann kannst du deinen Frieden mit ihm machen.«

Sie starrte ihn einen Augenblick lang völlig verblüfft an. »Warum? Warum in aller Welt sollte ich das tun?«

»Weil er dein Bruder ist.«

»Das kommt überhaupt nicht infrage. Niemals.«

Alex sah ein, dass es zwecklos war. Aber seiner Mutter reichte das noch nicht. »Du musst mir versprechen, Ali, wirklich fest versprechen, dass William nicht zur Beerdigung kommt. William darf dort nicht erscheinen, hast du das verstanden? Versprich mir das!«

»Schon gut, okay, ich verspreche es dir«, antwortete Alex. Er erinnerte sich an die alten Gerüchte, dass William auf irgendeine Weise am Tod seines leiblichen Vaters vor dreißig Jahren schuld sein sollte. Aber er fragte lieber nicht nach. Mittlerweile war seine Mutter so gebrechlich, dass er immer das Gefühl hatte, sie beschützen zu müssen.

Den Rest der Fahrt legten sie schweigend zurück. Worin auch immer die Wahrheit über das Zerwürfnis mit ihrem Bruder bestand – Jill war fest entschlossen, ihren Hass mit ins Grab zu nehmen.

17.

Anfänge und ein Ende

Anfang des Jahres 1995 erklärte sich Jill bereit, Alex und Marcus ein wenig Kapital zur Verfügung zu stellen, damit sie eine Geschäftsidee verwirklichen konnten, die ihnen James Burton vorgeschlagen hatte. Sie wollten ein verfallenes Haus in Brixton erwerben und renovieren. Ian Hudson, der seit Jacks Tod als ihr inoffizieller Finanzberater fungierte, hatte Jill von diesem Vorhaben überzeugt.

»Dann lasst uns zur Bank fahren«, sagte sie zu den beiden. Bald hielten sie vor einer Bank in Guildford und halfen ihr, in das Gebäude zu gelangen. Sie war bereits sehr gebrechlich und wirkte viel älter als dreiundsechzig. In der Bank fiel den Zwillingen etwas Seltsames auf: Die Angestellten behandelten diese kranke Frau im Secondhand-Outfit mit ihren winzigen Sandalen an den großen Füßen voller Ehrerbietung. Ganz offensichtlich kannten sie sie gut und betrachteten sie als besondere Kundin.

»Ich möchte etwas Geld abheben«, erklärte sie und nannte einen hohen Betrag. »In bar. Jetzt gleich.«

Alex und Marcus hielten den Atem an. Die Krankheit musste ihre Mutter verwirrt haben. Der Mann hinter dem Tresen würde sie wegschicken, Jill würde eine Szene machen …

»Selbstverständlich, Madam«, erwiderte der Mann am Schalter, ohne mit der Wimper zu zucken. »Wenn Sie mir bitte folgen würden?«

Mit diskreter Höflichkeit führte man sie in einen Privatraum, und nach einigen Minuten erschien jemand mit dem Geldbetrag und zählte ihn vor ihren Augen ab.

Ganz offensichtlich verfügte die Frau, die immer behauptet hatte, nichts außer dem Bargeld in ihrer Handtasche zu besitzen, über mehr Kapital, als sich die Zwillinge jemals hätten träumen lassen.

Im Januar 1995 kauften die Brüder gemeinsam mit James Burton ihre erste Immobilie. Twin Decs wurde in »Lewis Burton« umbenannt, und sie wandten sich einer neuen aufregenden Geschäftsidee zu.

Jill war inzwischen sehr krank und zog im Februar in ein Hospiz in Ewhurst, The Old Rectory. Abwechselnd saßen ihre Kinder an ihrem Bett, und ihre Freunde erinnern sich daran, wie tief unglücklich Jills Söhne wirkten: Sie hatten sich gewünscht, ihre Mutter würde noch erleben, wie sie ihre eigenen Familien gründeten und sich irgendwo niederließen. Sie hätten ihr gern das Glück geschenkt, Großmutter zu sein.

Am ersten März, als ihre Kinder gerade den Raum verlassen hatten, damit das Personal sie umbetten konnte, starb Jill. Alex berichtet: »Sie hatte sich entschieden, diese Welt zu verlassen, während wir draußen vor der Tür warteten.«

Als er begriff, was geschehen war, brach Alex zusammen. Er weinte und war untröstlich. Obwohl er ihr gegenüber immer eine gewisse Distanz empfunden und nach dem Unfall nie wieder eine Verbindung zu ihr gefunden hatte, wie es ihm mit Amanda und Oliver gelungen war, war sie doch seine Mutter. Vielleicht exzentrisch und peinlich, aber eben doch eine konstante und kraftvolle Präsenz in seinem Leben. Jetzt war sie nicht mehr da, und die Trauer überwältigte ihn.

Und dann, während er noch schluchzend am Bett seiner toten Mutter saß, fiel ihm auf, dass er als Einziger trauerte.

Marcus, Amanda und Oliver zeigten nicht länger irgendwelche Emotionen. Während ihrer Krankheit hatten sie traurig gewirkt, aber jetzt war es, als hätte jemand einen Schalter umgelegt oder als wäre ein Bann gebrochen. Angesichts des Leichnams ihrer Mutter waren sie ruhig, fast nüchtern.

»Los, Ali«, forderte ihn Marcus auf. »Lass uns nach Hause fahren. Hier können wir nichts mehr tun. Das Personal übernimmt jetzt alles.« Er wirkte kurz angebunden, fast munter. Alex begriff das überhaupt nicht.

Sie fuhren zum Duke's Cottage zurück, schlossen die Tür auf und betraten das Haus. Als Jill ins Hospiz gekommen war, hatten sie sich Schlüssel machen lassen. Noch immer hatten sie sich nicht ganz an diese Freiheit gewöhnt, einfach nach Belieben kommen und gehen zu können.

Im Flur war es dunkel, überall standen antike Möbel und Kisten voller Plunder herum. Im Laufe der letzten Jahre war das Haus zunehmend verwahrlost, die Teppiche waren abgewetzt. Anscheinend hatte das Geld für Reparaturarbeiten oder eine Renovierung gefehlt. Und überall hatte sich Staub angesammelt.

Die beiden gingen durch den Frühstücksraum in die Küche und öffneten die Kühlschranktür. Es war ein seltsames Gefühl, sich einfach nehmen zu können, worauf sie Lust hatten. Seit sie sich erinnern konnten, war das Essen für Jack mit einem heiligen Bann belegt gewesen: Niemand durfte es anrühren. Und nach Jacks Tod hatte Jill kaum jemals etwas eingekauft. Wenn irgend möglich, ließ sie sich lieber von Freunden durchfüttern. Jetzt war der Kühlschrank voll mit Lebensmitteln, die die Zwillinge selbst eingekauft hatten, und sie konnten sich nach Belieben versorgen.

»In der Garage lagert ja noch Daddys Wein«, meinte Marcus zögernd. »Wollen wir eine Flasche aufmachen?«

Selbst jetzt, nach dem Tod beider Eltern, hatten sie das Gefühl, eine Grenze zu übertreten, indem sie sich selbst bedienten. Es war fast, als hörten sie immer noch Jacks furchteinflößende Wutausbrüche oder Jills Klagen, wie arm sie doch seien, und ihren Ausruf: »Macht bloß Daddy nicht wütend!«

Sie setzten sich zusammen an den Tisch, entkorkten eine Flasche von Jacks altem Rotwein und nahmen ihre erste gemeinsame Mahlzeit als Waisen ein. Jetzt musste man sich um das Begräbnis kümmern. Ob noch genug Geld dafür übrig war? Und der ganze Krempel überall im Haus musste sortiert werden. Einiges davon war wertvoll, anderes einfach nur Müll. Wie sollten sie das unterscheiden? Und es gab so viel! Wo sollten sie überhaupt anfangen?

Amanda hatte ihr Leben in Indien lange genug unterbrochen. Nach dem Begräbnis wollte sie sofort aufbrechen. Die Sachen im Haus interessierten sie nicht. Was sie betraf, sollten Alex und Marcus damit machen, was sie wollten. Aber Oliver war neunzehn Jahre alt und wollte an die Universität. Alex und Marcus, die ihre Dyslexie von einem Studium abgehalten hatte, beneideten ihn um diese Chance, waren jedoch auch stolz auf ihren kleinen Bruder. Sie wollten das Haus behalten, solange es ging, damit es immer ein Zuhause gab, in das er zurückkehren konnte.

Alex lauschte dem Gespräch seiner Geschwister immer ungläubiger. Ihre Mutter war erst wenige Stunden tot, und da saßen sie und diskutierten praktische Dinge, als wäre es nichts Besonderes, seine Mutter zu verlieren. Er verstand einfach nicht, was da vor sich ging.

»In diesem Augenblick habe ich begriffen, dass hier etwas Seltsames ablief«, sagt er. »Weil niemand sich etwas daraus zu machen schien. Niemand weinte oder erwähnte auch nur, dass unsere Mutter gerade gestorben war.«

Diese offensichtliche Kälte beeindruckte ihn tief. »Das Ganze war so seltsam. Mir setzte es zu, dass sie gestorben war. Aber niemandem sonst.«

Wochenlang grübelte er darüber nach, bevor er diese Gedanken beiseiteschob. Es dauerte fast zwei Jahre, ehe er den Grund für das Verhalten seiner Geschwister entdeckte, das damals so kalt auf ihn wirkte.

18.

Der Ring

Es war ein entsetzlich heißer Tag. Zusammen mit Oliver und Amanda und dem getreuen Ian Hudson saßen Alex und Marcus im Büro des Anwalts und warteten darauf, dass Jills Testament verlesen würde. Vor Jahren hatten Jill und Jack Ian Hudson gebeten, sich im Falle ihres Todes ihrer Kinder anzunehmen, deswegen war er der offizielle Vormund von Oliver und Amanda.

Ian Hudson war wie immer tadellos angezogen – man sah ihn nur in Anzug und Krawatte –, doch heute schwitzte sogar er. »Hat jemand etwas dagegen, wenn ich mein Jackett ausziehe?«, erkundigte er sich.

Niemand hatte etwas dagegen. Ian lockerte seine Krawatte und lächelte ermutigend in die Runde. Der Anwalt verlas das Testament. Das dauerte nicht besonders lange, denn alles, was Jill gehört hatte, sollte zu gleichen Teilen unter ihren vier Kindern verteilt werden. Der Betrag, den Marcus und Alex bereits erhalten hatten, um die Firma Lewis Burton gründen zu können, war bereits mit eingerechnet. Was die Verteilung des Geldes betraf, gab es keine Überraschung.

Überraschend war allerdings, wie viel Jill besessen hatte. Das schockierte selbst Ian. Die Frau, die immer Lebensmittel eingekauft hatte, die das Verfallsdatum erreicht und daher zu reduzierten Preisen angeboten wurden, die sich und ihre Kinder auf Flohmärkten einkleidete und im Restaurant ihre Freunde bezahlen ließ, die Hühnerknochen aus Restaurants geschmuggelt hatte, »um Suppe daraus zu kochen« – diese Frau war während dieser ganzen Zeit äußerst wohlhabend gewesen.

Für Amanda war das zu viel. Sie stand auf und verließ den Raum. Sie musste daran denken, wie sie sich mit vierzehn abgequält hatte, um Geld zu sparen, Jobs im Dorf übernommen hatte, um sich ein paar Jeans kaufen zu können. Diese Jeans waren das erste nicht gebrauchte Kleidungsstück gewesen, das Amanda jemals besessen hatte. Sie dachte an die Erniedrigung, Secondhandkleidung tragen zu müssen, während ihre Freunde an den Privatschulen alles neu bekamen, an Jills übermäßigen Geiz und ihre Besessenheit, alles müsse billig sein. All das war ein großer Betrug gewesen.

Amanda war so außer sich vor Wut, dass es eine Weile dauerte, bis sie sich überreden ließ, sich wieder den anderen anzuschließen, damit die Testamentseröffnung beendet werden konnte.

Auch die anderen waren wütend und verblüfft. Jeder von ihnen hatte eigene Erinnerungen an Jills falsches Spiel. Selbst der großzügige Ian konnte nicht anders, als an die vielen Weihnachtsfeste zu denken, bei denen Laura die Familie Dudley zu einem großzügigen Mittagessen eingeladen hatte und zu denen Jill nie mehr beigesteuert hatte als eine mickrige Tüte mit Mandarinen. Man hätte ein Heiliger sein müssen, um nicht zumindest eine gewisse Irritation zu verspüren, wenn man sich vorstellte, wie Jills nicht ausgegebenes Geld sich auf ihrem Bankkonto angehäuft hatte, während sie fortwährend erklärte, völlig verarmt zu sein.

Bis zu dem Termin in der stickigen Anwaltskanzlei hatten sich Alex und Marcus gefragt, wie sie für das Begräbnis aufkommen sollten. Jetzt begriffen sie, dass sie sich darüber keine Sorgen hätten machen müssen. Als sie herausfanden, dass man die Beerdigungskosten mit der Erbschaftssteuer verrechnen konnte, beschlossen sie, ein großes Abschiedsfest zu Jills Ehren zu veranstalten. Alex' Kummer über den Verlust seiner Mutter war vergangen – vielleicht hatte er ihn auch nur in sich verschlossen –, und er und Marcus glitten wieder in ihren Überlebensmodus, versuchten, aus allem das Beste zu machen, wie sie es immer getan hatten.

Es war Sommer. Jacks Rosen standen in voller Blüte, und der Garten des Duke's Cottage zeigte sich von seiner schönsten Seite. Ein Freund ihrer Mutter hatte ihnen geraten, den Empfang nicht im Haus abzuhalten, weil dort überall wertvolle kleine Schätze herumlagen, deswegen mieteten sie ein Großraumzelt, heuerten einen Cateringservice an und luden all ihre Freunde ein: Menschen, die Jill durch ihre Tätigkeit als Antiquitätenhändlerin kennengelernt hatte, Nachbarn, alle, die ihre ausufernde, wilde und muntere Persönlichkeit geschätzt hatten.

Zu ihrem Unbehagen entdeckten die vier bei der Zeremonie in der Kirche die hochgewachsene, nicht zu verwechselnde Gestalt von Jills Bruder William. Über Williams Rücken hing ein dünner Pferdeschwanz. Er hatte von jemandem, der die Anzeige in der *Times* gelesen hatte, vom Tod seiner Schwester erfahren. Alex' Versprechen zum Trotz war es ein Ding der Unmöglichkeit, ihm die Tür zu weisen. Als sich die Gäste auf den Weg zum Haus machten, schloss sich William ihnen an. Alex und Marcus besprachen das Ganze rasch und wandten sich dann wie gewöhnlich ratsuchend an Laura Hudson.

Bei der Feier zu Hause ging Laura auf William zu, der sich lebhaft mit einem Nachbarn aus Rudgwick unterhielt. »William, es tut mir sehr leid, aber Ali und Marcus haben mich gebeten, Sie zum Bahnhof zu fahren. Jill hat ganz deutlich gesagt, sie möchte nicht, dass Sie heute hier sind, und …«

»Nein. Ich bleibe«, entgegnete William.

Doch Laura gab nicht nach, und schließlich überredete sie ihn zum Mitkommen. Auf dem Weg zurück nach Rudgwick musste sie sämtliche Wagenfenster öffnen, um den Geruch nach Alkohol loszuwerden.

Jetzt gab es nur noch eine Bitte ihrer Mutter, die Alex und Marcus erfüllen mussten, bevor sie den Rest des Nachmittags entspannt mit ihren Freunden verbringen konnten. Einige Wochen vor ihrem Tod hatte sie ihnen einen Wunsch mitgeteilt: Ihre engste Freundin sollte den riesigen Diamantring bekommen, den sie selbst immer getragen und nie abgelegt hatte.

Cynthia war inzwischen eine Komtess. Eine elegante, dominante Frau, immer tadellos frisiert und wunderschön angezogen. Marcus erinnerte sich an die Partys, die Cynthia und Jill zusammen in ihrer Wohnung in der Gloucester Road gegeben hatten. In ihren besten Anzügen hatten er und Alex als Kinder an diesen Abenden Drinks und Kanapees verteilt. Sie kannten Cynthia schon eine Ewigkeit, hatten sich in ihrer Gegenwart jedoch nie so entspannt gefühlt wie etwa in der Gegenwart von Deirdre oder Laura.

In der Kirche hatte sie die Trauerrede gehalten, und wie immer hatte sie ihre Aufgabe mit Haltung und Professionalität erledigt. Dennoch war einigen der Zuhörer aufgefallen, dass sie in ihren Lobreden auf Jill ein wenig lau blieb. Danach war sie zwar mit ins Duke's Cottage gekommen, wollte jedoch offensichtlich nicht lange bleiben. Schon bald ging sie zu den Zwillingen, um sich zu verabschieden und ihnen noch einmal ihr Beileid auszusprechen.

»Warte einen Moment«, sagte Marcus. »Da gibt es noch etwas.«

»Mum wollte, dass du ihren Ring bekommst«, erklärte Alex. Er hatte das Schmuckstück während des ganzen Gottesdienstes bei sich getragen, und jetzt überreichte er es Cynthia, die zuerst überrascht wirkte und den Ring dann erfreut in ihre Tasche steckte.

Marcus sagte: »Mum meinte, du wüsstest schon, worum es geht.«

»Ja«, gab Cynthia zurück. Sonst nichts.

Danach brach sie auf. Aus irgendeinem Grund konnten Alex und Marcus dieses Gespräch nicht vergessen. Dass Jill ihren wertvollsten und persönlichsten Besitz – ein Geschenk von Jack aus der Zeit vor ihrer Hochzeit – an diese Freundin weitergab, besaß eine Bedeutung, die jedem auffallen musste. Doch sie konnten nur Vermutungen anstellen, was dahintersteckte.

Das gehörte zu den Mysterien, die Jill hinterließ.[5] Wie Alex und Marcus herausfinden sollten, gab es viele davon.

---

[5] Die Übergabe des Rings erstaunte alle, die wussten, wie bedeutungsvoll sie war. Wäre dieses Buch ein Roman, so würden die Leserinnen und Leser irgendwann eine Erklärung erhalten. Doch im richtigen Leben bleiben immer einige Fragen unbeantwortet.

19.

Urnen aus der Familie

Die Leute vom Catering räumten auf, das Zelt wurde abgebaut, und Alex und Marcus steckten all ihre Energie in die neue Geschäftsidee Lewis Burton. Oliver begann sein Studium, und Amanda kehrte nach Indien zurück. Alle gewöhnten sich auf ihre eigene Art an die neue Situation. Sie waren nun Waisen, doch sie hatten Ian Hudson, der ihnen jederzeit Ratschläge geben konnte und ihnen dabei half, Jills finanzielle Hinterlassenschaft zu ordnen.

Marcus und Alex beschlossen, das Bestmögliche aus dieser Gelegenheit zu machen. Unter der Woche arbeiteten sie hart in London, doch am Freitagabend fuhren sie nach Sussex und luden all ihre Freunde ins Duke's Cottage ein. Das vermittelte ihnen ein befreiendes Gefühl. Nach all den Jahren, in denen man sie in ein kaltes Schlafzimmer im hinteren Teil des Hauses oder in den ungeheizten Anbau verbannt hatte und in denen sie Jacks Wohn- und Arbeitszimmer nicht betreten durften, konnten sie nun im ganzen Haus herumlaufen und tun und lassen, was ihnen gefiel. Und am besten gefiel es ihnen, Partys zu geben und sich mit den Menschen, die sie liebten, zu amüsieren.

Viele ihrer Freunde kannten sie bereits seit dieser ersten Party in Long Copse, und für diese jungen Leute war die ganze Situation unerhört und neu, eine außergewöhnliche Phase in ihrem Leben. Jills Kinder waren die Ersten ihrer Generation, die ohne Eltern zurückblieben, und alle in ihrem Freundeskreis empfanden das als aufregend. Oliver wohnte in dieser Zeit meistens im Duke's Cottage und genoss es, das große alte Haus für sich zu haben. Er half auch dabei, die Dinge zu sortieren.

Dieser Aufgabe widmeten sie sich aber nicht sofort – sie war zu umfangreich, und im Moment reichte es ihnen, sich einfach zu entspannen und den Luxus ihrer neu entdeckten Unabhängigkeit zu genießen. Außerdem hatte Oliver nie ein anderes Zuhause kennengelernt, deshalb hatten sie es nicht eilig damit, das Haus zu verkaufen, auch wenn sie es aus finanziellen Gründen irgendwann tun mussten.

Sie räumten aber einige Zimmer aus, und dabei wurde ihnen bewusst, zu was für einem seltsamen Ort Duke's Cottage geworden war. Das Betreten eines der Badezimmer im Obergeschoss war unmöglich, weil Jill es mit Kleidungsstücken von Wohltätigkeitsauktionen und Flohmärkten vollgestopft hatte. In der Badewanne, im Waschbecken, auf der Toilette – überall stapelten sie sich bis fast unter die Decke. Dieses Horten von Kleidern entbehrte jeglicher Logik: Die meisten Stücke hatte Jill nie getragen, und selbst wenn sie sehr preiswert gewesen waren, mussten diese riesigen Mengen von Kleidung sie weit mehr gekostet haben, als sie für einige neue Stücke hätte ausgeben müssen.

Die vier Geschwister erinnerten sich daran, wie frustriert Jack immer gewesen war, weil Jill absolut nicht haushalten konnte. Sie legte Meilen zurück, um irgendwo billiger an Benzin zu kommen als an der Tankstelle vor Ort; die Benzinkosten für die Fahrt kalkulierte sie nicht mit ein. Doch irgendwie musste sie ja finanziell cleverer gewesen sein, als sie alle angenommen hatten – wie hätte sie sonst dieses kleine Vermögen anhäufen können?

Sie besorgten sich einen Container, den sie mit Hunderten

alter Mäntel, Strickjacken und Röcken füllten, putzten das Badezimmer und brachten es in einen Zustand, in dem man es wieder benutzen konnte. Von da an stand immer ein Container vor dem Haus, und jeder dieser Container füllte sich schnell.

Ihre Freunde machten mit. Während sie die Berge von Plunder durchsuchten, den Jill als Antiquitätenhändlerin und obsessive Sammlerin angehäuft hatte, machten sie einige außergewöhnliche Entdeckungen.

Wie das Bad im Obergeschoss war auch der Anbau vollgestopft mit alten Kleidungsstücken. Freundinnen wie Caz, die mit Alex zusammen gewesen war, als er seinen Unfall hatte, und Ellen Handley aus Long Copse hatten viel Spaß dabei, sie durchzusehen und zu entscheiden, welche in den Container kamen und welche man behalten sollte. Der ganze Anbau stank nach Feuchtigkeit und Schimmel, doch zwischen all dem Müll befanden sich Schätze, die zu behalten sich lohnte.

Dasselbe wiederholte sich im Haus selbst. Die jungen Leute öffneten zum Beispiel einen Schrank, und eine Menge Zigarettenpackungen fielen heraus. Ganze Stangen davon, immer noch unberührt im Zellophan des Duty-free-Shops. Einige waren so alt, dass man die Marken schon längst nicht mehr kaufen konnte. Die Freunde trugen ihre Beute triumphierend in den Frühstücksraum, und die Raucher teilten sie unter sich auf. Das Ganze entwickelte sich zu einer großen Schatzsuche.

Es wäre nicht möglich gewesen, das alles auf die Schnelle zu erledigen. Äußerst wertvolle antike Stücke mischten sich mit nutzlosem Tand; in einem Pappkarton voll angeschlagenem Geschirr verbarg sich möglicherweise ganz unten eine Vase von Lalique. Die Menge von Gegenständen machte das Ganze zu einer Riesenaufgabe. Und es gab ja nicht nur das Haus. Da waren auch der Anbau, die Schuppen, die Nebengebäude, die Garage …

Wie ein Eichhörnchen hatte Jill überall wertvolle Dinge versteckt, und die tauchten jetzt an allen möglichen und unmöglichen Stellen auf. Eine Freundin, die sie kurz vor ihrer Operation im Krankenhaus besucht hatte, erinnerte sich daran, wie Jill, halb im Dämmerzustand, plötzlich verwirrt murmelte: »In der großen alten Standuhr sind Ohrringe.« Und das stimmte.

Sie durchsuchten jede Schublade, schauten in jede Ecke. Ein Freund merkte, dass ein Vorhang ein wenig schief hing, schaute sich das Ganze genauer an und ertastete etwas im Saum des Stoffes. Als sie ihn auftrennten, kam ein Bündel Fünfzig-Pfund-Scheine zum Vorschein. Damit war die Jagd eröffnet. Jeder Vorhang im Haus wurde untersucht, und auf diese Weise förderte man mehrere weitere Scheine zutage. Und das nicht nur in den Vorhängen, sondern an den seltsamsten Orten, in Gläsern und Töpfen, sogar unter lockeren Bodendielen. Dass man nie wusste, wo das nächste Erbstück oder der nächste Haufen Geld auftauchen würde, diente als Anreiz, gründlich vorzugehen.

Zusammen mit Oliver nahmen sie gerade die Garage in Angriff, als das Ganze einen surrealen Touch bekam. Überrascht schrie Oliver auf: »Schaut euch das mal an!«

»Was ist denn?« Alex und Marcus eilten herbei.

Zwischen alten Konservendosen, nutzlosen Gläsern, leeren Flaschen und Töpfen stand eine Urne, auf der ein Pass lag.

»Du lieber Himmel!«, rief Alex. »Onkel Stuart!«

Erstaunt schauten sie einander an und suchten dann weiter. Und wirklich, in einer Kiste entdeckten sie: »Tante Joan!« Ganz offensichtlich hatte ihre Mutter die Asche ihres Onkels und ihrer Tante aus dem Krematorium abgeholt, dann aber nichts weiter unternommen, und die Urnen waren unter dem ganzen Kram in der Garage gelandet. Das Ganze war so verrückt, dass sie es lustig fanden, und sie stellten Onkel Stuart und Tante Joan in das schmale Schrankregal im Schlafzimmer ihrer Mutter, wo vorläufig auch Jills Asche untergebracht war.

Jills Urne stand auf dem obersten Regalbrett, die von Onkel Stuart darunter und die von Tante Joan ganz unten.

Die Familiengruft befand sich in Ardingly, und Jill hatte ganz eindeutige Instruktionen hinterlassen, ihre Asche solle dorthin gebracht werden. Also fuhren Marcus und Alex pflichtbewusst dorthin, um diese dreifache Bestattung der Asche ihrer Mutter, ihres Onkels und ihrer Tante zu veranlassen. Der Vikar, der diese Gemeinde erst neu übernommen hatte, schaute in seinen Unterlagen nach und holte zu ihrem Erstaunen aus einem Schrank eine weitere Urne. Diese enthielt die Asche von Jills Mutter, Rosalind Wakefield. Also hatten sie, so Marcus, »noch eine von diesen verdammten Urnen am Hals«. Wahrscheinlich hatten die Bestattungskosten Jill davon abgehalten, ihre Verwandten zu deren letzter Ruhestätte zu bringen: Wie sich herausstellte, war das Öffnen des Grabes teuer, und danach musste auch noch die Beschriftung der Grabplatte bezahlt werden.

Während all diese Dinge organisiert wurden, nahmen die Zwillinge die Asche ihrer Großmutter mit ins Duke's Cottage und stellten sie in das große Regal zu Bruder, Schwägerin und nun auch ihrer Tochter. Jacks Asche hatte man bereits zwischen seinen geliebten Rosen verstreut – eine kostengünstige Lösung, gegen die Jill offensichtlich nichts einzuwenden gehabt hatte. Inzwischen erschien Alex und Marcus die ganze Sache als großartiger Witz. An einem Wochenende führte Alex eine neue Freundin im Duke's Cottage herum. »Hier haben wir früher gewohnt«, erzählte er ihr. »Hier haben wir geschlafen. Das war das Schlafzimmer unserer Mutter. Ach ja, ich muss dir auch noch den Rest der Familie vorstellen.« Mit diesen Worten zeigte er auf die Urnen, die ordentlich übereinanderstanden. »Das hier ist meine Mutter. Das hier sind Tante Joan und Onkel Stuart. Und hier haben wir Granny.«

Alex erzählt, die junge Frau habe ihn nur sprachlos angestarrt. Bald darauf war die Beziehung zu Ende gegangen.

20.
Dukestonbury

Duke's Cottage war zu einem Partyclub geworden. Alex und Marcus genossen das, solange es möglich war, aber jetzt wollten sie dem Ganzen eine andere Dimension verleihen.

Im Jahr 1996 beschlossen die Glastonbury-Veranstalter, sie und das Gelände hätten eine Pause nötig, und das Festival wurde abgesagt. Dadurch entstand bei den Zwillingen ein Plan: Warum organisierten sie nicht ihr eigenes Festival in dem riesigen Garten hinter dem Haus? Sie wollten noch etwas Spektakuläres veranstalten, bevor der Hausverkauf anstand. Das Ganze sollte eine unvergessliche Party werden, die sie Dukestonbury nennen wollten.

Mit der üblichen Energie und Begeisterung machten sie sich an die Planung. Fünfhundert Einladungen wurden gedruckt und unter ihren Freunden sowie in deren Freundeskreis in Umlauf gebracht. Ein Geschäftspartner aus Brixton organisierte Türsteher. Sie buchten Bands und heuerten Cateringpersonal an, mieteten ein Partyzelt, informierten sich über rechtliche Fragen und führten während dieser ganzen Zeit ihre Renovierungsarbeiten an den Immobilien in Brixton weiter.

»Ist dir schon was aufgefallen?«, fragte Marcus seinen Bruder eines Morgens, als sie zu ihrem Wagen gingen.

»Was denn?«

»Da folgt uns jemand.«

»Bist du sicher?«

»Ja. Bestimmt ein Polizist.«

Im Jahr 1996 hatte die Rave-Kultur die Behörden so sehr in Alarmbereitschaft versetzt, dass man Gesetze verabschiedet hatte, um dem Ganzen Einhalt gebieten zu können. Das wussten die Zwillinge nur zu gut. Aber Dukestonbury würde auf ihrem Privatgrundstück stattfinden, und sie verlangten kein Geld für den Eintritt. Die Polizei verbrachte eine Woche damit, die Zwillinge zu observieren, weil man davon überzeugt war, die beiden wären in Drogengeschäfte verwickelt und man könnte sie dingfest machen. Marcus empfand beinahe Mitleid für die Beamten: Sie mussten sich sehr langweilen, zwei Unternehmern auf der Spur, die nur von einer Baustelle zur anderen fuhren und mit Drogen nicht das Geringste zu tun hatten.

Eine Vorladung bekamen die Zwillinge trotzdem.

»Diese Veranstaltung wird nicht stattfinden«, informierte sie der Polizist.

Alex und Marcus saßen in einem Vernehmungsraum in der Polizeistation von Wandsworth, während ein väterlich wirkender Beamter sie darüber informierte, dass die ganze Sache jede akzeptable Dimension sprenge. Vermutlich würden zu der Veranstaltung Tausende auftauchen, das Ganze müsse sofort beendet werden. Höflich hörten die Zwillinge ihm zu. Doch ein befreundeter Anwalt hatte ihnen bereits geraten, sie sollten herausfinden, ob die Polizei ihnen eine rechtlich verbindliche Verfügung vorlegte oder ob es sich lediglich um eine Bitte handelte.

»Gut«, beendete der Polizist seine Ausführungen. »Dann sind nun Sie an der Reihe. Sie werden das Ganze absagen.«

»Ist das eine Verfügung oder eine Bitte?«

Der Mann starrte die beiden an. Er ließ sich Zeit mit der Antwort, aber dann musste er es zugeben: »Es handelt sich um eine Bitte.«

»In diesem Fall müssen wir die Bitte leider zurückweisen«, erwiderte Marcus. Und damit gingen die Brüder.

Dukestonbury erwies sich als seltsame Hybridveranstaltung. Marcus berichtet, in gewisser Hinsicht sei es ein »extremer, krasser, fetter Rave gewesen, der gar keine andere Bezeichnung verdient hätte«, mit hämmernder Musik und der Mehrzahl der Gäste im Drogenrausch. Gleichzeitig war es ein Rave wie kein anderer. Die Gäste, die am Duke's Cottage erschienen und ihre wertvollen Einladungskarten umklammert hielten, konnten das Ganze nicht einordnen. Sie wurden von Kellnern im Frack und in weißen Handschuhen begrüßt, die ihnen Champagnergläser anboten. Am Seerosenteich spielte ein klassisches Streichquartett, und die hohen Bäume am anderen Ende des Gartens wurden dramatisch angeleuchtet – das Geschenk eines Freundes, der in dieser Branche arbeitete. Auf dem Rasen hatte man Perserteppiche ausgebreitet, es gab einen Hamburger- und einen Zuckerwattestand auf der Einfahrt. Für Oliver und seine Freunde, die gerade ihr erstes Studienjahr hinter sich hatten, war das Ganze einfach überwältigend. Über ihren Köpfen zog ein Polizeihubschrauber seine Kreise, aber als die örtliche Polizei versuchte, das Grundstück zu betreten, erklärten die Türsteher aus Brixton mit vollendeter Höflichkeit, das gehe ohne Durchsuchungsbeschluss nicht. Leute aus dem Ort, die sich Einlass erhofft hatten, wurden weggeschickt.

Als DJs traten Freunde der Zwillinge auf, Ian Hume und Sancho Panza, die immer noch auf dem Notting Hill Carnival auflegen. Ihre Musik mischte sich mit der des klassischen Streichquartetts und wurde im Laufe der Nacht immer lauter. Erst um neun Uhr am nächsten Morgen verstummte sie. Als sich die Morgensonne über die Gartenanlagen ergoss, kamen Gäste aus dem Wald, wo man Schlafzelte für sie aufgestellt hatte; langsam gingen sie über die Wiese, um irgendwo Frühstück aufzutreiben. Die Party war ein einziger großer Erfolg, sie war viel größer und fantasievoller, als es irgendjemand erwartet hatte. Für die Zwillinge zählt sie zu den »Wow-Momenten« in ihrem Leben – zum ersten Mal konnten sie wirklich das Gefühl abschütteln, weniger wert zu sein als ihre Freunde, unzureichend, ein Gefühl, das Menschen mit Dyslexie häufig ihr ganzes Leben lang zu überwinden versuchen. Gut, vielleicht würden sie es nie im Leben an eine Universität schaffen, aber ohne Zweifel konnten sie eine Wahnsinnsparty auf die Beine stellen.

Im folgenden Jahr fand Dukestonbury II statt, mit etwa doppelt so vielen Gästen wie im ersten Jahr. Alex berichtet, zu diesem Zeitpunkt hätten die Nachbarn in Rudgwick endgültig genug gehabt. Doch inzwischen neigte sich die Zeit der Zwillinge im Duke's Cottage ohnehin ihrem Ende zu.

21.
Entdeckungen

Alex und Marcus beschlossen, es wäre an der Zeit, die Entrümpelung des Hauses ernsthaft in Angriff zu nehmen. Wenn sie immer nur die Wochenenden dafür reservierten, würden sie es nie zu Ende bringen, nicht einmal, wenn alle Freunde sie unterstützten. Sie mussten sich zwei Monate von der Arbeit freinehmen und das Ganze mit System angehen.

Jill hatte immer ein großes Geheimnis um ihre Miniaturensammlung gemacht, und das war in der Welt des Antikhandels nur zu bekannt. Rupert Toovey, das führende Auktionshaus in Sussex, hatte Monate damit verbracht, alles durchzugehen: Schnupftabakdosen und Fingerhüte, Puppenhausmöbel und andere interessante Kleinigkeiten. Jill war von allem fasziniert gewesen, was klein war, und hatte ein sehr gutes Auge für Wertvolles besessen. Nachdem einmal all diese Dinge aussortiert waren und katalogisiert wurden, gab es immer noch einen ganzen Haufen, um den man sich ebenfalls kümmern musste. Und während sie mit ihren Freunden lachten und Witze machten, erhaschten Alex und Marcus immer wieder kurze Blicke auf eine ernstere Sache.

Oliver besuchte jetzt regelmäßig einen Therapeuten. Alex hielt das für sinnvoll. Ihr Bruder hatte beide Eltern verloren und würde bald auch sein Zuhause verlieren. Da war es doch ganz offensichtlich, dass man jemanden brauchte, mit dem man all das besprechen konnte. Aber was war mit Marcus? Als Alex merkte, dass Marcus denselben Therapeuten konsultierte wie

Oliver, ergab das für ihn überhaupt keinen Sinn. »Ich kenne meinen Bruder schließlich in- und auswendig«, erklärt Alex. »Und ich dachte: Warum sollte er einen Therapeuten brauchen? Unser Leben war doch bisher gar nicht so schlecht!«

Oder?

Die quälenden Fragen, die sich Alex gestellt hatte, als er die Reaktion seiner Geschwister auf den Tod ihrer Mutter beobachtete, ließen sich jetzt einfach nicht mehr abschütteln. Und die Dinge, die sie beim Entrümpeln des Hauses immer wieder entdeckten, waren bizarr. Manchmal auch verstörend.

Wie der Rest des Hauses war Jills Schlafzimmer voller dunkler antiker Möbel: Kommoden, ein Schreibtisch, hohe Schränke. An den Raum grenzte ein Bad, und dahinter befand sich ein kleines Zimmer mit einem Einzelbett, in dem Jack gegen Ende seines Lebens immer häufiger geschlafen hatte. Auf der einen Seite des Raumes stand ein riesiger begehbarer Kleiderschrank mit Schiebetüren, der fast die gesamte Wand einnahm.

Sie öffneten ihn und machten sich an die Arbeit. Zuerst entdeckten sie weitere Zigarettenschachteln. Danach Kartons voller Ostereier. Dutzende waren es, in allen Größen und Formen. Während sie sie hervorzogen und der Haufen auf dem Boden immer größer wurde, begriffen sie, dass sie hier sämtliche Ostereier vor sich hatten, die sie ihrer Mutter je geschenkt hatten: Anscheinend hatte Jill sich bedankt und die Eier dann weggeräumt; nie hatte sie eines davon gegessen, nie eines weggeworfen. Die Schokolade war inzwischen ganz grau und ungenießbar. Also warfen sie die uralten Eier in den Container, verwirrt, aber entschlossen, das Ganze als lustig zu betrachten.

Als Nächstes, ganz unten im Schrank, fanden sie einen alten Schuhkarton. Darin lag ein Bündel von Umschlägen. Jeder davon war an eines von Jills Kindern adressiert: Alex Lewis, Marcus Lewis, Alex und Marcus Lewis, Amanda, Oliver. Die Daten auf den Umschlägen reichten bis ins Frühjahr 1965 zurück, den ersten Geburtstag der Zwillinge.

Alex öffnete auf gut Glück irgendeinen Umschlag und fand darin eine Karte: *Herzlichen Glückwunsch zum Geburtstag, Marcus und Alex! Alles Liebe von Tante Isabel.* Ein Zehn-Shilling-Schein flatterte zu Boden. Alex schaute auf das Datum auf dem Umschlag. Die Schwester ihres Vaters musste ihnen das Geld zum dritten Geburtstag geschickt haben. Jill hatte ihnen den Brief nie gezeigt, ihnen nicht das Geld ausgehändigt, es nicht einmal selbst ausgegeben.

Oliver öffnete den nächsten Umschlag. Darin fand er einen Geschenkgutschein von seinem Großvater, seit mehr als zehn Jahren abgelaufen.

Die Schuhschachtel war mit Karten und Geschenkgutscheinen vollgestopft, die Jills Kinder niemals zu Gesicht bekommen hatten: Sie war wie eine ungelebte Geschichte ihrer Kindheit, eine Sammlung von Gesten der Zuneigung von Verwandten und Freunden, die man ihnen vorenthalten hatte. Alle sorgfältig versteckt.

Aber warum? Was hatte Jill dazu bewogen, all diese Weihnachts- und Geburtstagskarten zu horten? Bündel von Banknoten in Vorhangsäumen oder unter Bodendielen zu verstecken folgte zumindest noch einer merkwürdigen Form der Logik – dem Instinkt, sich vor harten Zeiten zu schützen –, aber Geburtstagskarten für ihre Kinder zu verstecken? Warum wollte Jill nicht, dass ihre Kinder wussten, dass die Leute an sie dachten, ihnen Geld schenkten? Was steckte dahinter? Die grundlose Gemeinheit ihrer Mutter war für sie alle entsetzlich verstörend.

Über die Leiter kletterten sie auf den Dachboden hinauf. Dort brannte nur eine einzige schwache Glühbirne, nur in der Mitte des Raumes konnte man aufrecht stehen, und die Luft war dick vor Staub und Spinnweben. Und natürlich war der Boden ganz von Kisten bedeckt, von Kartons und Taschen und alten Koffern. Überall stapelte sich das Zeug.

Das meiste konnte man wegwerfen. Doch zwischen all dem Gerümpel entdeckten sie auch die Korrespondenz ihrer Mutter. Sämtliche Briefe, die ihr Schulfreundinnen geschickt hatten, als sie als Tagesschülerin das St Gabriel's in Newbury besucht hatte. Briefe von den Nonnen und Rundbriefe des Ehemaligenvereins. Kopien von Jills Briefen an ihre Eltern, die sie geschrieben hatte, als sie in einer anderen Stadt arbeitete. Briefe ihrer Mutter, ihres Vaters, Briefe von ihren Freunden. Briefe von ihrem Ehemann, der verstorben war, als ihre Babys drei Wochen alt waren. Briefe von Jack. Briefe von Liebhabern.

Von vielen Liebhabern. Nun, Jill hatte nie ein Geheimnis aus der Tatsache gemacht, dass sie ein wildes Leben geführt hatte, nachdem ihr erster Ehemann verstorben war und sie Jack noch nicht kannte. Doch ein ganzes Bündel dieser Briefe, geschrieben auf Luftpostpapier und in einer ganz besonderen, verschnörkelten Handschrift, waren in italienischer Sprache verfasst, und sie stammten aus dem Jahr 1963, dem Jahr vor der Geburt von Alex und Marcus. Die Zwillinge legten sie beiseite und baten einen Freund, sie zu übersetzen. Wie sich herausstellte, hatte Jill eine leidenschaftliche Affäre mit diesem Mann gehabt, der Aste hieß, und zwar in der Zeit, in der die Zwillinge gezeugt worden waren.

Daraus ergaben sich weitreichende Konsequenzen. Alex und Marcus mussten sich mit der Möglichkeit auseinandersetzen, dass es sich bei diesem unbekannten Italiener vielleicht um ihren leiblichen Vater handelte. Und bei der Durchsicht weiterer Briefe aus demselben Jahr stellte sich heraus, dass es noch andere potenzielle Kandidaten gab.

Alex berichtet, damals hätten sie Zweifel daran bekommen,

wer sie waren. Doch er schob die Unsicherheit beiseite. Es gab immer noch sehr, sehr viel zu tun, Duke's Cottage musste verkauft werden, damit die Steuern bezahlt werden konnten: Es war ein Wettlauf gegen die Zeit.

Das Schreibpult seiner Mutter enthielt viele winzige Schubladen, und in einer von ihnen fand Alex einen Schlüssel. Als Caz und ihre Freundinnen mit den Kleidungsstücken aus dem Schlafzimmerschrank fertig waren, fiel ihm eine kleine Tür in dessen Rückwand auf.

»Auf nach Narnia!«, witzelte er, während er den Schlüssel aus dem Schreibpult ausprobierte. Er passte, und die Tür ließ sich mühelos öffnen.

Sofort schloss er sie wieder. In dem Fach befanden sich Sexspielzeug und Reizwäsche.

Eine Freundin namens Claire faltete gerade Kleidungsstücke zusammen. »Was ist denn los?«, wollte sie wissen.

»Schau selbst nach«, gab Alex zurück.

Sie betrat den Schrank und öffnete die Geheimtür. »Guter Gott!«, rief sie aus. Dann fügte sie schnell hinzu: »Keine Sorge, Ali. Ich kümmere mich schon darum. Das macht mir nichts aus. Schließlich war sie nicht *meine* Mutter.«

Kurz darauf sah Alex Claire dabei zu, wie sie einige schwarze Müllbeutel die Treppe herunterzerrte und wortlos in den Container warf. Es gibt Dinge, die man über das Privatleben seiner eigenen Mutter lieber nicht wissen möchte.

Die verstörendste Entdeckung war eine Fotografie, die Oliver im Nachttisch ihrer Mutter fand. Das Bild zeigte Alex und Marcus im Alter von etwa zehn Jahren, vielleicht auch jünger. Beide waren nackt, und auf dem Foto fehlten ihre Köpfe. Zwei kleine kopflose Jungs, von vorn abgebildet, unbekleidet.

Oliver rief seine Brüder herbei und gab ihnen ohne ein Wort die Fotografie. Jills Zwillingssöhne als gesichtslose Körper. Zum ersten Mal ließ sie ihre Fähigkeit im Stich, aus allem einen Witz zu machen. Jetzt, wo sie das Haus von den Habseligkeiten eines ganzen Lebens befreit hatten, drang etwas Dunkles an die Oberfläche.

Alex konnte das Ganze überhaupt nicht einordnen. Wie vieles andere schob er es einfach weg. Das war immer seine Überlebenstechnik gewesen. Er und Marcus sprachen nicht über die Dinge, die sie entdeckten, jedenfalls nicht ernsthaft.

Und dann fand Alex zwischen all den Papieren ihrer Mutter eine Visitenkarte, die große Auswirkung auf ihr Leben haben sollte. Darauf standen Name und Telefonnummer von Vivien Kay, der Heilerin, zu der ihn Jill nach seinem Unfall mitgenommen hatte, vor mehr als zehn Jahren. Alex beschloss, zu ihr zu fahren. Er meinte, sie könne ihm vielleicht einen Rat geben, wie sie die Dinge sortieren sollten.

Und in gewisser Weise tat Vivien dann auch genau das.

22.

Die Fernsehsendung

Es gibt eine ungewöhnliche Momentaufnahme aus der Zeit kurz vor den Entdeckungen, die Alex' Welt auf den Kopf stellen sollten: eine zehnminütige Dokumentation über die Zwillinge, die kurz nach dem Verkauf des Hauses aufgenommen und Anfang Dezember 1997 gesendet wurde. Der Film gehörte zu einer von Carol Vorderman moderierten Serie über die Mysterien des Lebens. Man nahm Alex' Unfall unter die Lupe: dass Marcus es »gewusst« hatte, als er passierte. Es ging um seine Vorahnung und die frappierende Art und Weise, in der manche Zwillinge offenbar kommunizieren können.

Die beiden traten nicht zum ersten Mal im Fernsehen auf. Ende der neunziger Jahre wären sie tatsächlich fast zu professionellen Medienzwillingen geworden. Das hatte einen einfachen Grund: Marcus hatte eine Langzeitfreundin, die lebhafte und fantastisch aussehende Neuseeländerin Fran. Sie arbeitete im Forschungsteam der Fernsehshow »That's Life«, in der wöchentlich irgendwelche interessanten Themen aufgegriffen wurden. Frans Team musste laufend Ideen dazu liefern. Manchmal war es schwierig, Material zu finden.

»Die schmeißen mich raus, wenn ich nichts finde!«, jammerte sie an einem Freitagabend Marcus vor. »Ihr müsst mir helfen, Ali und du.«

»Wie denn?

»Na, ihr seid doch Zwillinge, oder etwa nicht? Zwillinge finden die Leute immer spannend. Da kriegen wir schon was zusammen.«

»Bist du sicher?«

Ganz offensichtlich war sie das. Die beiden Brüder erklärten sich bereit, in einem Programm über die Erfahrungen eineiiger Zwillinge mitzuwirken. Sie waren nervös, weil sie nicht wussten, was sie erwartete, als sie im Licht der Scheinwerfer bei Esther Rantzen im Studio Platz nahmen, vor ihnen ein Publikum, das ausschließlich aus Zwillingspaaren bestand. Das Ganze muss gut gelaufen sein, denn als Fran das nächste Mal dringend Leute brauchte, traten sie wieder auf, diesmal mit der Kopfverletzung und dem Gedächtnisverlust als Gesprächsthema. Als Fran Marcus zum dritten Mal anflehte, ließ er sich nicht mehr so einfach überreden.

»Jetzt warte mal einen Moment! Meinst du nicht, es könnte dem Publikum vielleicht auffallen, dass ihr immer dieselben beiden Brüder ins Studio zerrt?«

»Das macht nichts. Bitte, Marcus, sag, dass ihr mitmacht!«

Also ließen er und Alex sich pflichtbewusst zum Thema Dyslexie interviewen. Außer ihnen gab es zwei prominente Gäste, die ebenfalls unter Dyslexie litten. Die Schauspielerin Susan Hampshire schenkte ihnen am Ende der Sendung ein Exemplar ihres Buches, *Susan's Story*, über ihren eigenen Kampf mit der Legasthenie. In den nächsten Monaten lasen beide den Text, langsam zwar, aber bis zum Ende. Für beide war dies ein Meilenstein: das erste Buch, das sie ganz und gar durchlasen. Aber nicht das letzte.

Inzwischen arbeitete Fran bei einem neuen Format, einer Sendung mit dem Titel *Mysteries*. In dieser Sendung ging es um Ereignisse, die sich allem Anschein nach nicht durch gewöhnliche Wissenschaft erklären ließen. Es war also nur eine Frage der Zeit, bis Marcus und Alex ihre Fernsehauftritte wiederholen würden.

Das Programm beginnt mit einer unheimlichen Titelmelodie, während ein Voiceover in drängendem Tonfall verkündet: »Ein junger Mann erleidet einen lebensgefährlichen Unfall. Wusste sein Zwillingsbruder im Voraus, was geschehen würde?« An einem grauen Oktobertag geht Carol Vorderman fröhlich an einer Rutsche vorbei, während zwei zehnjährige Zwillinge in identischen Karohemden an ihr vorbeisausen. Sie sagt: »Zwischen Geschwistern gibt es eine Verbindung. Bei Zwillingen ist sie oft noch viel enger. Besonders bei eineiigen Zwillingen …«

Dann ist Marcus an der Reihe und spricht darüber, wie er und Alex zusammen aufwuchsen, alles zusammen machten, bis es »schwierig war, irgendetwas ohne ihn zu tun. Er war ein Teil von mir. Er war meine andere Hälfte.« Dabei wirkt er ein wenig unbehaglich, nicht absolut sicher, was die Rolle betrifft, die er hier spielen soll.

Ein freundlicher Nachbar aus Rudgwick bestätigt seine Aussage. »Man hat überhaupt nicht erwartet, sie getrennt voneinander zu sehen, und das kam auch nie vor. Ich kann gar nicht an einen von ihnen denken, ohne auch den anderen vor Augen zu haben.«

Dann zeigt der Film eine betriebsame Hotelküche, und ein Schauspieler in Alex' Rolle rührt voller Ernsthaftigkeit in einem großen Topf, während einige andere ähnlich weißgekleidete Schauspieler mit Kochmützen sich im Hintergrund fleißig geben. Marcus' Stimme erklärt, dass Alex zu dieser Zeit als Koch in der Ausbildung arbeitete, während er selbst die Kunsttischlerei erlernte. Das wird illustriert, indem ein Schauspieler Bretter in einen leeren Raum trägt.

Dann spricht Marcus über die Nacht von Alex' Unfall. Er habe geschlafen, sei aber plötzlich »mit einem sehr starken Gefühl aufgewacht, das Alex betraf. Und dieses Gefühl war ein sehr negatives. Ich wusste einfach«, fährt er fort, »dass ich mich aus einem bestimmten Grund so fühlte.« Dann hört man ihn zu seiner Mutter sagen: »Mum, Alex ist etwas passiert.«

Aber sie vermutet, er hätte einen Albtraum gehabt, und sagt mit verschlafener Stimme zu ihm, er solle zurück ins Bett gehen. »Sie konnte es einfach nicht verstehen«, sagt Marcus. »So etwas macht man mit achtzehn Jahren nicht, dass man seine Mutter aufweckt, weil man einen Albtraum hatte.« Aber ein verstörter Marcus-Schauspieler schaut jetzt schlaflos zur Decke hinauf und betrachtet nachdenklich alte Schnappschüsse von den Zwillingsbrüdern, bis die Nachtruhe plötzlich durch das schrille Läuten eines Telefons unterbrochen wird.

»In dem Moment, als das Telefon klingelte«, berichtet der echte Marcus, »wusste ich, dass ich recht hatte.« Und dann fügt er mit einiger Zufriedenheit hinzu: »Ich wurde also nicht verrückt.« Für diese Art von Vorfällen gibt es sehr viele Belege. Als Nächste spricht Dr. Elizabeth Bryan, eine weltweit angesehene Expertin für Zwillingsstudien und zu dieser Zeit Kinderärztin im Chelsea and Westminster Hospital.[6] Sie drückt sich vorsichtig aus: »Ich habe viele Zwillinge getroffen, die einen Moment großer Verstörung erlebt haben, der sich im Nachhinein damit in Verbindung bringen ließ, dass ihr Zwilling einen Unfall erlitten hatte oder sogar gestorben war.« Sie unterstreicht, dass es

---

[6] Dr. Elizabeth Bryan hat auf diesem Gebiet Pionierarbeit geleistet und damit entscheidend dazu beigetragen, dass Eltern von Mehrlingen besondere Unterstützung bekommen. Sie ist die Gründerin der Twins and Multiple Births Association (1978) und der Multiple Births Foundation (1988) und wurde Präsidentin der Internationalen Gesellschaft für Zwillingsstudien (International Society of Twins Studies). Sie starb im Jahr 2008.

»zwischen eineiigen Zwillingen ein ganz besonderes Band gibt«. Dann ergänzt sie mit einem milden Lächeln: »Vielleicht werden wir es eines Tages verstehen, aber ich glaube nicht, dass es bereits so weit ist.«

Die Szene wechselt in das Krankenhaus, wo Alex seit einigen Tagen im Koma liegt. Ein Arzt erklärt, dass man mit so schwerwiegenden Kopfverletzungen höchstwahrscheinlich in irgendeiner Form einen bleibenden Hirnschaden davonträgt. Marcus sitzt am Bett seines Bruders.

»Spielen wir am Wochenende Fußball, Ali?«, erkundigt er sich, allerdings ohne große Überzeugung.

Ihre Mutter, eine attraktive Blondine, die ihrer richtigen Mutter überhaupt nicht ähnlich sieht, spricht in einiger Entfernung mit dem Krankenhauspersonal.

Alex öffnet die Augen.

»Hallo, Marcus«, sagt er.

»Alex?« Der Marcus-Schauspieler wirkt erfreut. Der Zuschauer sieht, wie sein Gesicht verschwimmt und zu vielen Gesichtern wird, damit man versteht, wie es dem benommenen Alex erschienen sein muss, als er gerade aus dem Koma wieder zu sich kam.

Die Mutter eilt ans Bett, doch Alex schaut sie nur verblüfft an. »Wer ist diese Frau?«, will er wissen und zieht sich ans andere Ende des Bettes zurück. »Sie soll gehen!«

»Er erkannte unsere eigene Mutter nicht wieder«, erklärt Marcus.

Jetzt sieht man zum ersten Mal den Alex von heute. Er trägt eine Brille und einen Wollpullover und strahlt eine vertrauenerweckende Unschuld aus. Er wirkt erstaunt von seiner eigenen Geschichte, als er sagt: »Beim Aufwachen wusste ich weder meinen Namen noch wer ich war. Trotzdem schaute ich einen anderen Menschen an und wusste, wer er war. Ich finde das außergewöhnlich. Medizinisch ist es nicht zu erklären, außerhalb des Möglichen. Aber so ist es passiert.«

Die skeptische Position vertritt Dr. Robin Luff, und zwar mit dem Argument, Alex habe seinen Zwillingsbruder wahrscheinlich erkannt, seine Mutter aber nicht, weil Marcus während des ganzen Komas mit ihm gesprochen habe. Mit der Art seines Gedächtnisverlusts habe das nichts zu tun.

Aber Alex erklärt ganz deutlich, dass er nichts aus der Zeit vor dem Unfall an Erinnerungen zurückgewonnen hat, und er beschreibt, welche Rolle Marcus bei seiner Genesung spielte: »In den ersten Tagen hat Marcus für mich die Lücken gefüllt. Ich sage immer zu den Leuten, dass ich mich an Dinge erinnere, aber in Wirklichkeit erinnere ich mich nur an das, was mir Marcus erzählt hat. Ich habe also eigentlich seine Erinnerungen im Kopf.«

In der letzten Einstellung sitzen sie nebeneinander. Niemand hätte jetzt Schwierigkeiten damit, sie auseinanderzuhalten. Marcus trägt das Haar zurückgegelt und wirkt relativ scheu, wohingegen Alex ein gemessenes Selbstbewusstsein ausstrahlt, obwohl er keine Erinnerungen hat. Beide sind sich darin einig, dass der Unfall und Alex' Gedächtnisverlust sie sogar noch enger zusammengeschweißt haben.

Und dann fügt Marcus spontan etwas hinzu. Er sagt: »Ich habe immer der Versuchung widerstanden, dir irgendetwas zu erzählen, was nicht ganz stimmt, damit ich selbst besser dastehe.«

Alex wirkt von diesem Kommentar ein wenig verwirrt, aber er lacht pflichtbewusst.

Marcus wiederholt: »Ich habe dir immer die Wahrheit gesagt, wirklich!«

Das Programm zeigt am Ende zwei Brüder, die sich sehr wohl miteinander fühlen.

Warum war es Marcus so wichtig, seine Ehrlichkeit zu unterstreichen?

Sechs Monate später hätte man diese Sendung nicht mehr aufzeichnen können. Denn die Geschichte, die die Zwillinge seit 1982 sorgfältig aufgebaut hatten, war im Begriff, völlig über den Haufen geworfen zu werden.

23.
Vivien

Alex fuhr zu einem kleinen Haus in Putney und klingelte dort. Er war nervös, weil er nicht wusste, was er zu erwarten hatte. Fast wäre er umgekehrt und zurück zu seinem Auto gegangen. Das alles hier fühlte sich zu sehr an wie ein Schritt ins Ungewisse. Gleichzeitig wusste er, dass er einen Anhaltspunkt dafür brauchte, was die Zukunft für ihn bereithielt. Vor fünfzehn Jahren hatte ihm Vivien Hoffnung für die Zukunft geschenkt. Sie hatte gesagt, er werde auf See arbeiten, und das war eingetreten, und er und Marcus würden ihre eigene Firma haben, bevor sie dreißig würden. Das war ebenfalls eingetreten. Vielleicht konnte sie ihre besonderen Fähigkeiten erneut einsetzen.

Im Augenblick erschien ihm seine Zukunft wie ein leeres Blatt. Duke's Cottage war verkauft worden, und die Firma, die sie zusammen mit James Burton gegründet hatten, befand sich auch in einer Endphase. Sie würden die Immobilien behalten und vermieten, aber die Sache mit den Renovierungen würde bald aufhören. Was kam als Nächstes?

Vivien öffnete ihm und führte ihn ins Wohnzimmer. Er hatte vergessen, wie sie aussah, stellte aber fest, dass sie im Großen und Ganzen dem Bild einer Visionärin und Heilerin entsprach: auf beruhigende Weise massig, mit langem, grauem Haar. Sie wirkte freundlich, hatte aber zugleich etwas Gefährliches an sich, wie eine mütterliche, aber schwer durchschaubare Romni in einem Film.

Alex räusperte sich nervös und sagte: »Ich möchte etwas über meine Zukunft wissen.«

Sie starrte ihn einen Moment lang an und fragte dann: »Wohin gehst du?«

Er war verwirrt. Sprach sie von seinem Lebensplan, seinen Plänen für den heutigen Tag, seinen allgemeinen Vorhaben? Aber genau darüber wollte er ja mit ihr sprechen. Er fragte zurück: »Was meinst du damit?«

»Du hast gerade deinen Körper verlassen«, erwiderte sie.

Ihre Worte ließen ihn den Atem anhalten. Seit Jahren, seit der Zeit kurz nach dem Unfall, machte er entsetzliche Erfahrungen, die er niemals jemandem anvertraut hatte. Einmal, etwa ein Jahr nach dem Unfall, hatte er versucht, mit Marcus darüber zu reden, doch der hatte davon nichts wissen wollen: Indem er sich auf nichts einließ, was ein wenig seltsam klang, hatte er Alex' Angst, er wäre nicht ganz normal, noch verstärkt.

Wenn er unter Stress stand oder zum Beispiel einen leichten Schlag auf den Kopf bekam und ohnmächtig wurde, war da zuerst nichts weiter passiert. Doch nach einigen Monaten war dieses Nichts dem Gefühl gewichen, außer Kontrolle zu geraten. Als würde er in einen tiefen Strudel gesogen, in dem er sich immer schneller drehte, ohne die Möglichkeit, dem Ganzen Einhalt zu gebieten. Wer ihn in dieser Situation sah, nahm ihn natürlich als bewegungslos wahr, doch für Alex fühlte es sich an, als stürze er mit schrecklicher Geschwindigkeit in einen Abgrund.

Als er das Krankenhaus erst einmal verlassen hatte, hatte es keine Nachbetreuung gegeben. Warum hätte er die auch brauchen sollen? Seine Mutter bestand darauf, es gehe ihm gut, und seine Freunde hatten sich an das gewöhnt, was sie seine »komischen Momente« nannten. So ging sein Leben einfach weiter.

Und jetzt war da diese Frau, die ihm ruhig erklärte, sie

könne sehen, was gerade in ihm vorging. Vielleicht hatte sie ja sein Geheimnis entlarvt: Er war verrückt, und bald würden sich all seine tiefsten Ängste bewahrheiten.

Er wagte es kaum, zuzugeben, sagte aber: »Das passiert mir manchmal. Stimmt mit mir etwas nicht?«

»So kann man das nicht sagen«, entgegnete sie. »Man nennt das Astralreisen.«[7]

Alex wunderte sich immer mehr. »Willst du damit sagen, dass es dafür einen Namen gibt?«

»Ja. Und manche Leute meditieren jahrelang, um genau dazu in der Lage zu sein.«

Für Alex war das einer der außergewöhnlichen Augenblicke seines Lebens: Diese Frau erzählte ihm, die Schrecken, die er so lange schweigend ertragen hatte, hätten sogar einen Namen. Bedeutete das, dass andere Menschen diese Erfahrung ebenfalls kannten? Dass er nicht allein damit war und auch nicht in kurzer Zeit in einer Zwangsjacke abtransportiert werden würde? Er gestand ihr: »Ich schlafe schon seit Jahren schlecht, weil ich Angst habe, ich könnte mich plötzlich unter der Zimmerdecke wiederfinden.«

So, jetzt war es heraus.

»Ja.« Vivien nahm alles hin, was er sagte, als wäre es das Normalste auf der Welt. »Du befindest dich in deinem Astralkörper. Aber wir müssen das beenden, weil es dich sehr erschöpft, und du musst in deinem Körper sein, wenn ich mit dir spreche.«

Diese Sitzung mit Vivien stellte einen Meilenstein dar. Schon die außerkörperlichen Erfahrungen an sich waren furchteinflößend gewesen, aber noch schlimmer war die Angst davor,

---

[7] Der psychologische Begriff für diese Art der außerkörperlichen Erfahrung lautet »Dissoziation«. Manchmal handelt es sich dabei um die Folge einer Kopfverletzung, aber das Phänomen kann auch als Abwehrmechanismus während extremer Traumatisierung eintreten, vor allem in der Kindheit.

der Unfall hätte ihn ein wenig verrückt werden lassen. Als Alex jetzt herausfand, dass sein seltsames Geheimnis einen *Namen* hatte, dass es sich sogar um einen Zustand handelte, den andere Leute gern erreichen wollten, bedeutete das eine Offenbarung und einen Neuanfang. Eine Last, die er insgeheim seit mehr als zehn Jahren mit sich herumtrug, begann, leichter zu werden.

Bei Jills Tod hatte Alex Trauer empfunden, doch meistens war er von seinen Gefühlen abgeschnitten. Wie seine ruhige Art in der *Mysteries*-Sendung gezeigt hatte, wusste er, wie er Dinge vortäuschen musste, doch die Realität war für ihn ganz anders: eine Art von stumpfem Nichts. Er füllte seine Zeit mit Arbeit und dem Zusammensein mit Freunden, Partys und verschiedenen Aktivitäten, doch nichts davon fühlte sich real an oder bedeutete ihm besonders viel. Er sagt: »Damals gab es in mir nur sehr wenige Emotionen. Ich war nie wirklich an etwas gebunden. Mal hatte ich eine Freundin, dann verließ ich sie wieder. Nichts war wirklich wichtig. Marcus und ich hatten eine Firma, wir arbeiteten zusammen, wir hatten Freunde, aber ich hätte nicht sagen können, dass ich irgendetwas empfand.«

Damals wusste er nicht, dass er nur eine Routine absolvierte, spürte jedoch häufig, dass ihm etwas entging. Als würde er nicht wirklich so leben, wie die anderen um ihn herum zu leben schienen. Er dachte, vielleicht wäre er einfach so und müsste eben einfach weitermachen.

Am Ende der Sitzung teilte ihm Vivien mit, sie werde in einigen Wochen einen Workshop leiten, der möglicherweise interessant für ihn wäre. Alex hatte da seine Zweifel: Der Begriff »Workshop« sagte ihm gar nichts, aber das Ganze klang nicht so, als wäre es in irgendeiner Form sein Ding. Er besuchte Vivien noch einige Male, doch irgendwann verlor sie die Geduld.

»Ich will, dass du an dem Workshop teilnimmst, Alex. Sonst hat es keinen Sinn, dass du überhaupt noch zu mir kommst.«

»Aber ich rede gern mit dir.«

»Ein Grund mehr, den Workshop zu besuchen.«

Vivien ist in ihren Methoden präskriptiver als viele Therapeuten. Vor einiger Zeit hat sie zu Alex gesagt: »Mein Werkzeug ist ein Eispickel, mein Lieber, kein Zahnstocher.«

Pflichtbewusst nahm Alex eine ihrer Broschüren mit, dachte jedoch während der nächsten paar Tage kaum daran. Ein Workshop, in dem man »sein inneres Kind visualisiert«, erschien ihm zu merkwürdig. Am Freitag vor dem Workshop wollte Marcus von ihm wissen, ob er am Wochenende zu irgendeiner Party mitkommen würde. Alex ertappte sich dabei, dass er Nein sagte.

Er hatte keine Ahnung, worauf er sich da einließ, doch er hatte beschlossen, Viviens Workshop einfach auszuprobieren.

24.

Der Workshop: Samstag

Alex rutschte unruhig auf dem Plastikstuhl herum. Er saß mit etwa zwanzig anderen Personen in einem großen Raum im Kreis. Außer Vivien kannte er niemanden. Er war allein, er wusste nicht, was jetzt passieren würde, und er wusste auch nicht, was er hier sollte. Genau die Art von Situation, die seine tiefsten Ängste hervorrief. Mehrere Male musste er gegen den überwältigenden Drang ankämpfen, einfach aufzustehen und zu gehen.

Nacheinander erhoben sich alle, stellten sich vor und erzählten, warum sie gekommen waren. Als er an der Reihe war, sagte Alex: »Ich bin Alex, und ich weiß nicht, warum ich hier bin.«

Er setzte sich wieder. Er hatte erwartet, die anderen würden über ihn lachen, doch sie akzeptierten ohne Kommentar, was er gesagt hatte. Tatsächlich wirkten alle sehr nett. Das war die erste Überraschung dieses Morgens. Die zweite Überraschung bestand darin, wie normal alle wirkten. Er hatte eine Gruppe von Sonderlingen erwartet, aber da hatte er sich getäuscht. Außer ihm nahmen Angestellte, Hausfrauen und sogar einige Bauunternehmer wie er und Marcus an dem Workshop teil. Eine bunte Mischung, das wohl, aber alle wirkten normal, und das verlieh Alex ein Gefühl der Sicherheit.

Jetzt sprachen die Leute über ihre Kindheit. Die meisten von ihnen litten unter Traumata, die lange zurückreichten, und Alex gewann den Eindruck, dass sich ihre Probleme fast in allen Fällen auf die Eltern konzentrierten.

Alex wollte auch etwas beitragen, doch seine Kindheit war ziemlich normal gewesen, und außerdem konnte er sich sowieso an nichts davon erinnern. Deswegen sprach er stattdessen über seine Kopfverletzung und den Gedächtnisverlust. Das war alles, was er kannte. Der Tag schritt voran, es gab häufig Pausen, in denen man Tee oder Kaffee trank, und soweit er feststellen konnte, passierte nicht viel. Es war einfach eine Gruppe von Leuten, die einander von ihrer Kindheit erzählten. Allerdings überraschte es ihn, wie oft geweint wurde. Das fand er seltsam. Er dachte sich: Sie haben doch nur ganz wenig gesagt, und trotzdem brechen ständig alle in Tränen aus.

Ihn selbst berührte das Ganze eigentlich gar nicht.

Am späten Nachmittag reichte es ihm. So lief also ein Workshop ab. Soweit es ihn betraf, war das eine relativ angenehme Sache, aber er konnte in keiner Weise erkennen, wohin alles führen sollte. Genau das hatte er erwartet: Workshops waren einfach nicht sein Ding.

Er holte sich seinen Mantel und wollte unauffällig verschwinden, doch Vivien fing ihn ab. »Du kommst morgen nicht wieder, stimmt's?«, erkundigte sie sich.

»Nein. Das hier ist einfach nicht mein Ding.«

Sie versuchte es anders. »Ein paar von uns gehen noch was trinken. Warum kommst du nicht mit?«

Alex hatte eigentlich keine richtige Lust, wollte aber nicht unhöflich sein. »Also gut«, stimmte er zu.

Einige Leute gesellten sich zu ihnen, und sie gingen in ein nahegelegenes indisches Restaurant. Aus dem Drink wurde ein Abendessen, und bald begriff Alex, dass er nicht ohne gewisses Aufhebens würde gehen können. Aber das wollte er schon gar nicht mehr so unbedingt. Er saß in der Nähe der beiden Bauleute, deswegen fiel ihm das Gespräch leicht. Niemand erwähnte Kindheitstraumata oder andere komplizierte Themen.

Er stellte fest, dass er den Abend fast genoss. Aus diesem Grund hörte er sich selbst zustimmen, als man ihn fragte, ob er am nächsten Tag wiederkommen werde. Er würde sich anschauen, was ihn in dem Workshop noch erwartete.

25.

Der Workshop: Sonntag

Der Sonntagmorgen begann auf ganz ähnliche Weise. Alle saßen in einem großen Kreis zusammen und unterhielten sich. Doch Alex fühlte sich aus irgendeinem Grund verwirrt, auch wenn er nicht hätte sagen können, wieso, und er konnte den Worten der anderen nicht richtig folgen.

Dann wurde es noch schlimmer. Vivien sagte, als Nächstes würden sie alle etwas zeichnen. All seine mit der Dyslexie verbundenen Unsicherheiten, wenn es darum ging, etwas zu Papier zu bringen (auch mit Buntstift), und die Angst, sich dabei lächerlich zu machen, kamen an die Oberfläche. Er würde versagen, genau wie immer, wenn ihn ein Lehrer aufgefordert hatte, etwas zu schreiben oder zu zeichnen. Vivien teilte große Blätter aus, also blieb ihm auch nicht die Möglichkeit, so klein zu malen, dass niemand es erkennen konnte. Große Unruhe ergriff von Alex Besitz. Vivien bemerkte es und versuchte, ihm zu helfen.

»Mal einfach einen schönen Garten«, ermutigte sie ihn.

Er sah sich um. Alle anderen widmeten sich voller Hingabe dem Malen, entwarfen reich verzierte Gärten mit Springbrunnen, Bäumen und Blumen. Er musste es einfach versuchen. Er nahm sich einen Bleistift und bekam einen eckigen Garten hin; in die Mitte malte er einen Kreis als Teich und einige aus Strichen bestehende Bäume. Er bemerkte, dass die anderen die Buntstifte benutzten, also nahm er sich einen braunen und einen schwarzen und fügte seinem Bild ein paar Linien hinzu.

Ihm war klar, dass es keine besonders gute Zeichnung war, einfach nur ein paar Striche, aber besser hätte er es nicht hinbekommen.

Vivien ging herum und kommentierte jede einzelne Zeichnung. Als sie Alex erreichte, spannte sich alles in ihm an, aber sie sagte nur: »Das ist interessant, Alex. Warum gibt es da kein Tor und keine Tür? Man kann ja gar nicht herein oder heraus.«

»Was meinst du damit?«

»Auf allen anderen Bildern gibt es Gartentore. Wie kommt man denn in deinen Garten?« Er gab keine Antwort. Es war doch nur eine Zeichnung! Warum sollte man überhaupt rein- und rausgehen können? Aber Vivien bestand darauf: »Du musst ein Tor zeichnen.«

Alex zeichnete ein Tor.

Aber Vivien wirkte immer noch nicht zufrieden. Nachdenklich kommentierte sie: »Das ist ein ziemlich kahler Garten, oder? Das soll doch ein schöner Garten werden. Warum malst du nicht noch eine nette Statue dazu, oder eine Bank zum Sitzen?«

Alex erwiderte: »Okay, ich überlege es mir.«

Aber er ließ seinen Garten so, wie er war. Er wusste nicht, wie man eine Statue oder eine Bank zeichnete. Es kam ihm vor, als wäre er gerade durch eine Art Test gefallen. Seine Anspannung und Nervosität wuchsen.

Kurz darauf bildeten sie zwei kleinere Gruppen, um über ihre Gärten zu sprechen. Alex hörte zu, während die Leute in seiner Gruppe erklärten, warum sie einen Schuppen gemalt hatten oder was die Schubkarre für sie bedeutete oder welche Blumen sie ausgewählt hatten. Er fand das Ganze sehr erstaunlich.

Nach einer Weile wandte sich Vivien Alex zu, der bisher nichts gesagt hatte. Sie erkundigte sich: »Was meinst du, was bedeutet dein Garten für dich?«

»Ich weiß es nicht.« Langsam fühlte er sich wackelig.

»Vielleicht ist das hier dein Inneres. Das zeichnet man, wenn man einen Garten zeichnet.« Und dann fügte sie hinzu: »Da geht nicht gerade viel vor sich, oder?«

Alex fühlte sich immer unsicherer, und dann, ganz plötzlich, spürte er, wie ihm die Tränen die Wangen hinunterliefen. Er hätte nicht sagen können, warum ihn eine solche Welle der Trauer überrollte, aber er konnte einfach nicht aufhören zu weinen. »Da saß ich, mit irgendwelchen Fremden, an einem Sonntag, irgendwo, wo ich eigentlich gar nicht sein wollte. Und dann fing ich an zu weinen, richtig zu weinen. Ich hatte keine Ahnung, warum. Ich war nicht unglücklich. Aber irgendetwas war in mir ausgelöst worden, und es hat mir zugesetzt, dass ich nicht wusste, was es war.«

Die anderen in der Gruppe verhielten sich verständnisvoll. Sie waren nicht schockiert oder peinlich berührt. Stattdessen trösteten sie Alex, so gut sie konnten, und versuchten, sein Selbstbewusstsein zu stärken. Für Alex war das eine neue Erfahrung. In den ersten Jahren nach dem Unfall hatte er häufig geweint, und seine Freunde hatten ihn auf ihre Weise immer unterstützt, genau wie Marcus, aber meistens hatten sie einfach abgewartet, bis er das Ganze überstanden hatte, und dann hatten sie weitergemacht, als wäre nichts gewesen. Und all das war schon lange her. Bei dieser Gruppe völlig Fremder hatte er das Gefühl, sein großer Sturm der Trauer würde in irgendeiner Form respektiert, als positive Freisetzung starker Emotionen. Die Freundlichkeit der anderen schockierte ihn fast ebenso sehr wie sein unerklärlicher Tränenausbruch.

Vivien verkündete, es sei Zeit für eine Kaffeepause. Alex' Tränen waren langsam verebbt, und sie alle gingen in den Raum mit den heißen Getränken. Es gab nicht genug Stühle, deswegen wählte Alex den Fußboden und lehnte sich mit dem Rücken an die Wand. Eine junge Frau namens Sarah setzte sich neben ihn.

Die Leute unterhielten sich leise, als Alex plötzlich, wie aus dem Nichts, wieder zu weinen begann. Es wurde immer schlimmer.

»Und dann«, berichtet Alex, »geschah etwas ganz Seltsames, was ich in meinem ganzen Leben nicht mehr vergessen werde. Ich weinte und weinte, und Sarah hielt meine Hand und versuchte, mich zu trösten. Und dann hörte ich plötzlich auf.« Bei diesen Worten schnipst er mit den Fingern. »Einfach so. Ganz plötzlich, wirklich von einer Sekunde auf die andere. Ich sank gegen die Wand und wurde ohnmächtig, verließ meinen Körper und landete auf der anderen Seite des Raumes.«

Von dort aus schaute er sich das Drama an. Er konnte seinen Körper sehen, der da an die Wand gesunken war.[8] Er spürte, dass sein Herzschlag fast nicht mehr vorhanden war. Um ihn herum gerieten Sarah und die anderen in Panik. Jemand rannte los und holte Vivien. Alex erinnert sich, wie er sie ins Zimmer kommen sah. Sie blickte auf seinen regungslosen Körper herunter und befahl: »Gut, Folgendes: Ihr verlasst alle den Raum, nur du nicht, Sarah. Du bleibst hier.«

Alex schaute sich alles an, was geschah. Er sah, dass Sarah immer noch neben ihm saß. Sie machte sich entsetzliche Sorgen und blickte erleichtert auf, als Vivien die Regie übernahm. Vivien setzte sich auf den Boden, auf seine Beine. Sie sah ihn an und drückte ihm die Hände auf die Brust, bewegte sie in einer streichenden Bewegung an seinem Körper entlang nach unten.

---

[8] Wie Alex' frühere Erfahrungen ist auch dieses ein gut dokumentiertes Phänomen, das Ergebnis einer extremen Stresssituation oder einer Kopfverletzung. In Experimenten konnte gezeigt werden, dass die Betroffenen nur das »sehen«, was sie auch aus der Position hätten wahrnehmen können, in der ihr Körper verblieben ist.

In entschiedenem Ton sagte sie: »Du musst zurückkommen, und zwar JETZT!«

»Und da«, berichtet Alex, »kehrte ich mit einem *Wuuuusch!* zurück in meinen Körper. Ich kann mich noch gut an das Gefühl erinnern.«

Er öffnete die Augen und schaute sie an. Sein Bedürfnis zu weinen war völlig verschwunden. »Was zum Teufel war das denn?«, wollte er wissen. So etwas hatte er noch nie erlebt. In der Vergangenheit hatte er bei seinen Ohnmachtsanfällen das Gefühl gehabt, herumgewirbelt zu werden, nach oben und nach unten gezogen zu werden, aber das Gefühl, durch den Raum zu fliegen und alles beobachten zu können, was da unter ihm vor sich ging, war unendlich viel intensiver und visueller.

»Du hattest eine außerkörperliche Erfahrung«, erklärte Vivien.

Alex war erstaunt: Sie wirkte nicht im Geringsten überrascht. Aber was sie dann sagte, schockierte ihn zutiefst.

Behutsam meinte sie: »Es gibt in deiner Vergangenheit noch sehr viele Dinge, von denen du nichts weißt. Da ist eine dunkle Seite in deiner Familie, Alex, und das zeigt sich in deinem Garten, und in deinem Unterbewusstsein.«

Alex erwiderte: »Vivien, wovon redest du da? Mit meiner Familie ist alles in Ordnung!« Denn was ihn betraf, stimmte das auch.

»Was ich sage, stimmt«, beharrte sie. Und dann zögerte sie einen winzigen Moment und fügte hinzu: »Ich glaube, in deiner Familie hat es sexuellen Missbrauch gegeben.«

Das ging zu weit. Alex kannte seine Familie. Gut, er konnte sich an nichts aus den ersten achtzehn Jahren seines Lebens erinnern, aber Marcus hatte die Lücken ja für ihn gefüllt, deshalb wusste er, dass seine Kindheit ziemlich normal verlaufen war.

Ein bisschen verrückt vielleicht, aber daran war nichts wirklich Schlimmes gewesen. Viviens nüchterne Aussage erfüllte ihn mit Zorn.

»Das kannst du doch nicht einfach so behaupten!«, rief er.

Doch sie ließ sich nicht davon abbringen. Sie saß neben ihm und erklärte ihm alles ganz ruhig. Durch ihre langjährige Erfahrung konnte sie aus seiner Körpersprache und ihren gemeinsamen Sitzungen schließen, dass es ernsthafte emotionale Traumata gab, die in seinem Unterbewusstsein verborgen lagen. Ihrer Ansicht nach handelte es sich dabei um sexuellen Missbrauch. Und das war auch der Grund für die Ausbrüche am heutigen Nachmittag: Die ganzen Emotionen kamen an die Oberfläche. Er war nicht allein. Sarah, die immer noch neben ihm saß, hatte in ihrer Kindheit ähnliche schlimme Erfahrungen gemacht.

Das berührte Alex. Er sprach jetzt mit Sarah, hörte sich ihre Geschichte an. Gleichzeitig befand er sich immer noch in einem Schockzustand und konnte unmöglich aufnehmen, was Vivien ihm erzählt hatte.

Der Workshop neigte sich dem Ende zu. Es war ein langer, emotionsgeladener Tag gewesen, und alle waren sehr erschöpft. Die Leute verabschiedeten sich und gingen in ihr eigenes Leben zurück.

Alex war noch nicht in der Lage, sich auf den Heimweg zu machen, deswegen tranken er und Vivien noch eine Tasse Tee zusammen. Danach unterhielten sie sich noch eine Weile auf dem Parkplatz.

»Ich kann gar nicht glauben, was du da vermutest«, meinte er. »Sexueller Missbrauch? Wie ist das denn möglich?«

»Du musst mit deinen Brüdern sprechen«, sagte Vivien. »Hör dir an, was sie dir zu sagen haben. Ich denke, es geht wahrscheinlich um deine Mutter.«

»Mum? Kann das denn sein?« Alex war so schockiert, dass er es kaum fassen konnte.

»Frag Marcus und Oliver.«

Es dauerte lange, bis sich Alex so weit beruhigt hatte, dass er durch Südlondon zu seinem Haus in Brixton fahren konnte. In seinem Inneren brodelte es noch immer. Jahrelang hatte er in einer Art Schwebezustand gelebt, in dem ihn anscheinend nicht viel berühren konnte. Dieser Zustand war durch Viviens Enthüllung wie weggefegt worden, doch trotzdem konnte er das Ganze nicht fassen. Er war wütend, verwirrt, voller Unglauben, so voller einander widersprechender Emotionen, dass es sich anfühlte, als würde er jetzt wirklich verrückt. Er fragte sich, ob sich Vivien das Ganze vielleicht ausgedacht hatte. Dann hätte er sein normales Leben wieder aufnehmen können. Aber warum sollte sich irgendjemand so etwas ausdenken?

Alex betrat sein kleines Haus und schloss die Tür hinter sich. »Sprich mit Marcus«, hatte sie gesagt, aber gerade jetzt sah er sich außerstande, überhaupt mit irgendjemandem zu reden. Das alles war einfach eine Nummer zu groß. Was hätte er denn sagen sollen? Wie kann man jemandem eine solche Frage stellen?

Er ging ins Bett und verbrachte die ganze Nacht schlaflos. Er hatte so hart daran gearbeitet, sich ein Bild von seiner Kindheit und den ausgelöschten Jahren zu machen. War es denn möglich, dass er sich so völlig geirrt hatte? Was bedeutete es, dass es sexuellen Missbrauch gegeben hatte? Wie konnte Vivien das einfach so behaupten? Was, wenn sie sich irrte?

Irgendwann war es Montagmorgen und Alex nicht in der Lage, zur Arbeit zu gehen. Aber jetzt wusste er, dass er diese Sache nicht einfach unter den Teppich kehren konnte, wie Marcus und er es sonst immer mit allem taten, was zu dunkel oder zu schwierig war. Einfach weitermachen, mit Freunden ausgehen, hart arbeiten. Das war diesmal nicht möglich.

Am späten Nachmittag wusste Alex, was er zu tun hatte. Er stieg in sein Auto und fuhr die kurze Strecke zu dem Haus in Clapham, das sich Marcus mit Oliver teilte.

Er musste die Wahrheit erfahren.

26.

Ist es wahr?

Marcus war noch nicht lange zurück und trug noch immer seine Arbeitskleidung. Er saß in der Küche im rückwärtigen Teil des Hauses, die Tür zu dem kleinen Garten stand offen, und der Frühlingsgesang der Vögel drang ins Haus. Er hatte sich gerade eine Tasse Tee gemacht und beschmierte ein Stück Toast mit Butter und Marmelade.

»Hi, Alex«, begrüßte er seinen Bruder in munterem Ton. »Was gibt's Neues?«

Alex hatte sich hundert verschiedene Fragen überlegt, mit denen er hätte beginnen können, doch jetzt stieß er einfach hervor: »Vivien sagt, in unserer Familie gab es sexuellen Missbrauch. Dass wir missbraucht worden sind.« Er zögerte. »War es Daddy?«

Marcus antwortete nicht. Das Lächeln verschwand, und er wurde blass. Alex ließ nicht locker. »Sie denkt, es war vielleicht Mum.«

Marcus hatte immer noch die Teetasse in der Hand. Er wirkte wie erstarrt.

»Jetzt sag schon«, drängte Alex. »Ist das wahr?«

Marcus wandte sich ab, sodass Alex sein Gesicht nicht sehen konnte. Noch immer sagte er kein Wort.

»Marky, rede mit mir! Sie hat all diese Dinge gesagt, und jetzt weiß ich nicht mehr, was ich glauben soll. Ich fühle mich, als würde ich verrückt werden. Was ist denn passiert? Stimmt es?«

Marcus' Antwort war kaum hörbar. »Ja«, murmelte er.

»Ja? Was ist passiert? Sag es mir, Marcus. Ich muss die Wahrheit wissen. Es muss Daddy gewesen sein.«

»Nein.«

»Aber doch nicht Mummy?«

»Doch.« Diesmal war seine Stimme sogar noch leiser.

Alex ging zu seinem Bruder und legte ihm die Hand auf die Schulter.

»Ich muss es wissen.«

Marcus schüttelte seine Hand ab. »Nein«, gab er zurück. »Sprich mit Oliver. Er wird es dir sagen. Nicht ich.«

»Oliver?«

»Er hat eine Therapie gemacht. Er erinnert sich jetzt an Dinge.«

»Aber …«

»Nein!« Marcus wandte sich ab und ging hinaus in den Garten. Alex konnte das nicht wissen, aber es war erst drei Wochen her, dass Oliver Marcus mit den Traumata konfrontiert hatte, die im Laufe seiner Therapie ans Licht gekommen waren. Und jetzt stellte Alex dieselben schlimmen Fragen. Das war mehr, als dass Marcus verkraften konnte.

Alex schaute ihm einen Augenblick lang nach, dann drehte er sich um und ging langsam die Treppe hoch. Aus dem obersten Stockwerk, wo Oliver zwei Zimmer hatte, drang Musik. Oliver verbrachte die Semesterferien zu Hause.

Oliver sah auf, als Alex das Zimmer betrat. Wie immer freute er sich, seinen Bruder zu sehen. Doch als er Alex' Gesichtsausdruck bemerkte, verschwand sein Lächeln.

»Alex?«

»Oliver, ich weiß nicht, was hier vor sich geht. Ich habe gerade einen Workshop bei Vivien gemacht, und sie hat gesagt … Sie hat gesagt, dass es in unserer Familie sexuellen Missbrauch gab. Und sie sagte, ich solle dich und Marcus fragen. Marky sagt, es stimmt, aber er will nicht mit mir darüber reden. Was ist los?«

»Oh, Ali.« In Olivers Augen standen Tränen.

»Ist es wahr?«

Oliver nickte.

»Und es war Mummy?«

»Ja.«

»Oh Gott! Das kann ich nicht glauben!«

Oliver sank in sich zusammen, ein Schluchzen schüttelte seinen ganzen Körper. Alex ließ sich neben ihm aufs Bett sinken, legte ihm den Arm um die Schultern und ließ sich gegen ihn sinken.

Das Ganze war einfach zu grauenhaft. Außer seinem eigenen Schmerz spürte er auch noch den seines kleinen Bruders. Oliver war ein starker junger Mann, der ihm immer besonders selbstbewusst vorgekommen war und mit sich im Reinen zu sein schien. Ihn so zu sehen brach Alex das Herz.

Jahrelang hatte er sich wie betäubt gefühlt, von seinen Emotionen abgeschnitten. Jetzt nicht mehr. Jetzt spürte er, wie ihn der Kummer zu zerreißen drohte.

Als Alex einige Stunden später das Haus verließ, blieb ihm keine Wahl: Er musste akzeptieren, dass Viviens Ahnung – oder ihre Vision – der Wahrheit entsprach. Es stimmte: Er und seine Brüder waren sexuell missbraucht worden, und seine Mutter trug dafür die Verantwortung.

Damit war zwar die wichtigste Frage beantwortet worden, doch an ihre Stelle waren ein Dutzend weitere getreten. Marcus hatte bestätigt, dass es sexuellen Missbrauch gegeben hatte, weigerte sich jedoch, mehr darüber zu sagen. Ihre Mutter war daran beteiligt gewesen. Über viele Jahre. Aber da waren keine Details, nichts, woran Alex sich in dieser beängstigenden neuen Situation hätte orientieren können.

Er schrieb Amanda einen Brief nach Indien und teilte ihr mit, was geschehen war. Oliver schrieb ihr ebenfalls. Zwei Wochen später erhielt Alex eine Antwort, in der Amanda bestätigte, immer geahnt zu haben, dass so etwas vorgefallen war.

In den fünfzehn Jahren seit seinem Unfall hatte sich Alex ein Bild seiner Kindheit aufgebaut: Familienurlaube, Erwachsenwerden, ganz normale Dinge. Natürlich konnte er sich an nichts davon erinnern, aber die Geschichten, die Marcus ihm erzählt hatte, waren an die Stelle seiner Erinnerungen getreten. Er hatte Marcus absolut vertraut, vom ersten Tag an. Aber wenn Marcus etwas so Wesentliches ausgelassen hatte, wie konnte er dann überhaupt auf irgendetwas vertrauen? Was gab es noch, was Marcus ihm vorenthalten hatte?

Er musste die Antworten finden. Aber jetzt sah er sich mit der schwierigsten Herausforderung von allen konfrontiert: Wie enthüllt man seine eigene Geschichte und findet heraus, wer man wirklich ist, wenn die Wahrheit in der eigenen Familie verändert werden kann? Wenn die Realität hinter einem Nebelvorhang des Schweigens und der Lügen verborgen liegt? Jetzt musste Alex nicht mehr nur nach seiner Vergangenheit, sondern auch nach seiner Gegenwart suchen.

Diese Aufgabe sollte Alex über Jahre in Anspruch nehmen; sie wurde entscheidend für sein Überleben. Alles, woran er jemals geglaubt hatte, war auf den Kopf gestellt worden. Wieder einmal hatte Alex keine Ahnung, wer er war.

27.
Neubeginn

Jahre später, als er endlich mit seinen Geschwistern über diese Phase in seinem Leben reden konnte, formulierte Alex in gut gewählten Worten, welch drastische Auswirkungen diese Enthüllungen auf ihn gehabt hatten.

»Als ich zweiunddreißig Jahre alt war, änderte sich mein Leben dramatisch«, sagte er. »Ich denke, dass war wahrscheinlich das größte Trauma meines ganzen Lebens. Wenn man sich überlegt, wie schlimm unser Elternhaus war, gab es eine ganze Reihe Traumata, aber für mich war das hier viel größer. Größer als der Missbrauch, der Unfall, Mummys Tod, Daddys Tod. Alles gerät in Vergessenheit, wenn ich es mit diesem einen Tag vergleiche.«

In den Tagen und Wochen nach dem Workshop kämpfte Alex darum, zu erfassen, was er gehört hatte. Manchmal empfand er Wut darüber, dass ihm niemand vorher etwas gesagt hatte. Dann dachte er: »Marcus hat mich angelogen. Mein Bruder und meine Schwester haben mir nichts gesagt.« Und er war verwirrt. Ganz naturgemäß fragte er sich, wer ansonsten noch davon wusste. Er erzählt: »Meine Gedanken drehten sich ständig im Kreis, ich fragte mich die ganze Zeit, was hier los war. Wie konnte es sein, dass ich über dreißig Jahre alt war und nichts davon wusste oder auch nur vermutete?«

Weil man seinem Leben die Grundlage entzogen hatte, stellte er alles infrage: Was war real? Was entsprach nicht der Wahrheit? Trotz allem, was ihm Oliver und Marcus erzählt hatten, schien es ihm manchmal ganz einfach unmöglich, zu glauben, dass das Bild, das er von seinem Familienleben vor seinem achtzehnten Lebensjahr entworfen hatte, einfach falsch sein sollte. Er erinnerte sich noch immer an nichts und war ganz und gar von dem abhängig, was andere mit ihm teilten. Er wusste nicht mehr, wessen Version er Glauben schenken sollte.

Als Alex mit achtzehn Jahren aus dem Koma erwachte, war Marcus bei ihm gewesen, bereit, ihm durch jede Phase seines Weges zu helfen. Gerade in dem Alter, in dem sie normalerweise unabhängiger voneinander geworden wären und ihren eigenen Weg gefunden hätten, war Alex ganz und gar abhängig von seinem Zwillingsbruder gewesen. Selbst wenn sie gerade nicht zusammen waren, war dieses Gefühl der Abhängigkeit nie ganz verschwunden. Und auf eine seltsame Art war Marcus von der Abhängigkeit seines Bruders abhängig geworden. Manchmal war er ungeduldig mit ihm gewesen, hatte ihn wegstoßen wollen, aber das Band zwischen ihnen hatte immer bestanden.

Jetzt, fünfzehn Jahre später, hätte der Kontrast nicht extremer sein können. Was Alex jetzt durchmachte, fühlte sich an, als durchlebte er den Unfall noch einmal, nur war es diesmal viel, viel schwieriger. Viele der Nachwirkungen des Motorradunfalls waren körperlicher Art gewesen, und er hatte gelernt, mit ihnen umzugehen. Sogar der Gedächtnisverlust war eine Behinderung, mit der er inzwischen durch Erfahrung umgehen konnte. Aber diese neue Herausforderung war entsetzlich komplex, und er sah sich den ihn überwältigenden Gefühlen hilflos ausgeliefert.

In der Zeit bis zu seinem dreißigsten Lebensjahr hatte es sich angefühlt, als wäre er irgendwie von seinen Erfahrungen abgeschnitten gewesen, doch die traumatischen Erlebnisse beim Workshop hatten den Schutzwall seiner Betäubung durchdrungen. Seine Gefühle waren entfesselt worden, und jetzt gab es keine Möglichkeit, ihnen Einhalt zu gebieten.

Und was am bedeutsamsten war: Marcus stand ihm nicht länger helfend zur Seite.

Alex formuliert es so, dass Marcus »sich zurückzog«. Er hatte sich anfangs geweigert, über die Geheimnisse ihrer Kindheit zu sprechen, und er machte deutlich, dass er nicht vorhatte, jemals darüber zu reden. Das Thema war einfach tabu. Alex akzeptierte das, so wie er und Marcus immer die Entscheidungen des anderen akzeptiert hatten. Er hätte noch nicht einmal bewusst sagen können, dass ihn der Umgang seines Zwillingsbruders mit der Angelegenheit verärgerte.

Vielleicht wusste Alex auch, dass Marcus zu dieser Zeit eigentlich keine Wahl hatte. Er war weder bereit noch in der Lage, sich mit den Schrecken auseinanderzusetzen, die Alex da ans Licht gezerrt hatte. Er meint: »Es war mir gut gelungen, das alles zu verdrängen. Diese Dinge brauchte ich in meinem Leben auf keinen Fall.« Er ging damit um, indem er sie in seinem Bewusstsein so weit nach hinten schob wie möglich, weil sie dort weniger Schaden anrichten konnten. Die ganze Zeit hatte er versucht, Alex vor den giftigen Erinnerungen zu beschützen, die er selbst zu vergessen gelernt hatte. Er konnte nicht begreifen, warum Alex Erinnerungen ausgraben musste, die nichts als Schmerz bringen würden.

Viviens Einfluss erfüllte Marcus mit Unbehagen, wie auch die Art der Therapie, die sie praktizierte und die er abwertend als »Hokuspokus« bezeichnete. Er spürte, dass sich sein Zwillingsbruder auf einen spirituellen Weg begab, den er nicht begriff. »Er lag ganz außerhalb meiner Reichweite«, sagt er. Es war eines der seltenen Male, dass die Zwillingsbrüder nicht miteinander übereinstimmten, und sie vermieden das Thema für immer. Es gab deswegen nie ein richtiges Zerwürfnis – sie brauchten einander immer noch, und sie waren einander auf eine Art und Weise wichtig, die niemand sonst begreifen konnte. Doch ihr Umgang im Alltag war jetzt pragmatisch und emotionslos. Sie arbeiteten weiterhin zusammen und verbrachten auch häufig ihre Freizeit gemeinsam, aber Marcus sorgte dafür, dass er nichts mit der Mission zu tun hatte, die Alex über die nächsten Jahre beschäftigen sollte.

Alex, der zum zweiten Mal sein Leben zusammensetzen musste, stellte fest, dass dies nun ohne Marcus' Hilfe geschehen musste. Er stand der Aufgabe allein gegenüber.

Teil 2

Die zweite Geschichte

1.
Ägypten

Alex stieg in das Flugzeug nach Kairo und suchte sich einen Fensterplatz. Vor Anspannung spürte er einen Knoten im Magen. Er hatte sich bereiterklärt, auf eine von Viviens spirituellen Pilgerfahrten mitzukommen. Das war ihm nach dem Workshop als logischer Schritt erschienen, doch er hatte keine Ahnung, was ihn erwartete. Alle anderen in der Gruppe schienen seit Jahren miteinander befreundet zu sein; sie saßen zusammen, lachten und unterhielten sich, doch Alex kannte niemanden.

Die Firma Lewis Burton hatte in der vergangenen Woche eine Bauphase abgeschlossen. Theoretisch hatte Alex also Zeit, damit anzufangen, die Wahrheit über seine Kindheit herauszufinden, doch gerade jetzt erschien es ihm wie eine fast unmögliche Aufgabe. Wo sollte er anfangen? Wie sollte er es ohne Marcus' Unterstützung schaffen? Woher sollte er wissen, was stimmte und was erfunden war?

Er hatte sich noch nie im Leben so allein gefühlt.

Zu den letzten Passagieren, die das Flugzeug betraten, gehörte eine junge Frau. Zuerst begrüßte sie einige andere in der Gruppe, dann kam sie durch den Gang und entdeckte den leeren Sitz neben ihm.

»Darf ich mich hier hinsetzen?«

»Natürlich.«

Alex fiel sofort auf, dass sie eine attraktive Frau war, mit dunklen Haaren und im Hippie-Stil gekleidet. Er nahm seine Sachen vom Sitz, und sie ließ sich darauf nieder.

Als Nächstes passierte etwas »absolut Verrücktes«, wie es Alex beschreibt. Statt der üblichen Eingangsformalitäten – »Hallo, wie geht's? Was machst du beruflich?« – unterhielten sich die beiden vom ersten Augenblick an, als nähmen sie eine unterbrochene Unterhaltung wieder auf. *Also, was ich meinte, war …* Genau wie Marcus und Alex, wenn sie sich nach einer Trennung wieder begegnen, egal, wie lange diese Trennung gedauert hat. Außer mit seinem Zwillingsbruder hatte Alex noch nie so etwas erlebt. Es war nicht sexuelle Anziehung, sagt er, eher ein unmittelbares und tiefes Gefühl der Verbundenheit.

Sie hieß Camilla.

Sie unterhielten sich während des gesamten Fluges. Er erzählte ihr, dass er einen Zwillingsbruder hatte, und berichtete von seinem Gedächtnisverlust, und sie sagte, sie habe gerade drei Monate in Nordamerika verbracht.

Die folgenden zehn Tage waren in vielerlei Hinsicht außergewöhnlich. Unter Viviens Führung meditierte die Gruppe mitten in der Nacht in Pyramiden, und daraus ergaben sich seltsame visionäre Erlebnisse. Camilla und Alex verbrachten fast die ganze Zeit miteinander, konzentrierten sich aber auf die spirituelle Reise, die sie gemeinsam unternahmen. Beide sagen, sie wären sich der wachsenden gegenseitigen Anziehung nicht bewusst gewesen. An ein Detail erinnern sie sich jedoch: Keiner von beiden verbrachte viel Zeit am Schwimmbad des Hotels.

Beide konnten von ihren Zimmern aus den Pool sehen. Wenn Alex aus dem Fenster schaute und feststellte, dass sich Camilla nicht dort aufhielt, beschloss er, allein habe er dort auch nichts zu suchen. Camilla wiederum schaute aus ihrem Fenster ebenfalls auf den Pool und kam zu demselben Ergebnis, wenn sie Alex nicht dort sah. Heute müssen sie über diese Erinnerung lachen: »Die meiste Zeit haben wir damit verbracht, nicht hinunter an den Pool zu gehen!«

Als sich der zehntägige Aufenthalt dem Ende zuneigte und sie mit ihrer Gruppe beim Essen an entgegengesetzten Enden des langen Tischs saßen, wollte eine Freundin von Camilla wissen, was sie von Alex halte. Camilla schaute zu ihm hinüber und sagte gleichgültig: »Ach, er ist wirklich nett.«

Die Freundin war überrascht und fragte Camilla, ob sie sich denn nicht für Alex interessiere. Darüber hatte Camilla bis dahin nicht nachgedacht, aber jetzt überlegte sie: »Hmmm … Finde ich ihn attraktiv? Vielleicht, nur ein kleines bisschen?«

Sie flogen nach London zurück, und Alex brachte Camilla zum Haus ihrer Freundin in der Nähe des Flughafens, wo sie ihr Auto abgestellt hatte. Weil sie bis nach Hause einen weiten Weg hatte, schlug er vor, sie solle mit ihm nach Brixton kommen und dort übernachten. Dann könne sie am nächsten Morgen losfahren. Sie stimmte zu und begleitete ihn nach Brixton. Am nächsten Morgen fuhr sie nicht. Am Morgen danach auch nicht.

Die beiden sind seitdem zusammen.

2.
Camilla

Zu dieser Zeit kannte Camilla Vivien seit etwa zehn Jahren und hatte an mehreren Workshops und Reisen teilgenommen. Anfang 1998, als Alex und Marcus die Phase der Bauarbeiten in ihrer Firma abschlossen, hielt sich Camilla im Bundesstaat Washington State auf, wo sie in einem Indigenenreservat mit einem Spezialisten für Heilkräuter arbeitete.

Als sich Camillas Zeit dort dem Ende zuneigte, rief Vivien sie an und erzählte ihr von der geplanten Reise nach Ägypten. Sie fügte hinzu, Camilla werde die anderen Mitglieder der Gruppe sicher mögen. Auch Alex erwähnte sie und sagte, Camilla werde zu diesem jungen Mann eine »echte Verbindung« spüren, doch ansonsten wusste Camilla beim Einsteigen ins Flugzeug über ihn nur, dass er in London lebte und sich für Fotografie interessierte. Diese erste Unterhaltung auf dem Flug nach Kairo war für Camilla eine ebensolche Offenbarung wie für Alex. »Es war, als hätten wir einander schon unser ganzes Leben lang gekannt«, sagt sie heute. Sie fingen einfach an, miteinander zu reden – *weiter* miteinander zu reden. Wie Alex hatte sie das Gefühl, eine lange zuvor begonnene Unterhaltung wieder aufzunehmen. Sie erinnert sich daran, mit welchem Erstaunen Alex zu ihr sagte: »Mit dir kann ich reden wie mit meinem Bruder.«

Und tatsächlich konnte er mit Camilla auch über Dinge sprechen, über die Marcus nicht reden wollte. Camilla war diejenige, die ihm während dieser Zeit der Fehlversuche und widersprüchlichen Entdeckungen zuhörte, Kommentare abgab, ihn unterstützte und bei seiner Suche ermutigte.

Als sie wieder in London waren, blieben ihnen nur drei gemeinsame Wochen, bis Alex mit Marcus und Oliver auf eine Trekkingtour in Nepal aufbrach. Diese Tour hatten sie schon lange geplant; sie sollte sechs Wochen dauern. Alle drei Brüder erinnern sich an diese Ferien als eine Erfahrung, die sie näher zusammengebracht hat. Insgesamt war es für sie alle eine fröhliche Zeit. Für Oliver stellte sie die erste Erfahrung mit den positiven Auswirkungen einer extremen körperlichen Herausforderung dar. »Zuerst fühlte ich mich innerlich distanziert, dann aber lebendig und mit allem verbunden.« Die drei sprachen über das Leben im Duke's Cottage, darüber, wie Jill und Jack als Eltern gewesen waren, und langsam formte sich in Alex ein deutlicheres Bild davon, wie schwierig das Leben für sie alle als Kinder gewesen war.

Das einzige Thema, das niemand ansprach, während sie durch die spektakuläre Berglandschaft wanderten, war der sexuelle Missbrauch. Sie mochten sich frei vom Einfluss ihrer Mutter fühlen, doch das, was Jill ihnen von klein auf eingeprägt hatte, war schwer abzuschütteln. Das Leugnen von Tatsachen und Heimlichkeiten waren ihnen schon seit den frühesten Jahren quasi eingeimpft worden – beides ist in Familien, in denen Missbrauch stattfindet, unerlässlich, und die Menschen, die unter glücklicheren Umständen aufgewachsen sind, können das nur schwer verstehen. Nur durch die Heimlichkeiten und das Leugnen hatte der Missbrauch so lange fortgesetzt werden können.

Während Alex' Reise fand Camilla in Islington ein Hausboot, das sie würden teilen können, und sie bereitete es für Alex' Rückkehr vor. Seit der Rückkehr nach England wussten sie, dass ihre Beziehung etwas Ernsthaftes war. Camilla freute sich sehr darauf, Alex nach sechs Wochen wiederzusehen.

Während ihrer gemeinsamen Zeit vor seiner Abreise nach Nepal hatte sie Alex so akzeptiert, wie er war, ohne allzu tief in die emotionale Welt des Mannes eingedrungen zu sein, mit dem sie zusammenleben wollte. »Alex war einfach er selbst.«

Erst nach seiner Rückkehr wurde ihr bewusst, wie eine Beziehung mit ihm aussehen würde.

»Ich habe dich unglaublich vermisst!«, sagte sie zu ihm und erwartete natürlich, er werde antworten, er habe sie ebenfalls vermisst. Aber das tat er nicht. Er schien gar nicht in der Lage zu sein, seine Gefühle für sie zum Ausdruck zu bringen. Obwohl er während Viviens Workshop mit starken Emotionen konfrontiert worden war, war es ihm noch immer fremd, seine Gefühle zu zeigen. Das bedeutete nicht, dass er sich absichtlich kalt oder distanziert verhielt – er verfügte ganz einfach nicht über die Sprache, mit der er eine Erwiderung auf Camillas Worte der Zuneigung hätte formulieren können.

Es ist nicht überraschend, dass Camilla es schwierig fand, damit umzugehen. Die Verbindung zwischen den beiden war so tief, dass Camilla niemals daran zweifelte, wie sehr Alex sie liebte, aber es hätte ihr gefallen, wenn er seine tiefsten Gefühle auch in Worte gekleidet hätte.

Und jetzt, als ihr Alex mehr über seine Familie und die Auswirkungen seines Gedächtnisverlusts erzählte, verstand sie langsam, in was für einen komplexen und ungewöhnlichen Mann sie sich verliebt hatte. Wenn sie beschreiben will, wie er in dieser Zeit war, verwendet sie den Begriff »wie gejagt«. In ihm herrschte eine gewisse Leere; da, wo sich bei anderen Leuten die Erinnerungen und das Selbstgefühl befanden, war nichts. Camilla wollte Alex helfen, doch manchmal ertappte sie sich bei der Frage, wem genau sie da eigentlich half. Allmählich wurde ihr bewusst, dass auf ganz eklatante Weise eine bestimmte Verbindung zwischen Alex' Hirn und seinem Herzen fehlte.

Die Situation wurde außerdem dadurch kompliziert, dass er immer noch so eng mit seinem Zwillingsbruder verbunden war. Für Alex mochte es sich so anfühlen, als entfernten er und Marcus sich langsam voneinander, doch in Camillas Augen wirkte die Verbundenheit zwischen ihnen manchmal wie eine Vermischung ihrer Identitäten. Es war zuweilen schwierig, zu wissen, wo Alex' Persönlichkeit endete und die von Marcus begann. Marcus hatte Alex über zehn Jahre mit Informationen zu seinem inneren Narrativ ausgestattet. So viel von dem, was Alex über sich selbst wusste oder was er empfand, basierte auf dem, was ihm Marcus erzählt hatte. Fast schienen die beiden eine einzige Person zu sein, sowohl was ihre Gefühle als auch ihre Geschichte anging.

Einfach war das nicht immer. Marcus hatte sofort erkannt, dass Camilla die richtige Partnerin für Alex war. Dennoch war er sich nicht sicher, welche Position sie im Leben der Zwillinge einnehmen sollte. Heute sagt sie: »Nach meinem Gefühl bekam Marcus den Löwenanteil von Alex' Liebe.« Sie brauchte Marcus als Verbündeten, weil er ihren »Zugang« zu Alex darstellte. Doch Marcus schloss sie genauso oft aus, wie er sie unterstützte.

Obwohl er sehr erpicht darauf war, seinen eigenen Weg zu geben, blieb ein Teil von ihm von der Angst vor dem Loslassen erfüllt. Die absolute Nähe der Zwillinge zueinander hatte in der Vergangenheit ihr Überleben gesichert; das war Marcus auf eine Art und Weise bewusst, die sich Alex niemals erschließen würde.

Camilla hatte sich auf jemanden eingelassen, der über keine klar definierte Identität zu verfügen schien, und immer wieder ertappte sie sich bei der Frage: »Wer ist Alex eigentlich?«

Mit dieser überaus komplexen Frage sollte sich Alex mehrere Jahre beschäftigen.

Man darf bezweifeln, dass er ohne Camillas Liebe und Unterstützung überhaupt jemals einer Antwort nahegekommen wäre.

3.

Ganz tief graben

Sobald Alex einmal mit dem Fragen angefangen hatte, war er außergewöhnlich hartnäckig. Noch immer fand er es schwer zu akzeptieren, dass seine frühen Lebensjahre so anders waren als das Bild, das er sich gemacht hatte, doch er musste die Wahrheit erfahren. Ideal wäre gewesen, wenn er sich selbst an das Geschehene hätte erinnern können. Waren die Erinnerungen wirklich ganz und gar ausgelöscht, oder befanden sie sich immer noch irgendwo in einem entfernten Areal seines Gehirns, sodass man nur herausfinden musste, wie man an sie herankam? Dann müsste er sich nicht auf andere Menschen verlassen – denn wenn er seinem eigenen Zwillingsbruder nicht vertrauen konnte, wie sollte er dann überhaupt jemandem vertrauen? Selbst wenn er sich nicht an bestimmte Ereignisse oder Details erinnern konnte, gab es doch vielleicht eine Möglichkeit, sich die Gefühle und Empfindungen zu erschließen, die mit den Ereignissen einhergegangen waren.

Er versuchte alles. Therapie, Meditation, Workshops, Hypnose. Er sammelte Dokumente und Fotografien. Er sprach mit allen Menschen, die vielleicht ein wenig Licht auf die verschwundenen achtzehn Jahre werfen könnten. Seine Besessenheit, die Wahrheit herauszufinden, nahm ihn ganz und gar in Anspruch.

Im Rückblick beschreibt Alex dies folgendermaßen: »Während der folgenden zehn Jahre habe ich ganz tief in meiner Seele gegraben. Ich versuchte herauszufinden, welches die wahre Geschichte ist. Es war, wie vor einem großen Puzzle zu sitzen. Man setzt die Teile zusammen und muss gleichzeitig herausfinden, welche davon eine Lüge sind und welche nicht. Und wer man wirklich ist.«

Im Grunde war das auf dem Weg zu den Fakten seiner frühen Jahre sein einziges überwältigendes Bedürfnis: herauszufinden, wer er wirklich war. Doch jede Entdeckung brachte bloß neue Fragen mit sich. Nur eines war von Anfang an klar: dass ihre Kindheit alles andere als normal gewesen war.

Von Menschen, die die Familie gekannt hatten, Freunden und Nachbarn – und nun sogar von Marcus –, hatte er erfahren, dass das Leben im Duke's Cottage hart gewesen war. Viel härter, als ihm bewusst gewesen war. Die Zwillinge hatten ihren Stiefvater immer mit »Sir« anreden und aufstehen müssen, wenn er das Zimmer betrat. Körperliche Zuwendung gab es nicht: Wenn sie als Kinder abends ins Bett gegangen waren, hatte er ihnen beim Gutenachtsagen förmlich die Hand geschüttelt.

Nachdem Jill und ihr neuer Ehemann sich in Sussex niedergelassen hatten, etablierten sie eine strikte Arbeitsroutine.

»Wir haben sie bedient«, sagt Alex. »Dafür waren wir da.« Alex fand heraus, dass sie früh hatten aufstehen müssen, um die Mülleimer zu leeren, Schuhe zu putzen und das Geschirr von der Abendmahlzeit ihrer Eltern zu spülen. Wenn sie auf den Partys von Jill und ihren High-Society-Freunden in London Drinks und Kanapees gereicht hatten, erwartete man von ihnen, dass sie wie professionelles Personal hinterher alles saubermachten. Nach der Schule konnten sie nicht in Ruhe spielen oder Hausaufgaben machen, weil man häufig von ihnen verlangte, Gemüse zu putzen oder Arbeiten im Haus zu erledigen. Gab es für den Antiquitätenhandel ihrer Mutter etwas zu heben oder zu tragen, mussten Alex und Marcus das übernehmen.

Das könnte sich nach den üblichen Klagen junger Männer

anhören, die nicht gern Verpflichtungen im Haushalt nachkommen. Das Ganze war ja wohl nicht so schlimm?

Doch damals akzeptierten Alex und Marcus die Dinge, wie sie waren, weil sie nichts anderes kannten; es sind Freunde und Besucher der Familie – Menschen, die den Dudleys grundsätzlich wohlwollend gegenüberstanden –, denen auffiel, dass die Eltern viel zu viel von den beiden Jungen verlangten. Viele von ihnen verspürten darum Unbehagen, obwohl sie keine Vorstellung davon hatten, wie schlimm die Situation tatsächlich war.

Deirdre Brockway gab Alex gegenüber zu, sie sei schockiert und entsetzt darüber gewesen, wie der alte Freund ihres Ehemannes mit ihnen umging: »Wie ihr ausgenutzt worden seid, das war einfach nicht normal.« Wie die meisten Leute hatte sie angenommen, die Schuld liege hauptsächlich bei Jack.

Laura Hudson erzählte Alex, die beiden Jungen seien »wie Dienstboten« behandelt worden. Doch wie alle anderen im Freundeskreis hatten weder sie noch ihr Mann die Dinge schlimmer machen wollen, indem sie sich einmischten. Sie kannten Jacks bissige Bemerkungen und wussten, wie sehr ihn die Menschen fürchteten; es schien keine Möglichkeit zu geben, sein Verhalten zu beeinflussen. Stattdessen boten sie den Zwillingen ihre Liebe und Gastfreundschaft und hofften, ihnen damit das zu geben, was ihnen offenbar zu Hause fehlte.

Jenny Graham machte es ähnlich. Sie hatte gerade die Schule abgeschlossen, als sie bei der Familie einzog, um sich um das Baby Amanda zu kümmern. Alex und Marcus waren damals zehn. Jenny blieb anderthalb Jahre und hatte eine gute Zeit im Duke's Cottage. Sie war der ganzen Familie zugetan, blieb auch danach in engem Kontakt mit ihr, und ihre Erinnerungen waren sehr positiv. Sie beschrieb die Atmosphäre im Duke's Cottage als »sehr liberal und exzentrisch … Ich fand es dort ganz großartig.«

Ihr Eindruck von den Zwillingen zu jener Zeit war vor allem, dass sie »sehr, sehr liebe Jungen waren. Und fröhlich, immer fröhlich.« Jenny verstand sich gut mit beiden Eltern. Dennoch räumte sie ein, sie hätte »die Zwillinge von dort fortbringen müssen, hätten sie nicht einander gehabt«, was nicht zu der Aussage passt, die beiden seien immer glücklich gewesen. Als Grund dafür nannte sie Jacks Verhalten, das einer »Misshandlung« nahekam. Zu Jenny war er immer höflich, weil er ihre enge Verbundenheit mit Amanda schätzte, doch Jenny war immer bewusst, dass er oft »schrecklich, ganz schrecklich« mit anderen Menschen umging und »sehr aggressiv und laut« sein konnte.

Als Jenny bei ihnen im Haus lebte, machten sie und die Zwillinge sich ein Spiel daraus, Jacks Launen zu entgehen. Nach der Schule aßen sie in der Küche große Mengen Toast mit Marmelade und ahmten dabei Jill und Jack nach, wobei sie schallend lachten.

In Jennys Erinnerungen herrschten Gelächter und Ausgelassenheit vor, doch Alex erfasste, dass damals unter der Oberfläche etwas anderes vor sich ging. Denn sobald sie hörten, wie die Haustür geöffnet wurde, so berichtete Jenny, »endete das Gelächter«. Es war immer sicherer, nicht beim Herumalbern erwischt zu werden, vor allem wenn es Jack war, der das Zimmer betrat. Sie selbst hatte keine Angst vor ihm, doch sie fürchtete, dass er gegenüber den Jungen die Geduld verlor, und tat ihr Bestes, um sie vor seiner Wut zu schützen. Das war nicht einfach. Obwohl sie einen großen Teil ihrer Zeit zu Hause verbrachten und ihren Pflichten nachkamen, warf Jack ihnen Faulheit vor und »tadelte sie, wenn sie etwas nicht richtig machten«, so berichtete Jenny.

Eine andere Freundin erzählte, sie habe einmal auf Oliver aufgepasst, als er noch klein war, und er sei in den Garten gerannt und verschwunden. Jack habe einen entsetzlichen Wutanfall bekommen und so sehr mit ihr geschimpft, dass sie es nie mehr vergaß. Sie sagte zu Alex, das sei die furchteinflößendste Erfahrung ihres Lebens gewesen.

Für Außenstehende war es schwierig, die Situation zu erfassen, denn die Zwillinge wirkten stets so fröhlich. Jenny aber erzählte Alex, sie habe immer gespürt, dass sie sich nicht wie normale zehnjährige Jungen benehmen durften. Der Garten des Hauses war riesig, aber auch Jacks ganzer Stolz, deshalb war das Fußballspiel auf dem Rasen streng untersagt. Die Jungen aßen auch fast nie zusammen mit ihren Eltern.

Jenny wusste noch, dass die Zwillinge, als sie ins Duke's Cottage kam, in einem kleinen Raum neben der Küche schliefen. Im Winter war es dort eiskalt, an den Wänden gab es schwarzen Schimmel, und an den Fensterscheiben setzte sich das Kondenswasser ab. Auch hier dachten die Zwillinge, in Kinderzimmern sehe es eben so aus, und es waren Freunde der Familie, denen auffiel, wie anders man mit Amanda und Oliver umging: Die hatten im Obergeschoss geheizte Schlafzimmer, auch wenn Oliver später ebenfalls viele Jahre in dem kalten Raum hinter der Küche verbringen musste.

Alex wusste, dass er und Marcus im Alter von etwa vierzehn Jahren in den sogenannten »Anbau« hatten ziehen müssen; sie selbst nannten das Gebäude »den Schuppen«. In gewisser Hinsicht hatte ihnen diese Veränderung gefallen, weil sie dadurch ein wenig Unabhängigkeit erlangten, doch Marcus erzählt, ihnen sei dabei nur zu deutlich bewusst gewesen, dass man sie auslagerte, weil sie im Haus nicht willkommen waren. Erst als sie zu arbeiten begannen und einen finanziellen Beitrag zum Haushalt leisten konnten, »gestattete« man ihnen die Rückkehr ins Haus. Marcus hatte immer versucht, die Probleme ihrer Kindheit zu verharmlosen, und wenn er Alex von diesen Entbehrungen erzählte, fand er immer einen Weg, sie als Witz erscheinen zu lassen. Trotzdem entwickelte sich vor Alex' Augen ein düsteres Bild.

Jill war bekannt für ihren Geiz, und sie gab nie auch nur einen Penny mehr als nötig aus, wenn es um Kleidungsstücke für sich selbst oder ihre Kinder ging. Die Nachbarn und die Leute, mit denen sie zusammenarbeitete, erinnern sich daran, dass die Zwillinge immer schlechtsitzende Kleidungsstücke aus zweiter Hand und Turnschuhe ohne Schnürsenkel trugen. Oliver und Amanda erging es nicht besser; alle schämten sich sehr wegen ihrer schäbigen Kleidung.

Alex war davon ausgegangen, dass es in seiner Kindheit Sommerferien und Ausflüge mit den Eltern gegeben hatte – das war schließlich das, was »normale« Familien taten, und er hatte einige Fotos gesehen, die die Zwillinge mit ihrer Mutter in irgendeinem warmen Land an einem Sandstrand zeigten. Dass es sonst keine Urlaubsfotos gab, hatte er darauf zurückgeführt, dass bei allen anderen Gelegenheiten niemand Lust gehabt hatte, eine Kamera mitzunehmen. Doch nun fand er heraus, dass es sich bei diesen Ferien am Meer um eine einmalige Sache gehandelt hatte. Die Aufnahme stammte aus dem Jahr, bevor Jill und Jack geheiratet hatten. Nach der Hochzeit und dem Umzug nach Sussex hatte es für die Jungen keine Urlaube mehr gegeben; zumindest nicht mit ihrer Mutter.

Wenn sie als Kinder überhaupt jemals kleine Geschenke bekommen oder Ferienreisen unternommen hatten, war das immer den engen Freunden der Familie zu verdanken gewesen. Diese hatten einen sehr positiven Effekt auf ihre Kindheit und die Zeit danach gehabt. Alex beschreibt das folgendermaßen: »Durch Gottes Gnade sind all diese Engel in unser Leben gekommen und haben sich um uns gekümmert.«

Ian und Laura Hudson hatten Jill und Jack kurz nach ihrem

Umzug nach Rudgwick kennengelernt. Die Hudsons waren eine Generation jünger und fühlten sich anfangs geschmeichelt und auch ein wenig überwältigt, weil ihnen dieses exzentrische Ehepaar seine Aufmerksamkeit zuteilwerden ließ. Schon nach wenigen Wochen hatten Jill und Jack das jüngere Ehepaar darum gebeten, die Vormundschaft für alle ihre Kinder zu übernehmen, falls ihnen beiden etwas zustoßen sollte.

Die Hudsons hatten zugestimmt. Jack war mit Ians Mutter befreundet und Ian so konservativ, dass er Ältere kritiklos respektierte. Zu diesem Zeitpunkt hatten er und Laura den Zwillingen ihr Haus bereits geöffnet und sie mit beachtlicher Großzügigkeit willkommen geheißen. Sie waren überaus freigiebig mit ihrer Zuwendung und Liebe, und für ihr Geld galt dasselbe. Als Alex und Marcus etwa neun Jahre alt waren, nahmen die Hudsons sie mit auf einen Familienurlaub nach Portugal; sie übernahmen die Reisekosten und alles Weitere, und obwohl sie ein ganz klein wenig verstimmt darüber waren, dass sich Jill und Jack nie in irgendeiner Form finanziell beteiligten, luden sie die beiden Jungen noch jahrelang weiter ein.

Die Folgen dieser Güte lassen sich nicht ermessen. Alex sagt heute: »Ich glaube nicht, dass wir ohne die beiden dieselben Menschen wären.«

Vielleicht wussten Alex und Marcus in irgendeiner Form schon als kleine Jungen, dass sie sich über ihren unmittelbaren Familienkreis hinaus orientieren mussten. Zwei lebhafte Zwillingsjungen sind nicht unbedingt einfach zu bändigen, doch Jacks striktes Regelwerk sorgte dafür, dass die beiden ganz ausgezeichnete Manieren hatten. Außerdem besaßen sie eine gewisse Anmut und jede Menge Charme. Deswegen fanden viele Erwachsene sie einfach unwiderstehlich.

Laura Hudson erinnert sich, die beiden seien »charismatisch und im Umgang mit Erwachsenen sehr geübt« gewesen. Sie brauchten Liebe, und sie hatten schon in sehr jungen Jahren gelernt, wie man in Menschen außerhalb der Familie Liebe erweckte. »Irgendwie haben sie wohl in unseren Persönlichkeiten erkannt, dass man sich um uns kümmern musste«, sagt Alex.

Marcus berichtet, dass diese Fähigkeit, Bündnisse mit anderen einzugehen, immer wichtig war. »Sie gehört zu unseren wenigen Kompetenzen – eigentlich ist es unsere wichtigste. Wir können zu jedem eine Verbindung aufbauen.« Und Alex fügt bedauernd hinzu: »Weil wir es mussten.«

Dieses Talent bescherte ihnen wertvolle und ein Leben lang andauernde Freundschaften zu der Sorte Menschen, die ihr Vertrauen nie missbrauchen würden.

Doch es gab auch Erwachsene, meist Freunde ihrer Mutter, denen es um etwas ganz anderes ging. Gegenüber diesen Leuten, die häufig sehr undurchsichtig waren, machten ihr Charme und ihr Liebesbedürfnis die Zwillinge entsetzlich verwundbar.

4.

Schlechte Schulbildung

Die Schuljahre der Zwillinge gehören zu den Aspekten ihres früheren Lebens, die Marcus nach dem Unfall beschönigt hatte. Alex wusste, dass ihre Schulzeit »ziemlich hart« gewesen war, doch nun, da er seine Geschichte neu zusammenfügte, wollte er mehr herausfinden.

In Marcus' Augen war ihre Lese-Rechtschreib-Schwäche der alles bestimmende Faktor ihrer Kindheit, und das wird er auch immer so sehen. Die Schule bedeutete einen aussichtslosen Kampf. Als sie nach Sussex zogen, um bei Jack Dudley zu leben, schickte man die Jungen auf eine private Grundschule im Dorf. Ganz offensichtlich waren sie überdurchschnittlich intelligent, doch intellektuelles Arbeiten stellte sich für sie als beinahe unmöglich heraus. Bei der Durchsicht von Jills Papieren entdeckte Alex zwei Berichte von Schulpsychologen. Als der erste verfasst wurde, waren die Jungen acht gewesen, der zweite war zwei Jahre später entstanden. Alex galt als der Fleißigere der beiden und erzielte in den Tests minimal bessere Ergebnisse.

Der erste Psychologe stellte fest, er habe bei Alex »ein leichtes Zucken der Schulter und im Gesicht bemerkt, das sich unter Druck deutlicher zeigt, zum Beispiel, wenn der Junge lesen soll«. Gleichzeitig heißt es, es habe »keine Hinweise auf größere emotionale Schwierigkeiten« gegeben. Was brachte den Psychologen dazu, dies überhaupt zu erwähnen? Wusste man an der Schule, dass in der Welt der beiden kleinen Jungen nicht alles in Ordnung war? Gab es Erwachsene, die einen Verdacht hatten?

Den Unterlagen konnte Alex nicht mehr entnehmen.

So blieb die Frage: Hätte irgendetwas unternommen werden können, damals in den siebziger Jahren, wenn sich nur jemand die Zeit genommen und die Mühe gemacht hätte, ein wenig genauer hinzusehen und herauszufinden, wie ihr Leben zu Hause wirklich war?

Wahrscheinlich nicht zu dieser Zeit. Und sie blieben nicht lange an der kleinen Privatschule; mit elf Jahren holte man sie an die örtliche Gesamtschule. Manche der Freunde ihrer Eltern sehen dahinter eine finanzielle Motivation: Jack hatte für den Hauskauf einen Überbrückungskredit aufgenommen, und plötzlich stand ihm nicht mehr viel Geld zur Verfügung. Alex und Marcus glaubten, man hielte sie nicht für intelligent genug, um in ihre Bildung zu investieren. Jack wollte kein Geld an sie »verschwenden«.

Was auch immer der Grund war, die Gesamtschule stellte sich als Katastrophe heraus. Es war keine schlechte Schule, doch weil die beiden Jungen immer noch nicht richtig lesen und schreiben konnten, teilte man sie den Gruppen mit den schwächsten Schülern zu. Dadurch wurde das Gefühl, auf akademischem Gebiet absolute Versager zu sein, mit jedem Tag größer. Marcus berichtet, Jack habe nie eine Gelegenheit ausgelassen, wenn es darum ging, ihnen zu vermitteln, wie dumm sie seien. Deirdre Brockway erinnert sich, wie er die beiden den Leuten als »Jills doppelt doofe Zwillinge« vorstellte. Ganz ohne Zweifel setzten sie in solchen Situationen ein vergnügtes Grinsen auf; sie hatten gelernt, ihre wahren Gefühle unter einer fröhlichen Maske zu verbergen. Zu Jills Verteidigung muss gesagt werden, dass sie die beiden nie als dumm bezeichnete. Irgendwann behauptete sie sogar, selbst eine Lese-Rechtschreib-Schwäche zu haben[9], unternahm jedoch nie einen Versuch, den Zwillingen beim Lesen- und Schreibenlernen zu helfen. Auch während ihrer restlichen Schulzeit erhielten sie keinerlei professionelle Unterstützung.

Die meisten Leute schienen zu akzeptieren, dass Jill einfach nicht dazu in der Lage war, ihren Söhnen bei den Hausaufgaben zu helfen. Jenny erklärte das Alex folgendermaßen: »Jill hätte euch nicht helfen können. So war sie einfach nicht. Sie war einfach Jill, und alles musste nach ihrem Kopf gehen.« Allein die Vorstellung, sie hätte sich mit den Jungen an einen Tisch setzen und sich auf deren Belange konzentrieren können, war einfach absurd. Sie saß kaum einmal still. Wenn sie ihren Söhnen hätte helfen wollen, »hätte sie ihren Kopf von allem anderen frei machen und in ein Buch schauen, sich konzentrieren müssen – und über diese Rolle fühlte sie sich erhaben«.

Die ersten beiden Jahre an der Gesamtschule waren schwierig. Nicht nur, weil sich die Zwillinge im untersten Leistungssegment befanden, sondern auch, weil sie ganz anders waren als ihre Klassenkameraden. Zum ersten Mal im Leben gelang es ihnen nicht, eine Verbindung zu den anderen aufzubauen.

Marcus erzählte Alex: »Wir sprachen damals mit sehr vornehmem Akzent; alle wussten, wo wir herkamen, und sie haben es gehasst. Wir sollten uns den Akzent abgewöhnen, deswegen waren sie jeden Tag gemein zu uns.« Er beeilt sich, zu sagen, dass diese Gesamtschule nicht so schlimm war, wie es eine Schule in der Stadt hätte sein können, und meistens mussten sie nur verbale Attacken, vielleicht mal einen Schubser oder einen Knuff ertragen, oder man warf im Klassenzimmer mit Gegenständen

---

[9] Ihre Briefe deuten darauf nicht hin, und bei ihrer Selbstdiagnose könnte es sich um einen Versuch der Solidarität mit ihren Söhnen handeln, vielleicht aber auch um einen Versuch, aus einer Behinderung einen Vorteil zu ziehen.

nach ihnen. Aber manchmal »stürzten sich auch alle zusammen auf einen, und dann kam man mit einem blauen Auge nach Hause.«

Vielleicht lag es an diesen Erfahrungen in der Gesamtschule, dass Alex und Marcus nie ihr Bewusstsein für Klassenunterschiede verloren haben. Anders als ihre Mutter sind sie überhaupt keine Snobs, doch sie haben die feinen Unterschiede des britischen Klassensystems aus nächster Nähe kennengelernt. Wie Alex herausfand, hatte ihre Mutter sie von frühester Kindheit an auf den Partys mit ihren High-Society-Freunden Drinks servieren lassen. Dann waren die Jungen immer schick angezogen und verhielten sich höflich und charmant. Sie wussten, wie man mit den Reichen und Schönen umzugehen hatte.

Die Gesamtschule war von diesen erlesenen Zusammenkünften Lichtjahre entfernt, und schon bald lernten die Zwillinge, sich wie Chamäleons jeder Situation anzupassen. Später, als sie ausgezogen waren und durch die Welt reisten, kamen sie mit Leuten von überall zusammen, und ihr Akzent verschwand weitgehend. Als sie bei Twin Decs Wohnungen renovierten, sahen sie sich selbst in Arbeiterberufen. Inzwischen meint Marcus: »Alle unsere Freunde aus der Arbeiterklasse finden, dass wir einen vornehmen Akzent haben, und alle unsere vornehmen Freunde sagen, das stimmt nicht. Wir sind irgendwo in der Mitte, oder?«

Die täglichen Schikanen an der Schule setzen sich drei Jahre lang fort, bis sie sich mit einem sehr kräftigen Jungen namens Grant anfreundeten, der zu ihrem Beschützer wurde. Von diesem Tag an ließ man sie wenigstens in Ruhe, doch ihre Schulbildung blieb sehr, sehr lückenhaft. Als sie die Schule verließen, konnten sie nicht viel mehr als ihre Namen auf die Klausur schreiben. Weil ihnen Jack ständig erzählte, sie wären dumm, akzeptierten sie das als Grund für ihren ausbleibenden Erfolg.

Dann besuchten sie eines Sommers einen speziellen Ferienkurs für junge Leute mit Lese-Rechtschreib-Schwäche. Sie lernten andere Jugendliche mit Legasthenie kennen. Sie trafen Lehrer, die sie nicht als hoffnungslose Fälle betrachteten. Und langsam fragten sie sich, ob sie vielleicht gar nicht so dumm waren.

Alex hat keine Ahnung, was Jill plötzlich dazu veranlasst hatte, ihre Dyslexie anzugehen, und Marcus kann sich nicht daran erinnern. Ein paar von Jills Freunden hatten ihm erzählt, sie hätten mit ihr über ihr Problem geredet, deswegen ist es möglich, dass der soziale Druck sie und Jack zum Handeln zwang.

Wenn Marcus und Alex überhaupt Verbitterung empfinden, was ihre Jahre des Aufwachsens betrifft, dann über die Tatsache, dass sie – außer in diesem einen Sommer – nie die Hilfe bekamen, die ihr Leben so entscheidend hätte beeinflussen können. Inzwischen hat Alex seine Dyslexie bis zu einem gewissen Grad überwunden: Er kann gut lesen und schreibt flüssig, auch wenn er Fehler bei der Rechtschreibung macht. Büroarbeit dauert bei ihm doppelt so lange wie bei jemandem ohne Lese-Rechtschreib-Schwäche, aber er schafft sie. Marcus kämpft immer noch: Wenn er auf der Bank ein Formular ausfüllen muss, kann es passieren, dass er vor lauter Frustration den Tränen nahe ist. Er meint, dass Alex heute weniger eingeschränkt ist, weil die Erinnerung an all die Male, die Jack sie für dumm erklärt hat, aus seinem Gedächtnis gelöscht wurde, als er achtzehn war. Es gibt die Dyslexie, die Wahrnehmung der Dyslexie – und als zusätzliche Belastung die Erinnerung an Jacks herabsetzendes Verhalten.

Das Elend der ersten Jahre an der Gesamtschule wurde dadurch gemildert, dass die beiden einander hatten. Was immer ihnen widerfuhr, sei es zu Hause oder in der Schule, konnte ihnen nicht so viel anhaben, weil sie sich in ihrer eigenen Welt befanden. Marcus sagt zu Alex: »Ich glaube, die gemeinen Kinder gaben zum Teil auch darum auf, weil sie nicht richtig zu uns durchdringen konnten. Das Ganze wurde ein bisschen langweilig.« Er berichtet, sie hätten von Kindheit an gelernt, »sich mit allem abzufinden. Wir hatten einander.«

Ihre Widerstandskraft war beeindruckend. In ihrer ganz eigenen Zwillingswelt weigerten sie sich, sich als Opfer zu sehen. Wie viele Menschen mit Lese-Rechtschreib-Schwäche mussten sie härter arbeiten und gewiefter sein als andere. Zum Beispiel auf ihrer Entdeckungsreise durch die Welt. Marcus erzählt: »Andere Leute fanden Bürojobs, aber wegen unserer Einschränkung konnten wir nur in Restaurants Teller waschen – oder Unternehmer werden. Also sucht man sich was und macht etwas Außergewöhnliches.«

Die Legasthenie, der Makel ihrer Schulzeit, verschaffte ihnen später einen Vorteil: Sie zwang die beiden zu Abenteuern, die sie ansonsten vielleicht nie erlebt hätten. Und Marcus sollte bald einen sicheren Hafen entdecken, in dem seine Dyslexie nicht existierte.

5.
Entkommen

Marcus fühlte sich wegen Alex' Fragen immer unbehaglicher. Er hatte eigene Strategien entwickelt, um mit dem Ganzen zurechtzukommen, und die hatten für ihn immer gut funktioniert. Alex' Suche nach Antworten und einem deutlicheren Bild von seinem Leben vor dem Unfall stellte eine Gefahr für das Gleichgewicht dar, das sich sein Bruder so mühsam erkämpft hatte.

»Du verstehst es einfach nicht«, sagte Alex zu ihm. »Ich *muss* das einfach tun!«

»Mach nur«, gab Marcus zurück. »Aber glaub nicht, dass ich mitmache.«

Marcus hatte bereits selbst erkannt, wie er sein ganzes Leben lang alles in sauber voneinander getrennte Kategorien eingeteilt hatte. Er erklärt das mit einem Bild: »Man hat zehn Gläser auf dem Kaminsims stehen, und in einem davon ist etwas, das schlecht riecht.« Dafür gibt es eine einfache Lösung: Man macht das Glas nie auf und wirft niemals auch nur einen Blick hinein. Vielleicht hebt man manchmal den Deckel ein ganz klein wenig an und schnuppert kurz, aber der Geruch ist einfach widerwärtig, deswegen macht man den Deckel sofort wieder zu. Man lässt alles so, wie es ist.

Er wollte sich weiterentwickeln und das Leben genießen, auf keinen Fall Zeit damit verschwenden, über eine Kindheit zu reden, die der Vergangenheit angehörte und an der man nichts mehr ändern konnte. Aber Alex' zwanghaftes Bemühen, das

Geschehene zu verstehen, drohte den Deckel von dem Glas mit dem Gift darin zu heben. Marcus machte sich bereit zur Flucht.

An einem warmen Sommerabend war er zufällig im Groucho Club. Begleitet wurde er von Ellis Flyte, einer alten Freundin, die gerade Urlaub von ihrer Modefirma genommen hatte und nach einem neuen Projekt suchte.

Nach ein paar Drinks erwähnte Ellis, dass sie schon immer irgendwo weit weg ein Stück Strand hatte kaufen wollen.

Die beiden bauten Luftschlösser, malten sich aus, welche Art Strand sie gern besuchen würden, und entwarfen in ihrer Vorstellung ein Traumhaus. Als der Abend jedoch voranschritt, erschien ihnen ein einfaches Wohnhaus nicht mehr groß genug – wie wäre es denn mit einer Pension?

»Oder gleich ein Hotel«, meinte Ellis. »Richtig sexy müsste es sein!«

»Genau, ein Boutique-Hotel, wo alle hinwollen!«

Ellis erwähnte, dass einer ihrer Freunde gerade ein Stück Strand in Sansibar verkaufte. Vielleicht sei das ja geeignet. »Sollen wir mal hinfahren und es uns anschauen?«, schlug sie vor.

»Warum eigentlich nicht?«, gab Marcus zurück.

Am nächsten Morgen erzählte Marcus seinem Zwillingsbruder von der Idee. Alex hielt nicht besonders viel davon. Er tat das Ganze als »Spinnerei im Pub« ab, alles andere als realistisch. Das war doch nur eine dieser verrückten Ideen, wie man sie abends an der Bar auf einen alten Briefumschlag kritzelt, den man am nächsten Tag wegwirft.

Eine Woche später flogen Marcus und Ellis nach Sansibar.

Alex brachte sie zum Flughafen. »Dann einen schönen Urlaub!«, meinte er skeptisch.

Doch als sie zurückkamen, ließ auch er sich von ihrer Begeisterung anstecken.

»Die Strände dort – einfach unglaublich!«, schwärmte Marcus. »Die Landschaft im Norden der Insel ist großartig, und wir haben den perfekten Platz gefunden. Du musst hinfliegen und dir das Ganze anschauen, Ali!«

Ellis befand sich bereits mit ihrem Vater, einem Architekten, in einer ernsthaften Planungsphase. Doch Marcus hatte zu keiner Zeit einen Hehl daraus gemacht, dass es nicht zu einem Deal kommen würde, bevor Alex zustimmte. Marcus war zwar erpicht darauf, der Entdeckungsmission seines Zwillingsbruders zu entgehen, aber er würde sich ohne Alex auf kein Abenteuer dieser Dimension einlassen.

Marcus und Ellis flogen wieder nach Sansibar und befassten sich immer aufgeregter mit ihrem Plan, und einige Tage später folgte ihnen Alex. Sie brachten ihn zu dem Strand, den sie im Auge hatten.

»Ist es nicht fantastisch hier?«, wollten sie wissen.

»Mir gefällt es nicht«, erwiderte Alex.

Die Brüder machten einen Spaziergang über den Strand, und Alex erklärte, was er meinte: »Überall sind Seeigel, also kann man nicht barfuß herumlaufen. Bei Ebbe zieht sich das Meer kilometerweit zurück, und rechts und links steht ein Hotel. Wenn wir hier bauen, stehen quasi drei Gebäude in einer Reihe. Weißt du was, Marcus? *Mein* Traum ist das hier nicht.«

Das hätte einen Streit auslösen können – auch wenn die Brüder sich fast nie stritten –, doch nach Alex' Zusammenfassung der Nachteile begriffen Marcus und Ellis, dass er recht hatte. Sie würden sich einen besseren Platz suchen müssen, und jetzt war ja auch Alex involviert. Der Plan mit dem Hotel war kein spontaner, vager Traum mehr, sondern ein spannendes Projekt mit Potenzial. Alex flog nach London zurück, und die beiden anderen setzten ihre Suche nach dem perfekten Ort fort.

Einige Tage später fanden sie ihn.

Jemand hatte ihnen von der zweitgrößten Insel des Sansibar-Archipels erzählt: Pemba. Sie investierten eine hohe Summe, mieteten ein kleines Flugzeug und überflogen das ganze Areal, und ihr Erstaunen wuchs mit jeder Minute. Diese Strände waren einfach herrlich! Und warum gab es da keine Hotels? Schau doch, der Strand da drüben wäre einfach perfekt!

Nach der Rückkehr auf die Hauptinsel mieteten sie einen Katamaran samt Crew und machten sich auf den Weg nach Norden. Sie waren über Nacht unterwegs, doch in den Stunden der Dunkelheit begann plötzlich ein Tropensturm, der Wind peitschte wütend über den Ozean, und der Skipper verkündete, das Boot lasse sich nur retten, indem man einen Strand anfuhr. Erschöpft schliefen dort alle ein, während es um sie herum weitertobte.

Am nächsten Morgen gingen sie an Deck und schauten sich um. Der Sturm hatte sich gelegt, und die Sonne stand hoch am Himmel.

Die Stille, die absolute Schönheit der Szenerie, nahm ihnen den Atem. Vor ihnen lag ein langer Strand in einer Bucht, dahinter dichter Wald. Keine Straße, kein Pier, nichts.

»Es war unglaublich«, erzählt Marcus. »Einfach makellos. Das unberührte Afrika.«

Sie liefen über den Strand und nahmen alles in sich auf. Ein paar Kinder kamen schüchtern zwischen den Bäumen hervor und starrten sie aus einiger Entfernung an. Ihnen folgten einige Erwachsene, und Marcus und Ellis baten darum, den Sheha[10] sprechen zu dürfen. Sie hatten bereits erkannt: An diesem Ort könnte ihr Traum Wirklichkeit werden.

---

[10] In Sansibar ist es der Sheha, der in einer Gemeinschaft wirklich das Sagen hat. Marcus und Ellis hatten mehr Glück, als ihnen damals vielleicht bewusst war: Der Sheha war absolut integer und ehrlich, und er wollte nur das Beste für sein Dorf. Leider ist das nicht immer so.

Um die Mittagszeit erreichte ein Kanu die Bucht, und ein kleiner, würdevoller Mann kam an Bord ihres Bootes und nahm die ihm angebotene Cola an.

»Wir möchten diesen Strand kaufen«, teilten sie ihm mit.

Er nickte und erkundigte sich dann über den Dolmetscher: »Kommen Sie aus Italien?«

Die Italiener standen damals in Ostafrika in dem Ruf, Geldwäscher zu sein.

»Nein. Wir kommen aus Großbritannien.«

Daraufhin versprach er ihnen seinen Segen, erbat sich jedoch als Bedingung, dass die Hälfte ihres Personals aus den umliegenden Dörfern stammen solle. Marcus und Ellis stimmten dem zu.

»Jetzt müssen Sie mit Mr Rashid sprechen«, informierte er sie. »Ihm gehört das Land.«

Man schickte nach Mr Rashid, und als er am folgenden Tag eintraf, erklärte er sich zum Verkauf bereit.

»Wie viel wollen Sie?«, erkundigten sich Marcus und Ellis.

»Das hängt davon ab«, erwiderte er. Zur Überraschung der beiden entfernte sich Mr Rashid unmittelbar nach ihrem Gespräch und verbrachte die nächsten vier Tage mit dem Zählen von Bäumen. Der Dolmetscher erklärte ihnen, in Sansibar habe das Land an sich keinen Wert, und tatsächlich seien sie im Begriff, einige Tausend Bäume zu erwerben. Marcus und Ellis machte es nichts aus, auf Mr Rashid zu warten und dieses kleine Stückchen Paradies zu genießen.

Nachdem das Bäumezählen erledigt war, setzten sich alle unter einer Kokospalme zusammen, und Mr Rashid nannte seinen Preis. Der erschien Marcus und Ellis sehr niedrig. Deswegen schüttelten sie sich die Hände. Der Deal war vollzogen.

Wenn die beiden heute zurückschauen, sind sie über ihre eigene Naivität erstaunt. Es war ihnen überhaupt nicht in den

Sinn gekommen, sich danach zu erkundigen, warum es auf Pemba überhaupt keine Hotels gab oder warum der Grund und Boden so wenig kostete. Das sollten sie bald herausfinden.

Marcus erklärt: »Es ist eine Insel mit eigenen Rechten; die Regierung verbietet dort das Bauen, es gibt keine Straßen, die Leute mögen keine Ausländer, eine Infrastruktur ist nicht vorhanden, es gibt weder fließend Wasser noch Elektrizität, man kann nichts kaufen, da sind keine Läden, keine Flugzeuge landen dort … Aber von alldem einmal abgesehen ist es ganz fantastisch!«

Ihre erste Lektion lernten sie, als sie, mit einem offiziell wirkenden Dokument auf Suaheli ausgerüstet, mit dem Schiff in die nahegelegene Stadt Chukki Chukki reisten, um den Kauf dort registrieren zu lassen. Der Regierungsvertreter sah sich den Vertrag an und erklärte den beiden, dieses Stück Papier bedeute lediglich, dass sie Mr Rashid für die Bäume entschädigt hätten. Das Land an sich verbleibe im Besitz der Regierung, und sie würden es von der Regierung mieten müssen. Natürlich wären die Kosten dafür alles andere als niedrig. Ihr Traum, für wenig Geld auf einer afrikanischen Insel ein idyllisches Boutique-Hotel zu errichten, fiel in sich zusammen.

Willkommen in Afrika!

Trotz aller bürokratischen Schwierigkeiten und den Problemen, die vor ihnen lagen, bereuten die beiden ihre Entscheidung keinen Augenblick. Und einmal geschah im Leben der Zwillinge etwas Surreales: Rein zufällig handelte es sich bei Ellis' Ehemann um Brian Henson, und der wiederum war rein zufällig der Sohn von Jim Henson, dem Erfinder der Muppet Show. Brian war immer sehr stark im Imperium der Muppets involviert gewesen. Das Geld für das Hotelprojekt stammte also zum Teil aus dem von Jill gebunkerten Vermögen und zum Teil aus dem Erlös der harten Arbeit, die die Zwillinge im Alter zwischen zwanzig und dreißig geleistet hatten. Ellis steuerte ebenfalls einen Teil bei – und der Rest stammte aus der ulkigen Welt der Muppet Show.

Die Geschichte des Hotels, das unter dem Namen »Fundu Lagoon« als eines der afrikanischen Top-Ten-Boutique-Hotels Berühmtheit erlangen sollte, läuft parallel zu der Geschichte von Alex' Suche nach der Wahrheit über sich selbst und seine Familie. Und in gewisser Weise war es das Fundu Lagoon, das diese Suche überhaupt möglich machte.

Wie sich bald herausstellte, war das Stück unberührten Strandes in Sansibar nicht nur eine perfekte Ablenkung für Marcus, sondern auch der Kontrast, den Alex brauchte, um tiefer in seine Familiengeschichte vordringen zu können. Als er zum ersten Mal die von Marcus und Ellis entdeckte Idylle besuchte, nahmen ihn deren exotische Schönheit und die Einfachheit des dortigen Lebens gefangen. Das, was man ihnen als Kinder angetan hatte, war hier nicht wichtig, und Alex und Marcus waren fest entschlossen, das Beste aus ihrem Leben herauszuholen. Die nächsten achtzehn Monate verbrachte Marcus fast ausschließlich auf Pemba. Er lebte mit den Dorfbewohnern zusammen und teilte ihr Essen. Eine Flasche Ketchup in der Tasche war sein einziges Zugeständnis an die Zivilisation. Alex besuchte seinen Zwillingsbruder häufig. Bald liebte er das abgelegene Stück Strand fast genauso sehr wie Marcus. Und mit der Zeit fühlte es sich immer mehr an wie eine Heimkehr, wenn das Boot den Strand erreichte und er das Ufer betrat.

Alex war entschlossen, die Wahrheit über seine Kindheit herauszufinden – das bedeutete aber nicht, dass er zulassen würde, dass die dunklen Geheimnisse seine Persönlichkeit bestimmten. Zusammen mit Ellis machten er und Marcus sich daran, einen der schönsten Zufluchtsorte auf diesem Planeten zu erschaffen. Sie waren keine Opfer, nicht einmal Überlebende, sondern einfach Erbauer und Erschaffer.

6.
Herumgereicht

Die Entdeckung der Fundu Lagoon und das damit verbundene Projekt kamen genau zum richtigen Zeitpunkt. Als Marcus zu Weihnachten nach Großbritannien zurückkehrte, geschah etwas, das ihn mehr Anstrengung kostete, den Gestank der schlimmen Erinnerungen in dem versiegelten Glas zu lassen, als je zuvor.

Amanda befand sich noch immer in Indien und lebte dort einen anderen Traum, doch Oliver war in London und steckte seine ganze körperliche Energie in seine Rugbyleidenschaft. Außerdem versuchte er einen Umgang mit den Erinnerungen zu finden, über die er in der Therapie mehr und mehr zu sprechen wagte.

Diese Erinnerungen betrafen nicht nur seine Mutter.

»Ich habe immer wieder solche Fantasien«, vertraute er seinen Brüdern an. »Ich will mich rächen. Manchmal stelle ich mir sogar vor, wie ich ihn für das töte, was er mir angetan hat.«

»Wen?«

»Patrick. Du weißt schon, Marcus. Er hatte einen Stand in der Nähe von Mums.«

»Warum bist du so wütend auf ihn?«

Mittlerweile wollte Oliver unbedingt über das sprechen, was er durchlitten hatte.

Wie die Zwillinge hatte auch er oft an Jills Stand auf dem Portobello Market ausgeholfen. So hatte auch er Jills Londoner Freundeskreis kennengelernt: Antiquitätenhändler, Künstler; Leute, die man üblicherweise der High Society zuordnete.

Einige von Jills Freunden gaben sich ihm gegenüber besonders großzügig und luden ihn zu sich ein, als er neun oder zehn Jahre alt war.

Und seine Mutter setzte ihn dort ab.

Einer der Männer, Patrick, hatte mehrere sexuelle Übergriffe auf ihn verübt. Damals war Oliver vor Scham und Schock so gelähmt gewesen, dass er nie mit irgendjemandem darüber gesprochen hatte[11], doch jetzt wurde der erwachsene Oliver manchmal von Rachefantasien überwältigt. Sein Therapeut ermutigte ihn, dem Mann zu schreiben, der ihn missbraucht hatte. Das Abschicken des Briefes war eine Katharsis gewesen, eine reinigende Erfahrung. Wenn Oliver bereit dazu sei, meinte sein Therapeut, solle er sich an die Polizei wenden.

Jede Phase dieses Prozesses stellte eine riesige Herausforderung dar, doch eines Morgens nahm Oliver seinen ganzen Mut zusammen und suchte die nächstgelegene Polizeiwache auf.

»Ich bin hier, weil ich einen sexuellen Übergriff anzeigen möchte«, teilte er den Beamten mit.

Einige Tage später suchte ihn der Chef der örtlichen Einheit zum Schutz von Kindern auf, doch nach einem langen, für Oliver sehr schmerzhaften Gespräch erklärte ihm der Beamte, er werde die Ermittlungen nicht fortsetzen können. Wenn diese erfolgreich sein sollten, brauchte man genaue Daten und Ortsangaben, und diese vermochte Oliver nicht zu liefern. Als Kind hatte er die Details in seiner Erinnerung verschwimmen lassen. Genau der Mechanismus, der ihm in seiner Kindheit das Überleben gesichert hatte, machte es nun für den Erwachsenen unmöglich, Gerechtigkeit zu erlangen.

---

[11] Dieses gelähmte Schweigen ist für Menschen, die aus Familien stammen, in denen über alles gesprochen werden kann, sehr schwer nachzuvollziehen. Für Kinder aus Familien, in denen es Missbrauch gab, ist es ganz normal.

Alex war völlig entsetzt. Er bemühte sich immer noch um eine Bewältigung dessen, was ihre Mutter ihnen angetan hatte, und jetzt sprach Oliver über einen ihrer Freunde!

Bevor Marcus wieder nach Pemba flog, um dort die Anfangsphase des Hotelbaus einzuleiten, sagte Alex zu ihm: »Armer Oli. Warum hat er nicht mit Mum gesprochen?«

Marcus starrte ihn an. »Was hätte ihm das denn bringen sollen?«

»Aber ...«

»Ali, sie wusste doch Bescheid. Genau das ist doch der Punkt.«

»Was meinst du damit? Wusste sie etwa, dass ihr Freund pädophil war?«

»Natürlich, Ali. Genau wie sie selbst. Das gehörte alles zu ihrem Plan.«

»Ich verstehe nicht, was du meinst.«

»Mit uns hat sie das auch gemacht.«

»Was?«

»Sie hat uns zu irgendwelchen Männern gebracht und dann am nächsten Morgen abgeholt.«

»Für Sex?«

Marcus wandte sich ab, und auf seinem Gesicht lag ein vertrauter Ausdruck. Alex wusste, sein Bruder würde gleich die Schotten dicht machen. »Da ist einiges passiert«, sagte er. »Ich erinnere mich nicht.«

»Aber ...«

»Sei still.«

»Du meinst, Mum hat ihren Freunden die Möglichkeit gegeben, uns zu missbrauchen?«

Ein kurzes Nicken der Zustimmung. »Sie hat uns herumgereicht.«

»Sie hat uns an Pädophile verliehen?«

Marcus zuckte mit den Schultern. »Ich glaube schon. Ich kann mich nicht richtig erinnern.«

Mehr bekam Alex nicht aus ihm heraus. Nun wusste er, dass nicht nur ihre Mutter selbst sie sexuell missbraucht hatte. Sie hatte sie auch an pädophile Freunde weitergereicht. Das hörte sich langsam nach einer Art organisiertem Kinderhändlerring an, aber Marcus weigerte sich, weitere Informationen preiszugeben. Er erwähnte nur hin und wieder dieses »Herumreichen«.

Später entwickelte Marcus eine neue Strategie, um den Behälter mit den bösen Erinnerungen fest verschlossen zu halten. Als er wieder in London war, saßen sie einmal mit einer Freundin und deren Mutter im Pub. Alice, die Mutter der Freundin, hatte mit Opfern sexuellen Missbrauchs gearbeitet und berichtete, dass die Täter oft sehr geschickt vorgingen. Häufig wählten sie ein Kind aus, das sie bevorzugt behandelten: Dieses Kind durfte nie jemand anrühren. Wenn die Behörden also jemals eine Untersuchung begannen, erzählte das verschont gebliebene Kind eine ganz andere Geschichte als seine Geschwister und unterminierte damit ihre Darstellungen. Was Alex hier hörte, war ein erster Einblick in die Methoden von gewohnheitsmäßigen Missbrauchstätern.

Marcus bot sich durch diese Information ein praktischer Ausweg. So konnte er manchmal behaupten, selbst das verschonte Kind gewesen zu sein; Jill, so sagte er, habe ihn nie angerührt. Er habe immer gewusst, dass Alex und Oliver missbraucht wurden; er selbst habe das aber nicht erlebt. Diese Version der Ereignisse widersprach in vielerlei Hinsicht dem, was er zuvor gesagt hatte, doch sie hielt Alex davon ab, zu viele Fragen zu stellen.

»Ich weiß es nicht. Ich kann mich nicht mehr erinnern«, sagte sein Bruder immer. Jetzt fügte er manchmal hinzu: »Weil es mir selbst nie passiert ist.«

Alex kannte Marcus fast besser als sich selbst, doch die wortlose Kommunikation zwischen den beiden war nicht unfehlbar. Er hatte keine Ahnung, wie viel Marcus ihm verschwieg oder wann er die Wahrheit anpasste, um seine eigenen Geheimnisse zu bewahren. Was Alex wusste: Die Mutter, die er nach seinem Unfall kennengelernt hatte, war Lichtjahre von der Frau entfernt, die dazu fähig war, ihre Kinder zu Freunden zu bringen, die sie sexuell missbrauchten. War das überhaupt möglich? Manchmal fiel es Alex schwer, es zu glauben.

Jill entsprach in gar keiner Weise der Vorstellung, die man sich allgemein von einer Pädophilen macht. Und überhaupt, sie war eine Frau, und es waren doch Väter und Stiefväter, die solche Taten normalerweise begingen, oder?

Pädophile waren Außenseiter und Loser, das wusste doch jeder. Missbrauch fand in Familien mit schwierigen wirtschaftlichen Verhältnissen statt. Ihre Mutter war eine attraktive junge Frau aus einer konventionellen und wohlhabenden Familie gewesen. Sie hatte sich in den Kreisen der High Society bewegt, einen großen Freundeskreis besessen und erfolgreich im Antiquitätenhandel gearbeitet. Was musste denn passieren, damit eine Frau wie sie so radikal von dem Weg abwich, den ihre Herkunft ihr vorgab?

Mittlerweile wurde Marcus völlig vom Bau des Hotels in Anspruch genommen. Wenn er also die Wahrheit herausfinden wollte, würde Alex eine andere Informationsquelle finden müssen. Er erinnerte sich an den großen Pappkarton mit den Papieren aus dem Duke's Cottage. Er schleppte ihn vom Dachboden in sein Büro und ging den Wust an Briefen und Dokumenten durch.

Jetzt sah er sich das Leben der Frau genauer an, die er mit »Mummy« anzusprechen gelernt hatte, in deren Gegenwart er sich jedoch nie unbefangen gefühlt hatte. Jill Wakefield/Lewis/Dudley. Ein Mysterium.

7.
Ein gewöhnliches Mädchen

Jill Wakefield wurde 1931 in eine wohlhabende und scheinbar stabile Familie hineingeboren. Sie lebten in einem großen Haus namens Sillwood in Wash Common, das es heute nicht mehr gibt. Sie wuchs in einem typischen südenglischen Dorf auf. Ihre privilegierte Kindheit ähnelt der, die John Betjeman in seinem Gedicht »Indoor Games Near Newbury«[12] mit folgenden Worten beschreibt:

Weit hin zwischen weißen Birken
Winden sich die Asphaltwege
Auf den Schildern »Bussock Bottom«,
»Tussock Wood« und »Windy Break«.
Landhausgiebel, schmucke Kirchen
Im Lichtschein unseres Lagonda
Auf der Fahrt zum Festvergnügen
Mit Lemon Curd und Christmas Cake.

---

[12] Im Original:
In among the silver birches
Winding ways of tarmac wander
And the signs to Bussock Bottom,
Tussock Wood and Windy Break,
Gabled lodges, tile-hung churches
Catch the light of our Lagonda
As we drive to Wendy's party,
Lemon curd and Christmas cake.
Quellenangabe in der Vorlage: Indoor Games Near Newbury. Collected Poems. 1948. John Murray.

Ihr Vater, Harold Wakefield, hatte im Ersten Weltkrieg als Hauptmann gedient und für seine Tapferkeit an der Salonikifront das Militärkreuz erhalten. Er wurde aus gesundheitlichen Gründen vor Kriegsende ausgemustert und litt für den Rest seines Lebens unter Magengeschwüren. Von 1920 an arbeitete er als Steuerprüfer, behielt jedoch sein lebhaftes Interesse an Militärgeschichte, und am alljährlichen Gedenktag marschierte er mit seinen Kameraden stolz und feierlich am Ehrenmal in Whitehall vorbei.

Der Mädchenname von Jills Mutter Rosalind war Attlee gewesen. Alex und Marcus besitzen einen Familienstammbaum aus den dreißiger Jahren, der sie immer sehr amüsiert: Er führt zurück bis ins Jahr 1132, und zwar kurioserweise zu einem gewissen »Sir Richard Attlee, einem Freund ›Robin Hoods‹«.

Jills Bruder William war drei Jahre älter als sie. Man schickte ihn im Alter von neun Jahren ins Internat und dann auf eine Privatschule nach Shrewsbury, wo er eine solide Bildung erhielt. Er studierte an der London University.

Jill besuchte als Externe die Klosterschule St Gabriel's in Newbury und verbrachte dort ihre gesamte Schulzeit. Ihre Eltern gehörten der Traditionellen Anglikanischen Kirche an; wahrscheinlich hatten sie die Schule ausgewählt, weil sie junge Damen mit gutem Benehmen hervorbrachte, die sich die Chancen auf dem Heiratsmarkt nicht verderben würden, indem sie sich zu intellektuell gaben. In diesen Jahren bekam Jill eine ordentliche Dosis katholischen Schuldgefühls ab, und noch als Achtzehnjährige verfasste sie seitenlange Beichten für Pfarrer Dawkins. Einige von ihnen sind erhalten geblieben. Die Liste ihrer »Sünden« passt zu einem jungen Mädchen dieser Zeit. Auf das »Ich habe gesündigt« am Anfang folgt eine Aufzählung jedes noch so kleinen Verstoßes, zum Beispiel »Ich war beim Gedanken an die Zukunft unnötig besorgt« und, spezifischer, »Ich habe in Gesprächen alberne Dinge von mir gegeben« oder »Ich bin ohne

Fahrschein gefahren und habe so die Busgesellschaft betrogen«. »Unreine Gedanken und Unterhaltungen über Unreines« finden ebenfalls Erwähnung. Nach dem Schulabschluss hielt Jill den Kontakt zu den Nonnen und zu ihren vielen Freundinnen aufrecht, doch später im Leben erfüllte es sie mit Verbitterung, dass die Schulbildung ihres Bruders so viel besser gewesen war.

Die zahlreichen Briefe, die sie als Jugendliche und mit Anfang zwanzig verfasste, sind ordentlich, mit guter Rechtschreibung. Sie entsprechen im Wesentlichen denen eines typischen Schulmädchens in den vierziger und fünfziger Jahren. Sie scheint nicht die geringste intellektuelle Neugierde besessen und weder das Lesen noch die Kunst besonders geschätzt zu haben – was das betraf, war sie allerdings zum großen Teil ein Kind ihrer Zeit und ihres sozialen Umfeldes. Während Jill zu einer hochgewachsenen, attraktiven jungen Frau wurde, verbrachte sie ihre Tage und Abende mit Tennispartien, Treffen mit Freunden, ehrenamtlichen Tätigkeiten und vereinzelten Jobs. Pflichtbewusst unterstützte sie die South Berks Conservative Association, wenn Wahlen anstanden, und sie war jedes Jahr für die Spendensammlung zum Volkstrauertag in Wash Common verantwortlich.

Im Jahr 1949, mit achtzehn, wurde sie bei Hofe vorgestellt, auch wenn es (vielleicht aus finanziellen Gründen oder weil ihre Eltern nicht in der Lage waren, dieses soziale Ereignis zu planen) so aussieht, als hätte sie die Sparversion dieses Eintritts in die Gesellschaft erlebt.[13]

Man führte sie also als Debütantin in die Gesellschaft ein, doch sie nahm nicht am Queen Charlotte's Ball teil und bekam

---

[13] In ihrem Buch *Last Curtsey* (2006) schreibt Fiona MacCarthy, im Jahr 1958 seien 1.441 junge Frauen am Hof vorgestellt worden, doch nur etwa 230 von ihnen wohnten den weiteren Ereignissen der Saison bei.

auch keine eigene Party. Sie und ihr Bruder William wurden häufig zu Tanzabenden und Bällen eingeladen. Wenn William sie in dieser Zeit beschreibt, erzählt er, sie sei »niemals besonders scheu oder zurückgezogen« gewesen. Sie hatte ihren Spaß, und ihr Selbstbewusstsein wuchs: Man kann ohne Übertreibung sagen, dass sie sich zu einem Partygirl entwickelte.

Zwischen Ausflügen in die Stadt und Treffen mit Freunden, Partys und Sportveranstaltungen musste sie auch ein wenig Geld verdienen. Ihre Mutter schickte ihr eine Anzeige für eine Stelle, die vielleicht zu ihr passen würde: von Derry & Toms, einem Warenhaus in der Kensington High Street, das heute nicht mehr existiert. Dort suchte man nach einer »jungen Dame mit guten Umgangsformen und ausgeprägtem Geschäftssinn als Chefverkäuferin in der Handtaschenabteilung«. Eine Arbeit als Verkäuferin war akzeptabel, wenn es sich um das richtige Geschäft handelte: Viele junge Männer und Frauen aus gutem Hause arbeiteten in den Schlussverkaufsphasen bei Harrods oder bei Fortnum & Mason. Gelegentlich arbeitete Jill auch im Earls Court Exhibition Centre, aber meistens unterstützte sie junge Mütter. Wenn man es sich leisten konnte, war es damals üblich, sich in den ersten Wochen nach der Geburt eine Hilfe ins Haus zu holen, die der frischgebackenen Mutter mit dem Baby zur Hand ging. Anscheinend waren ihre Arbeitgeber von Jills Pflichtbewusstsein und Engagement beeindruckt, und Poppy, eine ihrer Arbeitgeberinnen, wurde bald zu einer engen Freundin. Als ihr nächstes Kind zur Welt kam, bat sie Jill, die Patenschaft zu übernehmen.

Im Haus Sillwood wurden derweil die Probleme immer größer. Jills Vater Harold war ein nervöser und ängstlicher Mann, der häufig unter Unwohlsein litt; vielleicht handelte es sich dabei um eine Folge seiner Zeit als Soldat im Ersten Weltkrieg. Rosalind war eine dominante Frau, »eine sehr durchsetzungsfähige Persönlichkeit«, wie Alex von seinem Onkel William erfuhr. Nach seinem Eintritt in den Ruhestand zog sich Harold in sich selbst zurück. Er schlief bis zum Mittag und las dann in seinem Arbeitszimmer Bücher über Militärgeschichte, oft machte er sich bis um vier Uhr morgens Notizen. Weil seiner Frau nicht viel an gesellschaftlichen Kontakten lag, wandte er sich an verschiedene Damen vor Ort, zumeist Witwen, die ihn zu Tanzabenden und anderen Veranstaltungen begleiten sollten. Er hamsterte und sammelte Dinge, und diese Charaktereigenschaft hatten seine beiden Kinder von ihm geerbt.

Rosalind tröstete sich mit ihren vielen Hunden. Ihre erste Leidenschaft galt Dackeln. Die züchtete sie und stellte sie oft auf Wettbewerben vor, doch später sattelte sie auf Chihuahuas um, und an die konnte sich Alex erinnern. Als Rosalind älter und verbitterter wurde, entschädigten die Hunde sie für das, was sie in ihrer Familie nicht bekam. Nach einem Streit mit Harold schrieb sie an Jill: »Ich danke Gott, dass ich meine Hunde und meine vielen Hundefreunde habe. Ohne sie könnte ich nicht weitermachen.«

Rosalind neigte dazu, sich in erbitterte Streitigkeiten hineinziehen zu lassen, und sie besaß einen Hang zur Rachsucht. Als William etwa zehn Jahre alt war, hatte er eine Postkartensammlung, die er in einem Spielzeugpostwagen aufbewahrte. Eines Tages kam er nach Hause und stellte fest, dass seine Mutter alle Karten zerschnitten und weggeworfen hatte. Vielleicht war das als Bestrafung gedacht. Sein Vater holte die Schnipsel aus dem Müll und versuchte, sie wieder zusammenzukleben. Er machte seiner Frau Vorwürfe: »Warum hast du das getan?«

Vielleicht wusste sie es nicht einmal selbst.

Mit dem Alter nahmen ihre Wutanfälle an Heftigkeit zu. Immer häufiger wandte sie sich gegen ihren Sohn, und Jill wurde zu ihrer persönlichen Vertrauten.

8.

Eine angemessene Heirat

Der große Karton mit den Dokumenten vom Dachboden enthielt sehr viele Informationen. Während Alex – hin und wieder mit Camillas Hilfe – alles nach Namen und Themen ordnete, entstand allmählich ein Bild seiner Mutter als junge Frau.

Als typische Frau aus gehobenen Kreisen unterschied sich Jill von ihren Freundinnen in jenen Jahren nur darin, dass sie so groß war: einen Meter achtzig, mit riesigen Händen und Füßen. In jeder anderen Hinsicht war sie wohl ganz konventionell, und nach ihrer Schulzeit schienen eine Heirat, ein schönes Heim und eine eigene Familie ihr einziges Ziel zu sein.

Es gab hin und wieder Freunde, aber keine ernsthafte Beziehung, bis sie im Jahr 1953 einen attraktiven, jedoch nicht sehr selbstbewussten jungen Mann namens John Lewis kennenlernte. Er war größer als sie (wichtig für eine Frau ihrer Größe) und drei Jahre älter, und zusammen bildeten sie ein auffälliges Paar. John arbeitete in London als Verkäufer für eine Wollfirma und lebte bei seiner verwitweten Mutter und seiner Schwester Isabel.

Ihr Cottage in Beenham Hill befand sich etwa auf halbem Weg zwischen Newbury und Reading. Der Vater war Anwalt gewesen. John hatte als Externer die Merchant Taylors' School im Norden Londons besucht und schien sich darüber Sorgen zu machen, die den Charakter bildenden Vorzüge des Internatslebens verpasst zu haben. Wie alle jungen Männer nach dem Krieg hatte er zwei Jahre Militärdienst abgeleistet.

John hatte ein gütiges, offenes Gesicht, war jedoch häufig

ängstlich und generell eher ernst. William erzählte Alex, er sei »sanftmütig gewesen, und ein Gentleman. Sehr aufrichtig, aber auch ein bisschen weltfremd.« Wenn er sich am Wochenende richtig amüsieren wollte, so schrieb John in einem Brief an Jill, besuchte er einen Freund. Nach einer Partie Darts in einem nahegelegenen Pub aßen sie dann bei dem Freund zu Mittag: »Ein sehr gutes Essen, das uns Mrs Hall zubereitet hat: kaltes Schweinefleisch, Kartoffeln und Spinat, zum Nachtisch Apfeltorte«, und dann »ging es mit den Briefmarken los – diesmal haben wir hundertfünfzig Stück getauscht«!

John geriet rasch in Jills Bann. Im Mai 1955, im Alter von sechsundzwanzig Jahren, schrieb er ihr einen Brief, dem sich entnehmen lässt, dass er in vielerlei Hinsicht noch immer ein linkischer Schuljunge war, der seine Freundin anbetete:

> *Mein Liebling,*
> *... genau vor zwei Jahren habe ich dich zum ersten Mal geküsst. Und wenn ich an diese letzten zwei Jahre zurückdenke, bin ich mächtig froh darüber, dich geküsst zu haben. Damals war ich kein besonders mutiger Mann, und das bin ich genau genommen bis heute nicht, und ich bin auch nicht besonders gut, wenn es darum geht, die Initiative zu ergreifen, aber was, wenn ich das damals nicht getan hätte? Du sahst einfach so gut aus, und soweit ich das sehen konnte, warst du ein nettes Mädchen, und da dachte ich, möglicherweise würdest du sogar ohne Weiteres darauf eingehen, wenn ich dich küssen würde (auf den Gedanken hat mich der schwedische Tanz gebracht). Als also die Lichter ausgingen und William und Susan Cooil in irgendeiner Ecke saßen, dachte ich, ich wage es einfach. Ich setzte mich ganz dicht neben dich, sodass ich dein Haar an meinem Gesicht spürte,*

und dann habe ich dich auf die Wange geküsst, und das hat dir nichts ausgemacht, darum habe ich es wieder getan, und wieder. Dann habe ich etwas gewagt, das ich noch nie zuvor getan hatte, ich habe dich auf den Mund geküsst. Mächtig ungeschickt war ich, das gebe ich zu, aber dann wurde mir auf wunderbare Weise klar, dass du genau das von mir wolltest!
Wenn ich an all das denke, was sich seitdem aus dieser einen meiner Taten ergeben hat, wird mir ganz träumerisch zumute. Ich will damit sagen, wie gut ich dich kennengelernt habe, und gelernt habe dich zu ehren, und zu respektieren und zu lieben. Was für schöne Zeiten wir hatten! Ich schaue voller Glück und Vertrauen auf unsere zukünftige Partnerschaft als Mann und Frau, und Mutter und Vater …

Jills Briefe sind lebendiger und direkter, in ordentlicher Handschrift verfasste Seiten voller Wärme über Neuigkeiten und Zukunftspläne. Beim ersten Kuss war sie zweiundzwanzig gewesen, doch trotz der gelegentlichen »schmutzigen Gedanken«, die sie Pfarrer Dawkins gestanden hatte, war sie nach heutigen Maßstäben immer noch eine unschuldige junge Frau. Während sie bei einer Freundin der Familie als Haushaltshilfe arbeitete, lernte sie eine Frau namens Sibyl kennen. Wie sie John in einem Brief berichtete, hatten sie und Sibyl eines Abends »ein sehr interessantes Gespräch über …, und ich habe eine Menge daraus gelernt. Es geht doch nichts über ein Gespräch mit einer verheirateten Frau.«

Einige Monate, nachdem sie John kennengelernt hatte, ging sie in die Niederlande, nach Leiden, um bei einer niederländischen Familie zu leben, mit der sie sich anfreundete und jahrelang in Kontakt blieb. Ein Brief aus dieser Zeit beginnt folgendermaßen:

Mein lieber, lieber John, heute Abend bin ich »Aschenputtel«, denn ich sitze auf dem Boden vor einem wunderschönen Kaminfeuer. Schon seit Ewigkeiten starre ich ins Feuer und erlaube wie so oft meinen wilden Fantasien, mit mir davonzugaloppieren, und häufig kommt es mir so vor, als würde ich zu viel nachdenken …

Ganz offensichtlich hatte man das Thema Heirat bereits diskutiert, doch John war vorsichtig und schien sich nicht in der Lage zu fühlen, ein Leben als Ehemann anzugehen, bevor er genug verdiente und seiner Frau ein ordentliches Heim bieten konnte. Einer seiner Briefe enthielt eine Broschüre über verschiedene Möglichkeiten von Geldanlagen. In den frühen fünfziger Jahren konnte man nicht zusammenleben, ohne verheiratet zu sein. Jill versuchte, vernünftig zu sein, doch es wird spürbar, dass die Aussicht auf eine lange Wartezeit sie deprimierte.

In den Wolken zu leben und herrliche Pläne zu schmieden ist großartig – doch dann schlägt man mit einem Knall auf dem Boden auf. Du sprichst von der »nicht allzu weit entfernten Zukunft«, aber ich weiß, dass das langes Warten bedeutet, und jetzt leben wir im Jahr 1953 und nicht, sagen wir …, 1958.
Wie sieht es denn für uns aus? Morgen wirst du nach London fahren und dort deiner Arbeit nachgehen, dann gibt es die Wochenenden, und so vergeht die Zeit, ein Jahr nach dem anderen. Meine Tage sind immer gleich, jetzt hier in Holland und danach irgendwo anders … Ich bin sicher, wir werden an Weihnachten eine wunderbare Zeit zusammen haben – wahrscheinlich mit ganz vielen Partys, die alle großen Spaß machen, aber so ist man nicht wirklich zusammen und lernt sich auch nicht richtig kennen, oder?

Sie schreibt weiter über die Ehe, über die Unmöglichkeit, ohne ein geeignetes Heim das Leben als Eheleute zu beginnen, über ihren Wunsch, eine »Hausfrau« und keine »Karrierefrau« zu sein, außer vielleicht am Anfang, »um ein bisschen bei allem mitzuhelfen«. Sie erkennt die Notwendigkeit, geduldig zu sein, auch wenn sie dem eine Warnung hinzufügt: »Ich hoffe nur, du siehst nicht zu vieles als selbstverständlich an.« Am Schluss hat sie sich so sehr in allem verheddert, dass sie sogar erwägt, den Brief zu zerreißen und von Neuem zu beginnen. Stattdessen fügt sie jedoch ein Flugblatt bei, auf dem zu Spenden für die Opfer der niederländischen Flutkatastrophe aufgerufen wird, weil darauf als Motto der Satz »Ich kämpfe und gehe gestärkt aus den Widrigkeiten hervor« zu lesen ist.

Letzten Endes brauchte sie nicht bis 1958 zu warten. Ihre Verlobung wurde im Herbst 1954 angekündigt und als Hochzeitstermin der Sommer 1956 festgelegt. John erklärte, er freue sich über die lange Verlobungszeit, denn »die Dinge im Leben, die langsam, aber stetig voranschreiten, sind die besten«. Er hatte das Gefühl, Jill inzwischen näher kennengelernt zu haben, und betrachtete sie als eine Frau, die »dazu geboren war, für jemanden zu sorgen«, und die »am erfolgreichsten sei, wenn es darum ging, sich um Kinder zu kümmern«. Außerdem war er ängstlich darauf bedacht, seine eigene Persönlichkeit zu optimieren. Einige Monate vor der Ankündigung ihrer Verlobung schrieb er voller Hoffnung: »Die Bekanntschaft mit dir hat mich zu einem viel besseren Menschen gemacht. Was meinst du, wie bin ich im Vergleich zu dem, den du kennengelernt hast? Lässt sich da nicht ein Fortschritt erkennen? Ich bin ganz sicher weniger nervös und weniger schreckhaft, auch wenn ich noch einen langen Weg vor mir habe.« Seine nervlichen Probleme machten es schwierig für ihn, seine Führerscheinprüfung zu bestehen, doch er schreibt: »Bitte vergiss nie, was ich manchmal vergesse:

Ich bin ein ganz normaler Mensch, ich befinde mich NICHT ständig in einem Zustand nervöser Anspannung.«

Es gibt andere Andeutungen, die Schlimmes ahnen lassen. Während ihrer Verlobungszeit schrieb John: »Ich glaube, manchmal findest du mich so ernst, dass es an Langweilertum grenzt. Nun, ich sehe Ernsthaftigkeit nicht als Fehler an, eher als das Gegenteil, denn für mich ist es entscheidend, gefestigt und zuverlässig zu sein.« Ob dies tatsächlich Jills Einstellung aus dieser Zeit entspricht, lässt sich nicht sagen, doch es gibt Hinweise darauf, dass sie ihre lebhafte Seite unterdrückte, um dem Bild der ergebenen Verlobten entsprechen zu können. Gemäß den damaligen Konventionen schreibt sie: »Meiner Auffassung nach ist das Privileg, sich zu verlieben und tiefe Gefühle zu empfinden, wenigen vorbehalten.« Doch der Alkoholgenuss sollte eine andere Seite ihrer Persönlichkeit zum Vorschein bringen.

Es sagt viel über Johns Naivität, dass er ihr einen Brief voller verzeihender Worte schrieb, nachdem sie sich einmal in seiner Gegenwart betrunken hatte. Darin hieß es, sie habe sich »albern und hysterisch verhalten. Für mich warst du ganz eindeutig krank.« Nun hatte er sie, wie er meinte, im schlimmstmöglichen Zustand gesehen, und das habe ihm nur bewiesen, wie unerschütterlich seine Liebe zu ihr war. Aus Jills Antwort klingt tiefe Reue: »Bitte verzeihe mir alles, was ich gestern zu dir gesagt und dir angetan habe. Das war ganz bestimmt nicht die Jill, die du kennst, und bei unseren Wiedersehen werde ich wieder ganz deine Jill sein.«

Die andere, weniger zuverlässige Jill wurde strikt unter Kontrolle gehalten, und die Verlobungszeit verlief weiter der Tradition gemäß, man kümmerte sich um die Aussteuer und die Hochzeitsliste. Die Freunde schenkten alles, was das Paar brauchte, um ein Heim auszustatten; alles wurde fein säuberlich kategorisiert, mit einem Häkchen neben dem Namen, um anzuzeigen, dass ein Dankesbrief verschickt worden war – insgesamt wurden es zweihundert. Eine gewisse Mrs Bellamy schenkte ihnen »ein Teeservice, ein Spargelabtropfgitter, Kaffeetassen, ein Tablett mit Cocktailgläsern«, die Buckinghams schickten eine Schreibtischunterlage aus Leder. Die beiden heirateten am fünften Mai in der Gemeindekirche St Nicholas in Newbury. Nach ihrer Hochzeitsreise nach Sizilien kauften sie eine Wohnung in Stanhope Gardens in South Kensington, in der sie unter der Woche lebten. Jill arbeitete immer noch hin und wieder, und die Eheleute besuchten an den Wochenenden oft Sillwood und ihre Freunde in Newbury.

Jill hatte einen Mann geheiratet, der in vielerlei Hinsicht die jüngere Version ihres eigenen Vaters darstellte: einen Mann, den sie dominieren konnte, wie ihre Mutter immer Harold dominiert hatte. Vielleicht kein Rezept für besonderes Eheglück, aber es gab keinen Grund zu der Annahme, dass ihre Ehe nicht halten würde.

Zumindest oberflächlich betrachtet entsprach Jill ganz der Rolle der anständigen »Hausfrau«.

9.

»Die neue Jill«

Im Mai 1958, fast zwei Jahre nach der Hochzeit, setzte Jills Mutter sich hin und schrieb John einen Brief, der als einer der seltsamsten betrachtet werden darf, den jemals eine Frau an ihren Schwiegersohn gerichtet hat.

John hatte einige Monate zuvor eine neue, besser bezahlte Anstellung in Italien angenommen. Er arbeitete als Lederverkäufer mit einer Niederlassung in Genua und war nach Italien gereist, um sich in seine neue Arbeit einzufinden und ein Haus für sich und seine Ehefrau zu suchen. Jill war in London geblieben, um die Wohnung in Stanhope Gardens für Mieter herzurichten. John freute sich darauf, nach einer Trennung von mehreren Monaten seine Frau wiederzusehen. Was er beim Lesen der folgenden Zeilen empfunden haben muss, kann man sich nur vorstellen. Rosalind schrieb:

Mein lieber John,
... die Zeit vergeht so schnell, und ich werde sehr traurig sein, wenn Jill nicht mehr hier ist. Umso mehr, als sie sich so sehr verändert hat. Ich frage mich, wie dir die neue Jill gefallen wird. Mir war die alte lieber. Vielleicht wirst du so blind sein wie Pa und gar keinen Unterschied erkennen ... Aber ich muss dich warnen, auch wenn du wahrscheinlich nur denken wirst, ach, die alberne alte Mama. Ihre neue Persönlichkeit ist ein bisschen gefährlich. Sie hat sich von einem häuslichen und sparsamen

jungen Mädchen in eine äußerst attraktive und genussorientierte junge Frau verwandelt. Sie hat entdeckt, über welch außergewöhnliches Talent sie verfügt, wenn es darum geht, ältere Männer für sich einzunehmen, sogar der Brotverkäufer ist völlig in sie vernarrt, vom Briefträger ganz zu schweigen, der immer klingelt, selbst wenn er nur einen einzigen Brief für sie hat, den er genauso gut einfach einwerfen könnte! Natürlich nutzt sie diese Wirkung auf Männer voll und ganz aus, nun, da sie darum weiß, und ich darf gar nicht daran denken, was in Italien aus ihr werden soll! Es ist also kein Grund zur Freude, wenn sie ihr altbekanntes kleines Zuhause hinter sich lässt, wo sie glücklich und zufrieden war und, wie ich zu hoffen wagte, bald eine Familie hervorgebracht hätte …

Ein ganz außergewöhnliches Schreiben, aber vielleicht gar nicht so unerwartet. In den Briefen, die Jill ihrem Mann während ihrer langen Trennung schickte, lässt sich außerdem eine ganz deutliche Änderung in Tonfall und Inhalt erkennen. Die konventionellen Klischees des pflichtbewussten Schulmädchens und der zukünftigen Braut gehörten der Vergangenheit an.

Sie war böse auf ihn, weil sie so schwer hatte arbeiten müssen, um die Wohnung vorzubereiten und Mieter zu finden, und sie warf ihm vor, dass er selbst nicht mehr getan hatte, bevor er nach Italien aufbrach. Sie beschwerte sich, erschöpft zu sein und zu viel zu tun zu haben. Einen der Briefe hat Jill an einem Wochenende im Haus einer Freundin verfasst, wo sie sich erholen wollte, weil sie »wie eine Sklavin in dieser Wohnung geschuftet hatte, SO HART, dass ich beinahe in Ohnmacht gefallen bin«.

Am auffälligsten ist, wie drastisch sich ihre Handschrift verändert hat: nicht mehr die ordentliche Schulmädchenschrift, sondern ausladende Schwünge, die sich über die ganze Seite erstrecken, wie in großer Hast und ohne besondere Sorgfalt festgehalten. Oder unter dem Einfluss von Alkohol, vielleicht auch von Amphetaminen, die es ihr ermöglicht hätten, tagsüber die Wohnung auszuräumen und die Nächte auf Partys zu verbringen.

Über die tieferen Gründe für diese grundlegenden Veränderungen lassen sich nur Vermutungen anstellen. Lange nach dem Tod ihres Ehemannes hat Jill Freunden gegenüber angedeutet, es habe in sexueller Hinsicht Schwierigkeiten mit John gegeben: Gut möglich, dass seine chronische Ängstlichkeit, sein mangelndes Selbstbewusstsein und die fehlenden gesellschaftlichen Umgangsformen ihn darin hemmten, ein guter Liebhaber zu sein. Sehr wahrscheinlich spielten bei den Ereignissen im Frühling 1958 eine Affäre oder sexuelle Erfahrungen eine Rolle. Auch Alkohol und Tabletten als Aufputsch- oder Beruhigungsmittel – oder um Jills vom Katholizismus geprägten Schuldgefühle zum Schweigen zu bringen.

Was auch immer es war – was ihre Ehe betraf, ließ es das Schlimmste ahnen. Selbst als die Londoner Wohnung für Mieter bereit war, zögerte Jill ihren Aufbruch nach Italien so lange hinaus, wie es nur ging. Irgendwann kam sie dann nach Genua, fühlte sich dort jedoch nie heimisch. Wegen seiner Anstellung als Verkäufer musste John lange Phasen an anderen Orten verbringen. Jill langweilte sich, war unglücklich und sehnte sich nach England und ihren Freunden. Als die Weihnachtstage näher rückten, gestand ihr John großzügig zu, einige Zeit in Newbury zu verbringen, auch wenn das bedeutete, dass er allein in Italien zurückbleiben musste. Die Feiertage vergingen, das Läuten der Kirchenglocken um Mitternacht kündigte das Jahr 1959 an, doch noch immer war Jill nicht zu ihrem Mann zurückgekehrt. Sie verschob die Abreise, solange es nur ging, und als das nicht mehr möglich war, setzte sie sich hin, um ihm schriftlich mitzuteilen, dass sie nicht nach Italien zurückkommen würde.

John, allein in Genua, war verzweifelt. Das Ganze erschien ihm wie »der gemeinste nur mögliche Verrat«. Als er den ersten Schock überwunden hatte, verfasste er in seiner gründlichen Art ein zwanzigseitiges Dokument mit der Überschrift »Die Situation«. Es beginnt folgendermaßen:

1. *John liebt Jill.*
2. *Jill liebt John nicht, obwohl sie Zuneigung für ihn empfindet.*
3. *John ist glücklich in Italien, auch wenn es ihn noch viel glücklicher machen würde, wenn Jill sein Leben in Italien mit ihm teilen würde.*
4. *Jill ist unglücklich in Italien, auch wenn sie weniger unglücklich wäre, wenn sie John wirklich lieben würde.*
5. *Jill und John haben Persönlichkeiten, die einander in vielen entscheidenden Aspekten als Gegensätze gegenüberstehen.*
6. *Während in London diese Gegensätzlichkeit der Persönlichkeiten in der Verbindung zu einer sehr glücklichen Ehe geführt hätte, haben sich die Umstände in Italien für John und Jill als Individuen so sehr verändert, dass die Gegensätzlichkeit der Persönlichkeiten die Ehe zerstört.*

Nach einigen weiteren nüchternen Sätzen gelangt John zu der traurigen Erkenntnis, dass eine offizielle Trennung unvermeidbar ist und »allein die Zeit die endgültige Antwort bringen kann«.

10.

Zuflucht Fundu

Er hatte genug gelesen. Alex steckte die Papiere wieder in den großen Pappkarton und schob ihn außer Sichtweite. Er packte eine Reisetasche samt Pass und Flugticket, füllte eine Gürteltasche mit Bargeld und flog nach Tansania. Vom Festland aus nahm er die Fähre nach Mkoani, dem Hafen auf Pemba, wo ihn Marcus von einem kleinen Glasfaserboot mit Außenbordmotor abholen ließ. Als Alex die Insel umrundete, erfüllten ihn die herrliche Schönheit des Ortes, seine Unberührtheit und Erhabenheit mit überwältigender Freude. Fundu war alles, was ihm Marcus versprochen hatte, und mehr.

Er und Marcus begrüßten einander, wie sie es immer taten – also ohne jedes Tamtam. Dass sie sich mit so unterschiedlichen Dingen befasst hatten und durch viele Tausend Meilen getrennt gewesen waren, war nur von geringer Bedeutung: Sobald sie einander wiedersahen, gab es eine Verbindung zwischen ihnen. Oder besser gesagt, sie nahmen die Verbindung wieder auf, die sie beide spürten. Während des Fluges hatte sich Alex gefragt, ob er in der Lage sein würde, mit Marcus darüber zu sprechen, was er gerade herausfand. Doch sobald er die Insel betrat, begriff er, dass sein Bruder sogar noch mehr in sein Projekt verstrickt war als er selbst in seine Suche nach der Wahrheit. Das war auch nicht erstaunlich. Das Fundu-Unternehmen hatte gewaltige Dimensionen.

Und während er sich langsam in dieser so anderen Welt einlebte und sich entspannte, erkannte Alex, dass Marcus' absolute

Hingabe an sein afrikanisches Abenteuer auch Vorteile hatte. Bei seinem ersten Besuch und jedem weiteren in Fundu in den kommenden Jahren gelang es ihm selbst, das dunkle Forschen in seiner Seele hinter sich zu lassen, zur Ruhe zu kommen und sich einem ganz anderen Projekt zuzuwenden. Es war wie ein Auftauchen zum Atemschöpfen, die Möglichkeit, zum ersten Mal seit langer Zeit tief Luft zu holen.

Ganz zu Beginn des Projekts hatten Marcus und Ellis eine Glückssträhne erlebt. Dabei ging es um ihren allerersten Besuch. Während Mr Rashid seine Bäume zählte, hatten sie sich die Zeit mit den Planungen für ihr perfektes Hotel vertrieben, und hin und wieder hatte ihnen die Freundin des Skippers, Emma Garstein, etwas zu essen oder zu trinken gebracht. Dann schaute sie sich an, was die beiden da trieben, und verschwand wieder unter Deck.

Nach einigen Tagen fragte sie beiläufig: »Soll ich etwas für euch zeichnen?«

»Wie meinst du das?«, hatten die beiden zurückgefragt.

»Ich bin eigentlich Architektin. Im Moment begleite ich nur meinen Freund.«

»Okay, dann lass mal sehen, was du draufhast.«

Emma hockte sich zu ihnen aufs Deck und fing an zu zeichnen. Die beiden waren völlig verblüfft. Marcus erzählt: »Sie hatte uns drei Tage lang stillschweigend dabei zugesehen, wie wir grottenschlechte Zeichnungen produzierten. Was immer wir auch beschrieben, Emma konnte es zeichnen.«

Marcus und Ellis fragten Emma, ob sie nicht bleiben und ihnen helfen könnte, und sie erklärte sich bereit, ihre einjährige Auszeit auf zwei Jahre zu verlängern.

Als eines der ersten Gebäude auf dem Gelände entstand das Büro, in dem Emma die Architektenpläne entwarf und laufend ergänzte, während sie die Gegend in wechselnden Jahreszeiten kennenlernten. Ellis war für das Gesamtprojekt verantwortlich und verbrachte einen großen Teil der Zeit mit Reisen in Afrika und Indien, um Möbel für die Einrichtung zu finden.

Marcus zeigte Alex das Gelände. Dazu gehörte der Brunnen, den er auf traditionelle Weise gegraben hatte. Nun, da es einen Generator gab, gerade groß genug, um einen Kühlschrank und drei Glühbirnen zu betreiben, zeigte ihm Marcus stolz das gekühlte Bier.

Marcus stellte Alex sein Team vor. Außer Emma war ein Manager namens Abdi Hajji Ussi hinzugekommen, der gut Englisch sprach. Außerdem gab es zwei Vorarbeiter, Patrick und Abbas, und dreihundert Männer aus dem Dorf in der Nähe. Als die Sonne unterging, nahm Marcus Alex mit zu dem alten Boot, dass sie inzwischen besaßen. Äußerlich machte es nicht viel her, doch es war ein Ort, an den sie sich jeden Abend nach getaner Arbeit zurückziehen konnten. »Hier läuft jetzt alles so, wie es uns gefällt«, meinte Marcus, als sich die drei bei einem Drink entspannten.

Emma nickte zustimmend. »Am Anfang hat uns jeder gewarnt, wir dürften den Einheimischen nicht trauen.«

»Man hat uns gesagt, wir sollen uns tough geben und den Arbeitern zeigen, wer hier das Sagen hat«, berichtete Marcus. »Das haben wir auch ein paar Wochen lang probiert, aber weißt du was? Es hat nicht funktioniert.«

»Also mussten wir selbst herausfinden, wie es funktioniert«, ergänzte Emma.

»Am nächsten Tag habe ich Abdi und die beiden Vormänner zu mir gerufen und ihnen gesagt, von heute an bin ich nicht mehr ihr Boss. Damit konnten sie überhaupt nicht umgehen. ›Wer denn dann?‹, wollten sie wissen. Ich habe zu ihnen gesagt: ›Ihr seid selbst euer Boss. Von jetzt an ist hier alles offen, und ihr müsst die Verantwortung übernehmen. Wenn ihr mit jemandem nicht zufrieden seid, weil ihr ihn beim Schlafen unter einer Palme erwischt habt, schmeißt ihn raus. Wenn er sich dann bei mir beschwert, werde ich ihm sagen, dass ihr genauso viel zu sagen habt wie ich.‹«

»Und das hat geklappt?«, erkundigte sich Alex.

»Sie haben ungefähr zwei Wochen gebraucht, bis sie begriffen hatten, dass ich es ernst meinte. Ab dann lief es großartig. Außerdem habe ich ihnen gesagt, dass es noch eine weitere Regel gibt: Wenn sie glauben, ich mache etwas falsch, müssen sie mir das sagen. Ich habe ihnen gesagt, dass ich will, dass sie Nein zu mir sagen. ›Wenn ihr Nein meint, dann sagt ihr auch Nein. Das sind die einzigen beiden Regeln.‹«

»Aber dann kam noch mehr«, fügte Emma mit einem Grinsen hinzu. »Ich habe herausgefunden, dass hier die Frauen die ganze Arbeit machen. Sie bekamen aber nur die Hälfte von dem, was die Männer bekamen. Also habe ich darauf bestanden, dass alle gleich viel bekommen sollten. Am Anfang gab es einen Aufstand, und alle haben gestreikt!«

»Und dann?«

»Ich habe ihnen erklärt, dass es ihnen allen so besser geht«, meinte Marcus. »Es ist ein muslimisches Dorf, und einige Männer haben zwei oder sogar drei Ehefrauen. Als sie das erst einmal durchgerechnet hatten und merkten, wie viel mehr Cash dadurch ins Haus kommt, haben sie begriffen, dass eine faire Bezahlung allen etwas nutzt.«

Der baumumsäumte Strand versank in Dunkelheit. Alex spielte mit dem Gedanken, Marcus nach ihrer Mutter zu fragen, ihn auf die Dinge anzusprechen, die er herausgefunden hatte, doch der Zauber der Bucht nahm ihn so gefangen, dass er beschloss, die Sache ruhen zu lassen. Sie befanden sich in einer ganz anderen Welt. Wie sie so auf dem Schiff unter den funkelnden Sternen Afrikas saßen, war es noch schwieriger zu glauben, dass es die Welt ihrer Eltern, die fünfziger Jahre, mit ihren High-Society-Tänzen, Hochzeitslisten und geregelten Arbeitszeiten jemals gegeben hatte.

Und es war nicht nur das. Auch Marcus selbst war hier ein anderer Mensch: selbstbewusster, zielstrebiger. Ein Mann, der einen Ort gefunden hatte, an den er gehörte, und die Aufgabe, die er erfüllen sollte. Alex brachte es nicht über sich, dieses Glück zu zerstören. Nicht an diesem verzauberten Ort.

Bald darauf kehrte Alex nach England zurück. Er hatte nun eine gute Vorstellung davon, worum es in dem Projekt ging, und er sollte Materialien besorgen, die Marcus vor Ort nicht bekommen konnte. Außerdem sollte er sich weiter um die administrativen Angelegenheiten der Immobilien von Lewis Burton kümmern. Und in Fundu entdeckten Marcus und Emma bald, dass in ihrem entlegenen Idyll ein anderer, komplexerer Zauber auf alles einwirkte.

Die Dinge in Pemba lagen viel komplizierter, als sie sich das vorgestellt hatten: Auf einer schwarzafrikanischen Insel unter englischer Gesetzgebung wurden die Regierungsgeschäfte in Suaheli abgewickelt. Und die Bevölkerung bestand zu neunzig Prozent aus Muslimen.

Die Arbeiter kamen zu Marcus. »Du musst eine Moschee für uns bauen.«

Marcus wusste nicht, was er davon halten sollte. »Ich baue ein Hotel«, gab er zurück. »Warum sollte ich eine Moschee bauen?«

Doch bald begriff er, wie wichtig den Leuten diese Sache war, und er ließ eine kleine Moschee aus Lehmziegeln errichten. Alle waren hocherfreut. Als der Ramadan begann, fastete Marcus mit seinen Arbeitern, und auf diese Weise erwarb er sich vor Ort Respekt.

Marcus hatte so viel zu tun, dass ihm erst nach einigen Monaten klar wurde, wer der gedrungene Mann war, der immer in der Nähe des Geländes herumlief. Hajji al Hajji war der Medizinmann und sollte sich um die Sicherheit kümmern. Pemba ist eine muslimische Insel, doch der Voodoo-Zauber gehört ganz untrennbar zum Leben der Inselbewohner.[14]

Marcus erklärt, Voodoo sei keine Art, die Welt zu betrachten, sondern es *sei* die Welt, und es kontrolliere alle Aspekte des menschlichen Lebens. In der kleinen Dorfgemeinschaft gab es einen Häuptling und einige Älteste, aber eigentlich besaß der Medizinmann die ganze Macht.

Marcus wurde auf Hajji al Hajji aufmerksam, weil seine Arbeiter ihn aufsuchten, wenn sie krank waren. Wenn die Behandlung des Medizinmannes keine Wirkung zeigte, wandten sie sich an Marcus und Emma. Die brachten sie dann mit dem Boot zum Krankenhaus, doch dann war es häufig zu spät.

Marcus steht den Kräften des Medizinmannes ambivalent gegenüber. Nach Monaten auf dem Boot erfüllte es ihn und Emma mit Erleichterung, in den ersten der Bungalows ziehen zu können, die später das Hotel bilden sollten. Sie hatten keine Ahnung, dass der Ort, den sie für den Bau ausgewählt hatten, zufällig ein »schlechter Ort« gewesen war. Segnungen hatte man auch keine durchgeführt. Die ersten Anzeichen wurden deutlich, als Dinge schiefgingen: Zuerst versagte die Elektrizität, dann wurden Menschen krank, andere entwickelten eine Besessenheit oder bekamen Anfälle. Einige rannten sogar ins Meer und versuchten, sich zu ertränken. Und schließlich sank ein neuer, sehr teurer Katamaran, den jemand dem Hotel gespendet hatte.

---

[14] Evelyn Waugh schreibt dazu in den 1930er Jahren: »Sansibar und Pemba sind die Hauptzentren der schwarzen Kunst an der ganzen Küste, und Novizen kommen selbst von den Großen Seen, um sich darin ausbilden zu lassen. Selbst aus Haiti, so sagt man, reisen hin und wieder Medizinmänner an, um die tiefsten Geheimnisse des Voodoo zu ergründen.«

Laut der Versicherungsgesellschaft handelte es sich um einen Fehler in der Stromversorgung.

Die Menschen vor Ort hatten eine andere Erklärung: Der erste Bungalow war an einer Stelle errichtet worden, die bereits einem Teufels-Buschbaby gehörte. Anscheinend hatte der Vater des Medizinmannes genau an dieser Stelle einen Teufel getötet, doch kurz vor seinem Tod war der Geist des Teufels auf ein Buschbaby übergegangen, und deswegen fürchtete jeder diesen Ort, den man nicht betreten sollte. Marcus suchte Hajji al Hajji auf. Der versetzte sich pflichtbewusst in Trance und teilte Marcus mit, es sei unhöflich gewesen, ohne um Erlaubnis zu fragen, an dieser Stelle zu bauen. Jetzt müsse er eine Reinigung vornehmen, indem er im Bungalow eine Kuh tötete.

Diese Idee sagte Marcus nicht besonders zu. Er antwortete: »Der Bungalow ist schon eingerichtet, und zwar mit schönen weißen Laken und flauschigen Kissen – da bin ich nicht besonders wild darauf, dadrinnen einer Kuh ein Messer in den Hals zu rammen.«

Der Medizinmann, der sich noch immer in Trance befand, teilte Marcus mit, in diesem Fall werde eine Spende von hundert Dollar ausreichen, um das Problem zu lösen.

Wie sich herausstellte, war das auch der Fall.

Marcus war vielleicht ein Zyniker, doch er unterschätzte nie die Macht, die Voodoo über seine Arbeiter besaß. Die erste Voodoo-Zeremonie, der er beiwohnte, hatte er unterhaltsam gefunden, doch nach einer Weile wurde das Ganze »ein bisschen lästig«. Ellis und Alex weigerten sich standhaft, daran teilzunehmen. Sie überließen es Marcus, Kuhblut zu trinken und mit weiß angemalten Medizinmännern zu verhandeln. Hin und wieder wurde Hajji al Hajji von Zorn erfasst und belegte Marcus mit einem Voodoo-Zauber, doch das klappte nie. Die Einheimischen hatten dafür ganz unterschiedliche Erklärungen: Entweder rauchten die Europäer zu viel Marihuana, was die Wirkung des Voodoo schwächt, oder sie glaubten einfach nicht daran.

»Immer diese Ausreden«, meint Marcus. Gleichzeitig räumt er ohne Weiteres ein, bei Voodoo handele es sich um die »Religion mit dem größten Einfluss auf den menschlichen Geist«, die er jemals kennengelernt hat.

Marcus und Alex begriffen, dass der menschliche Geist unendlich mysteriös ist und dass es vieles gibt, was wir noch nicht verstehen. Zum Beispiel, wie eine Religion wie Voodoo funktioniert, wie wir Erinnerungen schaffen und wieder vergessen, wie die Menschen von der Welt geformt werden, in der sie aufwachsen, und wie sie ihre eigenen Entscheidungen treffen und sich für einen Lebensweg entscheiden.

Wenn man über die Geschichte von Alex und Marcus nachdenkt, erscheint ein Medizinmann auf einer abgelegenen Insel manchmal leichter zu verstehen als eine scheinbar konventionelle Frau, die irgendwann anfängt, ihre Söhne zum Missbrauch an ihre pädophilen Freunde zu verleihen. Die Motivation von Hajji al Hajji lässt sich schließlich nicht allzu schwer erfassen: Geld, eine gute Mahlzeit für seine Dorfbewohner, ein wenig Ansehen, das Gefühl, den Ereignissen nicht ganz machtlos ausgeliefert zu sein.

Aber Jill? Eine Frau, die augenscheinlich ihre Kinder liebte. Die nicht verrückt, alkoholsüchtig oder einem Partner verfallen war, der Missbrauch ausübte. Was hatte sie nur dazu getrieben, so zu handeln, wie sie es getan hatte?

Alex, zurück in England, kämpfte immer noch darum, die Entwicklung seiner Mutter nachzuvollziehen.

11.
Hombres

Anfang 1959 war Jill zeitweilig aus der Langeweile und Einsamkeit ihrer unbefriedigenden Ehe entkommen, doch wenn sie geglaubt hatte, das Leben allein wäre einfach, musste sie bald erkennen, dass dem nicht so war. Die Stapel von Briefen in dem großen Karton vermittelten Alex ein detailliertes Bild von ihrem Kampf auf der Suche nach Glück und von Johns verzweifelten Anstrengungen, sie zurückzugewinnen. Jill war in ihrem Tun eingeschränkt, weil sie finanziell nicht unabhängig war, und das zwang sie, die niederen Arbeiten anzunehmen, vor denen die Ehe mit John sie hätte bewahren sollen. Wieder einmal arbeitete sie bei der Ideal-Home-Ausstellung, bewarb sich um zeitlich befristete Tätigkeiten bei Fortnum & Mason und nahm sogar Gelegenheitsarbeiten als Haushaltshilfe bei Bekannten an – das muss für sie beschämend und erniedrigend gewesen sein. Nach drei Jahren Ehe hätte *sie* diejenige sein sollen, die Leute einstellte.

Gleichzeitig geht aus ihren Briefen deutlich hervor, dass Jill die Macht von Sex entdeckt hatte. Jetzt begab sie sich auf die Jagd nach einem Mann, der ihr nicht nur Sicherheit, sondern auch sexuelle Befriedigung schenken konnte. Unglücklicherweise stellte es sich als schwierig heraus, beides in derselben Person vereint zu finden.

Jill stürzte sich in eine leidenschaftliche Affäre mit einem jungen Offizier des Royal Sussex Regiment. Mit seinen dreiundzwanzig Jahren war Alan fünf Jahre jünger als Jill. Er bezeichnete sich selbst als »Hombre«. In ihrem Briefwechsel trug er den Namen »Olé«, sie hieß »Bubbles«. Aus seinen Briefen geht hervor, dass er ein intelligenter, charmanter junger Mann war, vielleicht zum ersten Mal verliebt und durch und durch erfüllt von der Idee einer Romanze.

Wer ihn kannte, fand ihn sehr charmant, zugleich aber extrem unreif und, wenn man Jills Bruder Glauben schenken darf, »zu nichts zu gebrauchen«. Er war nicht in der Lage, von seinem Einkommen zu leben, und bald nach dem Beginn der Beziehung musste er wegen des Ausstellens ungedeckter Schecks vor dem Militärgericht erscheinen.

In einem weinerlichen Brief beschrieb er die Konsequenzen. Er würde suspendiert werden, sich aus all seinen Clubs zurückziehen müssen und im Endeffekt ein gesellschaftlicher Außenseiter sein. Gleichzeitig betonte er, was er wirklich bedauere, sei, dass seinetwegen Jills Name »in den Schmutz gezogen« werden könnte. Diese Vorstellung, so schrieb er, »quält mich und verursacht mir sogar körperliche Schmerzen, es ist wie entsetzliche Folter ... Wenn ich mich nur nicht so sehr in dich verliebt hätte! Was so hartnäckig an meinem Gewissen nagt und mir das Herz zerreißt, ist die Vorstellung, was die Leute wohl über dich sagen werden.« Sein zerrissenes Herz hinderte ihn allerdings nicht daran, sich einige Wochen später Geld von Jill zu leihen.

Jills italienische Freunde waren entsetzt. Ein älterer Nachbar schrieb Olé eine fast unverständliche Tirade, in der er verkündete, Jill sei wie eine Tochter für ihn, und in der er Olé beschuldigte, sie verdorben zu haben. Einer der zugänglicheren Sätze endet mit den Worten »La Jill war immer fantastische Hausfrau, durch Bekanntschaft mit dir abgestürzt, moralisch verdorben ...«. (Einige Jahre später, nach Jills Rückkehr nach Italien, sollte dieser väterliche Nachbar allerdings selbst eine sexuelle Beziehung zu »La Jill« unterhalten.)

Im Herbst reiste John aus Genua an und versuchte, seine Ehe zu retten. In unsterblicher Liebe und einem Anfall von Selbstopferungswillen beschloss Olé, es sei nun an der Zeit, die Affäre zu beenden. Er verfasste die aufschlussreichen Worte:

Weißt du, Liebling, je länger ich darüber nachdenke, desto mehr wird mir bewusst, dass ich dir niemals die Art von Sicherheit werde bieten können, die du brauchst. Wenn ich zurückdenke, erkenne ich nun, dass zu der Zeit, in der ich dir begegnet bin, eine große Leere in deinem Leben herrschte, die gefüllt werden musste – du hast jemanden gebraucht, der dich liebte, und ich habe dieses Vakuum gefüllt. Aber du selbst hast gesagt, du wirst den erstbesten Mann heiraten, der dir ein Heim und Sicherheit bieten kann, und dieser erstbeste Mann werde ich nicht sein …

Schließlich, nach einer fast zwei Jahre währenden Trennung, erkannte Jill, dass der einzige Mann, der ihr das Heim und die Sicherheit bieten konnte, nach denen sie sich so sehr sehnte, ihr Ehemann war. Es gibt noch einen Brief eines Arztes in der Harley Street aus dem März 1960, in dem es heißt: »Ich habe mit Ihrem Ehemann gesprochen und denke, es wäre hilfreich, wenn auch Sie zu mir kämen.« Alex konnte nicht wissen, ob es bei diesem Termin um die sexuellen Schwierigkeiten zwischen den beiden gegangen war, aber bis zum Sommer war die Ehe ihrer Eltern wiederhergestellt.

Wie John so schmerzlich klar war, empfand sie »Zuneigung« für ihn, und diese Zuneigung blieb bis lange nach seinem Tod erhalten. Jahre später, als sie bereits einige Zeit mit Jack verheiratet war, sprach sie mit einem ernsten kleinen Jungen namens Freddy, dem Sohn einer Freundin, der scheu und fast gar nicht in der Lage war, sich zu verstellen. Mit Alex und Marcus sprach sie nie über ihren leiblichen Vater, und alle Fotos von ihm hatte sie versteckt, doch zu Freddy sagte sie immer wieder mit sanfter Stimme: »Du erinnerst mich so sehr an meinen John.«

Treue gehörte jedoch nicht länger zu ihrer Abmachung, jedenfalls nicht, was Jill betraf. Wie Alex und Marcus beim Entrümpeln von Duke's Cottage herausfanden, hatte sie bis zu Johns Tod drei Jahre später so viele Liebhaber, wie sie nur bekommen konnte. Es ist unmöglich herauszufinden, wie viel John über die Affären seiner Frau wusste. Wie so viele Menschen, die Jill kannten, schien auch er von ihrer extravaganten Persönlichkeit wie verzaubert.

Und das extreme Bedürfnis nach Sex stellte einen wesentlichen Teil dieser Persönlichkeit dar.

12.

»Die gute alte Jill!«

»Bei ihr drehte sich einfach alles um Sex.«

Alex sprach mit den Leuten, stellte Fragen, hörte sich Erinnerungen und Anekdoten an. Dann fuhr er nach Hause und durchsuchte die Papierstapel. Was er über die Zeit erfuhr, in der es mit Jills Ehe so schlecht lief, passte zu den Erinnerungen von Freunden und Kollegen. Wenn er Jills Bekannten gegenüber den sexuellen Missbrauch erwähnte, reagierten sie typischerweise schockiert. Nach längerem Nachdenken gaben mehrere jedoch zu, sie seien gar nicht so überrascht. Es passte zu vielem von dem, woran sie sich in Bezug auf Jill erinnerten.

Sie benahm sich dramatisch und ausufernd, und man duldete von ihr ein Verhalten, das sich niemand sonst hätte erlauben können, einfach weil sie eine so übermäßig starke Persönlichkeit besaß.

Jenny Graham war im Alter von sechzehn Jahren ins Duke's Cottage gekommen, um sich um Amanda zu kümmern, die damals noch ein Baby war. Jenny liebte die ganze Familie und war bis zu Jills Tod ihre enge Vertraute. Sie nahm die Atmosphäre im Haus als frei und unbekümmert wahr, wenn sie sie mit ihrer eigenen, strengeren Erziehung verglich. Dass sie entdeckte, über welch großen »sexuellen Appetit« Jill verfügte, gehörte für sie zu all der Offenheit, die sie erlebte. Doch es gab Momente, in denen selbst sie Jills Benehmen beunruhigend fand.

Jill und Jack verbrachten die Abende im Wohnzimmer neben Jacks Arbeitszimmer. Beide Räume durften die Zwillinge nicht betreten. Jenny schlief genau über Jacks Arbeitszimmer – und auf dem Weg in die Küche musste sie in dem alten labyrinthischen Haus durch das Arbeitszimmer. Dann hörte sie immer, wie die beiden miteinander redeten und lachten, und ihr war bewusst, welch starkes Band trotz der häufigen Streitigkeiten zwischen den Eheleuten bestand.

Dennoch erzählte sie Alex: »Ich hatte fast das Gefühl, immer gut darauf achten zu müssen, was ich anhabe, wenn ich mal in die Küche wollte, um mir eine Tasse Tee zu machen.« Einmal, als Jenny eine Strickjacke mit Reißverschluss und nicht viel darunter trug, stürmte Jill auf sie zu und riss den Reißverschluss laut jauchzend von oben bis unten auf. Weil Jack, damals schon ein älterer Mann, dabei zusah, war das Jenny sehr peinlich. »In nüchternem Zustand«, fügte Jenny hinzu, »hätte Jill das wahrscheinlich nicht getan.« Doch nach ein paar Drinks existierten keine wirklichen Grenzen mehr.

Jenny war sehr unglücklich, als sie von Alex erfuhr, dass Jill die Kinder missbraucht hatte, und sie fand das Ganze schwer begreiflich. Ihrer Ansicht nach war Jill ihren Kindern immer sehr zugetan gewesen: Jenny hatte erlebt, wie grob Jack sein konnte, doch Jill hatte immer alle mit Zuneigung überschüttet. Gleichzeitig erinnert sich Jenny daran, dass einige von Jills Verhaltensweisen sie überrascht hatten, ganz besonders ihre Faszination, was die Genitalien ihrer Söhne betraf. Mehr als einmal war Jill wie zufällig ins Bad gekommen, wenn die damals zehn- oder elfjährigen Zwillinge gerade zusammen in der Badewanne saßen. Dann hatte sie aufgeregt gerufen: »Jenny, Jenny! Komm doch mal her und schau dir ihre Pimmel an!« Und als sich Jenny um den kleinen Oliver kümmerte, zeigte Jill die gleiche, fast kindliche Fixierung auf den Penis ihres Sohnes. Doch wie immer legte Jill dabei eine solche Fröhlichkeit und Offenheit an den Tag, dass das Ganze harmlos wirkte.

Alex bekam den Eindruck, Besucher hätten die Atmosphäre des Sexuellen im Duke's Cottage sehr oft als auffällig erlebt. Was ihn und Marcus betraf, war ihr Zuhause »normal«: Wie alle Kinder akzeptierten sie ihre Familie als Standard. Jetzt nahm er das Ganze aus einer anderen Perspektive wahr.

Die Töchter einer von Jills engsten Freundinnen, ungefähr im selben Alter wie die Zwillinge, erinnerten sich an Besuche im Duke's Cottage. In einem Sommer, als sie zehn oder zwölf waren, wurden Zelte im Garten aufgestellt, und alle Kinder schliefen draußen. Jill kam zu ihnen und versuchte die Jungen und Mädchen zu überreden, sich zusammen in einen Schlafsack zu legen, »weil das Ganze dann mehr Spaß macht!«. Bei einem anderen Übernachtungsbesuch ermutigte sie die Jungen und Mädchen, die Betten miteinander zu teilen. Schon damals fanden die Schwestern das seltsam – aber Jill war eine Erwachsene, eine Freundin ihrer Mutter, deswegen erwähnten sie es ihren Eltern gegenüber nie.

Mit den Jahren wurde Jills Benehmen immer hemmungsloser. Ihr Lieblingsgesprächsthema war Sex: »Im Leben geht es nur um Sex, und alle tun es ständig«, lautete ein immer wiederkehrendes Mantra. Sehr oft schätzte sie falsch ein, was sie Anwesenden zumuten konnte. Laura und Ian Hudson kamen jahrelang häufig ins Duke's Cottage. Eines Abends, bei einem von Jacks berühmten Feinschmeckerdiners, schockierte Jill ihre Besucher, indem sie verkündete: »Jack und ich haben zurzeit ganz fantastischen Sex. Wir haben ein ganz großartiges Buch entdeckt, mit Bildern und sehr vielen tollen Ideen.«

Laura und Ian waren peinlich berührt, vor allem, weil Jack die siebzig inzwischen längst überschritten hatte, doch das schien Jill gar nicht aufzufallen.

»Wisst ihr was?«, verkündete sie. »Ich hole jetzt das Buch und zeige es euch. Das wird euch auch helfen, wenn ihr Sex habt. Das bringt einfach mehr Pep in die Sache – ganz viel zum Ausprobieren!«

Ian Hudson war so entsetzt, dass er sich erhob, um das Haus zu verlassen, und diesmal begriff Jack, dass seine Frau zu weit gegangen war.

»Hör auf damit!«, ermahnte er sie streng. »Merkst du nicht, dass die beiden das peinlich finden?«

Jill fügte sich, und das Gespräch wandte sich anderen Dingen zu, doch in Zukunft achteten Laura und ihr Mann sorgfältig darauf, immer nur einer Einladung zu folgen, wenn auch andere Gäste anwesend waren.

Obwohl Jack seiner Frau zunehmend kritischer gegenüberstand, teilte er ihre offene Einstellung dem Thema Sex gegenüber. Er hatte die Angewohnheit, bei warmem Wetter wann immer möglich locker sitzende, sehr kurze Shorts zu tragen, und diese enthüllten mehr, als es den meisten seiner Gäste angenehm war. »Er hielt sich selbst für einen Mann mit Erfolg bei den Damen«, berichtete jemand Alex. »Aber seine Shorts waren einfach völlig unpassend.«

Der Unterschied zwischen ungehemmtem und »unangemessenem« Benehmen ist nicht immer sehr klar festzustellen, und nur wenige Leute setzten den beiden jemals etwas entgegen. Diejenigen, die von Jills und Jacks Verhalten zu sehr abgestoßen wurden, hielten sich einfach fern. Niemand will sich prüde geben und als Spielverderber gelten, wenn alle sich gut amüsieren und der Alkohol in Strömen fließt.

Ein Sicherheitsventil gab es auch: Freunde sprachen mit Jill mit einer brutalen Ehrlichkeit, die sie bei anderen Leuten niemals riskierten. Selbst Ian, den man zu absoluter Höflichkeit erzogen hatte, rief zuweilen einfach »Ach, halte den Mund, Jill!«, wenn sie zu sehr außer Rand und Band geriet.

Laura berichtete Alex: »Mit Jill musste man auf eine Art und

Weise reden, die jeden anderen zutiefst beschämt und verletzt hätte.« Jill hingegen schien diesen Ton geradezu in sich aufzusaugen, und wenn jemand brüllte: »Jill! Jetzt sei doch nicht so albern!«, spornte sie das nur an. Sie hatte sich selbst in eine Art Karikatur verwandelt: eine Frau, der Kritik so gleichgültig war, dass sie sich eine Aura der Unverwundbarkeit geschaffen hatte.

Ihre hemmungslose Sexualität stand im Zusammenhang mit einem Phänomen, das einer ihrer Freunde als »stolze Ignoranz« bezeichnete. Sie interessierte sich in gar keiner Weise für Bücher oder aktuelle Geschehnisse, für Geschichte oder Kunst, war jedoch immer sehr aufmerksam, was soziale Interaktionen betraf.

Das ernsthafte Schulmädchen, das Pfarrer Dawkins anvertraut hatte, sie habe »in Gesprächen alberne Dinge von sich gegeben«, oder die konventionelle Braut, die nach jedem Dankesbrief sorgfältig einen Namen auf ihrer Geschenkeliste abhakte, lagen weit hinter ihr.

In ihrem mittleren Alter hatte sich Jill in eine Naturgewalt verwandelt. Aus dem, was Alex von Marcus gehört und woran er sich selbst nach dem Unfall erinnerte, wusste er, dass eine so ungewöhnliche Mutter auch ihre Vorteile mit sich brachte. Sie kochte vielleicht nicht für ihre Freunde, doch sie mochte attraktive junge Männer um sich herum und sorgte dafür, dass jeder so viel Alkohol und Zigaretten bekam, wie er nur wollte. Duke's Cottage erwarb sich den Ruf eines Ortes, an dem alles erlaubt war. Es wird niemanden überraschen, dass die Freunde der Zwillinge das als Teenager ganz großartig fanden.

Indem sie ihre Söhne pädophilen Freunden zur Verfügung stellte, war Jill ganz eindeutig einen Schritt zu weit gegangen. Noch konnte Alex das kaum fassen, ganz besonders, weil er nicht ermitteln konnte, was genau es bedeutete. Wieder einmal nannte ihm Marcus nur sehr wenige Fakten; die Details überließ er Alex' Vorstellungsvermögen. Und das erschuf in dunkleren Augenblicken ein ganz grauenhaftes Bild von diesen Ereignissen. Ohne Camillas Unterstützung und die häufigen Reisen nach Fundu hätte Alex von der Geschichte seiner Mutter und seiner Kindheit, die sich da langsam vor ihm ausbreitete, leicht überwältigt werden können.

Als Marcus vor nicht langer Zeit gefragt wurde, wie er mit den frühen Traumata seines Lebens zurechtgekommen sei, antwortete er lachend: »Kopf in den Sand!«[15] Das können nicht viele Leute im so wörtlichen Sinne tun, wie er es konnte. In Fundu hatte er einen wunderschönen Sandstrand gefunden, an dem er den unliebsamen Wahrheiten entkommen konnte, die Alex mit so großem Einsatz aufzudecken versuchte. Und das war nicht der einzige Vorteil dieses afrikanischen Abenteuers.

---

[15] Die meisten Psychologen und Therapeuten unterstützen inzwischen Marcus' Strategie: Früher glaubte man, es sei wichtig, negative Erinnerungen an die Oberfläche zu holen. Inzwischen geht man davon aus, dass das Gehirn Traumata aus einem guten Grund in sich begräbt und dass man gewisse grauenhafte Ereignisse auch begraben lassen sollte, zumindest bis ein Mensch dazu bereit ist, sich mit ihnen auseinanderzusetzen.

13.

Ein Inselhotel

»In Afrika leide ich nicht unter Lese-Rechtschreib-Schwäche«, erklärt Marcus.

Als sie im Januar 1999 erst einmal mit dem Bau des Hotels begonnen hatten, musste Marcus eine ganz neue Arbeitsweise erlernen, und sehr bald fand er heraus, dass ihm diese Arbeitsweise in jeder Hinsicht entsprach. Er verbrachte achtzehn Monate in einer Gesellschaft, in der kaum jemand lesen oder schreiben konnte und in der man Deals mit einem einfachen Handschlag besiegelte. Er und Emma verbrachten ihre gesamte Zeit im Freien, aßen das einfache Essen der Dorfbewohner, waren von Zeitungen, Telefon und Fernsehen abgeschnitten. Zum ersten Mal in seinem Leben spielte Marcus' Dyslexie überhaupt keine Rolle: Sein Selbstbewusstsein erreichte ungeahnte Dimensionen, und bis heute fällt Freunden auf, wie stark er sich verändert, wenn er das Ufer der Lagune betritt.

Das Einkaufen im Pemba-Stil war eine Offenbarung. Beim Bau der Gästezimmer wurden traditionelle Methoden angewandt, und viele der Materialien stammten von der Insel: Berge von Steinen, Tausende von Mangrovenstämmen, unzählige Palmblätter namens Makuti, die für die Dächer geschichtet wurden.

Die Beschaffung der Mangrovenstämme oblag den einzelnen Familien. Patrick, der Vorarbeiter, erhielt die Verantwortung für die Lieferung, und jeder Familie wurde ein Strandteil zum Aufstapeln der Stämme zugewiesen. Das System war einfach: Morgens brach die Familie in ihrem Einbaum auf und paddelte an der Küste entlang zu einer entfernt gelegenen Bucht; am folgenden Tag ging es tief in den regierungseigenen Wald hinein, in dem man die Bäume immer wieder nachwachsen ließ. Dort fällte man die Mangrovenbäume von Hand und schleppte die Stämme zum Boot, einen nach dem anderen. Wenn sie genug hatten, brachten sie sie einzeln nach Fundu zurück, indem sie sie hinter dem Kanu herzogen. Jede dieser Expeditionen nahm drei oder vier Tage in Anspruch. Sobald die Familien ihre Ausbeute an Stämmen am Strand aufgestapelt hatten, erschien Patrick und inspizierte den Stapel, überprüfte jeden Stamm in Bezug auf Größe und geraden Wuchs. Dann nannte er seinen Preis.

Schwerere und umfangreichere Lasten wie Holz und Zement brachte man in traditionellen Dhaus oder den größeren *Jahazis* herbei und lud sie bei Ebbe ab. Marcus lernte die Schönheit dieser traditionellen Boote zu lieben: Die Methoden, sie herzustellen, waren seit Generationen dieselben und galten ein spirituelles Ereignis, bei dem man sich auf keinen Fall zu sehr beeilen durfte. Marcus hatte viel Erfahrung mit Bauarbeiten, doch auf Pemba die Vorgehensweisen der Einheimischen zu erlernen bedeutete für ihn ein ganz neues Abenteuer. Er beschreibt dies folgendermaßen: »Es sind geradezu biblische Methoden: Sägen, Bohren, alles wird manuell gemacht. Es gibt Drehmaschinen mit Seilen.« Er war immer wieder verblüfft, was sich mit so bescheidenen Mitteln erreichen ließ.

An Weihnachten 1999 war die Arbeit vollendet. Man hatte ihnen zu einer inoffiziellen Eröffnungsfeier geraten. Die drei luden etwa vierzig enge Freunde und Familienangehörige nach Fundu ein. Man bezahlte die Anreise selbst, doch Essen und Trinken, Tauchgänge und alle Extraangebote gab es umsonst. Im Gegenzug brauchten sämtliche Gäste nur am Schluss einen Fragebogen auszufüllen.

Niemand wusste, was ihn erwartete. Marcus' Freunde hatten ihn anderthalb Jahre nicht gesehen, und obwohl sie von seinem Projekt wussten, waren alle überrascht, wie viel er erreicht hatte. Schon die Anreise bot Stoff für beeindruckende Erzählungen. Alle flogen nach Daressalam, und dort warteten zwei Flugzeuge mit je zweiundzwanzig Plätzen auf sie, um sie zum Flughafen von Pemba zu bringen. Von dort aus fuhr man sie zum Hafen von Mkoani, und drei Schnellboote brachten sie und ihr Gepäck das letzte Stück der Reise nach Fundu Lagoon.

Unter den Gästen auf den drei Booten befanden sich Oliver und die aus Indien angereiste Amanda.

Es war ein außergewöhnlicher Augenblick.

Die Boote umrundeten die Insel, und der lange weiße Strand mit seiner dichten Bewaldung im Hintergrund bot sich den Blicken der Anreisenden dar. Auf der einen Seite der lange Pier und die mit Blättern gedeckten Gebäude aus Mangrovenstämmen. Alles war auf geradezu magische Weise Teil der idyllischen Landschaft.

Alex, Marcus und Ellis standen am Ende des Piers, um die Besucher willkommen zu heißen. Während sich die Boote näherten, konnten sie die Gesichter ihrer Freunde immer deutlicher erkennen; sie sahen, wie Erstaunen sie aufleuchten ließ. Als die Boote weniger als hundert Meter entfernt zum Andocken ihre Fahrt verlangsamten, brachen alle Freunde in spontanen Beifall aus. Einige von ihnen weinten. Die Zwillinge lachten unter Tränen; es handelte sich um eines der emotionalsten Ereignisse ihres ganzen Lebens.

Nach Alex' und Marcus' Empfinden nahmen ihre Freunde sie von diesem Moment an wirklich ernst. »Man darf nicht vergessen, dass die meisten eine Universität besucht hatten – sie waren Ärzte, Anwälte oder Wissenschaftler und hatten Jobs mit Prestige«, erklärt Alex. »Nur Marcus und ich nicht. Sie hatten erlebt, wie wir raffinierte Partys auf die Beine stellten, aber das hier war etwas anderes.« Endlich hatten die beiden das Gefühl, etwas zu haben, worauf sie wirklich stolz sein konnten. Etwas, das sie vergessen ließ, wie sie jahrelang als »Jills doppelt doofe Zwillinge« vorgestellt und als unbeschulbar aufgegeben worden waren.

****

Inzwischen ist seit der Eröffnung von Fundu Lagoon mehr als ein Jahrzehnt vergangen, und der Erfolg des Unternehmens hat die Erwartungen der Zwillinge weit übertroffen. Der Traum, der mit etwas begann, was Alex als »Spinnerei im Pub« abgetan hatte, ist inzwischen ein international bekanntes Hotel. Fundu Lagoon hat den *Good Safari Guide*-Preis für das beste Strandhotel in Afrika gewonnen, und zwar drei Jahre in Folge. Und Wamba, bei Ankunft der Zwillinge eines der ärmsten Dörfer auf der Insel, ist inzwischen das reichste.

Die Fundu-Lagoon-Geschichte ist ein ganz wesentlicher Teil von Alex' und Marcus' Reise. So schlimm die Ereignisse ihrer Kindheit auch gewesen sein mögen (und es kamen immer mehr entsetzliche Details ans Licht): Den Brüdern ist gelungen, sich nicht von dem bestimmen zu lassen, was sie als Kinder erlitten haben.

Alex und Marcus sind keine »Opfer«. Sie sind zwei Männer mit Lese-Rechtschreib-Schwäche, die zu erfolgreichen Unternehmern geworden sind, wie es vielen Leuten mit Dyslexie gelingt. Sie sind Männer mit einem großen Freundeskreis, zu dem viele Menschen gehören, die sie seit Jahrzehnten kennen. Sie haben die Gelegenheiten genutzt, die sich ihnen boten, und das Beste aus ihnen gemacht.

Als Kinder wandten sie sich an gute, anständige Leute, die

ihnen zeigten, dass Familie auch Unterstützung und Zuwendung bedeuten kann. Als Erwachsene entschieden sie sich dafür, etwas Magisches zu erschaffen, um der Gemeinschaft etwas zurückzugeben.

Ihre Kindheit hat einen starken Einfluss auf sie gehabt, doch sie ließen nicht zu, dass sie ihr weiteres Leben bestimmte. Das ist vielleicht ihre größte Errungenschaft.

Und unter anderem kommt dies in Fundu Lagoon zum Ausdruck.

14.

Geheimnis über Geheimnis

Marcus verbrachte weiterhin einen Großteil seiner Zeit in Fundu. Er kümmerte sich um den Hotelbetrieb und fügte jedes Jahr neue Elemente hinzu, doch im Jahr 2000 kehrte er nach London zurück, um an einem der alten Lieblingsplätze seiner Mutter einer wichtigen Handelsmesse beizuwohnen: im Earls Court Exhibition Centre.

Alex und Marcus arbeiteten an ihrem Stand, als sich eine wohlbekannte, aber ganz und gar unerwartete Gestalt aus der Menge löste.

»Hallo«, begrüßte sie eine sonore Stimme, die sie sofort wiedererkannten. »Ich habe mir schon gedacht, dass ich euch hier finde.«

Es war William, der ältere Bruder ihrer Mutter, den sie seit der Feier zu Ehren der Verstorbenen vor mehr als fünf Jahren nicht mehr gesehen hatten. Marcus wandte sich sofort ab und kümmerte sich um eine Gruppe Reiseveranstalter, die sich nach Fundu Lagoon erkundigten, doch Alex erkannte in William eine potenzielle Informationsquelle. Deswegen erklärte er sich bereit, sich mit ihm auf einen Drink zu treffen. Alex erklärte seinem Onkel, er wolle sich eine Vorstellung davon verschaffen, was für eine Frau seine Mutter gewesen war. Mit einem Ausdruck des Bedauerns gab William zurück, Jill habe einen starken Hang zur Promiskuität entwickelt, nachdem es in ihrer Ehe Probleme gab.

»Ja, das weiß ich«, sagte Alex.

Sein Onkel sah ihn mit festem Blick an. »Und weißt du auch, dass John nicht euer Vater war?«, erkundigte er sich.

»Was?«

»Euer Vater war dieser Italiener, Aste. Mit dem hatte sie 1963 eine Affäre, zu der Zeit, als Marcus und du gezeugt wurdet. Er ist euer leiblicher Vater.«

Etwas in Williams Stimme machte Alex misstrauisch, doch dann erinnerte er sich an die Briefstapel, die er beim Entrümpeln im Duke's Cottage auf dem Dachboden gefunden hatte. Damals hatte ihm die Unsicherheit, wer wohl sein Vater war, sehr zugesetzt, und Williams ohne Zögern vorgetragene Behauptung ließ all diese Vermutungen wieder lebendig werden.

Er musste herausfinden, ob es stimmte. Aber wie?

Mit einem DNA-Test. So konnte man Gewissheit über eine Vaterschaft erlangen. Mit Olivers Hilfe fand Alex einige Organisationen, die solche Tests anboten. Konnten sie ihm dabei helfen, die Identität seines Vaters festzustellen?

Jedes Mal, wenn er eine dieser Organisationen kontaktierte, kam als Erstes dieselbe Frage: Ist die betreffende Person noch am Leben?

Nein.

Hat man sie begraben?

Eingeäschert.

An diesem Punkt teilte man Alex jedes Mal mit, man könne nichts für ihn tun.

Alex rief überall an, doch das Ergebnis blieb dasselbe. Er wollte schon aufgeben, als ein Freund vorschlug, er solle doch die Polizeiforensik kontaktieren, und das tat er. In der Forensik teilte man ihm mit, seine Bitte sei nach vierzig Jahren kaum zu erfüllen, es gebe jedoch eine einzige Methode, die möglicherweise Erfolg verspreche.

»Welche denn? Ich bin zu allem bereit.«

»Briefmarken.«

Der Wissenschaftler erklärte Alex, was er meinte. Im Jahr 1963 musste man die Rückseite einer Briefmarke anlecken, damit sie auf dem Umschlag klebte, deswegen sollte eigentlich jede Briefmarkenrückseite DNA enthalten. »Was ich von Ihnen brauche«, so der Experte, »sind Briefe in ihren Umschlägen. Aber es müssen Liebesbriefe sein.« Alle anderen Briefe interessierten ihn nicht. Seine Begründung war die Überlegung, dass sogar jemand, der seine Post normalerweise nicht selbst verschickte, die Marke für einen Liebesbrief selbst anlecken würde.

In diesem Fall erwies sich Jills Unfähigkeit, irgendetwas wegzuwerfen, als Vorteil. Sie hatte nicht nur fast alle Briefe aufbewahrt, die sie jemals bekommen hatte – viele von ihnen befanden sich immer noch in ihren Umschlägen. Alex hatte im Duke's Cottage Umschläge mit den Liebesbriefen von John Lewis gefunden, außerdem einige von Jills Antworten, und auch die Liebesbriefe des Italieners Aste und anderer Liebhaber. Alex kommentiert dies trocken mit den Worten: »1963 war ein sehr ereignisreiches Jahr.«

DNA aus einer solchen Quelle zu entnehmen war ein komplizierter Prozess. Und außerdem, wie sich herausstellte, ein kostenintensiver: Man musste sich auf fünftausend Pfund pro Briefmarke einstellen. Weil man mehr als eine Briefmarke benötigte, sahen sich die Zwillinge mit Kosten von etwa dreißig- bis vierzigtausend Pfund konfrontiert. Das war viel mehr, als sich Alex hätte leisten können.

Inzwischen hatte der Experte jedoch eine starke Faszination für Alex' Geschichte entwickelt. Er überzeugte seine Vorgesetzten, das Ganze als Forschungsprojekt zu deklarieren. Er wollte an Alex' Fall die neuen technologischen Möglichkeiten testen, denn bisher hatte man noch nie einer vierzig Jahre alten Speichelprobe DNA entnommen. Wie sich herausstellte, war es sehr schwierig, von Briefmarken überhaupt irgendwelche DNA zu gewinnen, doch am Ende des Prozesses verkündete der Experte, aller Wahrscheinlichkeit nach sei John Lewis ihr leiblicher Vater.

Marcus fühlte sich ganz und gar bestätigt. Er konnte nicht begreifen, warum Alex überhaupt etwas über die Affäre mit Aste hatte herausfinden wollen, ganz zu schweigen davon, dass er so viel Zeit und Geld investiert hatte, um die Wahrheit über ihre genetische Herkunft herauszufinden. Seiner Meinung nach war der unbekannte John Lewis der perfekte Vater.

Als Alex ihn gebeten hatte, sich an den Kosten für die DNA-Tests zu beteiligen, hatte er ablehnend reagiert. »Nein. Warum denn? Was soll das Ganze? Wir haben doch den besten Vater der Welt.«

»Woher willst du das wissen?«

»Denk doch mal nach, Ali. John hat uns niemals etwas angetan. Er hat uns nie verkauft. Er hat niemals überhaupt irgendetwas getan. Er kann das sein, was immer wir wollen.«

Aber für Alex war die Wahrheit entscheidend. »Du verstehst das einfach nicht, Marky. Ich muss das tun, für mich selbst.«

»Mach nur«, gab Marcus zurück. »Aber glaub nicht, dass ich mitmache.«

Als Alex seinem Zwillingsbruder mitteilte, dass John Lewis aller Wahrscheinlichkeit nach wirklich ihr Vater war, reagierte Marcus mit Jubel. »Na bitte, was habe ich dir gesagt! Du hast die ganze Zeit und das ganze Geld investiert, dabei war unser Dad die ganze Zeit unser Dad.«

Inzwischen hatte Marcus die ganze Geschichte in eine unterhaltsame Anekdote für seine Freunde verwandelt, und jetzt machte Alex mit. Das Ganze wurde zu einem Teil ihres Repertoires an lustigen Geschichten über ihre exzentrische Familie.

»Ein Jahr lang war ich Italiener«, kommentiert Marcus grinsend.

15.
Vendetta

Das sollte allerdings nicht das Ende der Geschichte um ihren leiblichen Vater darstellen. Im Jahr darauf entdeckte Alex endlich den Grund für die jahrelange Fehde zwischen ihrer Mutter und William. Jills ewige Feindseligkeit ihrem Bruder gegenüber, die so weit ging, dass sie ihn sogar von ihrer Beerdigung verbannt wissen wollte, hatte Alex immer verstört.

Alex wusste, dass sie stets ihrem Bruder die Schuld am Tod ihres Ehemannes gegeben hatte. Die Zwillinge hatten dies immer auf ihre unlogische Art geschoben, Ereignisse zu beurteilen: Nur weil der tödliche Unfall auf dem Heimweg von einem Besuch bei William passiert war, konnte man ihn wohl kaum dafür verantwortlich machen.

Der Auffahrunfall hatte sich am 20. Februar 1964 ereignet, an dem Tag, als John seine Frau und den drei Wochen alten Alex aus dem Charing Cross Hospital in Hammersmith abgeholt hatte. (Der kleine Marcus blieb im Krankenhaus, weil er unter einer Lungeninfektion litt.) Zu dieser Zeit lebte der frisch verheiratete William in Wimbledon. Er hatte den Wunsch geäußert, seinen neugeborenen Neffen zu sehen, und überzeugte die stolzen Eltern, ihn zum Lunch zu besuchen, bevor sie in ihre Wohnung nach Kensington zurückkehrten. Nach dem Lunch bat er sie, eine Freundin in Clapham abzusetzen.

Das war keine bescheidene Bitte gegenüber einem jungen Paar, das gerade sein Neugeborenes nach Hause brachte – vielleicht entsprang sie der Gedankenlosigkeit eines Mannes, der die hohen Anforderungen der jungen Elternschaft nicht kennt.

Nach dem kurzen Umweg über Clapham fuhren sie auf dem Bolingbroke Drive nordwärts, als sie an der Kreuzung mit dem Battersea Rise mit einem anderen Wagen zusammenstießen. Wären sie nicht nach Wimbledon und dann noch über Clapham gefahren, wären sie zu diesem Zeitpunkt längst sicher zu Hause in South Kensington gewesen.

Alex verfügte über Dokumente zu dem Unfall, denn die Verhandlungen mit den Versicherungen hatten sich nach Johns Tod über mehr als ein Jahr hingezogen. Alex und Marcus konnten verstehen, warum ihre Mutter in der ersten Trauerphase ihrem Bruder die Schuld gegeben hatte, doch dass sie während ihres gesamten restlichen Lebens an dieser Überzeugung festgehalten und sogar über ihren Tod hinaus jede Versöhnung ausgeschlossen hatte, wirkte extrem, selbst für Jills Verhältnisse.

William ist ein intelligenter, aber exzentrischer Mann. Wie Jill sammelt er exzessiv alles, was er in die Finger bekommt. Seiner Überzeugung nach haben er und Jill diese Eigenschaft von ihrem Vater geerbt. In seinem Haus stapeln sich die Habseligkeiten so hoch, dass niemand außer ihm es betreten mag, und er hat zu jedem seiner noch lebenden vier Söhne eine problematische Beziehung.

Einige Jahre nach der DNA-Geschichte besuchte William Alex ein weiteres Mal auf der Handelsmesse, und wieder trafen sie sich abends auf einen Drink und sprachen über Johns Tod. In nüchternem Ton berichtete William dem erstaunten Alex, was genau sich an jenem Februartag zugetragen hatte – und das änderte alles. Während des gemeinsamen Essens in Wimbledon, so erzählte William, habe er die Bombe platzen lassen und seinem Schwager ruhig erklärt, er sei ja gar nicht der leibliche Vater der Zwillinge. Der leibliche Vater sei Jills italienischer Liebhaber.

Weniger als eine Stunde später hatte John den Autounfall gehabt. Niemand wird je erfahren, was sich auf dieser letzten Autofahrt ereignet hat. Wahrscheinlich hatte William John die alles vergiftende Neuigkeit beim Lunch unter vier Augen eröffnet. Hatte John sie für sich behalten? Was war in den wenigen Minuten vor dem tödlichen Unfall zwischen den Eheleuten vorgefallen? Hatten Johns Zweifel und seine Wut zu einem emotionalen Ausbruch geführt?

John war ein ängstlicher, überspannter Mann gewesen, der nie Sicherheit im Autofahren erlangt hatte. Zum Bestehen seiner Führerscheinprüfung hatte er mehrere Anläufe gebraucht. In der Ehe hatte es Probleme gegeben, doch die Zwillinge waren langersehnte Wunschkinder gewesen. Und dann, an dem Tag, als John den ersten seiner beiden kostbaren Söhne nach Hause holte, informierte man ihn wie nebenbei, die Jungen seien nicht von ihm! Dafür braucht man eine erstaunliche Boshaftigkeit. John wird Jill zumindest zu der Sache befragt haben. Man stellt sich erhobene Stimmen und Vorwürfe vor, vielleicht sogar einen ausufernden Streit. John muss ganz außer sich gewesen sein, als er den Wagen auf ihr Zuhause in Kensington zusteuerte.

Aus den Ermittlungen der Versicherungsgesellschaft ergab sich keine Schuldzuweisung. Es hatte an dieser ganz bestimmten Kreuzung am Battersea Rise Probleme mit der Ampelanlage geben. Während der meisten Zeit dieses Tages hatte ein Polizist den Verkehr geregelt, doch der Verkehrsfluss war nicht besonders stark gewesen. Kurz vor dem Unfall hatte ein Polizeiinspektor entschieden, man brauche die Kreuzung nicht länger mit Personal zu besetzen, und der Beamte hatte seinen Posten verlassen. Zumindest offiziell galt das Ganze als Unfall. Doch diese dunkle Episode hat, wie man sich in der Familie erzählt, noch einen weiteren Aspekt. Der Fahrer des anderen Wagens, der mit leichten Verletzungen davonkam, war auf die Merchant Taylors' School gegangen. Zufällig hatte diese auch John besucht, und damit nicht genug: Die beiden waren Klassenkameraden gewesen. Zwei Jahre nach dem Unfall, so erzählte man Alex, habe der unglückliche Mann aus unbekanntem Grund Selbstmord begangen. Wie auch immer die Wahrheit über diese doppelte Tragödie lautet – wenn William seinem Schwager wirklich am Tag des Unfalls mitgeteilt hat, die Zwillinge seien nicht dessen leibliche Söhne, erklärt dies Jills ewige Feindschaft ihrem Bruder gegenüber.

16.

Kinder ohne Vater

Die außergewöhnliche Unterhaltung mit William verlieh Alex' Suche nach der Wahrheit eine neue Dringlichkeit. Er flog nach Fundu und teilte Marcus Williams außergewöhnliches Geständnis mit. Marcus maß ihm keine größere Bedeutung bei.

»Wahrscheinlich hat sich William das Ganze nur ausgedacht«, meinte er.

»Warum sollte er das denn tun?«

Marcus zuckte die Schultern. »Ist das wichtig?«

Für Alex *war* es wichtig. Zurück in London fragte er sich, wie seine Mutter damit umgegangen war, sich plötzlich als Witwe mit zwei kleinen Söhnen wiederzufinden, die sie versorgen musste. Die Briefe und anderen Dokumente, die ihm zur Verfügung standen, vermittelten ihm ein lebendiges Bild ihres Lebens in dieser Phase.

John hatte keine Lebensversicherung abgeschlossen, und die Angelegenheiten nach dem Unfall zogen sich über zwei Jahre hin. Es gab ständige Geldsorgen. Ihr ganzes Leben lang hatte Jill Probleme mit jeder Art von Bürokratie gehabt – dies betraf finanzielle wie auch rechtliche Angelegenheiten. Als John starb, gehörten ihr zwei Wohnungen in Stanhope Gardens; eine davon war vermietet gewesen, doch jetzt überzeugte man sie, die Wohnung zu verkaufen. Hin und wieder nahm sie wie in der Vergangenheit zeitlich befristete Arbeitsstellen an: Auf der Bootsmesse im Olympia Exhibition Centre arbeitete sie an einer Milchbar, und für kurze Zeit absolvierte sie abends Schauauftritte für eine Firma, die Kaviar importierte.

Etwa zu dieser Zeit wandte sich Jill ernsthaft dem Antiquitätenhandel zu. Ein Zeitschriftenartikel aus dem Jahr 1966, als die Zwillinge zwei Jahre alt waren, zitiert sie mit den Worten, sie habe fünf Jahre zuvor, als ihr Ehemann noch lebte, zum ersten Mal einen Stand betreut. Sie habe damals »nur Kram verkauft. Aber es hat Spaß gemacht, und als ich dann schwanger war, sparte ich den Erlös für die Windeln, die wir bald brauchen würden.« Nach Johns Tod, so heißt es in dem Artikel, folgte »ein Albtraum der Verzweiflung und der finanziellen Katastrophen«. Dem Mann, der das Interview führte, erzählte sie: »Alle waren unglaublich nett zu mir, aber damals hat mir das nichts bedeutet.«

Einige Monate nach dem Unfall überredeten sie einige ihrer Kunsthändlerfreunde, sich an einem Freitag auf dem Markt in Bermondsey mit ihnen zu treffen. »Dort passierte etwas ganz Bewegendes, Wundervolles«, berichtete sie der Zeitschrift. »Zwei der Kunsthändler haben ihre Stände zugemacht und auf dem ganzen Markt für mich gesammelt. Zum Mittagessen übergab man mir eine Schachtel voller Geld – aber ich musste versprechen, mir von diesem Geld Ware anzuschaffen und mich wieder dem Kunsthandel zu widmen.«

Diese Entscheidung hatte sie nie bereut, und bis der Artikel 1966 erschien, hatte sie sich in die »obere Liga« des Markthandelns hochgearbeitet und auf ganz kleine Objekte spezialisiert, die für sie typisch werden sollten: hochwertige Parfümflaschen, Fingerhüte und Nähaccessoires für Sammler, Figuren aus Papiermaschee und Miniaturen.

Nicht lange nach Johns Tod wohnte eine ihrer Patentöchter eine Weile bei ihr. Für eine Zwölfjährige aus der Provinz waren die Tage des »High Life« mit Jill eine unvergessliche Erfahrung.

Sasha Hill half Jill am Stand: Das war harte Arbeit, aber sie machte Spaß, und es gab immer etwas zu lachen. (Merkwürdigerweise erinnert sich Sasha überhaupt nicht daran, dass die Zwillinge bei diesem Besuch anwesend gewesen wären.)

In sämtlichen dieser Erzählungen wird die junge Witwe als mutig, energiegeladen und geschäftsorientiert beschrieben, und all das waren Qualitäten, die sie auch benötigte. Die Konventionen verlangten von ihr, sich als tragische Figur zu geben. Das tat sie also: manchmal, um Hilfe oder Mitleid zu bekommen, oder einfach, um ein besseres Geschäft zu machen – manchmal auch, so darf man annehmen, weil sie wirklich um John trauerte. Ihre Stärke im Angesicht dieser Widrigkeiten wurde sehr bewundert.

Früh im Jahr 1966, als die Zwillinge fast zwei Jahre alt waren, beteiligte sich Jill an einer Diskussionsrunde im Hörfunk zum Thema »Kinder ohne Väter« und äußerte sich einige Monate später auch in einer international ausgestrahlten Sendung mit dem Titel »Denk drüber nach«, wofür sie sogar etwas Geld bekam. Es ist eher unwahrscheinlich, dass sie das im Radio erwähnte, doch damals dachte sie – außer über ihren Antiquitätenhandel – wohl vor allem über ihre Liebhaber nach. Jill war auf der Suche nach einem geeigneten Ehemann, der Johns Stelle einnehmen sollte, und dabei hatte sie ganz offensichtlich viel Spaß. Zusammen mit ihren engsten Freundinnen Poppy und Cynthia wurde sie zu einem wesentlichen Teil der Londoner Szene, zu einer Art »It-Girl«, wie Alex es beschreibt, mit Liebhabern, die wohlhabend und oft auch sehr bekannt waren. Cynthias Ehemann stammte von der Königsmätresse Nell Gwyn ab, und die drei Freundinnen scherzten, sie unterhielten »ein High-Society-Hurenhaus«.

Ihr Lebensstil, in dessen Rahmen alles möglich war, passte zu der damaligen Zeit: In den sechziger Jahren kam die freie

Liebe in Mode. London war die Welthauptstadt der Swinging Sixties, und Jill und ihre Freunde standen im Zentrum der Partykultur.

Als die Zwillinge noch Babys waren, schrieb Poppy einmal an Jill und fragte: »Wie steht es mit den Hombres? Was macht der Wilde Willie? Fängt er nicht langsam mal an, fürs Essen zu bezahlen? Oder Windeln zu wechseln? John W.? Ted?« All ihre Freundinnen akzeptierten, dass Jill eine ganze Armee von Freunden hatte, die alle seltsame Spitznamen bekamen – die »Hombres«. Das Ganze war ein großer Witz und bedeutete ebenso großen Spaß. Einige Jahre später schrieb Poppy: »Du lebst immer noch wie in einem französischen Liebesroman – mit dem perfekten Liebhaber –, solange du dir selbst nicht zugestehst, ihn auch zu lieben! Arbeite nicht zu hart und bleibe glücklich mit deinen Hombres.«

Wie glücklich Jill nun genau mit ihren Hombres war, lässt sich nicht mehr sagen. Wie es aussieht, hatte sie eine gute Zeit und genoss das Leben in einer neuen Welt, in der die alten Regeln nicht mehr galten. Doch in mancher Hinsicht blieb diese Frau, die Spaß haben wollte, zugleich das konventionelle junge Mädchen mit der Erziehung aus der Klosterschule. Sie strebte nach einer Ehe, nach einem respektablen Dasein und einem Vater für ihre Söhne. Im Jahr 1967 unterzeichnete sie einen Vertrag mit einer Heiratsvermittlung in der New Bond Street, erhielt jedoch bald ein Schreiben, in dem man ihr bedauernd mitteilte, dass man keinen geeigneten Kandidaten für sie finden konnte.

Marcus und Alex kannten viele der Liebhaber ihrer Mutter gut, und manche von ihnen blieben über Jahre Freunde der Familie. Nach Ansicht der Jungen waren die meisten von ihnen ganz eindeutig »Weicheier«. Jill zog einen ganz bestimmten Typ Mann an: an Privatschulen erzogen und mit nur wenig Erfahrung, was das andere Geschlecht betraf. Freundliche, gutherzige

Männer wie ihr verstorbener Ehemann; Männer, die sie verzaubern und dominieren konnte. Und die keine allzu großen Ansprüche stellten.

Einer ihrer ganz besonders treuen Liebhaber, den Jill und die Zwillinge immer »Wok« nannten, schrieb ihr einen Brief, als er für einige Wochen ins Ausland reiste:

> *Jill, mein Schatz – ich will dich zu nichts verpflichten, was die Liebe betrifft – ich weiß, mein Liebling, du verspürst einen ständigen Drang, und wenn du ihn verspürst, musst du haben, was du brauchst. Ich denke nicht, dass ich irgendein Recht habe, dich zu bitten, davon abzusehen, denn ich, mein Liebling, werde nicht bei dir sein können, um dich zu befriedigen. Darum überlasse ich es ganz dir, meine Allerliebste, das zu tun, was du für richtig hältst … Ich werde jede mir mögliche Anstrengung unternehmen, mich für dich aufzusparen, meine schöne braunäugige Geliebte, dessen kannst du sicher sein.*

Viele ihrer Liebhaber, wie auch Wok, stammten aus prominenten Familien, entsprachen jedoch nie ganz ihren Anforderungen, was oft daran lag, dass sie bereits verheiratet waren. London mochte zu den »Swinging«-Städten gehören, doch eine Scheidung war auch hier noch immer eine komplizierte Angelegenheit mit ungewissem Ausgang.

Vivien, die eine so entscheidende Rolle in der Familiengeschichte spielen sollte, als sie Alex dreißig Jahre später zur Teilnahme an dem Workshop überredete, lernte Jill in dieser Zeit kennen. Beide nahmen an einer Lunchparty teil, und Jill rauschte am Arm eines angesehenen, jedoch bekanntermaßen verheirateten Mannes in den Raum. Alle waren sofort von ihr beeindruckt: eine große Frau, in jeder Hinsicht.

Alex und Marcus mussten irgendwie in Jills Leben zwischen Arbeit und Vergnügungen passen. Meistens verbrachten sie den Tag im nächstgelegenen Kinderhort oder mit einem Kindermädchen. Wenn nötig, nahm Jill sie allerdings mit auf ihre Besuche bei Freunden oder Familienangehörigen.

Im Oktober 1968 verstarb Jills Vater. Ihre Mutter Rosalind fand zu ihrem großen Entsetzen heraus, dass er nicht nur mit einer Nachbarin, die sie als Freundin betrachtet hatte, eine Affäre unterhalten hatte, sondern auch mit der bezahlten Gesellschafterin, die mit ihnen in Haus Sillwood gewohnt hatte. Außer sich vor Wut schleppte Rosalind all seine Besitztümer in den Garten, einschließlich seiner gesamten Bibliothek, und zündete alles an. Mit William hatte sich Rosalind zu dieser Zeit bereits überworfen, und sie wandte sich immer häufiger an Jill, wenn sie Unterstützung brauchte. Ihren kleinen Enkelsöhnen schrieb sie liebevolle Briefe, selbst als sie noch Babys waren. Während ihrer gesamten Kindheit kamen sie immer wieder nach Sillwood.

17.

Ein neuer Vater

Im Juni 1968 begegnete Jill Jack Dudley, und dieser Mann hätte keinen größeren Kontrast zu ihren üblichen Bewunderern darstellen können. Er war hochgewachsen und imposant – ein Mann, der in jeder Situation überlegen wirkte. Die Briefe, die er ihr vor der Heirat schrieb, zeigen, dass die Chemie zwischen ihnen sofort stimmte und ihre Beziehung von sehr intensiven Gefühlen geprägt war.

Während er sich durch die Papiere seiner Mutter arbeitete, bekam Alex allmählich ein deutlicheres Bild von dem Mann, der ihre Kindheit in so hohem Maße dominiert hatte.

Jack war mehr als zwanzig Jahre älter als Jill und war mit den viktorianischen Werten der Strenge und der Selbstständigkeit aufgewachsen. Am King's College in Cambridge hatte er zuerst Mathematik und dann Ökonomie studiert, und er war Teil der Rudermannschaft seines Colleges gewesen. Dann hatte er eine Stelle als Wirtschaftsprüfer in einer angesehenen Firma gefunden, und im Jahr 1937 holte man ihn in die Empire-Loge der Freimaurer. Der Kontakt zu den Freimaurern sollte sein ganzes Leben lang bestehen bleiben. Während des Krieges war er Leutnant beim Geheimdienst gewesen. Er war alles andere als »ein Weichei«.

Anfangs schloss seine Ergebenheit Jill gegenüber ihre vierjährigen Zwillingssöhne mit ein. Zwei Wochen nach ihrer ersten Begegnung schrieb er ihr: »Ich danke dir, Liebling, dass du mir einen so angenehmen Abend beschert hast – und dass ich

Marcus und Alexander treffen durfte. Ich hoffe, es war nicht das letzte Mal.« Zwei Wochen darauf suchte er ihre Wohnung in Stanhope Gardens auf, obwohl er wusste, dass sie sich auf einer Antiquitätenmesse in Brighton befand. Wie er berichtet, begrüßten ihn »die Jungen quasi mit Freudengeschrei«. Weiter heißt es in dem Brief: »Sie haben sich sehr gut benommen, und ich habe ihnen meine alte Leinentasche zum Spielen dagelassen, weil ich keine Geschenke für sie hatte. Einen Griff für Marcus und einen für Alexander – jetzt haben also beide ein Stück davon! Keine Tränen diesmal [zuvor hatte Marcus einmal geweint, als sich Jack verabschiedete], stattdessen brachten sie herzliche Zuwendung und Freude zum Ausdruck.« Schon mit vier Jahren beherrschten die beiden kleinen Jungen die Kunst, Erwachsenen, die in ihr Leben traten und wieder verschwanden, offen ihre Zuneigung zu zeigen.

Einen Monat nach ihrer ersten Begegnung machte Jill Jack die Zusicherungen, die er sich erhoffte. Jack war besorgt wegen des Altersunterschieds zwischen ihnen. Er sehnte sich danach, sich um sie zu kümmern und ihr die Last abzunehmen, mit der sie als Witwe zu kämpfen hatte, doch wie so viele Männer, mit denen sie sich eingelassen hatte, war auch er nicht ungebunden – und auch nicht sicher, ob er es jemals sein würde.

Nora, seine Frau, war wohlhabend. Bei der Hochzeit der beiden im Jahr 1949 hatte ihr Vater auf dem Formular unter »Rang oder Beruf des Vaters« das Wort »eigenes Vermögen« eingetragen. Die Ehe war seit vielen Jahren unglücklich. Wenige Wochen nach seiner ersten Begegnung mit Jill schrieb Jack an Nora, um ihr mitzuteilen, dass er eine Frau kennengelernt habe, mit der er ein neues Leben anzufangen hoffe. Zwischen ihnen beiden, so schrieb er weiter, sei offensichtlich »alles tot und vorbei«.

Im Jahr 1968 bedeutete der Tod einer Ehe nicht automatisch

ihr Ende. Der »unschuldige Ehepartner« konnte der »schuldigen Partei« die Scheidung verweigern, und das kam auch häufig vor. Deswegen stand die Möglichkeit im Raum, dass Jack nie in der Lage sein würde, Jill die Ehe anzubieten. Und ein »Leben in Sünde« brachte immer noch ein starkes gesellschaftliches Stigma mit sich. Wenn der schlimmstmögliche Fall eintrete, so schrieb Jack, »würde ich immer noch für immer mit dir zusammen sein wollen. Wir könnten ja offiziell unsere Namen ändern lassen, dann würde außer unseren ganz engen Freunden niemand erfahren, dass wir gar nicht verheiratet sind – nicht einmal die Zwillinge bräuchten es zu wissen.« Das gehörte zu den üblichen Tricks, ehe das Scheidungsrecht geändert wurde. Im Jahr darauf war Jill mit den Zwillingen und einem Freund, der auf Fotos zu sehen ist, dessen Namen Alex und Marcus jedoch vergessen haben, auf Ibiza. Jack schrieb, er vermisse sie »verzweifelt – und die Zwillinge auch«. Er hatte ein Cottage im Dorf Rudgwick in Sussex gekauft und hoffte, sie würden einmal alle dort leben können. Er hoffte außerdem, die zurzeit im Parlament diskutierten Änderungen des Scheidungsrechts würden ihnen die Lösung bringen, nach der sie sich sehnten, und tatsächlich muss seine Scheidung von Nora eine der ersten gewesen sein, die entsprechend der neuen Gesetze vollzogen wurden.

Jill heiratete Jack Dudley im Februar des Jahres 1972 und zog zu ihm nach Rudgwick ins Lavender Cottage. Bei der Hochzeit war er zweiundsechzig Jahre alt und sie vierzig. Alles sah nach einem Neuanfang für beide aus: für Jill nach Jahren des Daseinskampfes (und auch ziemlich viel Spaß) in London, für Jack nach einer langen, unglücklichen Ehe. Jacks Briefe vermitteln den Eindruck, dass Jill zu einem Zeitpunkt in sein Leben trat, als er die Hoffnung auf Glück bereits aufgegeben hatte. Sie schenkte ihm Liebe, Zuwendung und neue Energie.

Es gibt keinen Grund, daran zu zweifeln, dass er sich aufrichtig wünschte, Alex und Marcus ein guter und hingebungsvoller Vater zu sein, doch so sollte es nicht kommen. Jack Dudleys mächtige Persönlichkeit sollte einen dauerhaften Einfluss auf ihr Leben haben.

18.
Lucinda

Zwei lebhaften kleinen Jungen ein Vater zu sein war eine weitaus größere Herausforderung, als Jack geahnt hatte. In seinen seltenen Momenten der Selbstreflexion hatte er aufgeschrieben: »Ich bin in einem Haus mit streitenden Eltern aufgewachsen, und das hat mich geprägt.« Lavender Cottage war nicht groß, und in den kleinen Zimmern ihres neuen Zuhauses verwandelte sich seine ursprüngliche Freude an Alex und Marcus bald in eine mehr oder weniger ständige Gereiztheit.

Sechs Monate nach der Hochzeit, Jill war damals einundvierzig, kam im St Luke's Hospital in Guildford ihre Tochter zur Welt. Nach diesem Kind hatte sie sich immer gesehnt. Die Wände im Haus hingen voller Bilder von kleinen Mädchen in altmodischen Kleidern, die zeigten, wie sehr sie das Winzige, Feminine faszinierte. Jill und Jack waren überglücklich: Die kleine Lucinda bedeutete tatsächlich einen Neuanfang.

Marcus erinnert sich an das, was dann geschah.

Die sechs Wochen alte Lucinda machte in ihrer Wiege ein Mittagsschläfchen. Jill bat ihren Sohn, er solle kurz nachschauen, ob es dem Baby in seinem Zimmer im Zwischengeschoss auch gut ging. Auf Zehenspitzen schlich Marcus in den Raum, doch seine kleine Schwester bewegte sich nicht. Er schüttelte sie, aber sie wachte immer noch nicht auf. Hier war etwas ganz und gar nicht in Ordnung.

Er rannte nach unten. »Ich glaube, sie atmet nicht mehr!«, rief er völlig außer sich.

Jill schrie auf und rannte wie wild nach oben. Im ganzen Haus entstand ein gewaltiger Aufruhr. Ein Krankenwagen traf ein, dicht gefolgt von der Polizei. Alex und Marcus zogen sich zurück und schauten zusammen durch den Türspalt, als die Polizei die trauernden Eltern stundenlang in der Küche vernahm. »Das muss schwer zu ertragen gewesen sein«, sagt Marcus heute dazu. »Man verliert sein Baby, und die Polizei verdächtigt einen, dass man es umgebracht hat.« Durch den Türspalt konnten die Zwillinge erkennen, dass Jack in Tränen aufgelöst war. Dieses Bild sollte Marcus für immer im Gedächtnis behalten – Jack war einfach nicht der Typ, der Gefühle zeigte.

Jetzt tat er es. Der Stiefvater der Zwillinge war völlig verzweifelt. Wochenlang weinte und weinte er. Und als die erste Trauerphase endete, war er ein anderer Mensch geworden. Marcus sagt, dass er nach dieser Tragödie »ein wenig hart wurde«. Lucindas Tod, ein ganz und gar zufälliger, unendlich tragischer plötzlicher Kindstod, machte ihn bitterer und kälter.

Jill verlor den Mut nicht. Nur etwas mehr als ein Jahr später brachte sie eine weitere Tochter zur Welt, Amanda, und Anfang des Jahres 1974 zog die wachsende Familie in ein größeres Haus, Duke's Cottage, im selben Dorf.

Nachdem sie eine geliebte Tochter verloren hatten, waren die frischgebackenen Eltern einmal mehr voller Freude, doch dieses Mal trübte eine ständige Ängstlichkeit ihr Glück: Sie konnten dem Baby keinen Wunsch abschlagen und lebten in ständiger Angst, ihm könnte etwas zustoßen. In dieser Phase wurde Jenny Graham als Kindermädchen angestellt, das auch im Haus wohnen sollte. Jenny brachte Ordnung und Struktur in Amandas Leben und kümmerte sich hingebungsvoll um sie. Sie liebte alle Menschen im Haushalt, machte sich jedoch Sorgen, weil Jack die Zwillinge so überaus streng behandelte.

Mit dieser Sorge war sie nicht allein.

Oliver kam im Frühjahr 1976 zur Welt. Als er noch ein Baby war, erschien Jacks mysteriöse Tochter Molly und besuchte die Familie einige Tage lang mit ihrem Sohn, dem Mischlingskind, der nur wenig älter war als Oliver. Die Art und Weise, wie Jack seine Stiefsöhne behandelte, setzte ihr so sehr zu, dass sie ihm hinterher einen langen Brief schrieb. Darin nahm sie Bezug auf seinen »beängstigenden Mangel an Sensibilität, was die Bedürfnisse anderer betrifft«, und stellte fest, er vermittle den Eindruck, Menschen seien »Dinge, die man manipuliert, damit sie einem zu Willen sind«. Vielleicht ist es falsch, zu viel in Zeilen hineinzulesen, die in der Hitze eines Familienstreits entstanden sind, doch in ihren Worten schwingt etwas Wahres mit: »Jill … hat vier Kinder zu Hause«, schrieb Molly. »*Du* hast nur zwei. Du hast Jill *und* die Zwillinge geheiratet – und trotzdem vergisst du die Zwillinge so oft. Das merken sie, und insgeheim tut es ihnen weh. Sie haben sich dafür entschieden, dich ›Daddy‹ zu nennen. Das ist so ein reizendes Kompliment für dich. Sind sie auch deine ›Söhne‹?«

Das war eine gute Frage, und soweit Alex und Marcus die Antwort einschätzen konnten, bestand sie in einem klaren »Nein«. Sie sehnten sich heftig nach Jacks Anerkennung, er aber sagte ihnen immer öfter, sie seien zu nichts zu gebrauchen und dumm. Als sehr akademisch orientierter Mensch hatte Jack für ihre Unfähigkeit, gute Ergebnisse in der Schule zu erreichen, keinerlei Verständnis, und er machte aus seiner Verachtung keinen Hehl. Für ihn war »Legasthenie« einfach ein vornehmer Ausdruck für »Dummheit«.

Für jeden älteren Mann mit verfestigten Gewohnheiten hätte das Familienleben eine Herausforderung bedeutet, doch Jills Verhalten erschwerte die Situation zusätzlich. Manche Beobachter meinen, sie habe ein schlechtes Gewissen gehabt, weil sie Jack die Söhne eines anderen Mannes aufbürdete; andere interpretieren es so, dass sie seine Ablehnung der Zwillinge in gewisser Weise als eine Ablehnung ihrer selbst empfand und ihn zu beschwichtigen versuchte, was üblicherweise das entgegengesetzte Resultat brachte.

Marcus ist davon überzeugt, dass sie bewusst Nähe verhindern wollte. Jack wurde als böser schwarzer Mann dargestellt, als die Ursache von allem, was im Haus nicht schön war, und ihre Söhne wurden dazu ermutigt, sich um sie zu scharen und sie zu unterstützen. Manchmal brachte sie ihnen Mitgefühl entgegen und übernahm die Rolle der Fürsprecherin, auch wenn das kaum einen Effekt hatte, weil sie behauptete, ebenfalls Angst vor Jack zu haben.

Bei dieser angeblichen Angst scheint es sich zu einem großen Teil um Schauspielerei gehandelt zu haben, die zuweilen fast komische Züge hatte. Häufig schien es, als versuche Jill sich kleiner zu machen und förmlich unter seinen Wutausbrüchen zu ducken. Dann wieder rannte sie in ein anderes Zimmer und versteckte sich hinter dem Sofa, angeblich voller Angst, und rief nach ihren Söhnen, weil die sie beschützen sollten.

Was Marcus und Alex betraf, so schauspielerten die beiden nie. Beide fürchteten sich entsetzlich vor Jack, und egal, was sie taten, es war immer falsch. Ein häufiger Besucher des Hauses berichtet: »Wir wussten, dass sie Angst vor ihm hatten.« Die Freunde des Paares reagierten darauf, indem sie die Jungen an Wochenenden und auf Urlaubsfahrten mitnahmen, eine Lösung, die allen Beteiligten entgegenkam.

Doch egal, wie schlecht Jack sie behandelte, die Zwillinge wirkten immer munter und liebevoll, zumindest an der Oberfläche. Sie hatten etwas, das ihnen niemand nehmen konnte: einander.

Was auch um sie herum vorging, sie lebten in ihrer eigenen privaten Zwillingswelt. Sie taten alles gemeinsam. Fast in jedem einzelnen Augenblick ihrer Kindheit, ob sie in der Schule schlecht behandelt, von Jack terrorisiert oder von ihrer Mutter durch die Gegend gezerrt wurden, ob sie früh aufstehen mussten, um Schuhe zu putzen und das Geschirr des Vorabends zu säubern, oder sich in ihren eiskalten Raum zurückzogen, isoliert vom Rest der Familie – ihr Zwilling war immer da, ein Gefährte und Zufluchtsort, ein munteres Spiegelbild und eine Quelle der uneingeschränkten Akzeptanz und Zustimmung.

In einer sehr tiefgehenden Weise war alles, was außerhalb dieser engen Verbundenheit existierte oder geschah, völlig irrelevant. Völlig ohne Bedeutung. »Als wir klein waren, konnte niemand zu uns durchdringen«, erzählte Marcus seinem Zwillingbruder. »Wir waren in unserer eigenen kleinen Welt, unserer eigenen kleinen Blase. Immer zusammen.«

Wenn ihr Lebensweg normaler verlaufen wäre, hätten sie sich als Jugendliche ein wenig voneinander entfernt. Alex hatte diesen Prozess bereits eingeleitet, als er die Stelle am Bramley Grange Hotel angenommen und Marcus im Duke's Cottage zurückgelassen hatte. Doch sein Unfall und die Abhängigkeit von seinem Zwillingsbruder unterbrachen ihre Anstrengungen im Hinblick auf eine Trennung. Von ihrem zwanzigsten Lebensjahr an herrschte zwischen ihnen ein ständiges Annähern und Entfernen. So ermutigte Marcus seinen Bruder, zu ihm nach Australien zu kommen, brach jedoch dann zu seinen eigenen Reisen auf und überließ ihn sich selbst. Und Alex' feste Entschlossenheit, die Wahrheit über seine Kindheit zu erfahren, trieb einen weiteren Keil zwischen die beiden.

Sie wussten instinktiv, dass sie sich separate Persönlichkeiten, separate Leben erschaffen mussten, doch wie sich herausstellte, war diese so wesentliche Aufgabe ganz außerordentlich schmerzhaft.

19.

Die erste Hochzeit

Alex sprach schon seit einiger Zeit mit Marcus über seinen Wunsch, Camilla zu heiraten. Er hatte sich in den Kopf gesetzt, ihr vor seinem fünfunddreißigsten Geburtstag einen Heiratsantrag zu machen, also vor dem 31. Januar 1999.

Marcus war zu jener Zeit in Fundu, weil die Bauarbeiten begannen. Weit weg, nicht nur in geographischer, sondern auch in psychologischer Hinsicht. In dieser Phase war es Camilla, die Alex in seiner Suche nach der Wahrheit unterstützte. Nun war die Zeit gekommen, ihre Verbindung zu feiern.

Am Vorabend seines Geburtstages reservierte Alex einen Tisch in einem Restaurant in der Nähe ihres Hauses in Brixton, doch als er und Camilla dort anlangten, erschien ihm dieser Ort zu laut und zu überfüllt für einen intimen Antrag. Als sie wieder zu Hause waren, war es fast Mitternacht, und die Zeit lief ihm davon.

Alex erzählt: »Ich dachte, ich halte mich besser ran!« Also machte er Camilla einen Antrag, kurz bevor es Mitternacht schlug, und Camilla nahm ihn an.

Ein großer Teil des Familienschmucks war in einem Banksafe untergebracht, deswegen steckte ihr Alex nicht gleich einen Ring an den Finger, sondern holte eine Fotografie von einem der Ringe seiner Großmutter hervor. Er beschreibt seinen Antrag so: »Willst du mich heiraten? Schau mal, so sieht der Ring aus!« Camilla fand das Ganze lustig und liebenswert. Letztendlich ließen sie eine von Rosalinds Broschen aufbrechen und die Steine nach ihren eigenen Vorstellungen neu fassen.

Sie heirateten zwei Jahre später, im Sommer 2001, und es wurde eine sehr individuelle Hochzeit. Vivien hatte inzwischen ein Heilzentrum in einem Landhaus namens Alliblasters in der Nähe von Rudgwick eröffnet. Mit seinen vielen Zimmern, den großen Rasenflächen ringsum und seiner idyllischen Lage in Sussex war es für eine Hochzeit der perfekte Ort.

Amanda kam aus Sri Lanka nach England zurück. Den Höhepunkt des Gottesdienstes bildete ein etwa zwanzigköpfiger Gospelchor aus Brixton. Ian und Laura Hudson traten als Trauzeugen auf, womit sie ihre informelle Rolle als Adoptiveltern besiegelten.

In Alliblasters kümmerte sich Marcus um alles. Ein großes Festzelt wurde auf dem Rasen aufgebaut. Als die Floristen in letzter Minute absagten, sprang Amanda Marcus helfend zur Seite. Bei Tagesanbruch fuhr sie nach Covent Garden, füllte einen der Firmenwagen von Lewis Burton mit tropischen Blumen und verbrachte zwei Tage damit, kunstvolle Gebilde zusammenzustellen und alle Zeltstangen mit Blumen zu schmücken. Für sie war das eine perfekte Gelegenheit, ihrer Kreativität freien Lauf zu lassen. Sie dekorierte sogar das große Himmelbett, das man in der Zeltmitte aufgestellt hatte.

Camilla litt seit einigen Wochen unter starken Rückenschmerzen, weil eine Behandlung fehlgeschlagen war. Wegen der Schmerzen konnte sie immer nur zeitweise aufstehen; das Hinsetzen wurde ihr zur Qual. Einige Wochen vor der Hochzeit, als sie gerade im Bett lag, hatte sie eine Freundin gefragt: »Wie soll ich diese Hochzeit überstehen?« Die Freundin hatte einen Moment lang nachgedacht und dann vorgeschlagen: »Warum nimmst du nicht das Bett mit? Dann brauchst du nicht immer wieder zum Haus zurück, wenn du dich hinlegen musst.«

Es dauerte ein paar Tage, bis Alex von dieser Idee überzeugt war, aber im Endeffekt erwies sie sich als gut. Amanda bestreute das Bett mit Blumen, deswegen sah es so schön aus wie Titanias Lagerstätte in Shakespeares *Sommernachtstraum*. Abwechselnd setzten sich alle Gäste mit ihrem Champagner zu Camilla ans Bett, und auf diese Weise konnte sie den ganzen Tag genießen.

Dann wurden die Reden gehalten. Der beste Freund des Bräutigams sprach, und ihm folgten die engsten Freunde des Paares. Und dann erhob sich Marcus, völlig unvorbereitet, von seinem Stuhl. Er fing ganz konventionell an, mit einem Toast auf Alex und Camilla. Dann fuhr er fort: »Was ich eigentlich sagen wollte: Das hier ist ein sehr trauriger Tag für mich.« Mit dem Wort »traurig« zog er die ungeteilte Aufmerksamkeit aller hundertzwanzig Gäste im Zelt auf sich. Es herrschte völlige Stille. Marcus sagte einfach: »Das hier ist eine Heirat … und zugleich eine Scheidung. Beides an einem Tag.« Dann begann er zu weinen und setzte sich wieder.

Die Stimmung war innerhalb eines einzigen Augenblicks gekippt, und die Hälfte der Gäste hatte Tränen in den Augen. Alex war wie vor den Kopf geschlagen. Bis zu diesem Punkt war es eine typische, fröhliche Hochzeitsfeier gewesen, doch Marcus' spontane Rede hatte einen Schatten darauf geworfen, der sich nur schwer vertreiben ließ.

Alex blickt zurück: »Das war wirklich ein ganz außergewöhnlicher Moment. Niemand wird jemals die Aussagekraft seiner Worte vergessen. ›Er gewinnt eine Frau. Ich verliere einen Zwillingsbruder. Genau jetzt, in diesem Moment. So fühlt es sich für mich an.‹« Trotz des großartigen Gospelchors beim Gottesdienst, trotz des herrlichen Blumenschmucks und all der ganzen Vorbereitungen, die man getroffen hatte, um eine denkwürdige Hochzeit zu feiern, ist es Marcus' spontaner Ausbruch, den keiner der Anwesenden jemals vergessen wird.

Vielleicht hatte das Verhalten seines Zwillingsbruders Alex damals erstaunt, doch als Marcus sieben Jahre später ebenfalls heiratete, war Alex derjenige, der aus der Rolle fiel.

20.
Vito

Marcus war nervös, auf dem Weg zu einem ungewöhnlichen Blind Date. Ungewöhnlich, weil es kein richtiges Date war. Er traf sich einfach nur mit einigen Freunden zu einem Essen, doch er wusste, dass eine junge Spanierin dabei sein würde, der er noch nie begegnet war. Ein Blind Date war es auch nicht wirklich, schließlich wusste er, wie Vito aussah: Er war bereits ihrer eineiigen Zwillingsschwester begegnet, Ana, die einige Monate zuvor ihre Flitterwochen in Fundu Lagoon verbracht hatte. Außerdem wusste er, dass Vito Architektin war und für das spanische Hockeyteam gespielt hatte.

Ana hatte sich ein wenig als Kupplerin betätigt. Ihre Schwester war übers Wochenende aus Barcelona gekommen, wo sie in einem sehr gefragten Architekturbüro arbeitete. Vito ahnte nicht, was ihre Schwester mit ihr vorhatte. Und sie begriff nicht, warum es Ana so wichtig war, was sie an diesem Abend anzog.

»Mach dich doch noch ein bisschen hübsch«, schlug Ana vor, während sie ihre Schwester kritisch musterte.

»Warum denn?«, fragte Vito, die sich wie üblich bequeme Sachen ausgesucht hatte.

»Ach, wer weiß, vielleicht lernst du ja jemanden kennen.«

Dass Ana so viel Aufhebens machte, ließ Vito unruhig werden.

Alle trafen sich im St Martin's Hotel, doch an diesem Abend verbrachten Vito und Marcus nur eine halbe Stunde zusammen, weil Marcus zum Flughafen Heathrow fahren musste, um jemanden abzuholen. (»Für mich klang das nach Freundin«, sagt Vito. »So war es auch«, bestätigt Marcus. »Ich habe mich aber an diesem Abend von ihr getrennt.«) Ihre erste Begegnung lässt sich nicht als absoluter Erfolg bezeichnen. Marcus fühlte sich zwar sofort zu Vito hingezogen, war aber übermäßig aufgeregt und spürte, dass er zu angestrengt wirkte, ohne etwas dagegen tun zu können. Vito fand ihn attraktiv, doch die Art und Weise, wie er angab, gefiel ihr nicht: Innerhalb der dreißig Minuten, die sie miteinander verbrachten, hatte er mit bekannten Namen nur so um sich geworfen, ihr davon erzählt, wie er Mutter Teresa und den Dalai Lama getroffen hatte, und die ganze Zeit versucht, sie zu beeindrucken.

Als Vito an diesem Abend in die Wohnung ihrer Schwester zurückkehrte, hätte sie nicht genau sagen können, wie sehr sie Marcus nun wirklich mochte. Aber sie hatte ein starkes Gefühl von *Ich habe gerade jemanden kennengelernt, der in meinem Leben sehr wichtig sein wird*, ohne dass sie es hätte erklären können. Was Marcus betraf, so hatte die Chemie zwischen ihnen sofort gestimmt, doch ihr Weg ins gemeinsame Glück verlief nicht eben geradlinig.

Es fing damit an, dass Ana ihr Handy verloren hatte und Marcus keine der beiden Schwestern erreichen konnte. Als er endlich Kontakt zu Vito bekam, war sie bereits nach Barcelona zurückgekehrt. Sie unterhielten sich eine halbe Stunde lang, plauderten wie alte Freunde über alles Mögliche, und bevor sie auflegten, meinte Marcus, er werde sich in ein oder zwei Tagen melden.

Aber das tat er nicht.

Eine Woche verging, dann eine weitere, eine dritte. Vito konnte es sich einfach nicht erklären. Er hatte so interessiert gewirkt, und jetzt – nichts. Was ging da nur vor sich?

Fast einen Monat später bekam sie von einem Freund seine

Nummer und rief ihn an. Wieder unterhielten sie sich wie alte Freunde. Wieder sagte Marcus kurz vor dem Auflegen, er werde sich in ein oder zwei Tagen melden.

Nicht schon wieder, dachte sie.

Aber diesmal rief er sie am nächsten Tag an. Die beiden telefonierten jeden Tag miteinander, und kurz vor Weihnachten flog Marcus nach Barcelona. Vito sollte ihn am Flughafen abholen. Beide fürchteten, einander nicht wiederzuerkennen.

Die Fahrt vom Flughafen nach Barcelona war beiden sehr unangenehm. Am Anfang machten sie mühsam Small Talk, doch das Gespräch wurde ungezwungener, als sie einen Umweg machten, um die Stadt vom Berg Tibidabo aus zu betrachten. Vito hielt schließlich vor einem Hotel in der Stadt. Wenig begeistert sah Marcus sie an.

»Ich übernachte also nicht bei dir?«

Sie schüttelte den Kopf. »In einer Stunde hole ich dich ab«, sagte sie und fuhr davon.

Als er sein Hotelzimmer aufsuchte, um zu duschen, dachte Marcus, er habe einen großen Fehler gemacht. Aber an diesem Abend unterhielten sie sich ganz ausgezeichnet in einem Restaurant, danach gingen sie zusammen tanzen.

Und noch später fuhr ihn Vito zurück zu seinem Hotel. Nach einem Wangenkuss verkündete sie, sie werde ihn am nächsten Morgen abholen.

Besonders gut läuft das ja nicht gerade, dachte Marcus, als er einsam seine Zimmertür aufschloss. Im Endeffekt verbrachte er zwei weitere Nächte im Hotel, bevor ihn Vito zu einer Reise an die Costa Brava einlud, wo sie einige Tage lang zusammen die wichtigen Orte ihrer Kindheit besuchen wollten.

Als Nächstes war sie an der Reihe und besuchte ihn in London. Wie Marcus und Oliver in ihrem Haus zusammenlebten, erfüllte sie mit Schrecken. Nicht nur, weil sich wie in einer typischen Junggesellenbude die schmutzigen Teller im Spülbecken stapelten und überall Essen herumlag – es erschien ihr auch manchmal, als besitze halb Südlondon den Hausschlüssel. Genau genommen waren es nur die wichtigsten Mitarbeiter von Lewis Burton, außerdem einige Freunde, aber an den völligen Mangel an Privatsphäre gewöhnte sich Vito nie. (»Es war eine typische Männer-WG«, kommentiert Marcus. »Was hattest du denn erwartet?« »Es war einfach unmöglich«, widerspricht Vito energisch.)

Vito unterrichtete in Barcelona Architektur, verschaffte sich jedoch einen wöchentlichen Arbeitsauftrag bei einer Londoner Firma und konnte deswegen die Tage von Freitag bis Montag bei Marcus verbringen. Die Zustände in seinem Haus trugen allerdings nicht dazu bei, dass sie sich dort wohl fühlte. Eines Morgens wachte sie kurz nach Marcus' Aufbruch zur Arbeit davon auf, dass ein riesenhafter afrokaribischer Mann im Schlafzimmer stand.

»Hi, mein Name ist Everton«, begrüßte er sie. »Ich bin aus Marcus' Firma und soll mich um den Boiler kümmern.«

»Der ist aber nicht in diesem Zimmer«, erwiderte sie böse.

»Ich überprüfe nur kurz die Heizung.«

Vito teilte Marcus mit, ihre Beziehung sei ernsthaft gefährdet, wenn sie keinen eigenen Ort zum Wohnen für sich fänden.

Im Sommer des Jahres 2005 verbrachte Vito zusammen mit Marcus drei Monate in Fundu. Seit der Eröffnung des Hotels arbeiteten die Zwillinge zusammen an ihren Projekten in Brixton und Sansibar. Die Immobilien mussten immer noch betreut werden: Alex übernahm den Hauptteil der Verwaltungsaufgaben, Marcus kümmerte sich um Reparaturen und Renovierungen. Und in Fundu sorgte Marcus für immer weitere Verbesserungen am Hotel: In einem Jahr kam ein Pool hinzu, in einem anderen waren es zusätzliche Wohneinheiten. Alex flog mindestens zweimal auf die Insel, um sich um Steuern und Buchhaltung zu kümmern. Obwohl sie immer noch sehr vertraut miteinander waren, sprachen sie nie über das Thema, das Alex so sehr beschäftigte. Ihre Unterhaltungen konzentrierten sich auf Praktisches: Es ging um ihre gemeinsamen Freunde und darum, wie die Firma zu führen sei.

In Fundu baute Marcus nicht nur das Hotel aus, er bemühte sich auch, das Leben der Dorfbewohner zu verbessern, deren Welt ihm so viel gegeben hatte. Alex und Marcus hatten viel mehr getan, als ihr ursprüngliches Versprechen dem Sheha gegenüber zu erfüllen, nach dem die Hälfte der Arbeiter immer aus seinem Dorf stammen sollte. Von Anfang an hatten sie auch einheimische Unternehmer ermutigt, kleine Firmen aufzubauen.

Sie hatten dem Dorf Geldmittel für eine elektrische Pumpe zur Verfügung gestellt, und nun wollten sie – finanziert durch Spenden von Hotelgästen und Fundraising-Veranstaltungen in London und Barcelona – eine Schule gründen. Marcus, dessen eigene Schulzeit ein solches Desaster gewesen war, zeigte sich fest entschlossen, den Kindern des Dorfes eine bessere zu bieten.

Vito wunderte sich, wie kraftlos sie sich fühlte. Die Insel war wunderschön, das Leben entspannt, und sie selbst war normalerweise voller Energie und Lebenskraft und vertrug auch die Hitze gut. Was war nur los mit ihr?

Die afrikanischen Frauen lächelten. »Du bist schwanger«, sagten sie zu ihr.

Vitos Geburtstag war der siebte Juli, ein Nationalfeiertag in Tansania, und die Frauen luden sie zu einer speziellen Feier ein, wie sie der Tradition gemäß veranstaltet wird, bevor eine Frau in den Stand der Ehe tritt. Vito fühlte sich geschmeichelt: Es war schon ein großes Privileg, bei dieser geheimnisvollen Frauenzeremonie mitmachen zu dürfen. Doch als der Tanz begann, verwandelte sich ihre Freude in Erstaunen.

Die Frauen von Pemba sind Musliminnen und für ihre Bescheidenheit berühmt. Sie gehen mit gesenktem Blick durch die Straßen und erheben nur sehr selten die Stimme. Doch während dieser afrikanischen Entsprechung eines Junggesellinnenabschieds führten die Frauen einen Tanz auf, der auf ungehemmte Weise erotisch war: eine tänzerische Nachahmung des Geschlechtsaktes, die wahrscheinlich dazu dienen sollte, die Braut auf das vorzubereiten, was vor ihr lag.

Lola kam im folgenden Jahr zur Welt, doch erst an Neujahr, während eines gemeinsamen Skiurlaubs, entschloss sich Marcus, Vito einen Antrag zu machen. Das schien ihm ein guter Plan, und außerdem sehr romantisch.

Sie wollten eine schwierige Skipiste hinunterfahren, und während sie im Lift nach oben glitten, vergewisserte er sich, dass der gekaufte Ring auch sicher in seiner Tasche steckte. Vito, eine ausgezeichnete Sportlerin, fuhr vorneweg, und Marcus folgte ihr. Er wollte dort neben ihr halten, wo die Aussicht von überwältigender Schönheit war, um dann den Ring mit einer dramatischen Geste aus der Tasche zu ziehen, in der herrlich frischen Bergluft im unberührten Schnee und vor einem atemberaubenden Panorama. Das Ganze wäre perfekt!

Im allerletzten Moment, gerade als Marcus Vito einholte, verlor er die Kontrolle über seine Skier, konnte nicht rechtzeitig bremsen und rammte sie bei voller Geschwindigkeit. Mit einem Schmerzensschrei fiel Vito zu Boden.

»Bist du okay?« So hatte er das ganz und gar nicht geplant.

»Mein Bein!«, wimmerte sie. »Ich kann nicht mehr aufstehen. Oh, das tut so weh!«

»Ich habe etwas, da geht es dir gleich besser«, verkündete Marcus.

»Oh gut, du hast ein Schmerzmittel dabei?«

Marcus kniete sich neben die im Schnee liegende Vito. »Noch etwas viel Besseres«, gab er zurück und zog den Ring aus der Tasche. »Willst du mich heiraten?«

Vito prustete vor Lachen und vergaß völlig ihr schmerzendes Bein. »Ja, ja, ja! Aber erst musst du mir hochhelfen.«

21.

Eine zweite Hochzeit

Vito und Marcus heirateten im September 2008 in dem weißen Fischerdorf in Menorca, wo Vitos Familie seit Jahren eine Villa besaß. Zweihundert Gäste wohnten den Feierlichkeiten bei, und die meisten ihrer britischen Freunde verbrachten eine ganze Woche auf der Insel. Sie hatten von der Villa bis zur Kirche, von der aus man das Meer sah, einen Teppich ausgerollt. Der gesamte Gottesdienst fand auf Katalanisch statt, weswegen Marcus Vito immer wieder fragen musste, ob sie schon verheiratet seien.

Es war die reinste Idylle: Ihre Freunde tranken am Wasser Champagner, dann wurden die Feierlichkeiten in einem nahegelegenen Restaurant fortgesetzt, wo sie das Hummergericht kosteten, für das der Ort berühmt war. Danach tanzten sie die ganze Nacht, während draußen ein warmer Septemberregen fiel.

Marcus und Vito hätten nicht glücklicher sein können.

Aber Alex war unglücklich.

Er war mit Camilla und ihrem Sohn, der inzwischen drei Jahre alt geworden war, ein Jahr älter als die kleine Lola, nach Menorca gekommen. Marcus hatte ihn gebeten, sein Trauzeuge zu sein. Zwei Brautführer, Rob und Jules, sollten zusammen die Rede halten, der eine auf Englisch und der andere in schlechtem Spanisch. Doch abgesehen von einigen Proben für die Hochzeit gab es nicht viel für Alex zu tun, und obwohl der Ort für einen Urlaub ganz wunderbar geeignet war, fühlte er sich ausgeschlossen. Es war nur natürlich, dass Vitos Familie alles organisierte, aber Alex konnte fast gar kein Spanisch, und die meiste Zeit hatte er keine Ahnung, worum es überhaupt ging.

Mit der Zeit nahm Alex' Unzufriedenheit zu. Obwohl er inzwischen eine eigene Familie hatte, wollte er insgeheim nicht, dass Marcus heiratete. Er war nicht bereit, ihn herzugeben, genauso wenig wie Marcus ihn hatte loslassen wollen, als er selbst Camilla geheiratet hatte.

Am Vorabend der Hochzeit brach Alex im Hotelzimmer zusammen. Camilla tat, was sie nur konnte, um ihn zu trösten, doch für Alex vergingen die folgenden vierundzwanzig Stunden wie in einem Nebel. Er hielt durch und schaffte den ihm zugeteilten Part in der Zeremonie gerade so.

Vito und Marcus, die nichts von Alex' Elend ahnten, brachen zu ihrer Hochzeitsreise auf. Lola blieb währenddessen bei ihrer Großmutter in Barcelona. Marcus hatte alles geplant, ohne Vito etwas zu verraten, und dabei alle ihre Freunde aus der Reisebranche um Mithilfe gebeten. Sie reisten in die Nähe von Kapstadt und unternahmen von dort aus einen Flug, um Wale zu beobachten. Sie fuhren mit der luxuriösen Rovos Rail vom Kap nach Johannesburg und durchlebten eine viertägige Reise durch atemberaubend schöne Landschaften. Sie flogen in einem Ultraleichtflugzeug über die Victoriafälle und erlebten in Sambia eine Safari in der Nähe der berühmten Sausage Tree Lodge.

Alex kehrte völlig aufgewühlt nach London zurück. Als sich Marcus bei seiner und Camillas Hochzeit so seltsam benommen hatte, hatte er das nicht verstehen können. Nun verstand er es nur zu gut. In seinem tiefsten Inneren wusste er, dass sie das Richtige taten, indem jeder seinen eigenen Weg ging, doch er empfand den Trennungsschmerz fast als überwältigend. Ihre Nähe, die sie als Kinder in die Lage versetzt hatte, so viel durchzustehen, die ihn nach seinem Unfall getragen hatte und die sie immer ausgemacht hatte, erschien ihm noch immer als unverzichtbare Bedingung für sein Überleben.

Obwohl er wusste, dass es falsch war, verspürte er Vito gegenüber Wut und gab ihr die Schuld dafür, dass es ihm so schlecht ging. Einige Wochen nach Marcus' und Vitos Rückkehr von der Hochzeitsreise packte Alex Marcus' sämtliche Bürounterlagen in einen Karton, lud ihn auf den Rücksitz seines Autos und fuhr zu den beiden nach Hause. Er übergab alles Vito, sämtliche Kontoauszüge, Steuerformulare und Rechnungen, um die er sich immer für seinen Zwillingsbruder gekümmert hatte.

»Das ist jetzt deine Aufgabe«, erklärte er ihr. »Du hast ihn geheiratet. Jetzt übernimmst du alles.«

Das war kindisch und ganz und gar untypisch für ihn, und bis heute findet er es schwierig, zu begreifen, was ihn zu einem so feindseligen Verhalten veranlasst hat. Wahrscheinlich hatte er Glück, dass Vito selbst eine eineiige Zwillingsschwester hatte, und obwohl ihre Beziehung zu Ana nicht von derart widrigen Umständen geprägt worden war, reagierte sie mit größerem Verständnis und mehr Bereitschaft zur Vergebung, als die meisten frischgebackenen Ehefrauen das in einer vergleichbaren Situation getan hätten.

22.
An die Öffentlichkeit

Im Jahr 2009 beteiligte sich Oliver an einer Spendensammlung für die Kids Company, eine Wohltätigkeitsorganisation, die von der charismatischen Camila Batmanghelidjh gegründet worden war, um Kindern in gesellschaftlich problematischen Situationen positive Erfahrungen zu verschaffen. Diese Sache lag Oliver mehr am Herzen, als viele von denen, die um seinen »privilegierten Hintergrund« wussten, jemals hätten ahnen können. Zur Arbeit der Kids Company gehört es, Geldspenden für eine Tafel zu sammeln, damit Kinder, die sonst hungrig bleiben müssten, regelmäßige Mahlzeiten erhielten. Oliver lud Alex ein, ihn zu einer solchen abendlichen Wohltätigkeitsveranstaltung zu begleiten. Jeder Gast erhielt einen Pappteller und wurde gebeten, eine seiner liebsten Kindheitserinnerungen auf die Rückseite zu zeichnen. Es braucht nicht erwähnt zu werden, dass Alex von dieser Aufgabe alles andere als begeistert war, und er begegnete ihr mit denselben ängstlichen Gefühlen, die vor zehn Jahren Viviens Bitte ausgelöst hatte, er möge einen Garten zeichnen.

Eine von Olivers Freundinnen sollte den Abend auf Video aufnehmen. Sie kam an Alex' Platz, der Teller lag unbemalt vor ihm. Sie bat ihn, von seiner liebsten Kindheitserinnerung zu erzählen.

»Ich habe keine«, erwiderte Alex.

Sie war fasziniert und wollte den Grund erfahren. Alex erzählte ihr von seinem Gedächtnisverlust und davon, wie sein Zwillingsbruder zu seinem Gedächtnis geworden war. Doch als die Story einen Journalisten des *Guardian* erreichte und der sie in einer Kolumne für persönliche Erfahrungen im Samstagsmagazin veröffentlichen wollte, entschloss sich Alex, die ganze Geschichte zu erzählen. Nicht nur die vereinfachte Version, mit der er bereits die Zuschauer von *That's Life* und von Carol Vordermans Serie unterhalten hatte.

Zum ersten Mal sprach er öffentlich über die Enthüllung, die seine Welt auf den Kopf gestellt hatte, als er zweiunddreißig Jahre alt gewesen war. Er erzählte, wie Marcus nach dem Unfall zu seinem Gedächtnis geworden sei. »Aber«, so meinte er, »mein Bruder hat mir nicht gesagt, dass unsere Mutter mich und meine Brüder von unserer frühen Kindheit an bis in unsere Jugend hinein missbraucht hat. Ich konnte das damals nicht wissen, aber heute bin ich davon überzeugt, dass ich aus diesem Grund emotional wie eingefroren war. Es gab da ein entscheidendes Puzzleteil, das mir fehlte.«

In dem Artikel sagt er, er wisse, dass Marcus »aus Liebe« gehandelt habe, weil er sich für Alex einen Neuanfang wünschte. Doch erst als Alex die Wahrheit erfahren hatte, kamen seine emotionalen Reaktionen zu ihm zurück, überfluteten ihn geradezu, »gute wie schlechte: Wut, Erleichterung, Traurigkeit«. Er fuhr fort: »Man kann sagen, dass er mir meine Vergangenheit vorenthalten hat, doch für mich fühlt es sich an, als hätte er mich gerettet – ich hätte direkt nach dem Unfall nicht die Kraft gehabt, mit der Erinnerung[16] an den Missbrauch zurechtzukommen.«

Er beendet seinen Bericht mit einem positiven Gedanken: »Inzwischen bin ich sechsundvierzig Jahre alt und fühle mich, als wäre ich in der dritten Phase meines Lebens angelangt. Ich

---

[16] Wie immer, wenn Alex von seinen »Erinnerungen« spricht, meint er die Erinnerungen, von denen ihm Marcus erzählt hat.

weiß alles, was ich wissen muss, und anders würde ich es auch nicht haben wollen.«

Vielleicht glaubte Alex damals wirklich, er wisse alles, was es zu wissen gab. Und vielleicht war es für ihn auch besser, dass die tatsächliche Wahrheit über seine Kindheit erst nach und nach enthüllt wurde. Doch seine Suche war alles andere als abgeschlossen, und das sollten die Ereignisse der beiden kommenden Jahre zeigen.

Der *Guardian*-Artikel erschien im Juni 2010. Eine Radiojournalistin griff die Geschichte auf. Als Alex seine Geschichte das nächste Mal erzählte, saß er für *Saturday Live* in einem Aufnahmestudio, und was er berichtete, sollte später in diesem Jahr gesendet werden. Die Journalistin, Mishal Husain, war behutsam mit ihren Fragen. Zögernd sprach Alex über das, was ihm bereits bekannt war. Wieder einmal unterstrich er das Positive. Man hatte ihn gefragt, ob er wütend auf Marcus gewesen sei, weil der ihm nicht die Wahrheit gesagt habe, doch das verneinte er. »Ich glaube, er hat etwas Wunderbares getan, indem er es mir nicht erzählt hat. Ich glaube nicht, dass ich dafür in diesem Alter reif genug gewesen wäre. Mit dieser Information wäre ich nicht fertiggeworden.« Und wieder betonte Alex, dass Marcus aus Liebe gehandelt habe. Dem fügte er hinzu: »Wenn die Situation umgekehrt gewesen wäre, hätte ich dasselbe getan.«

»Warum denn?«

»Nun ja«, gab Alex zurück. »Warum sollte man einem jungen Mann so etwas erzählen wollen?«

Als er gefragt wurde, wie es um sein Bedürfnis nach Gerechtigkeit stehe, ob er die Namen der Täter nennen und sie bestraft sehen wolle, erwiderte Alex: »Nein, ich glaube nicht. Das Ganze ist zu lange her. Wir haben uns damit auseinandergesetzt, und ich denke, es wäre einfach zu schwierig, das noch mal zu tun.«

Als er gefragt wurde, ob er seiner Mutter vergeben könne,

dachte Alex einen Augenblick nach, bevor er sagte: »Meiner Ansicht nach ist ›Vergebung‹ ein großes Wort. Ich glaube nicht, dass man ihr jemals vergeben kann, nein. Niemals. Nein. Ich habe einen Neuanfang gemacht.«

Alex' Aufrichtigkeit und die bloße Kraft seiner Geschichte hatten einen deutlich wahrnehmbaren Effekt. Viele Zuhörer schickten ihm Nachrichten mit Worten der Unterstützung, und seine Freunde taten dasselbe.

Für Alex war das eine Erfahrung, die alles veränderte. Sicher eine Herausforderung, weil er in seinem tiefsten Inneren ein scheuer Mensch ist, der es schwierig findet, sich in der Öffentlichkeit zu äußern. Doch vor allem, so sagt er, »fühlte ich mich gut damit«, denn »ich wollte, dass die Leute meine Geschichte verstehen«. Endlich hörte ihm jemand zu. Er hatte mehr als zehn Jahre lang versucht, der Wahrheit auf die Spur zu kommen, und nur sehr wenige Menschen waren dazu imstande gewesen, ihn zu unterstützen und zu erfassen, was ihm das Ganze bedeutete. Jetzt nahmen plötzlich Freunde Kontakt zu ihm auf; sie waren schockiert und berührt von dem, was er gesagt hatte. Ihre Bewunderung für den Mut, in der Öffentlichkeit zu sprechen, und ihr Mitgefühl wegen all dem, was die Zwillinge hatten durchstehen müssen, war fast überwältigend. Ihre alten Freunde aus Long-Copse-Zeiten reagierten entsetzt, doch in ihrer Antwort waren sie sich einig. Wie es Alex mit seiner typischen Ehrlichkeit beschreibt: »Sie waren aufrichtig schockiert. Schließlich signalisierten sie uns ihre Anteilnahme.«

Auch Marcus fühlte sich von einer Welle der Unterstützung getragen. Diese Reaktion hatte keiner der beiden erwartet. Freunde und Kollegen nahmen Kontakt zu Marcus auf und sagten ihm, wie tapfer er war, obwohl er selbst gar nicht in der Radiosendung gesprochen hatte. Er fand das überwältigend. Das beschämende Geheimnis, an dessen Vertuschung er während all der Jahre gearbeitet hatte, stieß die Freunde nicht ab; vielmehr machte es seine Beziehungen vertrauter und authentischer. Er war bisher davon ausgegangen, man müsse sich seinen Freunden gegenüber immer positiv und optimistisch zeigen und Schrecken und Traurigkeit in lustige Geschichten verwandeln. Nun lernte er, dass Freunde nicht nur dazu da waren, unterhalten zu werden, sondern auch dazu, einen zu unterstützen.

Der Schritt an die Öffentlichkeit wurde für die Zwillinge zu einem Wendepunkt.

Teil 3

Die dritte Geschichte

1.
Oktober 2011

Im Herbst 2011 schien es, als wären Alex und Marcus in gefestigten, von Erfolg geprägten Lebensumständen angekommen. Beide waren verheiratet und hatten jeweils zwei kleine Kinder. Marcus und Vito lebten im Norden Londons, Alex und Camilla in der Nähe der englischen Südküste.

Die Zwillingsbrüder arbeiteten weiterhin zusammen. In London verwaltete die Firma Lewis Burton einige Immobilien, die ständige Aufmerksamkeit erforderten: Alex kümmerte sich um das Geschäftliche, Marcus um Reparaturen und Instandhaltung, und James Burton hatte das gesamte Unternehmen im Blick. Auf Pemba feierte Fundu Lagoon einen Erfolg nach dem anderen und beanspruchte weiterhin sehr viel Zeit und Energie; die Zwillinge besuchten das Hotel oft, um es weiter zu verbessern und sich um die täglichen Aufgaben im Management zu kümmern. Außerdem stellten sie das Hotel auf Messen in Europa vor und machten es dort bekannt. Alle Profite flossen in das Hotel zurück, auf das vor allem Marcus sehr stolz war. Bei seinen Besuchen dort genoss er, dass seine Lese-Rechtschreib-Schwäche in dem Augenblick, da er afrikanischen Boden betrat, keine Rolle mehr spielte.

Für Alex hatte sich eine kompliziertere Situation ergeben. Seit Viviens Workshop, der sein Leben verändert hatte, waren mehr als zehn Jahre vergangen. Seitdem hatte seine Hartnäckigkeit, jeden aufzuspüren, der ihm beim Erstellen eines stimmigen Bildes der Ereignisse helfen konnte, nie nachgelassen.

Trotzdem hatte er das Gefühl, als wäre die Suche noch lange nicht beendet.

In seinem Kopf schwirrten so viele Versionen des Geschehenen durcheinander, dass sich häufig kaum sagen ließ, welche die richtige oder wenigstens die aktuelle war. Da gab es die Geschichten, die er in den Jahren nach dem Unfall in sich aufgesogen hatte, die Bilder, die an die Stelle seiner Erinnerungen getreten waren und die zum Großteil von Marcus stammten. Diese musste er jetzt anzweifeln, aber manchmal fiel es ihm schwer zu unterscheiden, welche noch galten und welche er besser verwarf. Und jetzt musste er auch noch die Erinnerungen und Beschreibungen all der anderen Leute überprüfen – auch diese konnten sich als unzuverlässig erweisen.

Die leere innere Welt, die Alex nach seinem Erwachen aus dem Koma bewohnt hatte, war inzwischen mit einer Vielzahl von Stimmen und Bildern gefüllt, einem bunten Chaos aus Ereignissen, die sich manchmal überschnitten oder zeitlich nicht zusammenpassten, sich zuweilen auch widersprachen und häufig große Lücken aufwiesen. In gewisser Hinsicht hatte er große Fortschritte gemacht, aber gleichzeitig fühlte es sich oft so an, als wäre das Gegenteil der Fall.

Noch immer quälten ihn Fragen. Wie war er vor dem Unfall gewesen, der ihm sein Gedächtnis geraubt hatte? Wie stark hatte er sich danach verändert? War er jetzt, im Jahr 2011, ein ganz anderer Alex Lewis als der so selbstbewusst erscheinende junge Mann, der an jenem warmen Juliabend fast dreißig Jahre zuvor von der Sommerhochzeit nach Hause gefahren war? Und was bedeutete seine Amnesie wirklich? Waren die Erinnerungen zur Gänze aus seinem Gehirn gelöscht worden, oder waren sie einfach nur unzugänglich? Prägten die Ereignisse dieser ersten achtzehn Jahre immer noch den Menschen, der er heute war, selbst wenn er sich nicht mehr an sie erinnerte?

Am meisten verstörte ihn der Gedanke, es gäbe vielleicht tief in seinem Unterbewusstsein einen anderen, echteren Alex Lewis, der für immer außerhalb seiner Reichweite bleiben würde.

Dass er sich immer noch an keines der schrecklichen Ereignisse erinnerte, die Marcus, Oliver und Amanda ihm bestätigt hatten, half ihm nicht. Er wusste, ihre Mutter hatte sie viele Jahre lang missbraucht, unter ihren Freunden herumgereicht. Aber das war alles. Nur seine Vorstellungskraft konnte die Details ergänzen. Es war, als lese man eine Schlagzeile – *Zwillingsbrüder von Mutter sexuell missbraucht!* – ohne einen Artikel darunter, der einem erklärt hätte, was das alles bedeutete.

Was war vorgefallen? Wenn in den Medien Geschichten von missbrauchten Kindern behandelt wurden, fragte sich Alex immer: Ist uns das auch passiert? War es bei uns ebenfalls so? Manchmal waren die Geschichten sehr düster; es ging um satanische Rituale und alle möglichen Grausamkeiten, und diese Bilder fügten sich zu allen möglichen Szenarien zusammen.

Allmählich befürchtete Alex, dass er dazu verdammt sei, dieses Nichtwissen für den Rest seines Lebens mit sich herumzutragen. Eine sehr trübe Aussicht, auch wenn er das Ganze durch Munterkeit zu überspielen versuchte, wann immer es ging.

Dann bot sich ihm, in direkter Folge des Interviews bei Radio 4, plötzlich eine neue Gelegenheit: das Angebot, seine Geschichte in ein Buch zu verwandeln. Er würde Marcus um seine Mitarbeit bitten müssen: Ihre Lebenswege waren so sehr ineinander verschlungen gewesen, dass keiner von beiden ohne den anderen hätte beschrieben werden können. Das war die Chance, aus all den widersprüchlichen Geschichten eine einzige zu erschaffen, an der es nichts zu rütteln gab.

Als er die Sache mit Marcus besprach, war sein Zwillingsbruder nicht begeisterter als sonst, wenn es um Alex' Suche nach der Wahrheit ging. Zwischen ihnen bestand nach wie vor eine enge Verbundenheit, doch seit einigen Jahren hatten sie fast nur miteinander zu tun, wenn es um ihre Firmen oder ihre Freunde ging. Was Marcus betraf, so waren ihre Kindheit und ihr Familienhintergrund bedeutungslos; sie gehörten der Vergangenheit an. Jetzt aber erkannte er, wie wichtig diese nächste Phase war, und er wollte seinem Bruder nicht im Weg stehen. Denn für Alex ging es nicht nur darum, seine Geschichte aufzuschreiben. Es ging um sein ganzes Selbstgefühl.

Es war, wie Alex es am Anfang formuliert hat: »Ich möchte dieses Buch schreiben, weil ich wissen will, wer ich bin.«

2.
Eine Familienzusammenkunft

Durch die Fenster strömte herbstliches Sonnenlicht herein, und vom Spielplatz hörte man Kinderstimmen. Marcus und Alex hatten sich getroffen, um gemeinsam über das Buch nachzudenken, und sie hatten Amanda und Oliver dazu eingeladen. Schließlich sollte es in diesem Buch auch um ihre Familie gehen.

Durch einen glücklichen Zufall verbrachte Amanda gerade einige Monate in London, also eine längere Zeit, als sie seit der Bestattung ihrer Mutter jemals im Vereinigten Königreich gewesen war. Die hochgewachsene, attraktive junge Frau hatte die Jahre nach dem Verkauf von Duke's Cottage mit einer Mission der Selbstfindung verbracht. Viele Jahre hatte sie in Indien gelebt und war vor Kurzem nach Australien gezogen. Als Jugendliche hatte man ihr künstlerisches Talent entdeckt, doch sie hatte einen Platz an der Kunsthochschule abgelehnt, weil sie reisen wollte, wie ihre älteren Brüder es getan hatten. Nun hatte sie ihr künstlerisches Interesse wieder aufgegriffen und studierte, um Modistin zu werden.

Oliver liebte extreme körperliche Herausforderungen, wollte sich selbst an seine Grenzen bringen, egal, ob es darum ging, den Weltrekord im Rudern über den Atlantik zu brechen oder innerhalb von acht Tagen sieben Marathonläufe auf sieben Kontinenten zu absolvieren.

Allein die Tatsache, dass die vier zusammen waren, machte aus dem Treffen etwas Besonderes. Seit sie Rudgwick verlassen hatten, waren sie kaum einmal auf demselben Kontinent gewesen, vom selben Zimmer ganz zu schweigen. Begreiflicherweise hatten Amanda und Oliver ihre Vorbehalte, was das neue Projekt betraf. Sie waren auch im Duke's Cottage aufgewachsen und mussten ihren eigenen Weg finden, um das Erbe ihrer Kindheit zu bewältigen.

Es war Zeit für Antworten auf wichtige Fragen.

Anfangs erschien die Lösung ganz offensichtlich: Man hält sich einfach an die ungeschönte Wahrheit, dann kann man nicht ganz falschliegen. Oliver formulierte das so: »Meiner Meinung nach ist alles in Ordnung, wenn alles korrekt wiedergegeben wird.«

Amanda stimmte ihrem Bruder zu: »Alles, was ins Buch kommen soll, muss absolut den Tatsachen entsprechen.«

»Keine verdrehten Wahrheiten«, fügte Oliver hinzu. »Keine Sensationshascherei.«

So weit, so gut. Doch rasch stellte sich heraus, dass es geradezu unmöglich war, über etwas so Komplexes wie eine Familie eine einzige, absolute Wahrheit festzuhalten.

Eine von Marcus' Geschichten illustriert, wie schwer zu fassen die Wahrheit ist, selbst wenn es um Ereignisse aus der unmittelbaren Vergangenheit geht. Vor einigen Jahren waren er und einige Freunde in Brixton überfallen worden. Sie gingen zur Polizei, um das Verbrechen anzuzeigen: Sie berichteten, eine Gruppe Jugendlicher sei auf sie losgegangen. Sechs der Übeltäter seien schwarz gewesen, einer von ihnen weiß. Die Polizei vernahm alle getrennt, und später, als sie im Park über den Vorfall sprachen, erkannten Marcus und seine Freunde plötzlich, dass es umgekehrt gewesen war: Es waren sechs Angreifer mit heller und nur einer mit dunkler Hautfarbe gewesen. Marcus erklärt das so: »Weil wir gerade in Brixton waren, einer Gegend mit vielen schwarzen Einwohnern, und in einem Schockzustand, haben wir gesehen, was wir zu sehen erwartet hatten.«

Diese Erkenntnis wandte Marcus auf ihre Familiengeschichte an: Mehr als zehn Jahre trennten ihn und Alex von ihren jüngeren Geschwistern. Da war es ganz unvermeidlich, dass Oliver und Amanda ihre Kindheit ganz anders erlebt hatten als Marcus und Alex. Zum einen waren Jill und Jack älter gewesen, zum anderen war Jack ihr leiblicher Vater, kein widerwilliger Stiefvater. »So betrachtet«, meinte Marcus, »gibt es keine Wahrheit. Wir können die Geschichte nur so erzählen, wie wir sie sehen.«

Amanda verwies auf das Konzept der »persönlichen Wahrheit«. Für den Moment erschien ihnen das als hilfreich.

Oliver wollte unbedingt wissen, worin Alex' und Marcus' Motivation für das Schreiben bestand. Für ihn war das die wesentliche Frage, die er als »das Warum des Buches« bezeichnete. Dass er diesem Aspekt größere Bedeutung zuschrieb, als jemand aus einer gewöhnlicheren Familie das getan hätte, zeigt sein denkwürdiger Satz: »Wir sind in einem Haus der Unwahrheiten aufgewachsen.« Alex versuchte, seinen Geschwistern sein Bedürfnis nach dem Buchprojekt zu erklären. »Vor dreizehn Jahren habe ich die Wahrheit über meine Familie erfahren«, sagte er. »Und seitdem habe ich ständig nach der Wahrheit gesucht. Dass sich jetzt so plötzlich für mich diese Gelegenheit ergibt, bedeutet, dass ich noch viel mehr über unsere Familie lernen kann. Ich habe Fotos gemacht, ich habe geforscht, ich habe Pässe und Dokumente, ich habe alles getan, was möglich war. Es ist wie eine Reise, auf der wir die Mythen begraben und stattdessen festhalten, was wirklich passiert ist. Und irgendwie können wir so auch in unserem Leben weitermachen. Man könnte sagen, dass wir alles rauslassen können, nachdem wir es so viele Jahre lang unterdrückt haben.«

Seine Geschwister hörten schweigend zu, aufmerksam und respektvoll. Sie fühlten sich erleichtert, weil sie vielleicht zum ersten Mal über Dinge sprachen, die in ihrer Familie immer verborgen worden waren. Wie beeindruckend, dass trotz ihrer Ängste alle so entschlossen waren, aus dem Ganzen eine positive Erfahrung zu machen!

»Ich glaube einfach, dass es für uns als Familie gut wäre, alles rauszulassen«, fuhr Alex fort. »Vielleicht hilft es uns ja auch in der Zukunft, wenn wir diese Reise zusammen antreten.«

Ein Augenblick des Schweigens folgte. Die anderen konnten Alex' Hoffnung nachvollziehen, doch zugleich gab es da einen Vorbehalt, dass er dabei auf ihre Kosten etwas gewinnen würde. Es gab so viele Gründe, einander zu misstrauen. Beweggründe konnten hinterfragt werden, jeder konnte fürchten, dass seine eigenen Interessen zu kurz kämen. Doch Alex' drei Geschwister wussten um die Bürde seines Gedächtnisverlusts, vor allem, weil er ihnen erklärte, wie sehr dieser ihm zusetzte, bis in die Gegenwart hinein.

»Ich kann ehrlich sagen«, erklärte Alex, »dass ich wahrscheinlich nur ungefähr dreißig Prozent weiß. Sehr viele Details fehlen immer noch, wirklich.«

Die Stimmung veränderte sich, und die vier Geschwister unterhielten sich leichteren Herzens, teilten Erinnerungen an das Familienleben. Manche davon waren lustig – wie Alex und Marcus besitzen Amanda und Oliver ein sehr ausgeprägtes Gespür für das Absurde –, doch hinter vielen ihrer Geschichten stand Schmerz. Und während sie über die alten Zeiten sprachen, wurde deutlich, dass Alex sich nur indirekt daran beteiligen konnte. Er trug einige Anekdoten bei, die man ihm erzählt hatte, wusste aber nie, wie zutreffend diese wirklich waren. All seine Geschwister besaßen bestimmte Erinnerungen an ihre frühen Jahre. Ihre Enthüllungen waren ein Schock für Alex.

Amandas lebendigste Erinnerung war, wie sie sich gefühlt hatte, als sie erfuhr, dass Marcus und Alex nicht aus Australien zurückkehren würden. Es ging also um den Morgen, an dem die Zwillinge auf dem leeren Spielplatz in Sydney auf den Schaukeln gesessen hatten und Marcus seinen Zwillingsbruder davon überzeugte, jetzt sei der Augenblick gekommen, sich ihren Eltern zu widersetzen und nicht nach Hause zu kommen, um sich um sie zu kümmern. Die beiden hatten nicht wissen können, was das für ihre Schwester bedeutete. Zu dieser Zeit war sie dreizehn gewesen und hatte allein mit ihren Eltern zu Hause gelebt. Oliver besuchte ein Internat. Zu ihrem großen Entsetzen erfuhren Alex und Marcus, dass Amanda, als sie noch kleiner war, ein sadistisches und gewalttätiges Kindermädchen namens Janet gehabt hatte. Als ihre Mutter blaue Flecken an Amandas Körper bemerkte, warf sie die Frau sofort heraus, doch bezeichnenderweise wurde nie die Polizei involviert. Während dieser ganzen Zeit, als die Zwillinge nicht zu Hause waren, hatte sich Amanda an die Hoffnung auf den Augenblick geklammert, in dem sie zurückkehren würden: ihre großen Brüder, auf die sie sich verließ und die sie anbetete. Als die Nachricht kam, dass die beiden in Australien bleiben würden, waren ihre Eltern wütend gewesen, doch Amanda war in tiefe Verzweiflung verfallen. Damals hatte sie das Gefühl gehabt, ein Selbstmord wäre der beste Ausweg aus ihrem Elend.

Marcus gab zu, dass er sich deshalb immer schuldig gefühlt hatte. Er hatte gewusst, wie unmöglich sich seine Mutter aufführte und dass es Amanda im Duke's Cottage nicht gut ging. Trotzdem war er nicht zurückgekehrt.

Obwohl Amanda noch sehr jung gewesen war, als ihre beiden ältesten Brüder das Haus verlassen hatten, waren sie immer die wichtigsten Menschen in ihrem Leben gewesen, denn sie verkörperten alles, was an Familie gut war.

»Ich habe meinen Eltern nie vertraut«, erklärte sie. »Ich habe sie gehasst. Deswegen hatte ich nur meine Brüder.« Es ist bezeichnend, dass ausgerechnet Amanda, die bewunderte und verwöhnte Ersatztochter, so kurz nach Lucindas Tod geboren, zu ihren Eltern ein so wenig ambivalentes Verhältnis hat. Sie verachtete die beiden ganz einfach und konnte es nicht erwarten, aus dem Haus zu kommen. Das hatte nichts mit Undankbarkeit zu tun, nicht einmal mit dem, was ihre Brüder für weibliche Intuition halten. Aus der Perspektive ihrer Brüder hatte man sie verwöhnt, wie man das bei den drei jungen Männern nie getan hatte, doch trotzdem hatte sie sich nie sicher und auch nie wirklich geliebt gefühlt. Im Duke's Cottage war sie immer einsam gewesen. Sie lauschte an Türen, fand aber nie eine Erklärung für ihr ständiges Unbehagen. Sie versucht, ihre Erfahrungen wie folgt zusammenzufassen: »Ich habe mich die ganze Zeit gefühlt, als wäre etwas nicht in Ordnung.«

Amandas Bericht über ihre Kindheit ist ein wichtiges Korrektiv in Bezug darauf, wie sexueller Missbrauch die Wahrnehmung eines Menschen verzerrt. In dem Augenblick, in dem bekannt wird, dass sexueller Missbrauch durch einen Familienangehörigen stattgefunden hat, erscheint dieser Missbrauch ganz unvermeidlich als das wichtigste und bedeutsamste aller Traumata, selbst wenn die Details in diesem Zusammenhang nicht feststehen. Doch der Missbrauch steht im Kontext anderer, weniger deutlich sichtbarer, aber potenziell genauso schädigender Äußerungen elterlichen Fehlverhaltens. Anscheinend konnten sich die Eltern der vier immer nur in Bezug zu ihren Kindern setzen, indem sie sie als Objekte betrachteten – selbst wenn es sich in Amandas Fall um ein geliebtes Objekt handelte. Hier lag der Kern ihres Versagens. Nach außen hin mag es so ausgesehen haben, als hätten Jill und Jack Amanda mit Zuneigung förmlich überschüttet; sie waren jedoch weitgehend unfähig, ihr das zu geben, was sie brauchte: ein Gefühl der Sicherheit und einen harmonischen Bezug zur Welt um sich herum. Für alle Kinder, die in diesem Haus aufwuchsen, war das Leben von Problemen und Unglück geprägt, doch Amanda hatte den Grund dafür nie wirklich verstehen können.

Das passte zu dem, was Alex von einer Freundin und Nachbarin in Rudgwick erfahren hatte. Diese hatte Jill gemocht, war aber von der Tatsache verstört gewesen, dass weder Jill noch Jack jemals irgendetwas nur um ihrer Kinder willen taten. Es gab keine Picknicks oder Ausflüge. Keine Belohnungen. Die Kinder schienen im Leben ihrer Eltern nur als Anhängsel zu existieren, und es schien kein Bewusstsein dafür zu geben, dass sie eigene Bedürfnisse oder sogar eigene Identitäten hatten. Marcus und Alex wurden wie Dienstboten behandelt, doch mit Amanda und Oliver ging man wie mit Schmuckstücken oder dekorativen Gegenständen um, und obwohl sich die schlechte Behandlung hier weniger offensichtlich zeigte, war sie für das betroffene Kind ebenso schwierig einzuordnen.

Eines der Bilder vom Leben im Duke's Cottage, die einem das Herz brechen können, ist das von Amanda, die vor der Schlafzimmertür ihrer Mutter kauert, lauscht, immer weiter lauscht, nie etwas versteht, sich zurückgestoßen und von dem ausgeschlossen fühlt, was ihre Mutter und ihr Bruder in diesem Zimmer zusammen tun. Sie berichtet: »Ich wusste, dass da drinnen etwas vor sich ging, das nicht richtig war, aber dass es um etwas Sexuelles ging, begriff ich nicht. Ich hatte nur das Gefühl, ausgeschlossen zu werden. Dass sie etwas taten, bei dem ich nicht mitmachen durfte. Im Rückblick denke ich, *Gott sei Dank.* Aber als Kind ist das anders, da denkt man: Was machen die dadrinnen, und wenn es so etwas Besonderes ist, warum darf ich nicht dabei sein?«

An diesem Oktobernachmittag sagte sie Alex großzügige

Unterstützung bei seinem Vorhaben zu. »Ich weiß, dass es da ein Loch in deinem Leben gibt, und du willst es mit irgendetwas füllen.«

»Das versuche ich seit Jahren«, gab Alex zurück. »Ich habe auf diesen Augenblick gewartet.«

»Es wird also etwas ganz Großartiges sein, dieses Bild zusammenzusetzen«, meinte sie.

Die Geschwister teilten weitere Familiengeschichten: über die Fehde mit William, Jack Dudleys Grobheit, die Regeln, die im Haus galten. Wie immer, wenn sie sich trafen, um über die Vergangenheit zu sprechen, wurde die Persönlichkeit ihrer Mutter zum Thema, ihre »Exzentrizität«, ihr chronischer Geiz, die Macht, die sie über Leute hatte, und was sie antrieb. Auch zu der Frage nach der Verantwortung kehrten die Geschwister immer wieder zurück. Jill war krank gewesen, natürlich, aber bedeutete das, dass sie gar nicht anders hätte handeln können? Dass man sie nicht für das verantwortlich erklären konnte, was sie getan hatte?

Auch die Frage nach Vergebung kam hin und wieder zur Sprache. War es nötig, dass sie ihren Eltern verziehen, damit sie sich von der Vergangenheit befreien und weiterleben konnten? Für Alex, der sich an die unmittelbaren Traumata nicht erinnerte, schien diese Vergebung nicht ausgeschlossen. Für Marcus war diese Frage ganz einfach ohne Bedeutung. Es gab genug entsetzliche Geschichten, genug Gründe, warum Vergebung möglicherweise nicht infrage kam.

Zu Olivers entscheidenden Kindheitserinnerungen gehört eine aus seinen sehr jungen Jahren, und sie hängt mit der Unfähigkeit seiner Mutter zusammen, irgendetwas wegzuwerfen – es ging also um diesen Instinkt des Hortens, von dem ihr Onkel William glaubte, er und seine Schwester Jill hätten ihn von ihrem Vater geerbt. Oliver erzählte: »Sie wollte all die

Medikamentenfläschchen aussortieren, die in der Küche herumstanden. Es war ihr einfach unmöglich, sie wegzuschmeißen, solange sich noch etwas darin befand. Deswegen hat sie mir den Inhalt *all dieser Fläschchen* eingeflößt.«

Gehorsam schluckte der kleine Junge Pillen und Flüssigkeiten, während sich die leeren Behältnisse im Abfall anhäuften. So lange, bis er nicht mehr konnte. Dann übergab er sich.

Diese Erinnerung kommentierte Oliver ruhig: »Diese Geschichte vermittelt einem einen großartigen Einblick in ihre mentale Welt. Ich musste mich heftig übergeben. Ich glaube nicht, dass sie das Ganze aus Grausamkeit getan hat, doch ihre Krankheit war so extrem, dass sie gar nicht erfassen konnte, welche Konsequenzen ihr Tun für das Kind haben würde – sie verstand nur, dass sie so die leeren Fläschchen wegwerfen konnte.«

Oliver erzählte diese Begebenheit, ohne viele Emotionen zu zeigen, wenn man einmal von seinem leichten Ausdruck des Unglaubens absieht. Man bekam bei dieser Geschichte vor Entsetzen eine Gänsehaut, und seine Geschwister waren bedrückt, als sie ihm zuhörten. Aber ganz offensichtlich fand er einen gewissen Trost darin, diese Erinnerung mit ihnen zu teilen und offen darüber zu sprechen, wie es in ihrer Kindheit niemals möglich gewesen war. Auch im weiteren Gespräch ging es um Erinnerungen aus ihren frühen Jahren. Darum, wie man alles zu interpretieren hatte, was damals geschehen war, was sie durchgemacht hatten. Trotz der erinnerten Schrecken und Tränen gab es auch Gelächter und Wärme. Mehrfach wurden Andeutungen im Hinblick auf den sexuellen Missbrauch gemacht, spezifisch fand er allerdings keine Erwähnung. Diese Zurückhaltung sollte später Probleme verursachen.

Doch an diesem Tag kam es ihnen so vor, als hätten sie in irgendeiner Weise die Reise zu einer ehrlich geteilten Familiengeschichte begonnen, frei von den Täuschungen, die ihre

Kindheit durchdrungen hatten. Für Oliver stellte dies eine Fortsetzung der Diskussion dar, die er dreizehn Jahre zuvor mit Marcus begonnen hatte. Und es war Alex mit seinen fehlenden Erinnerungen, der diese Phase ihrer Bemühungen vorantrieb.

In dem »Haus der Unwahrheiten« war es das Kind ohne Gedächtnis, das nun begann, die Fesseln der Lügen und Geheimnisse zu lockern.

3.

Die Nacht, in der alles anders wurde

Einen Monat nach ihrem Treffen mit Oliver und Amanda entschieden die Zwillinge, nun sei die Zeit gekommen, ihre Geschichte schriftlich festzuhalten.

Als Erstes stellte sich die Frage, wo man anfangen sollte. Was Alex betraf, war das ganz offensichtlich: Für ihn begann das bewusste Leben in dem Augenblick, als er 1982 im Krankenhaus zu sich gekommen war und seinen Zwillingsbruder erkannte, der an seinem Bett saß.

Doch Marcus war anderer Ansicht. Für ihn war die Sommernacht, in der Alex seinen Unfall hatte, der entscheidende Ausgangspunkt. Er hatte seine Vorahnung bei der *Mysteries*-Serie detailliert beschrieben, doch die Ausstrahlung der Sendung lag vierzehn Jahre zurück, und weder Alex noch Marcus besaßen eine Kopie davon. Jetzt stellte sich heraus, dass keiner von beiden mehr wusste, was genau Marcus in der Sendung gesagt hatte.

Marcus begann voller Überzeugung: »Am Anfang habe ich erzählt, wie ich nachts um drei aufgewacht bin, meine Mutter angerufen und ihr gesagt habe, dass Alex etwas Schreckliches passiert ist.«

Woher wusste er das denn?

Marcus erklärte: »Ich bin aufgewacht und erlebte den Unfall.«

Das ist eines der Beispiele für die Kommunikation zwischen Zwillingen, die manche Leute ohne jeden Zweifel hinnehmen, während andere davon überzeugt sind, dass es sich entweder um Zufall oder um eine im Nachhinein gefärbte Sicht der Ereignisse handelt. Diese Reaktion der Skeptiker kennt niemand besser als Marcus, doch er bestand darauf, dass seine Erinnerung der Wahrheit entsprach.

»Das Ganze war wie ein sehr lebendiger Traum«, erläuterte er. »Ich spürte ein Grauen, und etwas sehr Mächtiges kollidierte mit mir. Schweißgebadet wachte ich auf, in Panik. Ich wusste einfach, dass Alex etwas sehr Schlimmes zugestoßen war. Und ich wusste es so eindeutig, dass ich etwas tat, was ich nie vorher und auch niemals nachher getan habe: Ich rief um drei Uhr morgens meine Mutter an. Es war nicht so, dass ich den Unfall in einem Traum gesehen hätte oder so etwas. Ich will das Ganze eigentlich auch gar nicht als Traum bezeichnen, weil sich das so übermäßig nach Fantasie anhört.«

»War es eine Vorahnung?«, fragte Alex.

»Nein, keine Vorahnung«, gab Marcus zurück. »Ich bin einfach aufgewacht und wusste es. Und ich war schweißgebadet.«

Wo befand er sich in diesem Augenblick?

»In Schottland.«

Er erinnerte sich an das Haus von Gordon Richardson, dem Kunsttischler, der Marcus eingeladen hatte, mit ihm und seiner Frau Gill in Dumfries und Galloway zu leben, an das Ehepaar, das seine Kinder bis zum heutigen Tag als Großeltern betrachten. Bis dahin befanden sie sich auf vertrautem Terrain, und die Geschichten, die sie so häufig erzählt haben, haben etwas Formelhaftes. Jeder der Zwillinge für sich hat ein großes Talent zu unterhalten, und als Doppelnummer sind sie einfach unschlagbar. Aber jetzt, wo sie nach den Ereignissen suchten, die ihre Familiengeschichte bilden sollten, benötigten sie weitere Details: zum Beispiel über das Haus und das Zimmer, in dem Marcus in dieser bewussten Nacht plötzlich aufgewacht war.

Marcus setzte zu einer Beschreibung seines Zimmers bei den Richardsons an: »Das war ein kleines Schlafzimmer auf der linken Seite, wenn man die Treppe hochkam. Ziemlich simpel, einfach nur ein Raum mit Dielenboden und einem Bett in der Ecke. Ich erinnere mich, dass ich aufgewacht und runter in die Küche gegangen bin, um zu telefonieren. Das Haus war damals noch eine ziemliche Baustelle. Ich habe also meine Mutter angerufen, und sie war ziemlich sauer deswegen. ›Was soll das denn?‹, hat sie gesagt. ›Ich habe fest geschlafen.‹«

Marcus fuhr fort: »Ich denke, damals haben Mum und Dad nicht im selben Bett geschlafen, denn er war nebenan. Aber da bin ich nicht sicher. Ich war in Panik und erklärte ihr, Alex sei etwas ganz Schlimmes passiert, und sie sagte, ich hätte einen Albtraum gehabt. Ich sagte, nein, es ist was Ernstes, ich weiß es einfach, ich kann es spüren. Und sie hat gesagt: ›Geh zurück ins Bett, es ist sicher alles in Ordnung.‹ Und dann hat etwa eine Stunde später das Krankenhaus angerufen …«

Er brach ab und wandte sich seinem Bruder zu. »Um wie viel Uhr hattest du deinen Unfall?«

»Etwa um halb zwei Uhr nachts.«

Aus irgendeinem Grund schien diese Information für Marcus besonders bedeutsam zu sein, und er sagte eine Zeit lang nichts mehr. Offenbar hatte er Probleme, die Chronologie der Ereignisse zusammenzufügen. Alex nahm den Faden wieder auf.

»Ich war auf der Hochzeit eines Freundes in Ewhurst gewesen«, erzählte er und gab damit die Geschichte wieder, die er aus Gesprächen mit verschiedenen Leuten in den letzten Jahren zusammengesetzt hatte. »Ich war achtzehn, es gab sehr viel Champagner. Betrunken war ich nicht, aber wahrscheinlich hatte ich ein bisschen zu viel intus. Ich fuhr meinen Mini. Von Ewhurst bis zum Bramley Grange Hotel, wo ich damals wohnte und arbeitete, war es nicht besonders weit, aber mir ist das Benzin ausgegangen. Deswegen habe ich das Auto am Straßenrand abgestellt und bin per Anhalter zurück zum Hotel gefahren. Ich habe den Koch aus dem Bett geholt und ihn gebeten, mich zu meinem Auto zurückzufahren, das waren etwa anderthalb Meilen. Nur fünf Minuten. Er hatte ein Motorrad und meinte, das sei kein Problem. Wir füllten an der Tankstelle gegenüber einen Kanister mit Benzin. Ich sitze also hinter ihm auf dem Motorrad, halte den Benzinkanister in der Hand und habe den Helm nur halb auf, nicht festgemacht, weil es ja nur zwei Minuten die Straße runter sind …

Wir waren zwei Kurven von dem Auto entfernt, und ich denke, er ist zu schnell gefahren, aber genau werde ich das nie wissen. Es war auch kein schlimmer Unfall. Wir sind nur um die Ecke gebogen, weggerutscht und gestürzt. Ich vermute, wegen des schweren Benzinkanisters habe ich das Gleichgewicht verloren. Der Koch muss schneller reagiert haben. Er wurde in den Graben geschleudert, und ich lag unter dem Motorrad. Der Helm rutschte sofort herunter, also bin ich mit dem Kopf auf der Straße aufgekommen, der Benzinkanister ist kaputtgegangen, Funken vom Motorrad erreichten das Benzin, und – *wuuusch!* – ist alles explodiert …

Ich hatte Brandverletzungen, aber die waren nicht so schlimm. Wenn ich es richtig verstehe, ist der Koch aus dem Graben gekrochen und hat mich in Sicherheit gezerrt, damit mich nicht das nächste Auto überfährt. Und ich habe geschrien wie blöd. Überall war Blut. Und ich kann mir vorstellen …« Alex war beim Erzählen immer lebhafter geworden, doch plötzlich hielt er inne und wurde nachdenklich. »Na ja«, sagte er ruhig. »Vorstellen kann ich es mir nicht richtig, weil ich mich ja nicht daran erinnere. Aber so habe ich es mir über die Jahre zusammengesetzt.«

Sehr viele seiner Geschichten sahen so aus, eine Patchworkarbeit aus den Erinnerungen anderer Menschen, bei denen seine Vorstellungskraft die Lücken füllte, so gut es ging. Die einzige Person, die Alex hätte sagen können, was damals genau geschehen war, war der Koch. Er hatte zusammen mit Alex das Godalming College besucht und war etwa in seinem Alter, doch Alex hatte ihn seit dem Unfall nicht gesehen und besaß deswegen keine Erinnerung an ihn. Vielleicht fühlte sich der Mann schuldig, doch Marcus ging eher davon aus, dass er seinem Zwillingsbruder die Schuld an dem Unfall gab.

Marcus schaltete sich wieder in das Gespräch ein: »Warst du von diesem Moment an ohnmächtig?«

»Nein«, antwortete Alex. »Ich habe auf dem ganzen Weg von Bramley bis zur Notaufnahme in Guildford geschrien, auch noch auf dem Flur. Geschrien und geschrien und geschrien. So große Schmerzen hatte ich. Ich hatte mir beide Arme gebrochen, mein Handgelenk war an siebzehn Stellen kaputt, und einen schlimmen Schädelbruch hatte ich auch. Ich hatte Verbrennungen am Rücken. Eine Verletzung am Hals. Ganz viele verschiedene schreckliche Verletzungen, und ich habe einfach nur geschrien.«

»Wann bist du dann ins Koma gefallen?«, wollte Marcus wissen. Irgendetwas an der Geschichte, die er da gerade hörte, passte für ihn nicht zusammen.

Alex meinte: »Sie mussten mich ins Krankenhaus bekommen, mir die Arme und die Handgelenke schienen. Und dann brauchte ich eine große Blutspende. Das Ganze war ein ziemlich langwieriger Prozess. Es hat wohl eine ganze Weile gedauert, mich zu stabilisieren. Und dann bin ich ins Koma gefallen.«

»Das ist ja seltsam«, kommentierte Marcus. »Ich dachte immer, du wärst direkt ins Koma gefallen.«

»Ich war halb im Koma«, erklärte Alex. »Wenn man im tiefen Koma landet, kann niemand sagen, wie lange es andauert.

Es kann sich um Wochen oder Monate handeln – oder sogar um Jahre.«

Was hatte Jill Marcus mitgeteilt, als sie ihn dann um halb vier Uhr nachts anrief?

»Nachts hat sie gar nicht angerufen. Sie hat sich erst am Morgen gemeldet.«

»Und schon das ist ungewöhnlich«, meinte Alex.

»Sie rief einfach an und erzählte, Alex habe einen Unfall gehabt. Als hätte ich sie nie angerufen. Das habe ich immer sehr seltsam gefunden. Ich bin dann natürlich sofort nach England aufgebrochen und am nächsten Tag dort angekommen.«

Die Strecke von Schottland nach Guildford ist in einem kleinen Mini eine beachtliche Reise, vor allem für jemanden, der sich mit Straßenschildern so schwertut. Alex fügte hinzu: »Du hast ja sicher auch eine Weile gebraucht, alles zusammenzupacken, in dein Auto zu steigen, die ganze Strecke zurückzulegen …«

Marcus wirkte nachdenklich, erwiderte jedoch nichts.

Was hatte seine Mutter damals am Telefon zu ihm gesagt?

»Sie hat einfach nur gesagt, er hat einen Unfall gehabt und liegt im Krankenhaus.«

»Sie hat dir nicht gesagt, was passiert war?«

Marcus dachte gründlich darüber nach. »Nein. Hat sie nicht.«

Wie hatte er sich denn gefühlt, als er das hörte?

Wieder schwieg Marcus eine Weile, dann sagte er: »Ich war erstaunlich ruhig. Weil ich wusste, dass alles in Ordnung war. Mum hatte ja bestätigt, dass Alex lebte, dass er im Krankenhaus lag. Aber das Koma hatte sie nicht erwähnt. Vielleicht war das Koma ja zu diesem Zeitpunkt auch noch nicht eingetreten.« Marcus wirkte auf eine für ihn untypische Weise niedergedrückt, als er daran zurückdachte. »Ich weiß es nicht«, meinte er schließlich, und dabei war eine gewisse Unsicherheit in seinem Ton erkennbar. »Das alles ist ein bisschen unklar für mich.«

Das Gespräch wandte sich dann ihrer Mutter zu, dieser mächtigen, charismatischen und letzten Endes so verletzenden Frau. Nach Marcus' aktueller Erinnerung hatte sie überhaupt nicht besorgt gewirkt.

»Dabei muss sie sich doch Sorgen gemacht haben! Bei meiner Mutter wusste man nie genau, was in ihr vorging«, erklärte Marcus. Dann fügte er mit einem Lachen hinzu: »So schlimm war sie nun auch wieder nicht! Ich bin ganz sicher, dass sie sich Sorgen machte.« Wie so oft folgte auf Marcus' negative Aussage über seine Mutter rasch eine weitere, die die andere Seite der Medaille darstellen sollte: So gestört Jill auch in so vieler Hinsicht gewesen war, ein durch und durch schlechter Mensch war sie nicht. Marcus weigerte sich einfach, es sich zu leicht zu machen und ihre Mutter als Monster darzustellen. Sie hatte gute und schlechte Eigenschaften.

Zeigte sie ihre Emotionen denn nie?

»Meine Mutter spielte immer ihre Spielchen«, sagte Marcus entschieden. »Alles geschah aus irgendeinem Grund.«

Alex fügte hinzu: »Es konnte vorkommen, dass sie einem wegen einer Kleinigkeit eine riesige Szene machte. Und dann passierte etwas wirklich Schlimmes, und sie blieb absolut cool.«

Dann war sie also jemand, der in Notsituationen besonnen reagierte?

Marcus und Alex brachen bei der bloßen Vorstellung in Gelächter aus. »Absolut nicht!«, meinte Marcus. »Dann hätte sie ja gewusst, was zu tun war. Ich will nur sagen, dass sie ziemlich ruhig war. Bei einem Bootsunglück hätte man nicht als Letzter mit ihr zusammen an Bord sein wollen! Sie hätte nämlich keine Ahnung gehabt, was zu tun wäre. Oder sie hätte einen ins Wasser gestoßen!«

Wieder lachten beide schallend, und ihr Gelächter war echt. Es befand sich bei ihnen immer dicht unter der Oberfläche, deswegen waren die Leute so gern mit ihnen zusammen. Ihr Lachen muss ihnen durch viele traumatische Erfahrungen geholfen haben, und oft löste es die Anspannung, die entstand, wenn sie über ihre Mutter sprachen.

Doch selbst wenn Jill nicht in Panik geraten war, musste es ein riesiger Schock gewesen sein, Alex zum ersten Mal nach dem Unfall zu sehen.

»Also, das Ganze war sehr merkwürdig … Ich war überhaupt nicht unter Schock, zu keinem Zeitpunkt. Es war einfach …« Marcus rang um die richtigen Worte. »Es war einfach so, wie es war. Und alle rannten hektisch herum und meinten, er liege im Koma. Die Tage vergingen, und ich habe ihn immer wieder besucht, und die Ärzte meinten, wir müssten uns auf Schlimmes gefasst machen … Weil sie nicht wussten, welche Schäden er davongetragen hatte.«

Alex übernahm das Erzählen. »Es war ja meine zweite schwere Kopfverletzung.« Wieder kam das Gespräch vom Hauptthema ab; jetzt ging es um den Unfall, der den Vater der Zwillinge nur drei Wochen nach ihrer Geburt das Leben gekostet hatte.

Marcus erinnerte sich daran, wie er einmal mit seiner Mutter darüber sprach, was nach dem Unfall im Jahr 1964 geschehen war. Jill erzählte ihm damals, John habe sich selbst dafür entschieden, nicht weiterzuleben, obwohl er nicht bei Bewusstsein war. »Auch wenn das nicht wissenschaftlich bewiesen ist«, erklärte Marcus, »gibt es anscheinend Menschen, die sich in diesem vegetativen Zustand gegen den Tod wehren, und andere, die das nicht tun. Leute, die in der Krankenpflege arbeiten, sagen, man kann es aus dem Koma herausschaffen, aber wenn man sich für den Tod entscheidet, gibt der Körper auf.«

Alex erzählte weiter: »Unser Vater hat also aufgehört zu kämpfen, und das Organversagen setzte ein, der Körper gab auf.« Er schloss mit einem seiner harten Urteilssprüche: »Und dann hat Mum *ihn* aufgegeben.«

Die Brüder beschrieben die Katastrophe, die ihren Vater das Leben gekostet hatte, mit einer Kombination aus Gewissheit und Zweifeln. Hatte er bei der Kollision die Windschutzscheibe durchschlagen, oder hatte es ihn durch die Seitentür aus dem Wagen geschleudert? Hatte ihn ein Geländer aufgespießt, oder war ein anderes Auto mit seinem kollidiert und dann über ihn gerollt?

»Das sind alles nur Geschichten in der Familie«, sagte Marcus, »und wir werden nie wissen …«

Das Gespräch kehrte wieder zu Marcus' absoluter Gewissheit zurück, Alex würde nach dem Koma keine schweren Folgeschäden haben.

»Ich wusste, er würde in Ordnung kommen. Das wusste ich die ganze Zeit. Und das klingt jetzt wieder so abgehoben, aber ich habe mit ihm geredet und kommuniziert, während er im Koma lag. Deswegen wusste ich zu hundert Prozent, dass er keinen Hirnschaden hatte und wieder völlig in Ordnung sein würde, wenn er wieder zu sich kam. Ob das jetzt blinder Glaube oder tatsächliches Wissen war, wird niemand jemals sagen können. Aber ich wusste es auf ganz seltsame Weise. Ich sah gar keine andere Möglichkeit, wenn ihr versteht, was ich meine. Es war einfach eine absolute Wahrheit.«

Das brachte sie zu dem, was Alex als den Anfang von allem betrachtet. Für ihn ist dieser Moment zu einer Art Gründungsmythos geworden, zu der einzigen Wahrheit, aus der sich alle anderen Wahrheiten ergeben und zu der er immer wieder zurückkehrt.

»Die allererste Erinnerung meines Lebens besteht darin,

dass ich aufwache und die Augen aufschlage. Ich sah Marcus am Bett sitzen. ›Hallo, Marcus‹, habe ich gesagt. Und ich habe die sehr lebhafte Erinnerung an diese hysterische Frau, die wie eine Wahnsinnige um das Bett herumrannte, einen Riesenkrach machte und sich ganz unglaublich aufregte. Ich fand sie sehr, sehr verstörend. Ich begriff überhaupt nicht, was sie da tat. Deswegen habe ich zu Marcus gesagt: ›Du musst dafür sorgen, dass sie aufhört. Sorge dafür, dass sie das Zimmer verlässt.‹ Und er sagte: ›Weißt du denn nicht, wer sie ist?‹ ›Nein‹, habe ich geantwortet. Und er: ›Das ist deine Mutter.‹«

»Sie hat einen Riesenaufstand veranstaltet, weil er nicht wusste, wer sie war«, erzählte Marcus. »Immer wieder hat sie gerufen: ›Hallo, Liebling! Hallo, hallo, *hallo!*‹ Sie hat die Ärzte angeschrien: ›Das ist mein Sohn! Natürlich weiß er, wer ich bin!‹ Sie hat nie in ihrem ganzen Leben zugegeben, dass Alex sie nicht erkannte.«

»Ich musste darauf bestehen, dass sie das Zimmer verließ«, berichtete Alex. »Ich konnte sie einfach nicht ertragen. Die Ärzte sagten, sie müsse gehen, und darüber war sie ganz außer sich.«

Da stellte Marcus einen Zusammenhang her, der sich ihm nicht erschlossen hatte, als er achtzehn gewesen war. Heute aber vermutete er, ihre Mutter habe vielleicht geglaubt, Alex ignoriere sie absichtlich wegen dem, was er als »die ganze Sache mit dem Missbrauch« bezeichnet.

»*Da liegt er im Bett, jetzt ist er aufgewacht, und er hat beschlossen, mich zu vergessen*, sagt sie sich also. Damals habe ich einfach nicht zwei und zwei zusammengezählt. Für mich war es so, als wäre die ganze Sache mit dem Missbrauch einfach aus meinem Gehirn gelöscht. Es war gar nicht passiert.« Er hielt inne und fügte dann nachdenklich hinzu: »Alex hat die Erinnerung begründet verloren und ich freiwillig.«

Schnell ließ er das Missbrauchsthema fallen. »Wir sollten bei der Sache bleiben«, meinte er entschieden, und sie wandten sich den Wochen nach Alex' Erwachen zu, der Zeit, die er im Krankenhaus damit verbracht hatte, grundlegende Dinge wie Treppensteigen und selbst Essen erneut zu lernen. Sehr viele Erinnerungen an die ersten beiden Jahre nach dem Unfall waren für Alex immer noch verschwommen, doch er erinnerte sich daran, als wie traumatisch er alles empfunden hatte. Sein Geist war beeinträchtigt: Laut seinen eigenen Worten hatte er »ein geringes mentales Alter«, doch er machte gute Fortschritte.[17]

Sie sprachen über die Monate nach seiner Rückkehr aus dem Krankenhaus: Einige Zeit hatte er mit Mrs Taylor und Gail im Hotel verbracht; Marcus war, als Alex außer Lebensgefahr war, nach Schottland und zu den Richardsons zurückgekehrt, um seine Arbeit wieder aufzunehmen.

»Mein ganzes Dasein drehte sich nur ums Überleben«, meinte Alex. Marcus war zurück in Schottland, und im Duke's Cottage kümmerte sich niemand richtig um Alex. Er muss wohl einen Großteil dieser Zeit allein verbracht haben.

»Darüber denke ich gerade erst richtig nach«, meinte Marcus. Nach einer Weile fügte er hinzu: »Ich kann mich nicht daran erinnern, wie es damals genau war.«

Keiner der beiden sagte etwas. Solche Phasen des Schweigens gibt es bei Alex und Marcus nur selten. Normalerweise sind ihre Gespräche lebendig und fließend, die Brüder wiederholen einander, korrigieren oder widersprechen sich, setzen die

---

[17] Alex' medizinische Unterlagen aus diesem entscheidenden Jahr sind verschwunden. 1992 standen sie noch zur Verfügung, denn die Mitarbeiter der *Mysteries*-Sendung scheinen Zugang zu ihnen gehabt zu haben, aber jetzt liegen sie seinem Hausarzt nicht mehr vor. Vielleicht sind sie irgendwo in der Bürokratie des britischen Gesundheitssystems verloren gegangen, doch das bedeutet, dass eine wirkliche Beurteilung seines medizinischen Fortschritts unmöglich bleibt.

Geschichte zusammen. Oft reden beide gleichzeitig. Jetzt, über eine Stunde nach dem Beginn des Gesprächs, waren sie auf untypische Weise still, und das Schweigen wurde immer mächtiger.

Etwas an dieser Geschichte erfüllte beide mit Unbehagen.

4.

Schottland

Es war Alex, der schließlich das Schweigen brach.

Leise sagte er: »Ich glaube nicht, dass du damals in Schottland warst.«

Marcus reagierte wie ein Echo: »Ich bin nicht sicher, ob ich damals in Schottland war.«

»Denn damals habe ich ja noch gar nicht bei …« Alex versuchte, eine Verbindung zwischen den Ereignissen herzustellen.

»Also kann ich damals noch gar nicht in Schottland gewesen sein.« Marcus' Stimme klang ungläubig.

Sprachen die beiden über die Zeit unmittelbar nach Alex' Entlassung aus dem Krankenhaus?

»Nein, davor«, antworteten beide gleichzeitig.

»Wir haben uns geirrt, was die Daten betrifft«, meinte Alex.

Plötzlich wurde der Ton des Gesprächs völlig anders. Bis zu diesem Zeitpunkt hatten sie sich auf vertrautem Terrain bewegt; von jetzt an war alles unsicher. Marcus hatte Schwierigkeiten damit, herauszubekommen, wo er in der Nacht von Alex' Unfall möglicherweise gewesen war.

»Vielleicht habe ich bei einem Freund übernachtet.« Er suchte verzweifelt nach Erklärungen. »Nein. Jetzt ist einfach alles völlig verschwommen.«

Die vertraute Geschichte brach ihm weg, und er hatte keine Ahnung, welche nun ihren Platz einnehmen würde.

Alex versuchte, ihm ein Stichwort zu liefern: »Du hast damals in Haslemere gearbeitet …«

»Das habe ich über Jahre getan. Also kann ich gar nicht in Schottland gewesen sein.«

»Auf gar keinen Fall«, bestätigte Alex.

»Ich habe mir während der letzten fünfzehn Jahre eingeredet, dass ich damals in Schottland war.« Schweigen trat ein, und dann – »Grundgütiger!« Marcus stieß die Luft aus. »Ich war gerade ein bisschen still, weil ich mir die ganze Sache überlegt habe, das mit dem Aufwachen. Und dass ich nicht in Schottland war. Als du gesagt hast, ich soll mir das Zimmer vorstellen, hat es angefangen.«

Wo war er also gewesen?

»In diesem Zimmer jedenfalls nicht. Und als ich gesagt habe, das Telefon war im Erdgeschoss – dieses Telefon habe ich auch nicht benutzt ... Verdammt! Diese Erinnerung mit Schottland hatte ich seit Ewigkeiten. Die saß ganz fest in mir.«

Wenn er also nicht in Schottland gewesen war ...?

Ein langes Schweigen trat ein, und als Marcus endlich wieder den Mund öffnete, war er voller Unglauben. »Ich war ...« Wieder hielt er inne. »Im Schlafzimmer. Zu Hause. In dem Bett in der Ecke.«

»Was?« Das verblüffte Alex.

»Ich lag im Bett. Ich erinnere mich an das Kondenswasser an der Fensterscheibe ... Verdammt! Das ist so seltsam!«

»Also hast du Mum gar nicht angerufen?«

»Ich muss nach oben gegangen sein. Und sie geweckt haben.«

Das war eine ganze Menge neuer Erkenntnisse. Alex wiederholte: »Du warst 1982 nicht in Schottland.«

»Nein. Ich versuche gerade, herauszufinden, wo ich stattdessen war. Ich war nicht in Schottland, weil ich ständig bei dir sein konnte. Und außerdem hat es mich zum Nachdenken gebracht, als du gesagt hast, dass ich ja zurückgefahren sein muss.

Denn hin und zurück nach Schottland, das war für mich im Auto verdammt schwierig. Ich bin nicht mit dem Auto hin- und hergefahren.«

»Also hast *du* dich um mich gekümmert. Deswegen habe ich überlebt.«

»Ich habe mich um dich gekümmert, im Haus. Weißt du, was seltsam ist? Wir haben so sehr in unserer eigenen kleinen Welt gelebt, dass wir nicht zugelassen haben, dass irgendjemand anderes dazukommt.« Er dachte immer noch an diese entscheidende Nacht. »Ich habe eine ganz starke Erinnerung daran, wie ich aufwache und das Kondenswasser an dieser verdammten Fensterscheibe sehe. In diesem Zimmer auf der rückwärtigen Seite des Hauses. Weil wir zurück ins Haus durften, als wir Jobs hatten.«

Alex konnte es immer noch nicht ganz glauben. »Du warst wirklich zu Hause?«

»Ja. Ich habe also wirklich nicht angerufen.« Er schwieg wieder und fuhr dann fort: »Ich denke, ich habe …« Wieder atmete er hörbar aus. »Puh! Ich fühle mich ein bisschen … Mir wird ganz schwindelig davon.« Die Zwillinge lächelten beide voller Erstaunen.

»Dann hast *du* dich also um mich gekümmert?«

»Das ist merkwürdig. Ich habe dich definitiv nach Hause gebracht.«

»Und du warst im Haus«, sagte Alex. »Ich habe auch schon überlegt, dass du ja gar nicht zurück nach Schottland gefahren sein kannst, weil du immer für mich da warst. Wie hättest du denn so lange frei bekommen sollen?«

»Ich erinnere mich, dass du viel geweint hast, immer hast du geweint.«

»Jeden Tag«, stimmte ihm Alex zu.

»Nicht wie ein Erwachsener. Eher wie ein Kind. Wie ein-

und ausgeschaltet.« Wieder atmete er laut aus. »Ich habe …« Marcus unterbrach sich und schlug mit der Faust auf den Tisch, als ihn der letzte Zweifel verließ. »Ich bin jedenfalls in diesem Bett aufgewacht! Und dann bin ich nach oben gegangen.«

»Du hast gar kein Telefon gebraucht«, meinte Alex.

»Weißt du, warum ich immer an das Telefon denke? Weil ich in Schottland war, habe ich das mit dem Telefon eingefügt. Weil ich in den letzten fünfzehn Jahren überzeugt war, in Schottland gewesen zu sein …«[18]

»Deswegen hast du gedacht, du hättest telefonieren müssen«, sagte Alex.

Marcus stimmte ihm zu. »Ich bin zu ihr hochgegangen, und jetzt, wo wir das Ganze durchsprechen, werde ich mich schrittweise erinnern.«

Beide erkannten, dass ihre Geschichte gerade eine tiefere Ebene der Wahrheit erreichte. Die einstudierten Geschichten wichen etwas, das weniger vorhersagbar war. Jetzt, so formulierte es Marcus, »sprechen wir über klar definierte Erinnerungen«. Er fuhr fort, während die Bilder, die so lange verborgen gewesen waren, in ihm aufstiegen.

Er war im hinteren Schlafzimmer im Duke's Cottage aufgewacht. »Darin standen zwei Betten. Kondenswasser an der Fensterscheibe, weil sich der Raum nicht heizen ließ. Und ich schlief immer im rechten Bett. Und dort bin ich aufgewacht. Und ich erinnere mich – ach du liebe Zeit!« Als die Erinnerun-

---

[18] Dass Marcus hier von »fünfzehn Jahren« spricht, ist von großer Bedeutung. Zum Zeitpunkt des betreffenden Gesprächs war der Unfall schon beinahe dreißig Jahre her, doch seit Viviens Workshop waren knapp fünfzehn Jahre vergangen. Im Jahr 1997, vor der Enthüllung des sexuellen Missbrauchs, hatte sich Marcus dazu imstande gefühlt, dem *Mysteries*-Redaktionsteam zu erzählen, er sei zu Hause gewesen, als Alex vom Motorrad stürzte. Die Verschiebung mit der Schottland-Information wurde erst notwendig, als er sich von seiner Mutter distanzieren musste. Doch in einem Teil seines Gehirns bleibt die Rechnung korrekt: daher die »fünfzehn Jahre«.

gen von ihm Besitz ergriffen, stand er auf und durchquerte wie ein Schlafwandler den Raum. Er lehnte sich mit dem Rücken gegen die Wand und rutschte daran herunter, bis er in der Hocke saß. »Ich erinnere mich, dass ich lange so im Bett gesessen habe! Gezittert habe ich!« Einen Augenblick lang war er wieder achtzehn Jahre alt und durchlebte jede seiner damaligen Empfindungen. Dann brach es plötzlich aus ihm heraus: »Das ist ja wie Hypnose!« Beide Brüder lachten laut auf und brachen damit die angespannte Stimmung. »Ich erinnere mich! Heilige Scheiße!«

Als Marcus zu seinem Stuhl zurückkehrte, sagte er fast triumphierend: »Jetzt erinnere ich mich! Gezittert habe ich. In Panik.« Plötzlich wirkte er wieder unsicher. »Ich weiß nicht, wie lange das gedauert hat, aber ich vermute, ich bin dann hochgegangen und habe unsere Mutter geweckt.«

Er hielt inne, während Bilder in seiner Erinnerung aufblitzten, sich miteinander verbanden und schließlich festigten.

»Ich glaube, ich erinnere mich jetzt!« Er wirkte immer noch sehr erstaunt. »Ich erinnere mich, wie ich nach oben gegangen bin und an ihre Tür geklopft habe.« Wieder schlug er kräftig auf den Tisch, weil er eine weitere Erinnerung hatte festnageln und zur Gewissheit machen können. »Ich habe an ihre Tür geklopft, und sie hat gesagt, ich soll wieder ins Bett gehen.«

»Und wo war Daddy?«, wollte Alex wissen.

»Die beiden hatten damals getrennte Schlafzimmer. Er war nicht im Raum. Sie hat zu mir gesagt, ich hätte einen Albtraum gehabt. Ich sollte zurück ins Bett gehen. Sie war ziemlich sauer, weil ich sie aufgeweckt hatte. Und ich bin zurück nach unten gegangen. Und dann hat das Telefon geklingelt – da ist es, das Telefon! Das Telefon hat mitten in der Nacht geklingelt!«

»Das war das Krankenhaus«, meinte Alex.

»Das habe ich von meinem Zimmer aus gehört. Ich erinnere

mich jetzt genau. Guter Gott!« Marcus und Alex lachten in einer Mischung aus Schock und Euphorie.

Hatte Marcus Jills Gespräch mit dem Krankenhaus mitgehört?

»Nein. Sie hat den Anruf wahrscheinlich vom Bett aus angenommen, aber das Telefon hörte man durchs ganze Haus. Ich weiß, dass ich aufgestanden bin, als es klingelte. Und ich bin nach oben gegangen – guter Gott, jetzt erinnere ich mich wieder an alles – und habe noch mitbekommen, wie sie das Gespräch mit dem Arzt beendet hat. Scheiße noch mal! Genau so war es. Bis ich oben war, war das Telefonat zu Ende. Und es war eine Stunde später. Das weiß ich.«

»Und an all das hast du dich gerade erinnert?«, erkundigte sich Alex.

»Ja.« Marcus schwieg kurz und sagte dann: »Ein Teil des Problems liegt darin, dass Alex und ich jahrelang Partygeschichten erzählt haben. Und darin, dass wir sowieso nicht so gut mit Daten sind. Da denkt man, ach ja, ich war in Schottland, weil man dort jahrelang gelebt hat. Und dann fügt man hier und da noch irgendwas hinzu, und wenn man die Geschichte zehn Mal erzählt hat, dann *war* man auch in Schottland. Aber genau so ist es passiert. Ich weiß noch, wie ich an die Tür geklopft habe.« Marcus war aufgewühlt, und er kehrte nochmals an den Anfang seiner Geschichte zurück, als er die Treppe hochgegangen war, um seine Mutter zu wecken. »Ich erinnere mich an die Tür; es war eine Holztür, mit solchen Leisten daran. Eine altmodische Holztür.«

»Man musste an einem Stück Schnur ziehen«, fügte Alex hinzu.

»Und dann ging der Riegel auf. Es klickte dabei. Ich erinnere mich daran, wie ich zuerst Ewigkeiten draußen stand, und dann zog ich an der Schnur, und es hat geklickt.«

Er hatte also angeklopft und sie nicht reagiert?

»Nein, ich habe nicht angeklopft. Ich stand da und wollte an der Schnur ziehen. Ich war sehr, sehr nervös, weil ich sie aufwecken musste. Aber ich war felsenfest davon überzeugt, dass ich es tun musste.« Er hielt inne und rief dann: »Scheiße noch mal! Diese Erinnerung ist gerade eben zurückgekommen. Sie hatte ein großes Doppelbett, gleich neben der Tür. Daneben einen Nachttisch, eine Kommode, und ein Fenster mit Blick auf den Garten.« Marcus' Stimme klang immer überzeugter. »Und sie schlief auf der linken Bettseite, neben dem Telefon. Ich habe sie aufgeweckt. Sie hat sich aufgesetzt, und ich habe ihr alles erklärt. Und sie hat gesagt, ›du hattest einen Albtraum, geh wieder ins Bett.‹ Ich ging zurück in mein Zimmer, aber ich konnte nicht schlafen. Das weiß ich noch, als wäre es gestern gewesen. Wie seltsam das ist! Und ich erinnere mich daran, wie ich im Bett lag, und dann – *Drrrrrring-Drrrrrring!* – dieses Telefon, man konnte es im ganzen Haus hören.«

»Das altmodische Telefon«, sagte Alex.

»Es gab eins unten im Arbeitszimmer, eins im Flur und eins neben Jills Bett. Und sie nahm gleich den Hörer ab, war kaum wieder eingeschlafen. Das war eine Stunde später. Sie nahm beim zweiten Klingeln ab. Und ich war hellwach. Und dann erinnere ich mich …« Er rang nach Luft. »Ich erinnere mich, dass ich ein paar Minuten lang *Scheiße, Scheiße* gedacht habe! Was ist da los, was ist da los? Und dann bin ich langsam die Treppe hoch, weil man durch die Küche musste …«

»Und durchs Frühstückszimmer«, ergänzte Alex, der jetzt jede Sekunde mit seinem Bruder miterlebte.

»Durchs Frühstückszimmer, in den Flur, und dann geht man die Treppe hoch und um die Ecke, und dann ist die Tür auf der rechten Seite. Und dann erinnere ich mich daran, wie ich vor der Tür stand und lauschte. Natürlich konnte ich nichts verstehen, und dann habe ich an der Schnur gezogen und bin reingegangen, und sie war immer noch am Telefon.«

Er hielt inne und sagte dann: »Sie klang ganz ruhig. Und sie hat immer gesagt: ›Ja, ja, ja.‹ Und dann hat sie aufgelegt, und sie hat mich angeschaut und gesagt: ›Alex ist im Krankenhaus.‹« Er stieß die Luft aus. Tränen liefen ihm über das Gesicht.

»Gut«, sagte Alex sanft. »Gut gemacht.«

Warum musste Marcus so heftig weinen? Lag das an der schockierenden Erinnerung an die Nachricht von seinem Zwillingsbruder im Krankenhaus?

»Nein. Es ist der Schock, mich an meine Mutter zu erinnern. Ich kann sie vor mir sehen. Ich versuche, nicht an meine Mutter zu denken.«

Das war erstaunlich, denn zuvor hatten weder er noch Alex irgendwelche Hemmungen gehabt, über ihre Mutter zu sprechen. Wann immer sie ihre Kindheit und Jugend thematisierten, kam das Gespräch irgendwann auf Jill. Doch Marcus erklärte, es gebe einen ganz entscheidenden Unterschied zwischen der Frau, über die sie Witze gemacht hatten, und der echten, mit der sie aufgewachsen waren.

»Wenn man *wirklich* über sie spricht, ist das etwas ganz anderes, als wenn es um die Person geht, die ich konstruiert habe, und die amüsanten Partygeschichten über sie. Wir haben wirklich eine Art Witz aus dem Ganzen gemacht.« Sie hatten ihre Mutter in eine fast harmlose Figur verwandelt, eine Schurkin aus einem Kindertheaterstück, vor der man sich vielleicht ein bisschen fürchtet, die aber keine richtige Macht über einen hat. Sich an die Vergangenheit zu erinnern hatte eine viel düsterere Seite.

»Und dann …« Marcus' Stimme wurde wieder fester. »Und dann hat es *zwei verdammte Stunden* gedauert, bis sie ins Krankenhaus gefahren ist!«

»Warum denn?«, wollte Alex wissen.

»Keine Ahnung! Ich weiß nicht mehr, was sie die ganze Zeit gemacht hat, irgendwas Unnötiges. Guter Gott!« Er weinte jetzt wieder. »Ich kann mich nicht mal daran erinnern, dass Daddy wach wurde. Den habe ich gar nicht zu Gesicht bekommen. Ich glaube, der Scheißkerl ist nicht mal aufgewacht. Guter Gott!«

Er schwieg eine Weile. Die Kaltherzigkeit seiner Eltern setzte ihm ganz offensichtlich zu.

Alex übernahm jetzt und beschrieb so gut er konnte die Wochen, die er mit Mrs Taylor und ihrer Tochter Gail im Hotel verbracht hatte. Doch die Erinnerung an diese Monate nach seinem Unfall blieb verschwommen. »Wir haben einfach Zeit miteinander verbracht«, sagte er. Er fragte Marcus nach Mrs Taylor, aber der war immer noch völlig von den neu entdeckten Erinnerungen an die Nacht von Alex' Unfall überwältigt.

Er sagte: »Ich erinnere mich an Mummys Schlafzimmer und an ihr Bett.« Die Tränen strömten noch immer ungehemmt. »Und ich habe ganz viele andere schlimme Gefühle …« Er verstummte.

Dann sagte er: »Schlimme Gefühle, was ihr Schlafzimmer und ihr Bett angeht.«

Alex wartete ab. Marcus' Gesicht war nass von Tränen. Sein Zwillingsbruder betrachtete ihn voller Mitgefühl und mit einer Art erstaunter Faszination.

»Das verdammte Scheißbett«, sagte Marcus schließlich. Wieder schwieg er lange, dann fügte er mit leiser Stimme hinzu: »Ich habe jahrelang nicht mehr daran gedacht. In diesem Bett hat sie uns gezwungen, uns gegenseitig anzufassen, Alex.« Jetzt brach er völlig zusammen. »Ich erinnere mich! Gerade eben habe ich mich wieder daran erinnert. Sie war eine schreckliche Frau!«

»Das habe ich nicht gewusst«, sagte Alex leise.

»Darum erinnere ich mich an nichts. Weil ich mich verdammt noch mal an nichts erinnern *will!* Es war viel schöner, zu glauben, ich wäre in Schottland gewesen.«

»Wenn man sich erst mal an etwas erinnert hat, kann man es auch wieder loslassen«, meinte Alex. »Daran glaube ich ganz fest. Ich denke, du hast gerade etwas sehr Wichtiges erreicht, Marcus.«

»Nein!«, widersprach ihm sein Bruder. »Mir wird es nie darum gehen, alles loszulassen. Es geht darum, die Geschichte zu erzählen.«

In nachdenklichem Ton sprach er jetzt weiter: »Gestern Abend habe ich mit Vito darüber gesprochen, und sie hat mich gefragt, warum ich dieses Buch machen will. Und jetzt bin ich fest davon überzeugt. Vor einer halben Stunde war ich das noch nicht. Schau dir doch an, was da in der Kirche passiert!« Jetzt wurde er langsam wütend. »In der Kirche gab es vierzig Jahre lang Pädophile, und niemand hat etwas gesagt, alle haben diese Scheißkerle geschützt. Achtundneunzig Prozent der Leute in der Kirche sind keine Pädophilen; es gibt nur zwei Prozent von diesen Scheißkerlen. Alle haben diese zwei Prozent beschützt, weil Schweigen eine solche Macht hat; es ist besser, alles unter den Teppich zu kehren. Aber das werde ich nicht tun. Dazu bin ich nicht bereit. Das gibt ihnen ihre ganze Macht; daraus ziehen sie ihre Kraft. *Genau dasselbe* hat unsere Mutter getan!«

»Heimlichkeiten«, fügte Alex hinzu. »Man darf es niemandem erzählen.«

»Still, nur still, lass uns nicht darüber reden. Furchtbar ist das! Das passiert die ganze Zeit, und deswegen werden auch immer weiter Kinder missbraucht werden. Darum will ich dieses Buch schreiben. Bis gerade eben hatte ich das nicht begriffen: Es ist mir *wirklich* passiert!«

Als Reaktion auf Marcus' Eingeständnis begann nun Alex zu weinen. Er dachte daran, wie sich Marcus von seiner Suche nach der Wahrheit distanziert hatte, welch einsamen Weg er selbst hatte gehen müssen. »In diesen ganzen Jahren«, sagte er, »in all diesen Jahren hast du mir das verweigert.«

»Das musste ich tun«, erwiderte Marcus. »Ich musste einfach. Nur so war ein Überleben möglich. Aber wir wussten, dass es passiert war.«

Seit seiner Kindheit war Marcus mit allem umgegangen, indem er sich nicht daran erinnert hatte. Immer hatte er sich vor dem gefürchtet, was passieren könnte, wenn er einen Blick in dieses Glas mit dem schlimmen Geruch warf. Darum hatte er eine Therapie vermieden und manchmal sogar behauptet, ihm selbst wäre gar nichts zugestoßen. Doch jetzt hatte er begonnen, einige der grauenhaften Erlebnisse aus diesen frühen Lebensjahren mit Alex zu teilen, und es hatte sie nicht beide zerstört – ganz im Gegenteil, die Enthüllung schien einige positive Auswirkungen zu haben.

Alex legte die Hände in den Nacken und schaute zur Decke. Er versuchte noch immer, alles zu erfassen. Doch er wirkte bereits erleichtert. »Es ist einfach gut, dass du jetzt dabei bist, Marcus. Jetzt brauche ich nicht mehr zu denken, warum denn nur ich? Weil ich mich nicht erinnere. Vielleicht werde ich mich auch erinnern, wenn wir jetzt genug darüber reden.«

»Ich habe mich daran erinnert, wie es war, in Mutters Bett aufzuwachen«, sagte Marcus. »Ich erinnere mich an die Farbe des Bettzeugs, an alles. Wir haben ganze Jahre in diesem Scheißbett verbracht! Gerade habe ich es wieder vor mir gesehen.«

Alex musste unter Tränen lachen. »Für mich ist jetzt alles anders, Marcus, weil du endlich dabei bist.«

»Das war ich immer, Ali.«

»Du hast immer gesagt, alles wäre …«

»Ich war immer dabei«, wiederholte Marcus. »Geleugnet habe ich es nie.«

»Marcus, was redest du denn da?«, protestierte sein Bruder. »Du hast immer gesagt, es wäre uns anderen passiert, dir selbst aber nicht. Du warst das Kind, das man ausgelassen hatte.«

»Das meine ich nicht. Ich meine die anderen Dinge, das Herumreichen. Ich habe nur eine Erinnerung. Und ich habe nicht zugelassen, dass er irgendetwas mit mir macht.«

»Das Herumreichen, das ist oft passiert«, meinte Alex, der von Marcus davon gehört hatte, jedoch keine Details kannte.

»Das Herumreichen ist oft passiert«, wiederholte Marcus wie ein Echo. »Ich erinnere mich daran, wie ich im Haus eines berühmten Malers war, in seinem Himmelbett. Und es gibt sicher noch ganz viel, woran ich mich nicht erinnere.« Marcus dachte erstaunt darüber nach, wie schwer sich Erinnerungen fassen lassen, wie sich Mythen und Tatsachen miteinander vermischen, sodass man irgendwann nicht mehr sagen kann, was wahr ist und was falsch. Er erklärte seinem Bruder: »Bis zu einem gewissen Grad musste ich eine Fantasiewelt erschaffen, um dich zu beschützen, Alex. Und die ist dann für immer geblieben.«

»Sie wurde zu deiner Fantasie«, sagte Alex.

Marcus ließ das nicht so stehen. »Nein. Sie wurde zu einer Realität. Wie die Sache mit Schottland. Ich hätte dir bis zu meinem Tod nichts anderes erzählt als das.«

Das Gespräch kam nun in ruhigeres Fahrwasser. Nach zwei Stunden des intensiven Diskutierens und Sich-Erinnerns waren beide erschöpft und wollten das Ganze für diesen Tag beenden, doch auf seltsame Art fühlten sie sich auch euphorisch. Sie hatten gehofft, das Buch werde eine Herausforderung darstellen, und so war es auch. Schon jetzt eröffneten sich neue Perspektiven. Marcus hatte die Erkenntnis gewonnen, dass er an eine für sie beide entscheidende Episode eine völlig falsche Erinnerung hatte erschaffen können, und das war beunruhigend.

Nachdem er einmal als Kern der Fiktion festgelegt hatte, dass ihre Kindheit eine »normale« und glückliche gewesen sei, hatten sämtliche weitere Fiktionen dem folgen müssen. Und auf dem Weg ins Erwachsenenleben stellte die ursprüngliche Unwahrheit vermutlich ein so entscheidendes Element dar, dass ihm das Lügen zur zweiten Natur wurde: Eine ganze umgekehrte Pyramide von Falschheiten war errichtet worden, um die erste Lüge zu stützen: *Die Zwillinge waren immer so glückliche Kinder, mit einer wundervollen, wenn auch etwas exzentrischen Mutter.*

Marcus hatte es korrekt beschrieben, als er zu erklären versuchte, was mit den Erinnerungen ihrer Kindheitstraumata geschehen war: »Alex hat die Erinnerung begründet verloren und ich freiwillig.«

5.

Der Dominoeffekt

In den kommenden Wochen zogen die Auswirkungen dieses Gesprächs immer größere Kreise.

Für Alex ergaben sich mehrere grundlegende Veränderungen: Marcus war nun wieder an seiner Seite und distanzierte sich nicht länger von seiner Suche nach ihrer gemeinsamen Vergangenheit.

Außerdem wusste er nun ganz sicher, dass der Missbrauch, von dem er in Viviens Workshop erfahren hatte, wirklich vorgefallen war. Da er keine eigenen Erinnerungen besaß und außer der reinen Tatsache, dass er missbraucht worden war, nur wenig wusste, waren immer wieder Zweifel in ihm aufgeflackert. Er beschreibt das so: »Irgendwo im Hinterkopf dachte ich immer, vielleicht ist es ja nie wirklich passiert. Vielleicht haben wir alles nur aufgebauscht. Vielleicht ist einem von uns etwas passiert, und dann ist das Ganze völlig überbewertet worden. Vielleicht war Jill ja gar kein so schlimmer Mensch.« Aber als er erst einmal miterlebt hatte, wie bei Marcus an die Oberfläche kam, was er als Kind erlitten hatte, war es Alex unmöglich, wieder in den bequemen Zustand des Halb-daran-Glaubens zurückzukehren. Der sexuelle Missbrauch war eine Realität, keine erfundene Geschichte. Manchmal hatte sich Alex gefragt, ob sich solche Vorfälle vielleicht nur ein- oder zweimal ereignet hatten, vielleicht in einem kurzen Moment des Ausprobierens … Aber nein. »Sie wusste ganz offensichtlich, dass sie pädophil war, und genau das setzt mir so zu.«

»Der Moment, als Marcus wieder zehn Jahre alt war«, formulierte es Alex von da an. Obwohl ein großer Teil des Gesprächs von den Ereignissen des Jahres 1982 gehandelt hatte, war für Alex der Augenblick entscheidend, als sich sein Zwillingsbruder daran erinnert hatte, wie es gewesen war, im Bett seiner Mutter zu sein. Und obwohl diese Information ganz entsetzlich war, fühlte sich die Tatsache, dass er jetzt davon wusste und Marcus endlich an seiner Seite hatte, wie ein Fortschritt an.

Die schmerzliche Erfahrung der Regression war keine, die Marcus wiederholen wollte, wenn es sich denn irgendwie vermeiden ließ. Zum Glück standen ihm wirkungsvolle Erholungsstrategien zur Verfügung. Eine Woche später meinte er: »Seit vielen, vielen Jahren hatte ich nicht mehr den Deckel vom Glas genommen und die Nase so tief hineingesteckt wie jetzt. Aber nachdem ich meine Nase wieder herausgezogen hatte, war der Deckel gleich wieder drauf.«

Es sollte viele Monate dauern, bis sich Marcus an weitere Details des Missbrauchs erinnerte, und zwar auf so heftige Weise, dass es einen schlimmen Effekt auf ihn und seine Brüder hatte.

An dem eben beschriebenen Herbsttag im Jahr 2011 war es zum ersten Mal passiert, dass Alex einen Riss in Marcus' Panzer entdeckt hatte. Sein Zwillingsbruder gab sich immer munter, bestand darauf, das Glas sei halbvoll statt halbleer und die Dyslexie habe außerdem einen viel größeren Einfluss auf sein Leben gehabt als der Missbrauch während ihrer Kindheit. Marcus hatte viele verschiedene Methoden entwickelt, um die Erinnerungen sicher aus seinem Blickfeld zu verbannen. Diese Strategien hatten es ihm ermöglicht, ein reiches, interessantes Leben zu führen und sich selbst niemals als Opfer zu sehen. Er hatte behauptet, sich nicht erinnern zu können, dass das Ganze nicht ihm zugestoßen sei oder dass es nicht so schlimm war. Später erklärte Marcus, worin dieses Leugnen seine Ursprünge hatte. Um in irgendeiner Form überleben zu können, muss das missbrauchte Kind lernen, das eigene Leben in viele verschiedene voneinander getrennte Bereiche einzuteilen. Egal, was hinter verschlossenen Türen oder im elterlichen Bett geschieht – das Kind muss mit dem Leben in der Alltagswelt zurechtkommen. Es muss morgens aufstehen, frühstücken und zur Schule gehen. Es muss sich normal verhalten, und das, davon ist Marcus überzeugt, gelingt dem Kind nur, wenn es sich einredet, dass gar nichts passiert ist. »Man schaltet es einfach ab«, sagte er. Irgendwann war er an den Punkt gekommen, an dem er sich selbst fast davon überzeugt hatte, dass nichts passiert war.

Als Kind hatte Marcus an einem positiven Bild seiner Mutter festhalten müssen: Sie war die einzige Elternfigur in seinem Leben, und er klammerte sich an jede liebevolle Geste von ihr, an jedes freundliche Wort. Trotz ihrer Unzulänglichkeiten war sie immer voller Energie und lebenslustig, eine unterhaltsame Gefährtin. Ihre wenigen guten Eigenschaften konnte er so stehen lassen; die schlechten löschte er mental, und ansonsten betrachtete er alles von der lustigen Seite.

Als Alex seine Geschichte zum ersten Mal erzählte, hatte er gesagt, es sei Bruderliebe gewesen, die Marcus dazu veranlasst hatte, ihm nichts von den dunklen Ereignissen in ihrer Kindheit zu erzählen. Das stimmt nur zum Teil; das vollständige Bild ist komplexer. In den ersten Monaten nach Alex' Erwachen aus dem Koma brauchte er nur Grundlegendes zu wissen: Wo schlafe ich? Wer sind all diese Leute, die behaupten, mich zu kennen und meine Freunde zu sein? Worum geht es in dieser Fernsehsendung? Wie lange wohnen wir schon hier? Wer sind Oliver und Amanda? Und dann, nachdem ein Jahr vergangen und das Thema nie zur Sprache gekommen war – warum hätte es auch zur Sprache kommen sollen? –, hatte Marcus aufgehört, daran zu denken. Er hatte die dunklen Erinnerungen, soweit möglich, unterdrückt, genauso wie all die anderen negativen Erfahrungen aus ihrer Kindheit. Er hatte Alex nie direkt erzählt, dass sie als Familie gemeinsam in den Urlaub gefahren seien, aber er hatte die falschen Annahmen seines Zwillingsbruders auch nicht korrigiert. Irgendwo tief in seinem Inneren war ihm bewusst gewesen, er würde irgendwann darüber reden müssen. Gleichzeitig hatte er jedoch gedacht, es wäre vielleicht besser für Alex, nichts davon zu wissen. Und so hatten sich die Halbwahrheiten gehalten.

Als ihn Alex nach Viviens Workshop mit diesen Dingen konfrontierte, war Marcus schockiert gewesen, doch an diesem Punkt seines Lebens war er einfach nicht in der Lage gewesen, sich mit den Erinnerungen auseinanderzusetzen. Indem er Alex schützte, hatte er auch sich selbst geschützt, und dann war es unmöglich gewesen, das Schweigen zu brechen.

Nach ihrem Gespräch entwickelte sich über die folgenden Wochen ein Dominoeffekt. Camilla fiel eine Veränderung in Marcus auf, nachdem er zum ersten Mal mit Alex über das gesprochen hatte, was im Schlafzimmer ihrer Mutter vorgefallen war. Bis dahin hatte Camilla immer das Gefühl gehabt, ihr Schwager schließe sie in irgendeiner Form aus, auch wenn Marcus sie stets als ideale Partnerin für seinen Zwillingsbruder anerkannt hatte. Nachdem er eingestanden hatte, wie stark ihm der Missbrauch zusetzte, war es, als hätte jemand diese Blockade zwischen ihnen entfernt. Ihre Beziehung erreichte eine andere Ebene, bekam mehr Leichtigkeit.

Während Marcus und Alex an dem Buch weiterarbeiteten, kamen sie immer wieder auf das zu sprechen, was sie als »Herumreichen« bezeichneten. Marcus gab zu, dass ihre Mutter sie bei vielen ihrer pädophilen[19] Freunde abgesetzt hatte; oft waren

---

[19] Diese Leute waren pädophil, jedoch nicht notwendigerweise homosexuell. Wie sich herausstellte, waren viele der Männer, die die Jungen regelmäßig missbrauchten, glücklich verheiratet, hatten selbst Kinder, waren respektierte und scheinbar »heterosexuelle« Mitglieder der Gesellschaft.

sie über Nacht geblieben und allein gewesen. Häufig gehörten diese Leute dem Kreis der Londoner Antiquitätenhändler an.

Unaussprechliche Dinge waren wiederholt geschehen, bis sich alles in der kindlichen Erinnerung zu einem undeutlichen Nebel verlor. Doch der einzige Vorfall, an den sich Marcus in dieser Phase konkret zu erinnern bereit war, war der Augenblick, als er dem Ganzen ein Ende machen konnte. Er war im Haus eines der Malerfreunde von Jill gewesen, in dessen Himmelbett. Der Mann hatte Marcus eine Hand auf den Oberschenkel gelegt. Marcus hatte gesagt: »Nein, ich will das nicht. Bitte hören Sie auf.« Der Mann hatte nicht aufgehört und wurde sehr aggressiv. Da hatte es Marcus gereicht. Ganz ruhig war er aufgestanden, hatte nicht zugelassen, dass der Mann ihm noch irgendetwas antat, und hatte das Haus verlassen. Marcus meint, er sei damals etwa zwölf gewesen, auch wenn er möglicherweise älter war: Vielleicht hat er dieses Ereignis in seiner Erinnerung vordatiert, um die Erinnerungen an den Missbrauch früher beenden zu können. Wie auch immer der zeitliche Rahmen sich gestaltet, er ist sicher, dass das »Herumreichen« für ihn an diesem Tag ein Ende fand.

Er erklärte, wie das Ganze abgelaufen war. Jill hatte die beiden von klein auf überallhin mitgenommen, sie irgendwo abgesetzt und irgendwann wieder abgeholt. Ihre Pläne hatte sie nie mit den Jungen geteilt, hatte ihnen niemals gesagt, was sie vorhatten, wenn sie von zu Hause losgefahren waren.

»Auf geht's, meine Süßen! Aufbruch! Zieht eure Mäntel an. Wir fahren jetzt nach London!« Und die Freunde, bei denen sie sie dann zurückließ, waren keine Fremden; es handelte sich um Leute, die die Zwillinge an Jills Stand in der Portobello Road kennengelernt hatten, oder wenn sie auf den Partys in London Drinks serviert hatten, oder es waren einfach Freunde der Familie. Manchmal nahm Jill nur einen ihrer Söhne mit. Auf dem

Weg nach Hause hielten sie dann irgendwo, um bei jemandem etwas zu trinken. Dann verkündete Jill nach einer Weile, sie müsse irgendwohin und werde am nächsten Morgen wiederkommen, um ihren Sohn abzuholen.

Sie fuhr los und ließ das Kind allein bei dem »Freund« zurück. Und in diesem Moment, so berichtet Marcus, setzte das ein, was er den »Missbrauchsangstfaktor« nennt.

Und das ist auch der Punkt, an dem seine Erinnerungen auf eine Mauer stoßen.

Am nächsten Morgen tauchte seine Mutter dann wieder auf und nahm das Kind mit nach Hause. Das Vorgefallene wurde niemals erwähnt, und trotz all ihrer instinktiven Verbundenheit verloren Alex und Marcus niemals auch nur ein Wort darüber. Sie machten weiter, als wäre gar nichts passiert, und den Besuchern im Duke's Cottage fiel weiterhin auf, wie fröhlich die Zwillinge doch waren.

6.

»Normal«

Alex und Marcus sagen häufig, sie hätten einen großen Teil ihrer Kindheit in ihrer eigenen kleinen Welt verbracht und deswegen geglaubt, ihre Familie sei völlig normal.

Ihre Dyslexie spielte bei ihrer Isolation eine Rolle, denn die Welt der Bücher war ihnen verschlossen, und im Fernsehen vermischen sich Fantasie und Realität. Während ihrer ersten Jahre an der weiterführenden Schule hatten sie keine Freunde, darum waren sie auch nie bei jemandem zu Besuch. Auf diese Weise wurde es möglich, dass sie dachten, alle Jungen müssten in einem ungeheizten Schuppen wohnen und alle Kinder bedienten ihre Eltern während der Mahlzeiten und räumten hinter ihnen und ihren Gästen auf. Als Alex wissen wollte, warum sie die destruktive Seite ihrer Mutter nie erkannt hatten, erklärte Marcus das so: »Wenn man in einem Haus lebt, in dem eine solche Scheiße abläuft, ist es eben einfach so. Man kann Kinder dazu bringen, dass sie glauben, alles wäre normal.« Die beiden Familien, die die Jungen in den Urlaub mitnahmen, waren immer beeindruckt davon, wie hilfsbereit die beiden waren und wie hart sie arbeiteten. Für die Zwillinge geschah das ganz automatisch. Sie kannten es nicht anders; für sie waren es die Familien, die ungewöhnlich freundlich und großzügig waren. Was »normal« war, musste jeder selbst entscheiden.

Mit der Zeit, als Amanda und Oliver älter wurden und man sie so anders behandelte als Marcus und Alex, verspürten die Zwillinge manchmal Verbitterung und Trotz. Doch erst als sie im Alter von sechzehn Jahren die Neujahrsparty von Long Copse besuchten und dort Sam und Ellen und deren Familie und Freunde kennenlernten, setzten bei ihnen echte Zweifel ein. Und erst als sie auf Reisen gingen, wurde ihnen klar, wie wenig normal das Leben im Duke's Cottage gewesen war. Doch zu dieser Zeit besaß Alex schon keine Erinnerungen mehr außer denen, von denen ihm Marcus berichtet hatte, und Marcus hatte alles Negative so tief in sich begraben, dass er sich kaum damit auseinandersetzte.

Außerdem bezeichnete man Jills Verhalten, auch wenn es in ihren letzten Lebensjahren immer extremer und merkwürdiger wurde, immer wieder entschuldigend als »ihre exzentrische Art«. So war sie zwar auf groteske Weise peinlich für ihre Söhne, wenn sie auf ihren Partys auftauchte und ihre Freunde mit Kommentaren über ihre »Pimmelchen« unterhielt, aber das war eben Jill mit ihrem Temperament, und etwas anderes durfte man von ihr nicht erwarten.

Exzentrizität der englischen Upperclass – dieser Begriff kann so viele Geheimnisse bergen. Alex meint, er habe immer gewusst, dass seine Eltern merkwürdig waren. »Der Begriff *exzentrisch* ist ganz wunderbar, oder? Verrückt oder exzentrisch – wo liegt da der Unterschied? Es ist einfach eine vornehme Art, zu sagen, dass jemand verrückt ist. Oder krank.« Außerdem verfügte Jill über einen einzigartigen Stil.

Laura Hudson hatte die Dudleys an jedem Weihnachtsfest und auch zu anderen Gelegenheiten zu sich eingeladen. Während dieser großen Feiern hielt sie sich normalerweise überwiegend in der Küche auf, doch sie erinnert sich an den ganz besonderen Ton von Jills Lachen. Jack nannte es »Jills Marktschreierlachen«: laut, unverkennbar und sehr, sehr ansteckend. In dieses Lachen stimmte jeder am Tisch mit ein, und zwar in derselben ausgelassenen Weise. Das war, erzählte Laura, »als wären ganz viele Papageien im Raum. Wenn sie also etwas über die Zwillinge, ihre Freundinnen und irgendwelche Privatangelegenheiten sagte, reagierten darauf alle Anwesenden mit diesem verrückten Gelächter.«

Jills Geschichte wäre so viel leichter zu erzählen, wenn sie sich einfach als »Monster« einordnen ließe, weil sie ihren Kindern so Schlimmes angetan hat. Doch die Wahrheit ist komplizierter und viel verstörender. Als einer ihrer Freunde von dem sexuellen Missbrauch erfuhr, der sich in dieser äußerlich normalen Situation ereignet hatte, wollte er wissen, worauf er in seinem Umfeld achten solle. Wie erkannte man, bei wem es sich um einen potenziellen Täter handelte, damit man seine eigenen Kinder schützen konnte?

»So funktioniert das nicht«, erklärte ihm Marcus. »Genau da liegt das Problem. Pädophile sind nicht gekennzeichnet. Das sind ganz normale Leute wie du und ich. Sie haben nur diese eine nicht so schöne Seite.«

Ein Aspekt von großer Bedeutung: Das Schlimme an Jills Verhalten ist, wie sehr es in so vieler Hinsicht dem ihrer Freunde ähnelte. Wenn wir sie dämonisieren könnten, würde sie unseren Seelenfrieden nicht ernsthaft gefährden. Sie hat einige schlimme Dinge getan, war jedoch fähig zur Güte, und sie kümmerte sich um Jack, als er im Sterben lag. Viele ihrer Bekannten glaubten, dass sie auf die ihr eigene gestörte Weise auch ihre Kinder wirklich liebte.

So wie ihre Kinder Jill liebten. Zum Teil lag das daran, dass ihnen gar nichts anderes übrigblieb. Jill war ihre Mutter, und es gab keinen anderen Elternteil, der ihre Stelle hätte einnehmen können. »An irgendetwas muss man sich festklammern«, meinte Marcus. »Wenn man Kinder einer Situation aussetzt, werden sie sich immer an etwas Schönem festhalten wollen: dass ihre Mutter sie angelächelt hat, oder irgendetwas sonst, und daraus wird dann die Erinnerung, die sie sich erhalten, weil sie ihnen kostbar ist.« Ihre Kindheit bestand keinesfalls nur aus Elend, und in gewisser Weise war die Fröhlichkeit, die den Besuchern stets auffiel, auch echt.

Marcus kommentiert: »Es wäre falsch, zu behaupten, dass wir sie gehasst hätten, also alles, wirklich alles, was sie tat, denn das stimmt nicht. Sie war unsere Mutter, und wir haben versucht, sie zu lieben, so gut wir konnten.« Seiner Überzeugung nach besitzen alle Kinder diese Fähigkeit.

Bis heute, mit all dem Wissen, das sie inzwischen haben, erinnern sich viele ihrer Freunde mit einem Lächeln der Zuneigung an Jills ausuferndes Benehmen. Dieses mit dieser einzigartigen hohen Stimme geträllerte »Los geht's!«, das jede beliebige Zusammenkunft sofort in ein amüsantes Ereignis verwandelte, ihr fröhliches »Ju-huu!«, als sie einmal auf der Jacht eines Freundes saß, im mittleren Alter, groß und breit und ohne Oberteil, und damit die Aufmerksamkeit jedes vorüberfahrenden Schiffers auf sich zog. »Ach ja!«, bemerkte ein Freund, der sie zuletzt als Teenager dreißig Jahre zuvor gesehen hatte. »Die gute Jillie! Was für eine Persönlichkeit!«

Die Zwillinge wollen ihre Mutter vielleicht nicht als Monster bezeichnen, doch vergeben können sie ihr trotzdem nicht. Sie war weder geisteskrank noch alkoholabhängig, sondern wusste genau, was sie tat. Jill kannte den Unterschied zwischen Richtig und Falsch, und ihr war klar, dass sie mit ihren Taten Verbrechen beging. Oberflächlich betrachtet mag ihr Verhalten willkürlich und spontan erscheinen, doch hinter all ihrem Tun stand sorgfältige Berechnung; sie achtete darauf, alle Lebensbereiche voneinander zu trennen, und stellte sicher, dass ihre Geheimnisse vor Entdeckung geschützt waren. Zum Beispiel sorgte sie mit vollem Einsatz dafür, dass Jack nie Verdacht schöpfte.

Das führt zu einer anderen Frage: Warum war sie nie in der Lage, Alex' Gedächtnisverlust zu akzeptieren, wenn sie doch wollte, dass alles, was sie ihren Zwillingssöhnen angetan hatte, ein Geheimnis blieb? Die Amnesie machte eine Entlarvung doch sicher weniger wahrscheinlich.

Diejenigen, die Jill gut kannten, gehen davon aus, dass sie es als ultimative Ablehnung empfand, nicht von Alex erkannt zu werden, und dass sie mit dieser Ablehnung ganz einfach nicht umgehen konnte. Jill war schlichtweg nicht in der Lage, ihre Kinder als in irgendeiner Form unabhängig von sich selbst zu betrachten, als Individuen anstatt als ihre Besitztümer. Dass eines ihrer Kinder sie nicht einmal erkannte, erschien ihr als existenzielle Bedrohung. Von Anfang an, seit Alex' Erwachen aus dem Koma, überstieg ihr verzweifeltes Bemühen, sich ihm wieder in Erinnerung zu rufen, jegliche Sorge um sein Wohlergehen.

Jill schenkte den Zwillingen nicht die Liebe, die sie brauchten, aber loslassen wollte sie die beiden auch nicht. Freunde beobachteten, dass sie die Jungen verhätschelte und wie viel jüngere Kinder behandelte. Sie wollte, dass sie abhängig von ihr blieben und sie nicht verließen. Natürlich ist es schwierig für Kinder, ein Gefühl der Unabhängigkeit zu entwickeln, solange sie auf die bedingungslose Liebe warten, die sie niemals erhalten sollen.

Alex sagt ganz deutlich, dass er nach dem Unfall nie eine Verbindung zu seiner Mutter herstellen konnte, wie es ihm bei seinem jüngeren Bruder und seiner Schwester gelang. Vielleicht liegt das daran, dass es auf irgendeine Weise einfacher ist, eine Beziehung zu Kindern aufzubauen. Vielleicht ist die Ursache auch darin zu sehen, dass ein Teil von ihm, ganz tief in seinem Inneren, Jill gegenüber stets wachsam blieb.

Hin und wieder haben sich sowohl Alex als auch Marcus gefragt, ob Alex sich vielleicht während seines Komas irgendwie dazu entschlossen hat, seine Erinnerungen zu löschen. Marcus hat einmal gesagt, Alex habe sie begründet verloren und er selbst freiwillig. Aber was, wenn auch Alex' Gedächtnisverlust eine Entscheidung zugrunde liegt? Vielleicht war es so, wie Alex es beschreibt: »Ich lag im Koma, und dann beschloss ich: Das hier ist der Moment des Entkommens. Jetzt drücke ich auf den Löschknopf. Mit Absicht.«

Die außerkörperlichen Erfahrungen, die während des Workshops mit Vivien ihren Höhepunkt erreichten, waren vielleicht einfach nur ein Ergebnis seiner Kopfverletzung. Gleichzeitig stellen sie eine gut dokumentierte Strategie dar, auf die Kinder und Erwachsene in Momenten extremer Traumata verfallen, zum Beispiel bei sexuellem Missbrauch. Vielleicht hatte Alex schon als Kind gelernt, mit einer Situation fertigzuwerden, indem er in bestimmten Momenten aus sich heraustrat und das Grauen dessen, was man ihm antat, aus seinem Bewusstsein aussperrte.

Vielleicht hatte irgendwo tief im Schutz seines Komas ein immer noch funktionierender Teil seines Geistes entschieden, die Traumata für immer auszublenden.

Beide, Alex und Marcus, räumen ein, dass das weit hergeholt scheint, und es wird sich auch niemals beweisen lassen, doch es bleibt eine faszinierende Möglichkeit. Wer weiß, wozu unser geheimnisvolles Gehirn imstande ist?

7.

Eine andere Person?

Nicht alle Entdeckungen waren negativer Art. Ganz unten in dem riesigen Pappkarton mit den Unterlagen, den sie aus dem Duke's Cottage mitgenommen hatten, lag ein Farbnegativ. Die Aufnahme war kurz nach der Geburt der Zwillinge im Charing Cross Hospital gemacht worden. Einer der Säuglinge liegt in Jills Armen; sie trägt noch immer ihren Krankenhauskittel. Der andere befindet sich in den Armen seines Vaters, John. Die frischgebackenen Eltern sind leicht voneinander abgewandt, und das Kind in Johns Armen schreit aus Leibeskräften.

Weder Alex noch Marcus konnte sich erinnern, dieses Bild jemals zuvor gesehen zu haben. Jill hatte niemals mit ihnen über ihren Vater gesprochen. Sie kannten nur sehr wenige Fotos von ihm, und das Farbnegativ war das einzige Bild, das die kleine Familie vereint darstellte. Wenige Tage, vielleicht auch nur wenige Stunden, nachdem ein Unbekannter dieses Bild gemacht hatte, hatte John seinen tödlichen Unfall gehabt. Beim Betrachten des Dias waren die Zwillinge einen Augenblick verblüfft und dann kurz niedergeschlagen. Aber nur einen kurzen Moment später gewann ihr Humor die Oberhand.

»Warum hat man uns das nie gezeigt?«, wollte Marcus wissen. »Wir haben gar kein Bild von ihm, auf dem er uns hält, oder? Ich will das haben. Mum können wir ja rausschneiden!«

»Das bin ich auf seinem Arm!«, protestierte Alex, und beide gaben lachend zu, dass sie einander auf Kinderfotos nur dann unterscheiden konnten, wenn Alex seine Brille trug. Bei zwei rosigen Säuglingen war es ein Ding der Unmöglichkeit.

Alex war achtzehn, als er sein Gedächtnis verlor, gerade in dem Alter, in dem die Zwillinge normalerweise ihr Zuhause verlassen und getrennte Identitäten entwickelt hätten. In mancherlei Hinsicht fand dieser Prozess trotzdem statt: Marcus ging nach Schottland, Alex arbeitete im Restaurant Morels in Haslemere und dann auf dem Kreuzfahrtschiff *Queen Elizabeth II*. Doch was eine tiefere Ebene betrifft, verzögerte sich ihre Trennung. Alex blieb auf eine Weise von Marcus abhängig, die von geographischer Distanz kaum beeinflusst wurde, und Marcus lernte seinerseits, sich auf diese Abhängigkeit zu verlassen. Erst als beide die dreißig überschritten hatten, baute sich jeder sein eigenes Leben auf: Obwohl sie weiterhin zusammenarbeiteten, verfolgten sie getrennte soziale Aktivitäten und Interessen, und ihre Unterhaltungen bezogen sich in den meisten Fällen auf praktische Aspekte ihrer Arbeit.

In mancherlei Hinsicht kehrte das gemeinsame Verfassen dieses Buches diesen Ablösungsprozess um. Die Zwillinge waren wieder in einer Phase, in der sie Geschichten und Ansichten miteinander teilten, und zwar auf tiefergehende Weise, als das in den vergangenen Jahren geschehen war – vielleicht auf tiefergehende Weise als jemals zuvor. Doch viele von Alex' Fragen betrafen ihn allein, und im Besonderen ging es dabei um sein Bedürfnis, zu erfahren, wie und auf welche Weise sich seine Persönlichkeit durch den Unfall im Jahr 1982 verändert hatte.

Er wusste, dass er sich während der ersten Monate und Jahre nach dem Unfall grundlegend gewandelt hatte. Caz, damals seine feste Freundin, bestätigte das. Sie erzählte ihm, als sie die Brüder in Long Copse kennengelernt habe, sei sie fasziniert gewesen, wie selbstbewusst die beiden wirkten. Sie konnten gut mit Erwachsenen sprechen, aber auch mit Gleichaltrigen umgehen. (Marcus erklärt dieses scheinbare Selbstbewusstsein mit der Notwendigkeit der Kompensation ihrer Dyslexie.) Worin auch immer der Grund lag, Alex vermittelte den Eindruck, er sei unbekümmert und selbstsicher. Caz sagte: »Nichts schien ihn zu erschüttern. Er machte einfach weiter mit dem Leben.«

Als sie ihn zum ersten Mal nach der Entlassung aus dem Krankenhaus wiedersah, hatte sich das geändert; er war »nur noch ein Schatten des Menschen«, den sie von vorher kannte. Der dünne und nervöse junge Mann hatte Probleme, selbst der einfachsten Unterhaltung zu folgen. Und obwohl er in den folgenden beiden Jahren eine fast vollständige Genesung zu erleben schien, stellte sich dieses natürlich wirkende Selbstvertrauen nie wieder ganz ein.

Durch Gespräche mit anderen Freunden, die ihn vor dem Unfall gekannt hatten, gelang es Alex, ein ziemlich einheitliches Bild zu schaffen. Die meisten Leute, ihre Mutter eingeschlossen, hatten ihn als den verantwortungsbewussteren der beiden Jungen erlebt. Er arbeitete in der Schule härter, und das trotz der Schwierigkeiten durch die Lese-Rechtschreib-Schwäche. Obwohl er von zu Hause kaum Hilfe bekam, ließ er nicht locker. Marcus zufolge war Alex immer der Konservativere und der Fügsamere der beiden.

Alex galt als der Nachdenklichere und als derjenige, der sich immer Sorgen um seine Geschwister machte. Mrs Taylor im Bramley Grange Hotel erinnerte sich daran, dass ihr sein Verantwortungsbewusstsein Marcus und Oliver gegenüber sofort auffiel. Er hatte als Erster sein Zuhause verlassen, um sich allein durchzuschlagen, doch ihrem Eindruck nach machte es ihm zu schaffen, dass er seine Geschwister zurückgelassen hatte, und es wäre ihm besser gegangen, wenn er sie hätte mitnehmen können. In gewisser Weise setzte sich dieses Gefühl, der Beschützer der Familie zu sein, auch in der Zeit nach dem Unfall fort. Als beispielsweise ihre Mutter starb, war es Alex, der sich für die anderen drei zusammen mit Ian Hudson um den Papierkram des Nachlasses kümmerte.

Nach einigem Nachdenken meinten alle, die Alex vor und nach dem Unfall gekannt hatten, er sei im Wesentlichen derselbe geblieben, auch wenn man einige oberflächliche Veränderungen habe erkennen können. Alex blieb Alex, selbst ohne all die Erinnerungen, die die meisten von uns für notwendige Bausteine unseres Selbstgefühls halten. Auf einer unbewussten Ebene schien all das überdauert zu haben.

8.

Das Kinderheim

»Je tiefer man gräbt«, sagte Alex, »desto seltsamer wird das Ganze.«

Gegen Ende der Arbeit an ihrer Geschichte gab es eine Enthüllung, die auf beide Zwillinge großen Eindruck machte, am meisten auf Marcus. Unter Jills Dokumenten entdeckten sie einen kurzen getippten Brief ihrer Hausärztin in London, datiert auf Juni 1965. Alex und Marcus waren damals etwas über ein Jahr alt. Die Ärztin schreibt, sie hoffe, die Kinder seien wieder aus dem Heim zurück, denn »meinen Aufzeichnungen entnehme ich, dass die Auffrischung ihrer Dreifachimpfung ansteht«. Mrs Lewis wird gebeten, einen Termin zu vereinbaren oder die Kinder in einer anderen Praxis vorzustellen.

Im selben Karton fanden sie zwei von Hand beschriebene Blätter mit Informationen, die wahrscheinlich für »Wok« in seinem Sekretariat zusammengestellt worden waren. Wok war in den sechziger Jahren einer von Jills treuesten Verehrern gewesen. Die Blätter gaben Aufschluss über zwei Kinderheime, eines in Worthing, das als »*äußerst* zufriedenstellend« beschrieben wird, und ein weiteres, Glebe House in Mersham bei Ashford in Kent, geleitet von einer gewissen Mrs Bennison, die sich um »normale gesunde Babys zwischen null und zwei Jahren kümmerte«. Diese Mrs Bennison hielt wie erbeten vorübergehend für die Zwillinge zwei Plätze für einen oder zwei Monate frei.

Auch ein Brief der Schwester ihres Vaters enthielt den Hinweis, seiner Familie wäre es viel lieber gewesen, die Babys selbst in Obhut zu nehmen, als sie in ein Kinderheim zu schicken. Alex und Marcus waren zwei Monate im Charing Cross Hospital geblieben. Dann, so hieß es in den Entlassungspapieren, war »ihre Mutter bereit, sie mit nach Hause zu nehmen«.

All das passt zu den Angaben von Jills Patentochter, die nach Johns Tod eine Weile bei ihr blieb. Sie erinnerte sich daran, wie sie am Antiquitätenstand aushalf, sich gut betreut fühlte und Glanz und Glamour des Londoner Lebens genoss. Sie wusste auch noch, dass Jill sie eines Abends weckte und ihr sagte, sie solle sich anziehen, um mit ihr eine Bar zu besuchen, wo sie einen Freund treffen wollten. An die Babys erinnerte sich die Patentochter nicht.

Es gibt keine Möglichkeit, herauszufinden, welchen Anteil ihres ersten Lebensjahres die beiden kleinen Jungen in dem Kinderheim verbrachten. Eine Handvoll Fotos aus ihren ersten Monaten zeigen, dass sie eine Weile bei Jill gewesen sein müssen, und vielleicht waren sie auch nur einen oder zwei Monate weg. Glebe House ist ein elegantes Gebäude aus dem achtzehnten Jahrhundert und gehörte vermutlich an das obere Ende des Spektrums, was Kinderheime betrifft, auch wenn es von Jills Wohnung in London oder vom Haus ihrer Eltern in Newbury recht weit entfernt war. Doch für Marcus und Alex fühlte sich dieses letzte Puzzleteil ihrer Geschichte wie ein Beweis dafür an, dass sie von Anfang an abgelehnt worden waren.

Sie fanden heraus, dass ihre Mutter mit ihrer Rudgwicker Freundin Miriam über das Kinderheim gesprochen hatte: Jill hatte erklärt, es sei damals notwendig gewesen, die Zwillinge irgendwo unterzubringen, während sie ihre Finanzen ordnete und den Antiquitätenhandel in Gang brachte. Sie schien das nicht für besonders erwähnenswert gehalten zu haben, schließlich stammte sie aus einem sozialen Umfeld, in dem sich der

Tradition gemäß Ammen und Kindermädchen um kleine Kinder kümmerten.

Vielleicht war ihre Entscheidung, die Jungen in ein Heim zu geben, vom Trauma des Unfalltods ihres Ehemanns ausgelöst worden? Doch obwohl Alex und Marcus die Situation gern zu Jills Gunsten ausgelegt hätten, kamen sie zu dem Schluss, dass das unwahrscheinlich war. Engen Freunden hatte Jill erzählt, Johns Verlust sei nicht so tragisch für sie gewesen, wie er hätte sein können, wäre ihre Ehe besser verlaufen.

Nun, da sie beide Väter kleiner Kinder waren, konnten die Zwillinge Jills Reaktion erst recht nicht nachvollziehen. Jemand, der seinen Partner verloren hat, müsste sich doch umso mehr an das klammern, was ihm noch blieb! Marcus meint dazu: »Wenn Vito das zustoßen würde, würde sie nicht eine Minute daran denken, ihre Kinder in ein Heim zu geben.«

Doch vielleicht ergab Jills Handeln auf eine ganz schreckliche Weise Sinn. Ob es nun daran lag, dass die Zwillinge in der ersten Zeit so lange im Krankenhaus gewesen waren, oder an dem Verlust ihres Ehemannes oder einfach daran, dass Jill eine bestimmte Charaktereigenschaft abging – den Zwillingen wurde bewusst, dass ihre Mutter nie eine Verbindung zu den Babys aufgebaut hatte. Marcus kam nach langem Nachdenken zu dem Schluss, dass das, »was sie getan hat, zu ihr passt, denn sie hatte ganz eindeutig keinen Mutterinstinkt«.

Das muss Marcus seit Jahren bewusst gewesen sein, und trotzdem traf ihn dieser neue Beweis für Jills Unfähigkeit, sich wie eine Mutter um ihre Jungen zu kümmern, mit großer Wucht. Er hatte immer sehr klar geäußert, dass Kinder trotz aller Widrigkeiten daran glauben müssen, dass ein Elternteil sie liebt, selbst wenn diese Liebe nur eine winzige Facette der betreffenden Person ist. Die neuen Erkenntnisse zerstörten nun diesen Glauben.

Es sollte noch schlimmer kommen. Einige Tage später fand Marcus heraus, dass Oliver sich nicht sicher war, ob ihre Mutter wusste, dass er von Patrick, einem ihrer Freunde, missbraucht worden war. Sein Bruder glaubte, Jill sei vielleicht einfach vertrauensselig gewesen, als sie ihren zwölfjährigen Sohn bei Patrick übernachten ließ. Vielleicht hatte Marcus ja alles übertrieben. Vielleicht war sie ja gar nicht so böse gewesen, wie alle sagten.

Den Zwillingen war bereits klar, dass Fremde manchmal Mühe hatten, ihre Geschichte zu glauben. Die Vorstellung, dass das auch auf ihren eigenen Bruder zutraf, brachte Marcus an den Rand eines Zusammenbruchs.

Eines Abends kam er im Auto an dem Häuserblock in der Gloucester Road vorbei, in dem Cynthia, die Freundin seiner Mutter, mit ihrem Ehemann ihre Partys abgehalten hatte. Er und Alex hatten dort häufig Getränke und Kanapees servieren müssen. Viele Male zuvor war er diese Straße entlanggefahren, doch diesmal war irgendetwas anders. Er schaute an dem ihm so vertrauten Gebäude vom Anfang des zwanzigsten Jahrhunderts empor. Weißer Stuck und rote Backsteine, im ersten Stock große Panoramafenster und ein kleiner Balkon. Plötzlich merkte Marcus, dass er nicht weiterfahren konnte. Er hielt am Straßenrand und zitterte unkontrolliert.

Der Deckel flog von dem Glas, das so lange dicht verschlossen gewesen war, und eine hochgiftige Flut entsetzlicher Bilder durchbrach seinen Schutzwall. Er wurde davon überwältigt. Völlig außer sich gelang es ihm, das Auto in einer Seitenstraße zu parken und Alex anzurufen. Sie sprachen lange miteinander.

Als Marcus sich schließlich so weit beruhigt hatte, dass er den Heimweg fortsetzen konnte, hatte Alex Dinge über seine Kindheit erfahren, mit denen er für den Rest seines Lebens würde zurechtkommen müssen.

9.

»Besser, alles kommt ans Licht«

Vielleicht war es immer unvermeidbar gewesen, dass Alex durch die Reise in seine Familiengeschichte alte Wunden aufriss. Zu seiner Überraschung stellte er fest, dass das nicht nur für seine eigene Familie galt, sondern auch für Freunde, die durch seine Geschichte an die Probleme in ihrem eigenen Leben erinnert wurden.

Seine größte Sorge galt jedoch Oliver.

Fünf Tage nach Marcus' Zusammenbruch vor Cynthias Haus trafen sich die drei Brüder, weil sie herausfinden wollten, ob es möglich wäre, weiterhin an einer Geschichte zu arbeiten, die sie alle als wahr empfanden. So vieles war noch immer nicht offen besprochen worden. Oliver hatte vor mehr als einem Jahrzehnt zum ersten Mal über den Missbrauch geredet, doch Marcus hatte dieses Thema ihm gegenüber nie angeschnitten. Als sie ein Jahr zuvor zusammen gewesen waren, hatte es Andeutungen gegeben, doch nichts davon war konkret ausgesprochen worden. Alex hatte keine Erinnerung daran, und Marcus erklärte manchmal, ihm wäre es nie zugestoßen. Oliver musste das Gefühl gewinnen, er hätte als einziges der Kinder darunter gelitten. Diese Möglichkeit löste in ihm ein Gefühl der Isolation und der Unsicherheit aus. Es wurde dadurch verstärkt, dass Marcus und Alex erst mit ihm über ihr aktuelles Projekt gesprochen hatten, als sie sich bereits mehrere Monate damit beschäftigten.

Als Folge davon war Oliver bei ihrem Treffen noch immer

tief verletzt. Doch auch Alex und Marcus fühlten sich angreifbar und verletzlich, und sie kämpften mit den Enthüllungen der vergangenen Woche und damit, wie mit ihnen umzugehen sei. Die Beziehung zwischen den Brüdern war noch nie so gefährdet gewesen. Doch während ihres Treffens zeigte sich nicht nur die ungebrochene Zuneigung zwischen den dreien, sondern auch ihre Entschlossenheit, füreinander da zu sein. Heldenhaft kämpften sie um ein Verhältnis zueinander, das so ganz anders war als die Beziehungen ihrer Kindheit.

Oliver begann das Gespräch, indem er sagte, sein Haupteinwand gegen diesen Teil von Alex' Projekt betreffe die Geheimniskrämerei; dass es ihm in letzter Zeit vorgekommen sei, als werde eine »Decke der Funkstille« über das ganze Unternehmen gebreitet.

Alex und Marcus entschuldigten sich bei ihrem Bruder, doch dann reagierte Alex mit den Worten: »Oliver, du bist immer eifersüchtig, weil wir als Zwillinge immer zusammen sind. Alex und Marcus tun dies, Alex und Marcus tun das. Aber ich glaube nicht, dass du dir jemals überlegt hast, dass *wir* vielleicht auch neidisch auf *dich* sind. Du bist sehr gut in allem, was du machst. Du kannst alles erreichen, wenn du nur willst. Du bist intelligent, wir sind dumm.« Oliver wollte protestieren, doch Alex erklärte weiter: »Ich will damit nur sagen, dass wir so erzogen worden sind. Daddy hat uns immer als ›Jills doppelt doofe Zwillinge‹ vorgestellt. Oliver ist der Schlaue, das war seine Meinung.«

Alex sprach in sachlichem und überlegtem Ton. »Ich hatte vorher nie richtig darüber nachgedacht«, sagte er. »Wenn man bis an die Wurzel des Problems zurückgeht, haben Marcus und ich dich unbewusst beneidet. Wir haben immer dich als den Überflieger gesehen.«

Weil Oliver das erfolgreichere Kind gewesen war, besser in

der Schule und auch sportlicher als sie, hatte Alex lange gebraucht, um zu begreifen, dass *Oliver* möglicherweise *sie beide* um ihre Nähe beneidete.

»Ich denke, ihr habt mich auf ein Podest gestellt«, stimmte ihm Oliver zu, aber er wollte nicht akzeptieren, dass er die beiden jemals um ihre Nähe zueinander beneidet hätte. Frustration, so meinte er, wäre eine passendere Beschreibung der Gefühle seinen Brüdern gegenüber gewesen, »oder das Gefühl, unsichtbar zu sein«.

Alex erklärte, er habe herausgefunden, dieses Gefühl des Ausgeschlossenseins komme unter Geschwistern eineiiger Zwillinge häufig vor, wenn alle dem gleichen Geschlecht angehörten. Dementsprechend wird sich ein Junge in einer Familie mit eineiigen Zwillingssöhnen immer wie das fünfte Rad am Wagen fühlen. Er sagte: »Wir sind als eineiige Zwillinge genetisch so angelegt, dass wir zusammenhalten.«

Oliver pflichtete dem bei. Die beiden hatten sich immer als Einheit präsentiert, und das hatte es für ihn unmöglich gemacht, zu ihnen als Individuen eine Beziehung einzugehen. Seine Frustration trat jetzt zutage, weil »ihr, unabhängig von der Wahrheit, immer zusammenhaltet«. Alex räumte ein, dass die Art und Weise, wie er und Marcus immer zueinander hielten, problematisch für andere sein musste.

Dann sprachen sie noch eine Weile über die Behinderung, die ihre Lese-Rechtschreib-Schwäche für sie bedeutete, und wie sie sich auf jeden einzelnen Aspekt ihres Alltagslebens ausgewirkt hatte. Ein weiterer Grund dafür, dass sie wohl häufig Neid auf ihren jüngeren Bruder empfunden hatten.

Marcus ging sogar noch weiter und erklärte, obwohl das mit dem Verstand nicht zu erklären sei, habe es in ihm eine »irrationale Angst« ausgelöst, wenn er sah, wie Oliver offenbar alles erreichen konnte, was er sich in den Kopf setzte. Dabei hob er das

Wort »Angst« mehrmals hervor: »Wir haben in Angst gelebt. Wir sind in einem Haus voller Angst aufgewachsen.«

Alex und Oliver hörten ihm aufmerksam zu.

»Wir haben Angst vor Oliver, genau wie vor allen anderen. Ich weiß nicht, wie wir das loswerden sollen. Wir können nur versuchen, unsere Ängste schrittweise abzubauen. Darum hätte man sich vor langer Zeit kümmern sollen. Aber unsere Methode – auch die von Alex – besteht darin, den Kopf in den Sand zu stecken und sich nicht mit Problemen auseinanderzusetzen. Das habe ich mein ganzes Leben lang so gemacht. Mit dem Missbrauch durch Mum. Ich hätte niemals …«, Marcus' Stimme brach fast, als er das sagte, »*niemals* zugelassen, dass Oliver in dieselbe Situation gerät. Ich *weiß*, was sie uns angetan hat. Ich *weiß*, was sie mit Alex und mir gemacht hat. Ich habe es Alex nie erzählt, niemals. Auch jetzt will ich es ihm eigentlich nicht erzählen. Ich habe es auch dir nie erzählt, Oliver, ich habe nur zugegeben, dass es passiert ist. Aber ich … Ich muss damit leben … Ich habe es euch nie gesagt, weil ich nicht reif genug dazu war. Ich habe nicht sorgfältig genug nachgedacht. Ich hätte aufstehen und ein Mann sein sollen. Das habe ich nicht getan. Ich bin nach Schottland gegangen und habe euch zurückgelassen. Und ich wusste, was passieren würde, aber das habe ich noch nicht einmal begriffen, weil ich so verschlossen war. Ich war so unreif. Ich konnte noch nicht mal lesen oder schreiben. Ich habe es ja kaum im Auto bis nach Schottland geschafft!«

Dass Marcus nicht in der Lage gewesen war, seinen jüngeren Bruder zu schützen, fand er fast noch schlimmer als die Erinnerung an das, was er und Alex durchgemacht hatten. »Ich habe immer dieses Gefühl gehabt«, sagte er. »Immer.« Wenn man sich vor Augen führt, wie schrecklich er sich fühlte, weil er Oliver im Duke's Cottage zurückgelassen hatte, überrascht es kaum, wie hart es ihn traf, dass sein Bruder seine Geschichte anzweifelte.

Marcus fuhr fort: »Letzte Woche bin ich an Cynthias Haus vorbeigefahren, weil wir darüber gesprochen hatten. Das Ganze war mein Leben lang verborgen geblieben, und … Ich versuche, mich nicht daran zu erinnern. Ich halte diese Dinge von meinem Hirn weg und beschütze Alex, und das ist … Ich weiß nicht, ob es richtig oder falsch ist. Beinahe hätte ich es ihm nicht erzählt. Dann saß ich letzte Woche vor Cynthias Haus, im Firmenwagen, und da hatte ich diese krassen Erinnerungen.«

Marcus konnte kaum sprechen vor Emotionen, als er von seiner plötzlichen und lebendigen Erinnerung an einen Abend in Cynthias Wohnung berichtete. Es handelte sich um eine große Party, anwesend waren etwa fünfzig Gäste. Er erzählte: »Ich stand bei Cynthia[20] im Flur, ich war zwölf Jahre alt, und im Wohnzimmer konnte ich einen Mann sehen, der …« Kurz zögerte er und fuhr dann fort: »… der ganz unglaubliche Dinge mit mir gemacht hatte. Und ich musste hingehen und ihm einen Drink servieren. Und ich hatte solche Angst, dass ich mir in die Hosen gepinkelt habe, vor allen Leuten, mit zwölf Jahren. Meine Mutter muss gewusst haben, warum das passiert ist. Ich sehe ihn vor mir, in der Ecke am Fenster. Und dann bin ich in die Küche gegangen und habe mich mit Essen bekleckert, um zu verbergen, was mir passiert war.«

Durch die Erinnerung an den riesigen Schrecken, den Marcus beim Anblick eines der Männer empfunden hatte, die ihn missbraucht hatten, kamen auch Einzelheiten wieder an die Oberfläche. Er durchlebte die Panik und die Scham, die völ-

---

[20] Obwohl einige der Täter zu ihrem gesellschaftlichen Kreis gehörten, sagt Marcus sehr deutlich, dass weder Cynthia noch ihr Ehemann in irgendeiner Form an dem Missbrauch beteiligt waren. Er ereignete sich auch nie in ihrem Haus.

lige Hilflosigkeit des Kindes, die körperlichen und seelischen Schmerzen, all das, was er so sehr zu unterdrücken versucht hatte. Als sie erst einmal entfesselt waren, ließen sich die erinnerten Empfindungen nicht mehr vertreiben.

Marcus sagte: »Das hier sind Gefühle, an die ich nicht denken *will!* Ich *will* sie nicht in meinem Leben haben! Sie waren viele, viele Jahre lang nicht Teil meines Lebens. Ich dachte, ich wäre stark genug, damit umgehen zu können, und jetzt … kommt es mir alles wieder hoch, die ganze Zeit. Und ich weiß nicht, was ich machen soll. Ich habe Dinge vor Alex verborgen, und vor Oliver … Ich habe euch nicht beschützt. Ich habe euch eurem Schicksal überlassen. Das ist alles meine Schuld. Alles fällt auf mich zurück. Es tut mir … leid …«

Er weinte jetzt. »Wisst ihr was?«, fragte er. »Wisst ihr, was mich antreibt? Ich weiß, ich muss das hier aufschreiben. Ich weiß, die Leute müssen es lesen. Menschen wie unsere Mutter dürfen das nicht für immer unter den Teppich kehren. Das wollen sie doch … Und ich weiß, Oliver, dass du ein paar schlimme Dinge erlebt hast, aber du weißt nicht wirklich, was mir passiert ist. Und ich fürchte, wir stehen uns da so ziemlich in nichts nach. Und ich fürchte, das gilt auch für dich, Ali, und … Lasst uns aufhören, wenn das in Ordnung ist …«

Eine Zeit lang konnte er nicht weitersprechen.

Im Zimmer herrschte Schweigen. Alex war tief bewegt von all dem, was Marcus gesagt hatte. Er wandte sich an Oliver und erklärte: »Marcus hat mich vom Auto aus angerufen, und ich musste ihn beruhigen. Ich finde es auch immer noch sehr schwer, Details von dem zu glauben, was die Männer getan haben … Und alles andere auch. Er hat es mir erzählt, und ich werde für den Rest meines Lebens damit zurechtkommen müssen. Und Mum war dabei, sie hat zugeschaut und …« Alex stieß einen langen Schmerzenslaut aus. »Scheiße noch mal! Was hat sie da nur getan? Wie konnte sie nur? Und sie hat uns weggegeben. Das ist doch Wahnsinn! Einfach nur Wahnsinn!«

Marcus verzweifelte bei dem Gedanken, dass er Menschen im Stich gelassen hatte. Er sagte: »Ich verstehe einfach nicht … Wie konnte ich das nicht merken? … Wie kann es sein, dass ich Oliver und Amanda nicht geholfen habe?«

Die ganze Zeit hatte Oliver nichts gesagt. Mit den Jahren hatte ihr Bruder eigene Strategien für den Umgang mit schwierigen Situationen entwickelt; er war dazu in der Lage, aus ihnen herauszutreten und sich mental und emotional von ihnen zu lösen. Das Erlernen dieser Überlebenstechniken hatte ihn viel Kraft gekostet. Doch nun schritt er plötzlich ein.

Ruhig und mit absoluter Überzeugung wandte er sich an Marcus: »Es wäre ein Wunder gewesen, wenn du emotional dazu in der Lage gewesen wärst, mir zu helfen. Kein einziger Psychologe in diesem Land würde das für möglich halten. Wenn man selbst ein extremes Trauma erleidet, besteht die Reaktion darin, den Kopf in den Sand zu stecken.«

»Schockiert es dich, all das zu hören, Oli?«, erkundigte sich Alex.

»Als ich davon erfahren habe, war ich schockiert«, gab sein Bruder zurück, »weil ich immer geglaubt hatte, ich wäre der Einzige gewesen. Niemand hat mir jemals etwas erzählt.«

Beide erinnerten sich an das erste Mal, als Oliver mit Marcus über den Missbrauch gesprochen hatte. Er hatte sich wochenlang gequält, bevor er den Mut gefasst hatte, über seine schreckliche Wahrheit zu sprechen, und diesen Moment der Reinigung hat er nie vergessen. Marcus war es damals als grausamer Zufall erschienen, dass seine beiden Brüder dieses Tabu mit einem zeitlichen Abstand von nur wenigen Wochen gebrochen hatten. Er meint: »Ich selbst habe nur bestätigt, dass es wirklich geschehen ist.«

Nach dem, was er von Marcus gehört hatte, sah Oliver die Vergangenheit mit anderen Augen. Er erklärte: »Es war Vergewaltigung. Es gibt einen riesigen Unterschied zwischen Unzucht und Vergewaltigung. Wenn jemand an einem herumspielt, wenn die eigene Mutter das tut, dann ist das ziemlich schlimm, aber es ist nicht so schlimm wie das, was du uns erzählt hast. Das ändert alles für mich.«

Marcus konnte nicht aufhören, sich schuldig zu fühlen. Er hätte seine Geschwister beschützen sollen. Er hätte energischer auftreten und sich wehren müssen.

Oliver war anderer Meinung. »Das spielt keine Rolle. Ich denke, die meisten Menschen sind in einer solchen Situation wie paralysiert.« So hatte er selbst reagiert. Als der Freund seiner Mutter ihn missbrauchte, so berichtete er, »lag ich einfach nur da, wie gelähmt. Man hat schreckliche Angst und verhält sich wie das Kaninchen vor der Schlange.«

Marcus stimmte ihm zu. Als er sich daran erinnert hatte, was ihm widerfahren war, waren seine heftigsten Emotionen Hilflosigkeit und Entsetzen gewesen. Und ein Gefühl unendlicher Scham.

»Ich wollte nie darüber sprechen«, erklärte Marcus, »weil ich nicht wollte, dass Ali es erfährt.«

»Ich weiß«, gab Oliver zurück.

»Es bricht mir das Herz«, sagte Marcus.

»Nein«, wandte sich Alex an ihn. »Ich kann damit umgehen.«

»Es ist so«, fuhr Marcus fort, »ich habe mir geschworen, es dir nie zu sagen, und ich wollte diesen Schwur bis an mein Lebensende nicht brechen. Das hat mich die ganze Zeit stark gemacht: dass ich es dir niemals gesagt habe. Dass ich es überhaupt niemandem erzählt habe. Dadurch würdest du es nie erfahren, und das würde dich schützen. Und …« Beinahe versagte ihm die Stimme. »Diesen Schwur habe ich gerade gebrochen.«

»Wir sind jetzt älter«, gab Alex zurück. »Ich muss lernen, das Ganze als Teil meiner wahren Geschichte zu akzeptieren. So vieles in meinem Leben war nicht real. Wenn Mrs Taylor sich an mich vor meinem Unfall erinnert, denkt sie daran, wie sehr es mich belastet hat, Oliver und Amanda zurückzulassen, obwohl ich so gern von zu Hause wegwollte. Sie hat gesagt, ich hätte nicht damit umgehen können, euch beide zurückzulassen. Natürlich hatte ich damals mein Gedächtnis noch nicht verloren, deswegen hilft mir das, zu verstehen … Ich muss vor dem Unfall eine ganz entsetzliche Zeit durchgemacht haben. Sie meint, ich war ganz außer mir.«

»In gewisser Weise«, ergänzte Marcus, »hat mich wahrscheinlich nur der Unfall gerettet.«

»Und mich auch«, meinte Alex.

»Ich begreife jetzt, dass das Ganze mein Leben viel mehr beeinflusst hätte, wenn Alex nicht sein Gedächtnis verloren hätte. Mein Gehirn war also der Ansicht, es sei meine Aufgabe, Alex vor dem Wissen zu beschützen. Und das konnte nur klappen, wenn ich es … verbarg. Darin war ich immer äußerst erfolgreich.«

»Und es hat einen massiven Einfluss auf unsere Familie gehabt«, fügte Alex hinzu.

Sie sprachen weiter darüber, dass sich sexueller Missbrauch nur in einer Familie ereignen konnte, in der regelmäßig auch andere Arten des Missbrauchs stattfanden. Oliver nannte es »diese ganze Sache mit *lieben* versus *besitzen*«. Er hatte immer an der Überzeugung festgehalten, ihre Mutter habe sie wie Besitztümer behandelt, nicht wie Individuen.

»Wir wurden ja nun nicht gerade alle fünf Minuten missbraucht«, meinte Marcus.

»Aber die Angst davor war immer da«, entgegnete Oliver.

Überrascht nahmen die Zwillinge zur Kenntnis, dass Oliver genauso große Angst vor Jack Dudley gehabt hatte wie sie. Sein Vater, so erklärte er, habe ihn ständig angeschrien und damit seinem Selbstbewusstsein geschadet. »Ich habe mein ganzes Leben in Angst verbracht. Ich habe meine Kindheit in Angst verbracht. Wenn man allein ist, ist man am sichersten.«

»Und wir haben uns am sichersten gefühlt, wenn wir zusammen waren«, sagte Marcus.

Alex versuchte noch immer, die Dimensionen dessen zu erfassen, was ihnen Marcus erzählt hatte. »Das Ganze war kalkulierter, organisierter Missbrauch. Anders kann man es nicht nennen.«

Für Alex war das immer schwer zu begreifen gewesen, doch von dem »Herumreichen« hatte er theoretisch schon lange gewusst. Für Oliver hingegen war dies eine neue Information. Und sie führte ihn zurück zu der Frage, die ihn jahrelang verfolgt hatte: Wusste Jill, was er hatte erleiden müssen, als sie ihn bei ihrem Freund ließ?

Alex meinte: »Ich halte es für wahrscheinlich, dass die Antwort Ja lautet.«

Marcus stimmte ihm zu.

»Bis heute hatte ich dafür nur einen Beweis«, berichtete Oliver. »Und zwar, als ich sie nach dem Vorfall mit Patrick anrief und sie kam, um mich abzuholen. Ich habe die ganze Heimfahrt über geweint. Sie hat mich nicht einmal gefragt, was mit mir los war. Kein *Warum weinst du denn?* oder *Geht es dir gut?*«

»Was hätte sie denn sagen sollen?«, fragte Marcus.

»Sie wusste ja, warum du dort gewesen warst«, fügte Alex hinzu.

»Und danach ist es nie wieder passiert«, sagte Oliver.

Sie sprachen darüber, wie sie jetzt mit dem Ganzen umgehen sollten. Oliver war davon überzeugt, sie müssten es in allen Einzelheiten besprechen. Marcus hingegen wollte die ganze Geschichte einfach wieder tief in ihrer Kiste vergraben, sobald das möglich wäre.

Er sagte zu seinem Zwillingsbruder: »Dass du dein Gedächtnis verloren hast und ich dich schützen wollte, war wie das Vorhängeschloss an der Kiste. Ich bin in den vergangenen zwanzig Jahren Tausende von Malen an Cynthias Haus vorbeigefahren. Oliver hat die Kiste geöffnet, und …« Er schnipste mit den Fingern. »Sofort kam alles heraus, und ich hatte einen richtigen *Anfall* vor ihrem Haus! Diese ganze Scheiße war sofort da! Ich konnte nicht einmal mehr Auto fahren.«

Alex sagte: »Oliver ist seit Jahren auf diesem Weg. Ich bin seit Jahren auf diesem Weg …«

»Ich will mich nicht auf diesen Weg machen, das sage ich doch die ganze Zeit!«, rief Marcus. Er war bereit gewesen, seine Mutter als Täterin bei dem Missbrauch zu entlarven, hatte jedoch gehofft, dies wäre möglich, ohne sich an die Details erinnern zu müssen. Jetzt kommentierte er bitter: »Du wolltest diese Kiste die ganze Zeit öffnen, Ali. Du hast gewonnen.«

Oliver meinte, er habe nie eine Wahl gehabt. »Ich war gezwungen, das Schloss an der Kiste aufzubrechen, denn sonst hätte ich mich irgendwann vor einen Zug geworfen. Andere Optionen gab es nicht.«

Alex setzte an: »Wenn der Unfall nicht passiert wäre …«

»Ganz richtig«, fuhr Marcus fort. »Dann ginge es mir jetzt genauso wie Oliver, zweifellos, Ali. Du hast einen Fahrschein in die Freiheit bekommen. Darum habe ich dich immer beneidet.«

Das war zu viel für Alex. Er erklärte, die Amnesie sei alles andere als ein »Fahrschein in die Freiheit« gewesen. Das merke er vor allem jetzt, wo er Kinder im Schulalter habe und sich an nichts erinnern könne. »Da ist *gar nichts*, Marcus. Alles ist neu für mich. Und jetzt habe ich Kinder und muss mehr herausfinden, weil ich selbst wie ein Kind bin. *Macht man das so mit den Hausaufgaben?* Alles ist neu. Jeden Tag. Ich habe immer noch Probleme.« Und der Gedächtnisverlust war die Motivation dafür, in ihrer Familie die Wahrheit zu enthüllen. Er wiederholte: »Ich *muss* das alles einfach herausfinden!«

Marcus wandte sich an seinen Zwillingsbruder und wollte wissen: »Meinst du damit, dass es falsch von mir war, das alles so lange vor dir zu verbergen? Langsam denke ich … Habe ich es aus Egoismus getan? Ich dachte, es wäre das Richtige …«

»Wir waren damals so jung. Warum hättest du es mir sagen sollen?«, fragte Alex zurück. Doch er gab zu, dass man ihn genau das immer als Erstes gefragt hatte: Warum hat dir dein Bruder nichts von dem Missbrauch erzählt? Bist du nicht wütend auf ihn? »Und dann sagte ich immer, nein, warum sollte ich wütend auf ihn sein? Er ist mein Zwillingsbruder. Er hatte die Wahl, es mir zu erzählen oder auch nicht, und er hat es nicht getan.«

»Aber mein Leben ist weitergegangen«, erkannte Marcus, »und es ist deutlich, dass ich das Ganze zu meinem Schutzschild gemacht habe. So wurde mein Verhalten egoistisch.«

Jetzt änderte Alex unerwartet die Strategie und forderte Marcus heraus: »Stimmt, es wurde egoistisch, denn du hast mich benutzt, um das Erlebte begraben zu können. Du hast mich benutzt, um die Spuren zu verwischen.«

»Genau«, erwiderte Marcus.

»Und das war falsch, Marcus. Wenn du willst, dass ich ehrlich bin: Vielleicht nicht am Anfang, aber ich finde, du hättest mir irgendwann mehr Informationen geben können. Vielleicht nicht alle Details …«

»Du hast Fragen gestellt, Ali …«

Marcus protestierte, doch Alex' Vorwurf war vernichtend.

Fast zum ersten Mal tat sich zwischen den Zwillingen ein Graben auf. Plötzlich sprang Oliver Marcus bei, indem er sagte: »Ich glaube nicht, dass Marcus falsch gehandelt hat. Ich bin fest davon überzeugt, dass die menschliche Reaktion auf Missbrauch …« Er verbarg das Gesicht in den Händen. »Genau *so* aussieht! Da entsteht ein ganz, ganz schlimmes Trauma. Und die Reaktion darauf ist simpel: überleben. Wie oft in deinem Leben hast du dir eingestanden, dass das passiert ist, außer in den letzten paar Tagen?«

»Sehr selten.«

»Na also. Wenn es so selten war, wie hättest du dann …? Was mich angeht, musst du dich nicht dafür entschuldigen, dass du nichts gesagt hast.«

»Danke, Oliver«, sagte Marcus leise.

»Man braucht so viel Mut …«, fuhr Oliver fort. »Wie viele Menschen schaffen es ihr Leben lang nicht, ihr Schweigen zu brechen?«

Sie redeten noch eine Weile über ihre Hoffnung, ihre Geschichte werde Menschen nutzen, die vielleicht noch nie darüber gesprochen haben, was ihnen in ihrer Kindheit zugestoßen ist.

Für Marcus war das Grauen seiner Erinnerungen immer noch überwältigend. Er hätte sich nie vorstellen können, dass es so dramatisch werden würde, Alex auf seiner Reise zu begleiten, und noch immer konnte er nicht sicher sagen, ob er mit dem würde leben können, was er wusste.

Auch Alex hatten die Enthüllungen mit großem Entsetzen erfüllt. Doch er sagte: »Je mehr ich herausfinde, je mehr wir darüber sprechen, desto mehr denke ich, ja, wir sollten diese Geschichte erzählen. Wir werden die Welt nicht verändern, aber wir können das Leben von ein paar Menschen in dieser Welt ändern. Und zu ihnen sagen: Besser, alles kommt ans Licht.«

»Besser, alles kommt ans Licht«, stimmte ihm Oliver zu, und dann sagte er: »Wenn man es für immer in sich trägt, kann es einen umbringen, darauf läuft es hinaus.«

Dass Oliver so für Marcus eingetreten war, hatte das Verhältnis zwischen den Brüdern verändert, vielleicht sogar dauerhaft. Bis zu diesem Gespräch hatte Oliver die Zwillinge immer als untrennbar betrachtet.

Marcus und Oliver aßen gemeinsam und setzten ihr Gespräch zu zweit fort. Später machten sie zusammen einen Spaziergang im Park. Für beide war das ein ganz entscheidendes Erlebnis. Oliver konnte jetzt seine eigenen Erfahrungen in den Familienkontext einordnen, und das bedeutete, dass das fürchterliche Gefühl der Isolation, unter dem er immer gelitten hatte, zumindest vorübergehend weniger stark war.

10.
Auswirkungen

Obwohl sie damals fast unerträglich schmerzhaft waren, bedeuteten die Ereignisse dieser denkwürdigen Woche für Marcus einen wichtigen Schritt. In seinem tiefsten Inneren hatte er immer gewusst, dass Einzelheiten des Traumas an den Tag kommen mussten, wenn er Alex darin zustimmte, ihn auf diesem Abschnitt seines Weges zu begleiten. Und obwohl Alex entsetzt über diese Einzelheiten war, gab er später zu, dass seine Vorstellungskraft in seinen dunkelsten Momenten Bilder entworfen hatte, die sogar noch schlimmer waren. Dass er nun die Wahrheit wusste, so schrecklich sie auch war, schenkte ihm eine seltsame Form der Erleichterung.

Später erklärte Marcus, warum die Möglichkeit, dass jemand seine Geschichte hinterfragte, der Auslöser für die Erinnerungen gewesen war, die vor dem Gebäude in der Gloucester Road über ihn hereingebrochen waren. Wegen der verzerrten Realität, die man ihm in seiner Kindheit aufgezwungen hatte, in der die beiden kleinen Jungen »immer fröhlich waren«, konnte er manchmal nicht einmal seinem eigenen Gefühl für die Wahrheit trauen. Um der Außenwelt einen falschen Eindruck vermitteln zu können, war es notwendig gewesen, die Lügen selbst zu glauben, zumindest ein bisschen. Die besten Hochstapler sind diejenigen, die sich selbst überzeugen können. Und so wird ein Kind, das sich anpasst, gezwungen, gleichzeitig an zwei einander widersprechende Realitäten zu glauben.

Marcus' Vertrauen in seine echten Erinnerungen war nicht

so stark, wie es vielleicht hätte sein können. Er musste tief graben, um den Beweis zu finden.

Er erklärte, mit Zweifeln an seiner Geschichte konfrontiert zu werden »war so verstörend, dass ich die Kiste öffnen musste, allein schon, um mich selbst davon zu überzeugen, dass das Ganze überhaupt passiert war. Es war fast, als hätte ich Zweifel daran. Wie bei Fundu. Ich sage oft zu Leuten, ich glaube gar nicht, dass ich Fundu wirklich erbaut habe. Ich glaube, dass ich es nur geträumt habe. Weil das Ganze so weit von meinem heutigen Leben entfernt ist, dass es eine erfundene Geschichte sein könnte, außer wenn ich mir die Fotos ansehe. Ich habe das gar nicht gemacht. Solche Gedanken habe ich manchmal über eine ganze Menge Dinge.«

Für Marcus war die Trennlinie zwischen Tatsachen und Erfindungen häufig verschwommen gewesen. Er hatte die Rolle als Wächter über Alex' Erinnerungen angenommen, doch meistens fühlte es sich an, als hätte er auch seine eigenen Erinnerungen nicht ganz im Griff. Vielleicht liegt darin einer der Gründe, warum die Opfer von Missbrauch so am Boden zerstört sind, wenn sie endlich den Mut aufbringen und über das Erlebte sprechen und ihre Berichte dann skeptisch aufgenommen werden. Gleichzeitig erklärt das teilweise, warum man sie juristisch oft als »unzuverlässige Zeugen« bezeichnet – die geschönten Erinnerungen und die Realität überschneiden sich, deswegen kann es Ungereimtheiten in ihren Berichten geben.

Wenn er darüber sprach, was ihm zugestoßen war, erwähnte Marcus manchmal »Männer ohne Gesicht«. Die besonderen Kennzeichen der Täter zu verwischen und auszulöschen war auch ein Weg, die Erfahrung zu entpersonalisieren: Wenn man von Männern ohne erkennbare Gesichter missbraucht worden war, ließen sich die Erinnerungen ein klein wenig leichter unterdrücken.

Das wollte Marcus nie wieder tun. Er hatte sich an genug erinnert, um für sich sicherstellen zu können, dass die Erfahrungen real gewesen waren. Das »Herumreichen« hatte tatsächlich während seiner gesamten Kindheit und der Kindheit seines Bruders stattgefunden, bei vielen verschiedenen Gelegenheiten. Er hatte seine Gefühle der Hilflosigkeit und der Scham erneut durchlebt, und er hatte sich daran erinnert, dass seine Mutter bei einigen dieser Vorfälle anwesend gewesen war. Das reichte aus. Es würde ihm nichts bringen, die traumatischen Erinnerungen wieder und wieder durchzugehen; im Gegenteil. Sein Instinkt sagte ihm, dadurch würde möglicherweise alles noch schlimmer.

Marcus konnte sich nach der Konfrontation mit seinem Trauma und den Gesprächen mit seinen Brüdern endlich von der Bürde der Schuld befreien. Das war ein großer Gewinn für ihn. Er hatte sich immer schuldig gefühlt – nicht nur, weil er nicht zu Hause geblieben war und Oliver beschützt hatte, als dieser ein Kind gewesen war, sondern auch, weil er sich für das Schweigen entschieden hatte, als Oliver ihn zum ersten Mal auf den Missbrauch ansprach. Dann war Alex gekommen und hatte ihn nach den Dingen gefragt, die ihnen ihre Mutter angetan hatte. »Ich hätte mich mit den beiden hinsetzen und sagen sollen: ›So war das‹, aber das habe ich nicht getan. Ich habe mich weiter an das Programm gehalten … Weil ich es mit dreißig Jahren noch immer brauchte. Ich glaube nicht, dass ich damals mit dem Ganzen hätte umgehen können.«

Nun hatte ihm Oliver vergeben. »Er hat mir ganz deutlich gesagt: ›Du musst dich in keiner Form für das Ganze verantwortlich fühlen.‹ Ich habe eine ganze Menge Schuldgefühle mit mir herumgetragen, und davon bin ich jetzt befreit. Es war auch nicht so, dass ich ständig daran gedacht hätte. Aber die Schuld war da. Unter der Oberfläche. Inzwischen weiß ich, dass ich einfach emotional nicht stark genug war. Das ist eine Art Befreiung.«

Marcus fügte mit einem Lachen hinzu: »Jetzt sind die schlimmen Erinnerungen da, wo sie hingehören. In der Kiste.«

Allerdings gibt es da einen entscheidenden Unterschied. Die Schuld und das Schweigen gehören der Vergangenheit an, und Marcus ist nun freier als zuvor.

11.
Ein öffentlicher Aufschrei

Durch einen entsetzlichen Zufall wurde nur wenige Tage darauf der Missbrauchsskandal um Jimmy Savile[21] bekannt. Plötzlich tauchten in allen Medien unzählige Berichte über den sexuellen Missbrauch auf: Wer wann was gewusst hatte, wer sich an der Vertuschung beteiligte, wie lange das Ganze gegangen war und wie es funktioniert hatte. Dass nun ein Missbrauch mit solchen Dimensionen ans Licht kam, war verstörend, vor allem für Marcus, der noch immer von seinen Erinnerungen aufgewühlt war und noch einen Weg finden musste, mit ihnen umzugehen. Alex musste eine Woche später nach Sansibar fliegen, um sich um die Mehrwertsteuerzahlungen für das Hotel zu kümmern. Wenn er nicht gerade mit den Behörden feilschte, gönnte er sich Zeit zum Schwimmen und Entspannen, und insgesamt entzog er sich der ganzen Situation.

Während immer mehr Details zu den Vorfällen um den Discjockey und Moderator ans Licht kamen, wurden Parallelen zu ihrer eigenen Geschichte deutlich. Jimmy Savile war ebenfalls eine temperamentvolle, überdrehte Persönlichkeit und hatte hinter der Fassade der Exzentrizität ungestört alle möglichen Übertretungen begehen können.

Das Konzept des »Grooming« erhielt eine neue Bedeutung.

---

[21] Nach dem Tod des sehr bekannten britischen Discjockeys und Moderators im Oktober 2011 erhoben Hunderte von Opfern Missbrauchsvorwürfe. Savile gilt als schlimmster Sexualverbrecher der britischen Geschichte.

Man wusste bereits sehr gut, dass Täter verletzliche Kinder auf den Missbrauch vorbereiten: Die Gefahr geht weniger von seltsamen Fremden aus als von netten Freunden der Familie, die dem Kind Trost und Bestätigung schenken, wenn es unglücklich oder allein ist; oder von dem gütigen Priester, Lehrer oder Paten, der einem Nachhilfestunden anbietet. Und vielleicht ist das die schlimmste Folge des Vertrauensbruchs: Großzügigkeit wird verdächtig. Wem kann man denn überhaupt noch trauen?

Durch den Skandal wurde auch deutlich, dass nicht nur Kinder Opfer von Grooming werden können: Jimmy Savile gelang es bei ganzen Institutionen, und zwar bei großen, sich Vertrauen zu erschleichen. Als die Dimensionen seiner unsäglichen Taten bekannt wurden, gingen einige Kommentatoren so weit, zu sagen: »Jimmy Savile hat die ganze Nation zum Grooming-Opfer gemacht.«

Jills Wirkungskreis war kleiner gewesen, doch sie hatte ähnliche Techniken angewandt, um den Missbrauch in ihrem gesellschaftlichen Kreis möglich zu machen. Freundliche Nachbarn empfanden vielleicht Unbehagen, wenn der Stiefvater Alex und Marcus gängelte und anschrie und sie insgesamt wie Dienstboten behandelt wurden; vielleicht waren einige auch erstaunt, wenn Jill Freunde dazu ermunterte, viel Zeit mit ihren Söhnen zu verbringen. Doch Jill stellte dies alles nicht nur als akzeptabel dar. Sie tat sogar so, als könnten ihre Kinder sich deshalb glücklich schätzen und als wäre sie eine besonders gute Mutter. In ihrer Welt passierte nur Gutes. Sie schwärmte ihren Freunden von ihrer übergroßen Liebe für all ihre Kinder vor, tat, »als würde sie sie einfach nur anbeten«.

Jill ging sogar noch weiter und nutzte das Vertrauen anderer, weniger extravertierter Eltern aus. Laura Hudson kommentierte dies so: »Sie machte immer sehr deutlich, dass ihre Art der Kindererziehung die beste war.« Jedem, der es hören wollte, erzählte

Jill, dass ihre Kinder liebend gern am Stand an der Portobello Road aushalfen; ihr Leben, so Jill, sei in jeder Hinsicht wundervoll, und andere Eltern versagten ihren Kindern gegenüber, nicht sie. Und natürlich hatten Alex und Marcus gelernt, dieses Bild ihres Familienlebens nach außen hin zu bestätigen. Wie hätte da jemand merken sollen, wie anders die Realität aussah?

Sobald der Skandal um Jimmy Savile öffentlich wurde, ließ sich kaum noch jemand finden, der zugegeben hätte, Spaß an seinen Fernsehsendungen gehabt oder seinen bizarren Stil geschätzt zu haben. Jills Freunde waren ehrlicher, was das betraf. Die meisten von ihnen waren schockiert, aber nicht völlig überrascht, als ihnen Alex von den dunklen Ereignissen berichtete, die er nach und nach ans Licht brachte. Viele hatten gewusst, dass in diesem Haushalt nicht alles gut lief, doch Jacks unfreundliches Verhalten hatte einen für Jill nützlichen Nebelschleier dargestellt: Der problematische Elternteil war er, nicht sie. Im Rückblick erkannten diese Freunde nun, dass sehr viel von Jills Verhalten in das neue Bild passte. Sie erinnerten sich daran, wie sexuell gefärbt ihre Kommentare zu ihren Söhnen häufig gewesen waren, wie das Thema Sex so viele ihrer Unterhaltungen zu beherrschen schien. Doch so entsetzt sie auch sein mögen – sie haben sich bemüht, Jill nicht zu dämonisieren. Bis heute denken sie häufig mit einem Lächeln an ihre lebhafte Art: Sie hatte schreckliche Dinge getan, doch sie konnte für andere auch eine Bereicherung sein. Sich gleichzeitig an beide Facetten der betreffenden Person zu erinnern ist schwer.

Der Skandal um Jimmy Savile diente auch dazu, den Leuten vor Augen zu führen, wie sich innerhalb der letzten dreißig Jahre die allgemeine Einstellung gegenüber Pädophilie verändert hat. In der Gesellschaft der 1980er Jahre hatte es an Aufklärung gefehlt. Zwar hatte man damals gewusst, dass es falsch war, »Handlungen an Kindern vorzunehmen«, doch nur wenigen Leuten war klar gewesen, was für bleibende Schäden solche Untaten haben konnten. Die meisten gingen davon aus, es sei falsch, weil es unangenehm war, wie etwa ein Zahnarztbesuch, glaubten aber, dass kein ernsthafter Schaden zurückblieb, wenn das Ganze einmal vorbei war.[22]

Als die Organisation *ChildLine* ihre Telefonseelsorge begann, gehörte zu den überraschenden Entwicklungen, dass viele Erwachsene von der Nummer Gebrauch machten, um endlich von ihren Erlebnissen zu berichten. Damals regte sich deswegen auch Unmut in der öffentlichen Diskussion. Warum blockierten Erwachsene die Leitungen, die doch für Kinder bestimmt waren, die genau in diesem Moment litten und unbedingt schnell Hilfe brauchten? Langsam verbreitete sich eine Erkenntnis: In vielen Erwachsenen steckt ein leidendes Kind, dessen Kummer noch nie jemand wahrgenommen hat.

Allerdings gibt es auch einen entscheidenden Unterschied: Jimmy Savile hatte die Kinder anderer Leute missbraucht, Jill hingegen missbrauchte nicht nur ihre eigenen Söhne, sondern gestattete auch ihren Freunden, das zu tun. Immer und immer wieder stellten sich Marcus und Alex die Frage nach dem Warum. Ganz offensichtlich verschaffte ihr der sexuelle Umgang mit ihren Söhnen eine immense sexuelle Befriedigung, aber was hatte sie davon gehabt, sie ihren pädophilen Freunden zu überlassen?

Anfangs vermuteten sie, Jill sei selbst sexuell missbraucht worden, eventuell von ihrer Mutter oder einer Pflegekraft, und hätte deswegen der nächsten Generation gegenüber genauso gehandelt. Doch nach einer Weile kamen sie zu dem Schluss,

---

[22] In seiner bahnbrechenden Studie *Das sexuelle Verhalten der Frau* (im Original 1953, auf Deutsch 1954 erschienen) berichtet Alfred Charles Kinsey, vierundzwanzig Prozent der untersuchten Kohorte hätten im Kindesalter Erfahrungen mit sexueller Zuwendung durch Erwachsene gemacht. Kinsey vertrat die Ansicht, das sei nicht immer schädlich und könne in einigen Fällen »gut« sein.

diese Erklärung sei zu einfach. Viele Erwachsene, die als Kind Missbrauch erlitten haben, wie Alex, Marcus und ihre Geschwister, entwickeln beim Heranwachsen ein sehr feines Gespür für das, worauf Kinder Erwachsenen gegenüber ein Recht haben. Wenn man Camilla und Vito fragt, sind die Zwillinge, die selbst so grob behandelt wurden, eher nachgiebig, was ihre eigenen Kinder betrifft, und es fällt ihnen schwer, ihnen klare Grenzen zu setzen. Beide Männer versuchen alles, um ihre Kinder zu schützen.

Die Zwillinge denken, dass ihre Mutter möglicherweise so sexualisiert war, dass sie davon ausging, alle anderen Menschen seien wie sie – dass alle in so hohem Maße durch Sex angetrieben wurden wie sie selbst. Pädophile rechtfertigen ihre Taten häufig, indem sie sich auf die natürliche Neugier von Kindern – auf ihre Genitalien und ihre sich verändernden Körper – berufen. Es ist grotesk, aber manchmal behaupten Pädophile, die Kinder hätten freiwillig mitgemacht und alles habe in gegenseitigem Einverständnis stattgefunden; das macht die Scham und die Verwirrung für die Kinder nur noch schlimmer. Vielleicht hat Jill eine ähnliche Strategie verfolgt. Aber falls die Sehnsucht ihrer Söhne nach ihrer Anerkennung es ihr gestattete, sich selbst vorzumachen, der Missbrauch mache den Kindern nichts aus, ist es doch schwer vorstellbar, dass sie sich dasselbe auch einreden konnte, was das »Herumreichen« betraf.

Jemand in ihrem Umfeld, der Jill als Jugendliche in den sechziger Jahren gekannt hatte, erinnerte sich an ihr übertriebenes Bedürfnis nach männlicher Bestätigung – besonders von reichen, berühmten und adeligen Männern. Sie kultivierte ihre Männerbekanntschaften in der »High Society« und hätte für ihr Ansehen in dieser Gruppe fast alles getan. Stellten ihre Söhne vielleicht eine Möglichkeit dar, ihren Status unter Männern, nach deren Freundschaft sie so süchtig war, zu verbessern?

Und noch eine Möglichkeit gibt es. Es ist eher unwahrscheinlich, dass jemals finanzielle Transaktionen stattfanden, doch es kann durchaus eine Art Tauschhandel gegeben haben. Wenn die Pädophilen in Jills Umfeld einander als solche erkannten und sich gegenseitig unterstützten, ist es möglich, dass Jill im Gegenzug Zugang zu Jungen außerhalb ihrer Familie erhielt.

Dabei handelt es sich um pure Spekulation. Man kann nicht mehr herausfinden, wie dieses geheime System funktionierte. Oder wie es – mit an Sicherheit grenzender Wahrscheinlichkeit – bis heute noch funktioniert.

Marcus hatte immer deutlich gemacht, dass ihn das Veröffentlichen von Namen nicht interessiert, auch wenn einige der Männer, die ihn missbraucht haben, heute noch leben. Abgesehen davon, dass er Alex helfen wollte, wollte er durch sein Buch erklären, wie das System funktioniert, für die Kinder wie auch für die Erwachsenen; er wollte zeigen, dass Kinder, auch wenn sie hilflos sind, Wege finden können, ihre Traumata zu überwinden.

Um Rache ging es ihm dabei nie. Um deutliche Worte sehr wohl.

12.
Schlussstrich?

Alex hatte nicht den geringsten Zweifel. Obwohl die Enthüllungen entsetzlich gewesen waren, bedauerte er keinen Augenblick, dass er jetzt die ganze Wahrheit wusste. Er sagte: »Ich glaube, es ist besser so, weil jetzt die Lücken gefüllt sind. Für mich war das Ganze ein sehr außergewöhnlicher Weg. Viel schockierender, als ich erwartet hatte.« Das liegt daran, wie er zugab, dass er nicht damit gerechnet hatte, dass es ein solcher Schock wäre. »Es ist ein bisschen wie bei Oliver«, erklärte er. »Ich war naiv und habe sogar nach Jahren des Nachforschens noch überlegt, wie schlimm es eigentlich war und ob man es mit den Jahren vielleicht aufgebauscht hatte.«

Inzwischen wusste er, dass es sich anders verhielt: Marcus hatte die Wahrheit nicht aufgebauscht, sondern sie eher weniger schlimm dargestellt. Alex erklärte: »Mich entsetzt zutiefst, was für Dimensionen das Ganze hatte. Und dass alles so sorgfältig organisiert war.«

Es kostete ihn einige Wochen, wirklich zu erfassen, was er erfahren hatte. Ihm wurde klar, dass das Timing günstig gewesen war: Zehn Jahre zuvor wäre er vielleicht nicht in der Lage gewesen, das Gehörte zu akzeptieren. Und obwohl es viel gab, was er noch nicht wusste, hatte er sein ursprüngliches Ziel erreicht: Er verfügte nun über eine funktionierende Geschichte, über ein Gefühl für die eigene Identität.

Gleichzeitig machte er sich nichts vor: Bei einer so komplexen und weitreichenden Geschichte wie der seiner Familie war es unmöglich, zu wissen, welche neuen Facetten in der Zukunft noch ans Licht kommen könnten. »Wie viel passt unter einen Teppich?«, fragte er und lächelte. Seine Frage klang ein wenig wie ein Rätsel oder eine Scherzfrage. »Dieser Teppich ist unendlich groß!«

Alex und Marcus haben sich immer geweigert, sich von ihrer Kindheit zu Gefangenen machen zu lassen. »Dieses Buch wird einen Schlussstrich für uns bedeuten«, erklärte Alex entschieden. »Wir schließen das Buch ab. Und dann belassen wir es dabei. Ich werde das Buch ins Regal stellen, und da soll es bleiben. Später kann ich es mir anschauen, und meine Kinder können das auch tun, wenn sie einmal erwachsen sind. Ich denke, das ist richtig so. Schließlich gibt es nichts, wofür wir uns schämen müssten.« Ihm war bewusst, dass die Lektüre seine Kinder verstören könnte, aber einen anderen Weg, die Wand des Schweigens zu durchbrechen, sah er nicht.

»Irgendwann hört es auf«, erklärte er.

Jetzt, wo diese Ketten der Heimlichkeiten gesprengt waren, konnte er sein eigenes Leben weiterleben. »Wenn sich das Ganze einmal gesetzt hat, muss ich nicht mehr wie ein Besessener versuchen, herauszufinden, wer ich wirklich bin.«

Jetzt wusste er es. Zum ersten Mal seit der entscheidenden Sommernacht in seinem neunzehnten Lebensjahr hatte Alex ein Gefühl dafür, wie er früher war. Dafür, wie viel von seiner ursprünglichen Persönlichkeit aus der Zeit vor dem Unfall noch existierte, was immer auch geschehen war. Eine definitive Wahrheit über etwas so Komplexes und Dynamisches wie eine Familie lässt sich niemals endgültig festhalten, doch Alex hatte sein Ziel erreicht: Er hatte die Geheimnisse aufgedeckt, und die Gründe dafür, und er hatte verstanden, wie dieses ganze System von Geheimnissen in seiner Familie funktioniert hatte. Und so war der Zwillingsbruder ohne Gedächtnis zu dem Menschen geworden, der eine Erinnerung schuf, die alle Geschwister würden teilen können.

Das war ein unglaublicher Erfolg, und jetzt, wo er ihn erreicht hatte, war Alex bereit für die nächste Phase in seinem Leben. Nach Dukestonbury und seinen vielen Reisen, Twin Decs und Fundu Lagoon konnte man unmöglich vorhersagen, welche neuen Herausforderungen er und Marcus als Nächstes annehmen würden.

Vielleicht etwas weniger Dramatisches. Einmal, als seine Freunde darüber sprachen, wie langweilig ihre eigenen Familien im Vergleich zu seiner doch waren, hatte Marcus trocken gesagt: »Langweilig ist doch gut.« Mit zunehmenden Erfolgen, im Privaten wie im Beruflichen, hatte ihr Bedürfnis, sich selbst zu beweisen, nachgelassen. Die Erinnerung daran, wie man sie anderen Leuten als »Jills doppelt doofe Zwillinge« vorgestellt hatte, war verblasst.

Vito verfasste einen bewegenden Text über ihren Ehemann, in dem es hieß, Marcus sei ein liebender Vater, den seine Freunde respektierten. »Aber was am allerwichtigsten ist: Er ist ein so guter Mensch«, schrieb sie. »Ich bin noch nie jemand so Großzügigem begegnet, der seine Zeit und Energie verschenkt, ohne im Gegenzug etwas von anderen zu erwarten. Beide, Marcus und Alex, sind geborene Kämpfer. Sie mussten ihr ganzes Leben lang ein Hindernis nach dem anderen überwinden und die Kraft aufbringen, ihr Dasein zu dem zu machen, was es ist, erfolgreich und voller Integrität.« Ein Freund aus der Long-Copse-Zeit bestätigte das mit den Worten: »Die Zwillinge haben Freunde, die alles für sie tun würden.«

Alex' Suche nach der Wahrheit hatte einen massiven Einfluss auf Amanda und Oliver. Auch die beiden waren ihren ganz persönlichen Weg gegangen, und als sie die dreißig überschritten hatten, befanden sie sich in einer neuen Phase. Amanda fand endlich Möglichkeiten, ihre beachtlichen künstlerischen Talente zu entwickeln, und Oliver nutzte seine Erfahrung, um andere bei der Entdeckung ihres Potenzials zu unterstützen. Er sagte: »Durch sportliche Herausforderungen lassen sich extrem dunkle Erlebnisse des eigenen Lebens aufhellen – weil man das erreicht hat, was zuvor unmöglich schien.«

Ganz unvermeidlich wird der sexuelle Missbrauch durch seine Enthüllung zum Kernpunkt der Geschichte. Doch er konnte nur in einem Familienkontext stattfinden, in dem alle Grenzen immer wieder und geradezu gewohnheitsmäßig verletzt wurden. Die Kinder wurden als Accessoires betrachtet, die nur existierten, um die Bedürfnisse ihrer Mutter zu befriedigen. Die Wahrheit wurde untergraben, und es herrschte ständige Angst hinter einer Wand aus Gelächter und Ausgelassenheit. Amanda hatte unter der mentalen Grausamkeit und den ständigen Streitigkeiten gelitten, unter Chaos und Vernachlässigung, und zwar genauso sehr wie ihre Brüder.

Bemerkenswert sind weniger die Schrecken ihrer Kindheit und die unvermeidlichen Spannungen zwischen den Brüdern, sondern vor allem, wie sie mit Mut und Empathie aus alldem hervorgegangen sind. Wie sie die Fähigkeit entwickelt haben, über die Dunkelheit ihrer frühen Jahre hinwegzuschauen und aus ihrem Erwachsenenleben etwas anderes zu machen. Ob sie ihre entscheidenden Jahre im Duke's Cottage als Serie von amüsanten Anekdoten oder als albtraumhafte Erfahrung darstellen – sie lassen es nicht zu, dass daraus etwas wird, das ihr Leben bestimmt.

Wenn man auf die Geschichte der Zwillinge zurückschaut, scheint es manchmal Elemente zu geben, die an die Märchen der Gebrüder Grimm erinnern. In diesen müssen Kinder unter entsetzlichen Bedingungen leben, zerlumpte Kleidung tragen und als Dienstboten grausamer Erwachsener arbeiten. Außerdem gibt es den langen Schlaf, aus dem man in einer veränderten Welt erwacht. Und die böse Frau – die Hexe oder die Stiefmutter. Herausforderungen, denen man sich stellen muss, und unerwartete Helfer. Und das alles überleben die Kinder. Vielleicht nicht unverletzt. Aber mit Werten und Lebensentwürfen, die ganz anders sind als die, mit denen sie aufwuchsen. Mit Werten, die sie selbst gewählt haben.

Trotz ihres sehr, sehr traurigen Kerns ist die Geschichte der Zwillinge letzten Endes als eine Geschichte der Hoffnung und der Liebe zu begreifen. Jill hat einige schlechte Entscheidungen getroffen – die meisten der Zwillinge waren hingegen gute Entscheidungen. Als Kinder wandten sie sich an Erwachsene, die sich um sie kümmerten und in der Lage waren, ihnen die Zuwendung und die positiven Erfahrungen zu schenken, die sie zu Hause nicht bekamen. Sie fanden und behielten treue Freunde und zeigten sich großzügig darin, andere zu schätzen und zu unterstützen. Sie waren fest entschlossen: Ihre Kinder sollten ein ganz anderes Leben führen als sie selbst. Sie wussten, wie man gibt.

Alex und Marcus behalten das letzte Wort.

Über die Entdeckung, dass ihre Mutter sie zumindest für einen Teil ihres ersten Lebensjahres in ein Kinderheim abgeschoben hatte, waren sie zunächst verblüfft. Das erschien ihnen als endgültiger Beweis (wenn sie den denn brauchten), dass Jill nicht den geringsten mütterlichen Instinkt besessen hatte.

Marcus sagte halb im Scherz zu Alex: »Wie sind wir nur … Ich weiß, *normal* sind wir nicht … Aber wie haben wir es überhaupt geschafft, *ein bisschen normal* zu sein?«

Alex zögerte keine Sekunde mit seiner Antwort.

»Wir hatten einander, Marcus.«

Epilog

Für mich war das Buch schreiben eine beindruckende Reise. Ich hab so fiele Jahre den Kopf in den Sand gestekt un ganz erlich wollte ich dass noch viele weitere Jahre tun doch aus Liebe zu alex der sein Ziel länger verfolgt hat als mir das gefiehl habe ich mitgemacht obwol ich das nich wollte und wie man siet hat das meine Welt verändert!!

Ich lebte in der Schatten Welt einer pedofilen Mutter und eines Vaters der einen emotional misbraucht hat und gab aus purer Angst vor, dass ich das Geheimnis unbedingt bewaren muss was ich mir selbst geschworen habe nie zu brechen. Jetz weis ich das ist was das alle Pedofilen ausnutzen, und es ist zeit das wir alle aufhören und den Ban brechen, das unausgesprochene ausprechen und drüber reden.

Die Dislexi hat unser Leben bestimt wie nur Dilexi das kann, sie bringt immer noch gutes und schlechtes zugleich und ich bin sicher, das geht so weiter für den Rest unseres lebens, es bleibt schwierig.

Ich bereue so fiel in meim Leben aber am allermeisten das ich so lange geschwigen habe. Je mehr wir reden desto schwerer wird es für die zu gewinnen und ihre sucht zu befridigen.

Vorm Druck zeigte ich dieses Buch eim ser guten Freund von mir, einem Kolumbjaner namens Andres und wolte von ihm wissen was er davon denkt. Seine Antwort hat mich erstaunt.

Zuallererst wollte er wissen warum wir unsere Mutter so LIEB beschriben hatten und er meinte wir müssen mehr ein

Monnster aus ihr machen!! Meine Antwort war: »Andres, du hast gar nich verstanden worum es in dem Buch geht.«

Hier muss ich erklähren das er ein glückliches Leben hatte und deswegen keine Erfhrung was das Tema betrifft. Nette Leute können auch pedofil sein, nicht nur Exibitionisten. Und ich will sagen wenn meine Mutter noch leben würde und ich den Mut hätte den ich heute habe, würde ich alles dafür tun das sie ins Gefengnis kommt.

Ich glaube fest das wir das sind was wir in uns tragen und nicht was uns im Leben passiirt ist. Das Glas ist immer halbfoll egal wer man is.

Bisher war mein Leben faszinirend und ich habe so viele tolle Dinge getan. Ich habe eine grosartige Frau Vito und zwei tolle Kinder, die ich so ser liebe. Vito danke dir.

Ich bin ein ser glücklicher Mann und werde alles dafür tuhn das es so bleibt.

Ich möchte Jo dafür danken das sie uns auf dieser Reise begleitet hat Danke

Marcus